雲の都

第一部　広場

加賀乙彦

新潮社

雲の都 第一部 広場＊目次

装画　福井良之助
装幀　新潮社装幀室

雲の都　第一部　広場

第一章　水辺の街

1

「おばちゃん、雪、雪」という澄んだ高音に小暮初江は目を覚ました。なるほど、いつのまにか裸木や竹垣をかすめて白い粉が舞っていて、炬燵でうたた寝しているあいだ、常ならぬ静寂と寒気に包まれる感じがあったのは、このせいだった。

「火之子ちゃん、寒くないかえ」と尋ねると幼い子は、大きな目を輝かしてお河童頭を揺さぶり、「あたし、雪、描くんだ」と縁側に出、ちょこなんと坐って写生を始めた。南国の島に育った子には雪が珍しいらしく、ほんの小雪にも大騒ぎをする。

　幼児がそれまで畳の上で描いていた絵を拾い上げて点数をつける気持ちで吟味したけれども、ほんの五歳の子の作品とは思えぬ見事な出来ばえに、いつもごとながら感じ入った。おもちゃの籐椅子に坐った熊の縫いぐるみの、ピンクの褪せた色合いやほつれた布の縫い目の具合まで細密に描写してあり、形はゆがみ遠近の取りかたはおかしいにしても、それがかえって近代絵画のような趣向の面白さとも取れる。それに、背景に青くひろがる波また波、大海原の躍動が小さな熊の静止を際立てる手法は、まあ偶然そうなったにしても心憎い効果をあげている。この子は妹の菊池夏江の一人娘でこれでもう九ヵ月、週日の昼間だけ預かっているのだが、どうやら絵に才能があるらしいと予感され、わが子、央子《おうこ》がヴァイオリンの才能を現したのも四つか五つであったのと思いくらべる。そう、この縫いぐるみはかつて央子の大の遊び相手であった。

　幼い央子が縫いぐるみの熊に頬ずりして、「ピッちゃん」と話しかけている。毛は方々が剝げてしまい、美しかったピンク色も褪せて、見る影も無いのに、幼い子にとっては大事な大事なお友達だ。央とはこれで終りという末っ子の意味で、「オッコ」と呼ばれ、家中でかわいがられたけれども、兄三人の男気にはどこか馴染めず、人形や縫いぐるみを友として育った。だから子供用の小さなヴァイオリン、たしか十六分の一とかいうのを買ってやったら、「かわいいバイちゃん」と呼んで、たちまち親友にしてしまい、小さい指頭と細腕で猫かわいがり、レッスンを受けて練習するなんてあの年頃では嫌がるのが通例だろうに、先生の指示どおり毎日弾きまくって、たちまち上達した。「ピッちゃん」に聴かせてやるんだと、熊を譜面台横に坐らせて弾いているとき、わたしが近づきでもしようものなら、「駄目よ、あっち行ってて」と撥ねつけられ、母親としたことが、ちっぽけなヴァイオリンに嫉妬したものだった。でも、子供の好きな道を進ませてやりたくて、娘の希望と喜びは母の希望と喜びだと心から信じて、わが子の手を引いてヴァイオリンの先生の家まで通ったものだった。抜け弁天の富士彰子先生、芝白金の太田騏一先生、そして軽井沢のシュタイナー先生。

央子の才能がシュタイナー先生に認められ、先生一家とともに横浜からマルセイユ行きのフランス船に乗り込んだのは五年前のこと、まだ敗戦国、被占領下の日本人は外貨持出しを制限された時代に、フランス人であるシュタイナー夫人の生活費保証で実現した破格の門出だった。今は十五歳になり、去年の暮れに送ってきたこの写真ではすっかり大人び、西洋人の若い男女と親しげに肩を寄せ合って、石造りの大きな建物の前に立っている。東洋人の目鼻立ちは自明として、化粧でも始めたのか目も唇もくっきりして、わが子ながら、なかなかの美人、それに着ている服はほかの女性たちに引けをとらぬ垢抜けしたもの、すっかりフランス風の生活に溶け込んでいるらしい。写真の裏に、「友達とChartresまで行ってきました。1951. 12. 24」と簡単な一筆。このChartresという場所がどこにあるのか、この建物にどんな由緒があるのか、どういう友達と一緒なのか、何も説明がない。渡仏した当初には日記のようにして詳しく、パリ独特の街の様子、借りた部屋の設備、初めて食べた料理、ヴァイオリンの上達ぶりなどを報告してくれて、わたしもあの子とともに異国にいるような臨場感が得られたのに、昨今は、月に一度か二度、それもごく簡単な文面で、生活の実際はさっぱり伝えられず、まことに物足りない。央子は母親のわたしよりも、パトロンの野本桜子の方に自分の音楽活動をあれこれ報告しているようで、つい三日ほど前、桜子から電話があり、いきなり「おめでとう」と言われて面喰っていると、「オッコちゃんのデビュー大成功ね。××劇場で○○フィルとベートヴェンのコンチェルトを共演して拍手が鳴りやまず、新聞各紙にも好評が載ってるわね」と言われて、××劇場も○○フィルも初耳、それに自分には未報告の出来事を相手が先に知っていたので妬ましかったけれども、央子の異国滞在費は桜子の夫、野本武太郎が出してくれているという引け目があるため、「ありがとう。あなたのおかげよ」とわざと声を弾ませ、礼を言ってすました。わが夫、小暮悠次は敗戦時、それまで暮らしを潤していた満鉄株や南方株の全部を反故にしてしまい、戦後の猛烈なインフレのさなか、会社の給料だけでは夫婦と息子三人の生活費を出すのが精一杯で、大学生になった息子たちの学費は奨学資金と本人たちのアルバイトで遣り繰りさせている始末、末娘の留学費を捻出するなど土台不可能なのがわが家の家計の実情である。

初江は幼児の絵を畳に戻し、娘の写真を目の前に置いて、読みさしの本に向かったが、先を読む気がせずにいた。最近出た野間宏という新人作家の『真空地帯』で、長男の悠太が「これは面白いよ」と貸してくれた本だ。あの子ときたら、医学生のくせに大の小説好きで、アルバイトで稼いだ金で、文庫本や新刊本を買ってきて大学までの往復の都電の中でつぎつぎに読み、それを「電車読書」と称して、毎日往復二時間は小説の世界に浸り切るのだそうだ。この『真空地帯』、軍隊内部のすさまじいばかりの暴力と階級差別とを描いていて迫力はあるのだが、主人公の一等兵の体験が、出征して一等兵まで行ったが精神の変調を来して死んだ、甥の脇晋助の心労苦痛を追体験するような遣る瀬なさもあって、途中で本を投げ出したくなる。

ところで、一昨日より悠太は家に帰ってこない。亀有の東大セツルメントに泊まり込んでいる。何でも地元の住民のあいだでセツル排斥の動きがあって、その対応に飛び回っているといい、医学部は講義と臨床実習で目が回るほど忙しいというのに、大学以外の雑事に首を突っ込み、さらに家庭教師で学資稼ぎもしてい、わが子ながら、悠太の多事多端を物ともしない精力にはあきれてしまう。

セツルメントといえば戦前に妹の夏江が帝大セツルメントの託児所で働いていたので、由来を聞いたことがあり、何でもイギリスのスラム街にケンブリッジとオックスフォードの大学生がsettle つまり住みついて、生活の改善と教育に乗り出したのが最初だといい、帝大のには、診療所、託児所、法律相談所なんかがあり、そもそも夏江はそこで、現在の夫、菊池透に出会ったのだった。今の東大セツルメントも大体同じような活動をしているらしく、医学生の悠太は診療所の手伝いをしているというが、かつて透も夏江も特高に逮捕された過去があり、現在のセツルメントも共産党員が多く、今度のセツル排斥も、セツルは赤だと地元の人々に疑われたためらしく、悠太がそういう中でどういう活動をしているのか心配である。

降雪は密になり玉簾の様相となったうえ、風も出てきて、木々や地を払い、白煙を流している。初江は、今朝二階の掃除をしたときに換気のため窓を一部開け放しにしておいたのを思い出した。階段を上がったところが長男の部屋で、ドアを開いた瞬間、書物の大群に襲われるような気持ちがする。ベッドを除けば、どこを見ても本ばかり。書棚には医学生らしく分厚い医書も並んでいるが、『世界文学全集』、『現代日本文学全集』、『近代劇全集』などの昭和初期の円本のほか、『漱石全集』、『ドストエフスキー全集』、『トルストイ全集』、『シェークスピア全集』、『ゲーテ全集』などがぞろりと占領している。ここへ来て懐かしい思いがするのは、書棚の端に博文館の日記帳が年代順に並んでいることだ。それは初江の父、時田利平が永年、一日も休まずにつけ続けた日記で、明治三十七年から昭和十九年まで一年も欠けずに揃っている。父はこの日記帳を自分の生涯の記録として大事にしていて、空襲の直前に武蔵新田の別邸に疎開していたので、焼失はまぬがれたのだった。敗戦の年の五月に三田の時田病院は空襲で炎上し、その年の日記帳は焼けてしまったというわけだった。そして、戦後二年して死ぬ間際に孫の悠太に日記全部を贈ったのだ。

日露戦争に海軍軍医として参加し、日本海大海戦のときロシアの士官を治療してお礼に贈られたという金の懐中時計も悠太が陸軍幼年学校の合格祝いにもらい、ガラス鐘をかぶせて大事に飾ってある。ところで、書架をはみ出した本は床にも机上にも書店の倉庫さながらにうずたかい。それは乱脈と見えて、ちゃんと悠太なりの秩序を保っているので、一度、掃除のために床の書物をちょっと移動したところ、すぐにすごい剣幕で嚙みつかれた。初江はいくつもの本の塔を崩さないように身をかわしながら、ようやく窓まで行き着いた。

南側の窓を閉めてから西側の窓をそっと開いて、しまったと後悔したが遅く、隣家の窓から外を覗いている男女と目を合わせてしまった。ベッドに腰掛けた裸の黒人男が裸の東洋女を脚の上に抱いて、寝室のカーテンを開け放し、降雪を見ながらの悦楽に耽っていたのだ。あわてて窓を閉め、穢らわしさを締め出すようにぎゅっと螺子鍵を締めた。一昨年、朝鮮で動乱が起きてから、この西大久保一丁目界隈に、アメリカ兵相手の連れ込み宿、けばけばしい彩色の温泉マークを屋根に掲げているので「さかさくらげ」と綽名された旅館が、まるで地下に根を張っていく雑草のように増えていき、閑静な住宅街であった街は派手な歓楽街に侵食されてきた。昨年の夏のこと、ついにわが家の西側の家二軒が壊され、たと思うや秋には大きな旅館が建ち、寝室の窓が横並びになり、アメリカ兵というのはまるで羞恥心がないのか、カーテンを開き、こちらからは丸見えの室内で、昼となく夜となく平然と交合を重ねるのであった。終戦直後、英国大使館でアルバイトをした経験のある悠太によれば、西洋人は東洋人の見ている前で性交をすると興奮度が高まるのだというのだが、本当かどうか。ともかく、この隣家は、ジャズ、流行歌、英語、嬌声を垂れ流しのうえ、朝ともなればコンドームと吸殻は毎度のこと、ときには汚れた下着までわが家の庭に投げ捨てられていて、不潔でならない。悠太は、抗議にいくと出掛けたが、旅館の入口に星条旗が立てられてアメリカ人らしい屈強な用心棒が見張っていたと、あきらめて帰ってきた。

　隣室は次男の駿次と三男の研三の共同部屋となっている。法学部学生である駿次はあまり本を読まないらしく、法律関係の本のほかは、最近映画を夢中で見ているとあって、映画関係の案内書、写真集、雑誌が多い。教養学部理科学生の研三は教科書以外に、鉱物、昆虫、動物、植物などの図鑑に物理、天文関係の大型本が目白押しだ。それに鉱物、昆虫、植物の標本が床の間一杯に積み上げられて、はみ出した石や化石などがごろごろと畳に投げ出してある。同居している駿次は、弟の空間侵犯にぶつぶつ文句は言うものの、口喧嘩となると口達者な駿次も、理屈と粘りで迫ってくる研三にはかなわない。

　窓を閉めたとたん、若い男の体臭が鼻についた。どこに染みついているのか、わが子とはいえ、この生臭い臭いは閉口なので、なるべく窓を開いておくことにしているのだ。

　下に降りると、幼児は相変わらず写生に余念がなかった。その後ろ姿を見ながら、初江はまた炬燵に足を入れた。

　火之子を、こうして預かっているには、込み入った事情がある。この子がまだ乳飲み子のとき、母の夏江と父の菊池透が不仲となり、透は赤ん坊を連れて東京から故郷の八丈島に去った。不仲になった原因について二人は一切明かさないまま、翌年に夏江は自分一人で生活する決心をし、三十一歳で東京女子医大の入学試験に合格して医師への道を歩み始めた。同じ頃、わが子の養育を実妹の勝子にまかせた透は、八丈島から東京に戻り、司法試験に合格し司法修習生となり、弁護士の資格を獲得して、四谷の法律事務所で働くようになった。ともに東京に住みながら二人は別居のままでいたところ、去年の五月、勝子が地元の人と結婚することになり、おそらく夏江と透は頻繁な話し合いのすえ、夫婦は四年ぶりに同居し娘を引き取ることにしたので、娘の存在が不仲な夫婦の縒りを戻させたわけだが、二人が真実和解したのか、それとも娘を養育するためにやむをえず妥協したのか、子細はまったく不明だ。夏江は自分が大学に行っているあいだ娘を保育所に預けようとしたのだが、適当な施設がなく、結局、わたしが子守りをしてやることで問題を解決したのだ。

姪は離島で気儘に育てられたためか、預かった当初は、ちょっと目を離すと裸足で庭に飛び出したり、二階に上がって窓から身を乗り出して屋根に飛び下りようとしたりするので、危なくて困った。戦後しばらく、実弟の時田史郎の子、武史を預かったことがあり、あの甥も腕白で放浪癖や高所に登る癖があって心配させたが、火之子はさすが女の子で、門の外に飛び出したり隣家に入り込むまではせず、怪我などしないように節度は心得ていた。それに、まったく人見知りをせず、初日からわたしと平気でまわらぬ舌で喋り、その点、気楽な子で、同じ女の子でも、神経質で人とはなかなか馴染まぬ央子とは、まるで違った気質である。央子のほうは幼いときからヴァイオリンに熱中したせいもあって兄たちと遊ぶこともなく、どこか距離を置いた間柄であったのに、火之子は、十以上(研三とさえ十三歳も年が開いている)も年上の従兄たちに、臆面もなくまつわりつき、いきなり抱きついたり膝に乗ったし、困るのは、部屋に入り込んで書物やら標本やらをいじり回すことで、だから二階には上がってはいけないと何度も叱りつけたのに、それでも言うことを聞かず、ある日、悠太の机から絵の具と画筆を持ち出して、襖や障子を塗りたくって大騒動になった。八丈島に手紙で相談したところ、勝子の返事には、火之子は戸外が好きで、森を駆け回り磯遊びで明け暮れしていたので、都会の家の中では我慢できないのでしょうが、ただ一つ絵を描くのが好きで、紙と鉛筆でも与えれば、いつまでもおとなしく一人遊びをしています、とあった。そこで画用紙とクレヨンを買ってやると、なるほど大喜びで人間、動物、家を描きまくった。想像で描くのではなく写生すると楽しいと教えたのは小さいときから絵が上手だった悠太で、彼によれば、火之子の描く人や家はなかなかリアリティがあって絵の筋がいいので、写生を覚えさせれば、格段に腕があがるだろうというのだ。この対策が功を奏し、クレヨンで何かを描くのが火之子の大好きな遊びになった。ともかく絵さえ描かせておけば、常時相手になってやらなくてもすむので、お守りは急に楽になったけれども、ときには終日でも絵を描いているため、今度は運動不足を心配して、散歩に連れ出す始末とはなった。

玄関の呼び鈴が鳴った。三度鳴らすのはわが子を迎えにきた夏江で、この三度を聞くとほっとするのは、楽になったとはいえ、他人の子の相手は結構の気疲れで、そろそろ、このお役目を下りたいとも思っているからだ。傘の雪をはたいて入ってきた夏江の学生風の紺のコートの肩にも白いものがこびりついている。

「雪のため坂道で電車が滑るものだから、徐行運転。それに内科のポリクリがあったもんで遅くなっちゃった。ごめんね」

ポリクリとは、学生が診察して診断した結果を、そのあと先生が診察して、学生の診断を批評する医学部特有の実習で、悠太が最初に、ポリクリがあったと言ったとき、学生たちが集まって栗でもポリポリ食べるのかと思ったものだ。つい思い出し笑いをしながら、初江は妹の胸元に鼻を近づけて嗅いだ。

「夏っちゃん、段々にお医者らしくなったわね。病院の匂いがプンプン」クレゾール石鹸水の匂い——実家の時田病院でも常用していた消毒薬だ。

「この匂いは医学生の勲章よ」と夏江は姉からのけぞり、首を傾げて「おや、火之子は？」と言った。

「いつも真先に飛び出してくるのに、どうしたんでしょう。きっと雪で喜んじゃって、夢中でお絵描きしているんだわ」

が、縁側には描きかけの絵があるだけで幼児の姿はなかった。二人は名前を呼んだ。応えはない。変にひっそりして雪だけしんしんと降っている。

「隠れているのよ。あの子のよくやる手よ」と夏江が言った。初江は頷き、二人で呼びながら探し始めた。押入れ、洋服簞笥、納戸……妹に下をまかせて、初江は二階を調べた。見つからない。

「変ねえ、外に出た形跡はないし」と初江は少し心配になった。

もう一度、あちらこちらと探していると、風呂場で物音がした。戸を開くと簀子が濡れているが誰もいない。

「わかった、風呂桶の中よ」と夏江がしたり顔に言った。

「だって昨日のお湯が入っているわよ」

「ぬるま湯なら、あの子、平気よ」

夏江が風呂桶の蓋を取ると、黒い頭が浮いているので初江は悲鳴をあげた。が、夏江が引きずり出すとびしょ濡れの子が、けらけらと笑い出した。

「この子ったら、いたずらが過ぎるわ」と夏江は怒って子の頰を強く打ったが、泣きもせず笑い続けている。自分の子供たちも例の腕白な武史さえも、叱られればすぐ泣いたものだから、この火之子がむしろ愉快げに笑っているのに、初江は呆気に取られた。

子供の衣服を脱がし、乾いたのを着せるのに二人の大人は奮闘し、濡れたものを絞り、石炭ストーブを囲む金網に干すと、もうへとへとで、炬燵に足を突っ込むやぐったりとした。

火之子はまた絵を描いていた。雪景色を、砂糖菓子の木や塀の感じで塗り、漫画風の味がある。初江は幼い子の浅黒い横顔を、その大きな二重瞼と長い睫毛のまたたきから、ふと亡き父、利平のぎょろ目が連想され、目の小さい夏江と透から、こういう子が生まれたのは隔世遺伝というものかしらと思った。おとうさま、片田舎の漁師の八男で、上京して苦学して医師となり、三田に開業して大病院を作り、戦災で病院を失ってしまったが、熱の塊のような方だった。どうやらあの方の遺伝は、火之子に伝わっている気がする。と、初江と夏江は同時に大きな吐息を漏らし、顔を見合わせた。

「何の溜息」と初江は尋ねた。

「おねえさんこそ、何の溜息」

「火之子ちゃんて変わった子だという感嘆の大息《おおいき》よ」

「わたしのは、困った子だという嘆息よ。あんな風変わりな子でしょう。親のわたしでも手に負えないところがある。それを、おねえさんにおっつけたりして、申し訳なく思っているの」

「そういう意味で言ったんじゃ――」

不意に子供の甲高い声が響いた。火之子が踊りながら唱っていた。歌詞は目茶苦茶だが、節ははっきりとしていて、ハワイアンらしい。夏江のマフラーを頭にターバンのように巻いて腰をふらふらと揺らしてフラダンスの真似をしている。目を細め、満足した表情ですっかりその世界に浸り切っている。

「島で勝子さんに教わったらしいのよ。家でもよく唱っているわ。そう、今日は火之子のことを相談したいの。いつまでもこうしておねえさんのご厄介になっているわけにもいかないし」

「全然かまわないわよ。昼間はわたし手が空いているし、火之子ちゃんもすっかりわたしに懐いているし」

「でもね、わたしたちは、気兼ねしてる。とくに透が、おねえさん、男の子三人をかかえての主婦業だって大変だ、ここらで区切りをつけよう、あの子も来年は小学校だから、この四月からは幼稚園に通わせたいと言うの。都合よく若松町に一つ幼稚園が新設されて園児を募集中で、そこに通わせれば、あとの時間をお手伝いさんに頼めばいいでしょう。さいわい通いで来てもいいという人が見つかった。女子医大の元看護婦のお婆さんだけど、子供好きの気のいい人」

「そう、それなら——」初江は納得したが、一抹の心残りはあった。火之子という活気が去ったあとの家の空虚を予想したのである。息子たちはみんな成長して、母親の思いの届かぬ世界に行ってしまい、話題にしても、わたしには理解できぬ理屈っぽい内容が多く、子供と心は親密には通わず、母親というより掃除、洗濯、アイロンの家事にやとわれている無報酬のお手伝いさんのようになった。そういう状態にあって、突飛なところもあるが火之子はよき話相手であり、気晴らしを提供してくれてはいた。

　火之子が唱って踊っているそばで、二人はしばらく黙っていた。妹の顔をじっと見、切れ長の目尻が化粧なしの細面に皺を伸ばしていて、わたしと七つ違いだから、この人、三十六歳、いや誕生日前だから三十五（一昨年から急に満年齢で言わねばならなくなってややこしい）、わたしも四十二になってしまった。それにしても、三十五で医学生で、娘盛りの人々と一緒に机を並べるというのはいかにも若やかな志である。

「なぜ、じろじろ見るのよ」と夏江は目を三角にした。

「じろじろじゃない、しげしげと見て感心してるの。あなた、若いわ、まだ二十代に見える」

「冗談はやめてよ。これでも必死で生きてるんだから」夏江は本当に怒ったらしく、肌を紅潮させて睨みつけてきた。

「ごめんなさい」と姉はあっさり謝り、それから自分でも思いがけない質問をした。「あなた、透さんと一緒に教会に行くの」

「なぜ、そんなことを聞くの」

「二人とも教会との関係を保っているのかどうか知りたかったの。つまり、わたし誰かいい神父に会ってお話聞きたい。いい神父様を紹介して欲しい。ほら、あの方どうかしら。透さんと親しいアメリカ人の、ジョー・ウィリアムズ神父。神田の教会でお会いしたとき、素敵な神父様だと思ったんだけど」

「今は上智大学の英文科教授をしておられるわ。人物は無類にいい方。ただし、透はジョー神父と意見が合わずに絶交したの。ジョーさんが、米軍が広島と長崎に原爆を落としたのは戦争を終わらせるために必要な行為だったと言ったのに反発したら、ジョーさんが、透は信仰を失いかけているなんて言ったので、なおさら間柄がこじれちゃって――」

「それは残念ね。でもほかにいい方がいらっしゃれば紹介してね」

「もちろん。でも、最近、キリスト教に関心あるの？」

「お言葉ですわね。これでも聖心女子学院の卒業生です。高等女学校のとき、公教要理のクラスに通い、神父様から受洗のお許しを頂いたこともあるんですからね。でもあのときは、おとうさまに叱られて、泣く泣くやめたんだ」

「そうだったわね」夏江は深く頷いた。父の耶蘇嫌いは激しくて、平手打ちで折檻され、一晩号泣したわたしを妹はそばで見ていたのだ。「わかった。いい神父様を探してみる。透ともよく相談してみるわ」

「ありがとう」

「まあまあ、大分積もってきたわね。足元が危ないから、そろそろわたし、帰る」と夏江が立ちあがり、急に思い当たったように言った。「そうそう、セツルメントのOS会で悠太ちゃんに会ったわ」

「OS会ってなあに」と初江も立ちながら聞き返した。

「オールド・セツラーの集まり。昔、セツル活動をした人々が時々集まろうって会なの。もっとも今度が戦後最初のOS会だったんだけど。透とわたしはOSだから、誘いの手紙が来たの。戦後、みんな住所を転々としてるじゃない。なのに誰がどうやって住所を調べたのか不思議に思っていたら、会場に悠太ちゃんがいて、理由が判明しました。悠太ちゃんがセツル活動しているのって、初めて知ったわ」

「そうなのよ」と初江は渋い顔をした。「あなたには黙っていたけど、あの子ったら、そのセツルにすっかり夢中なのよ。おとといから、亀有のセツルハウスに泊まり込んでいて家に帰ってこないの。あの子は詳しくは説明してくれないんだけど、今のセツルって共産党と関係があるんでしょう」

「戦前のには、たしかに共産党関係の人が多かったけど、透みたいなカトリック教徒もいたし、わたしみたいに無思想人間もいたし、いろいろな立場の人たちがいた。今のもそうじゃないかしら」

「あの子は、このごろマルクスだとかレーニンだとか、難しそうな本を読んでいる。そこにある『真空地帯』て本も、主人公が『共産党宣言』なんて文章を暗唱するところがある。あの子が面白いというので、読みだしたんだけど、ちょっと読みづらい本ね」

　夏江は火之子にクレヨンや画用紙の片付けをするようにと言った。こういう母の命令に子は素直に従った。こういう所も央子と違った。央子は、ヴァイオリンを弾いているときは、ご飯だと言ってもなかなか従わず、母を手こずらせたものだった。

「待って、わたしも出るわ」

「雪で滑るわよ。危ないわ」

「夕食のお数を買わなくちゃ。うちは大食らいの息子が大勢いるんですからね」

　初江は身支度した。と言っても、この節は和服をやめてしまい、ブラウスにセーターの洋装だから簡単だ。普段着にコートをまとえばよろしい。

　雪は三センチほどの積もりで、坂の車道では、あちらこちらで自動車が滑って登れず、タイヤを空回しして喘いでいる。そういう車を縫って米軍のジープが何か特別な仕掛けでもあるのかスピードを落としもせず、さっさと通過していく。戦災で焼野原となった大通りの向こう側にはすっかり新築の家々が立ち並んだ。しかし以前のような庭付き一戸建ての住宅ではなく、四角い二階建てのアパートやガソリンスタンドである。新宿の繁華街に近いこの付近一帯は、裏の歓楽街やら向かいのアパート街やら、変貌が著しく、戦災をまぬがれたわが家はすっかり時代に取り残された陋屋に見える。わが家は悠太が小学一年生のときに新築したのだが、すっかり古びてしまった。

夏江は火之子の手を引き、傘で覆おうとするが、子供は雪の中に出たがり、むしろ親を引っ張る形になった。初江は、伊勢丹デパートの地下の食品売場に行く決心をして二人のあとを追った。坂を下って新田裏の停留場まで来たとき、ちょうど水天宮行きの都電が来て、夏江親子は乗り込んだ。これに乗れば若松町は四つ目で降りればよい。火之子は膝立てで外を見るのに有利な席につこうと小さな体を毬にしてすばしこくステップを上がり、窓に顔を浮かせたが、もう初江など眼中になく、雪景色を夢中で見ていた。大久保車庫の方角に去っていく電車の青い火花を見送りながら、初江は佇んでいた。

子供たちが小さいときは苦労も多かったが、母親としてはそれなりに充実した毎日だった。戦争中は疎開地の金沢で、狭い所に子供たちと住んで飢えに苦しんだ。さいわい（奇蹟的にと言っていい。なにしろ、この西大久保一丁目で焼け残った三百五十軒の一つにわが家が入ったのだから）戦災をまぬがれた東京の家に戻ってからは食べ盛りの男の子三人（央子だけは軽井沢の野本家で養われていた）をかかえて、食糧難の戦後数年間、買い出しと農耕で無我夢中に過ごし、気がついたら、子育ては終ってしまい、四十二歳になって、これから先の寂しく孤独な人生を思い、神父に会ってみたいなどと志した。大久保車庫のあたりで、また青い火花が雪を照らしたのをしおに、初江はとぼとぼと歩き出した。

暗くなってきて街灯が点ったが、人通りは絶えていて薄気味が悪い。と、花園神社の鳥居の下から、アメリカ兵が十人ほど、酔って調子はずれの会話を散らしながら出てきた。ここらで見かけるアメリカ兵は性欲で脹れあがり、あの歓楽街を目指して行くように思えてならない。初江は、あわてて逃げ、足を滑らしながらも小走りに先を急ぎ、買い物客の群れるデパートの前に来てやっと人心地がついた。

2

きのうの雪は夜のうちに雨に変わったらしく、屋根打つ雨音で初江は目覚めたが、まだ頭が何か重いものを引きずっていてすっきりせず、悠太が恐ろしい革命集団に加入して警察に逮捕されてしまい、拷問を受けているような（細部は忘れてしまった）夢の断片が意識のあちこちにこびりついていた。夫の悠次は年のせいか不眠気味で、医者から睡眠薬をもらって飲んでおり、その効果のためだろうが鼾がすごく、それが悪夢の伴奏になっていたらしい。鼾から逃れて寝室としている茶の間を出、広間の雨戸を開くと、庭一面の雪はあらかた消えて、ニワタズミに朝日が射して軒に反映が美しい模様を掃き、風は和んで温かく、きのうの吹雪はきょうの春うらら、まあ狐につままれたような気持ちで台所に立った。

ここには冷気が残っていて足元が寒く、糠味噌から出した白菜を刻むと、冷たい菜から立ちのぼる糠の臭いに、冬の気分に逆戻りして悠太を思った。昨夜遅く、もう悠次も寝てしまったあとに電話があり、今夜もセツルメントに泊まるからという断り、これで帰宅しない夜が三つも続き、食事はどうしているのかと心配すると、適当にしてるさという要領を得ぬ答え、学生の懐具合では、碌なものを食べていないに決まっている。あの子は炊き立ての熱い御飯に白菜の漬物を載せたのが大好物なのに……。

ぬっと学生服の駿次が台所に現れ、母親は背の高い彼の肩の下にもぐり込む感じになったところ、息子は大きな手を水母のようにくねらせて釜から炊きあがった飯をお櫃に移して運び、盆に食器をそろえて持っていき、でかい図体でちょこまか働くが、母を助けるというより、そもそも厨房が好きなので、魚を器用にさばき、煮物、天麩羅を巧みにこなし、炊き込みご飯も上手で、有り合わせの食材で気のきいた味を出す。大の食通で、母親の料理に辛口の批評をする点は父親の悠次に似ているけれども、この子の弱点は葱が嫌いなことで、長葱でも玉葱でも、ほんの一かけらでも入れようものなら、もう口をつけず、だからこそ、わが家では、すき焼きも鍋料理もできないのだ。

この点、食べ物について淡白なのが悠太と研三。戦争中、悠太は陸軍幼年学校の寄宿舎で集団生活をし、研三は学童集団疎開で田舎の粗食に甘んじ、食べ物にえり好みをせぬ習慣がついてしまった。えり好みの最たるのが央子。軽井沢の野本邸で潤沢な食生活をしたせいか、母親の料理にしばしばそっぽを向き、父親よりわがままを咎められても食べず、一度そうなるとどんなに飢えても頑として食べずにいた子が、フランスの食事に馴染んでしまった今、もはやわたしの〃お袋の味〟なんかに見向きもしないだろう。

朝食は庭を見渡す広間で取り、白米飯、味噌汁、納豆、茹で卵と決まっていて、戦後四年ほど続いた食糧難、芋汁やトウモロコシ・パンや水団《すいとん》の時代はようやく過ぎて、豊かな食卓とはなったものの、家族そろっての食事は少なくなった。大学生は朝が早く夕食時に帰ることも少なく、現に今日も悠太はいないし、研三は友人と山梨の何とかいう所で化石採集をするとかで夜行列車で出掛けてしまい、結局、夫と次男とわたしだけの朝飯である。

寝巻姿の悠次は、このごろ猫背が目立ってきて前こごみ、出張った腹を丸見えにさせて、食べながら日経、朝日、毎日、読売と四種類の新聞をとっかえひっかえ読み、お代わりの茶碗を突き出すだけ、学生服の駿次は、長い脚で窮屈そうに胡座をかき、御飯に味噌汁を掛け、大口あいてかっこみ、さっと食べおわるや、「おれ、夕食いらねえ。サッカー部のコンパがあるんだ」と言い捨て、鞄を鷲摑みにして去った。

「おととい、国会の承認もなしに政府が調印した日米行政協定とは要するに治外法権地区を日本国内に設けるという大変な協定だな」と悠次が言ったが、初江は知らん顔で黙っていた。どうせ夫の独り言にきまっている、何とか協定なんていう政治向きの事柄がわたしに分かるはずもないのだから。悠次は新聞に読みふけり、度の強い眼鏡の奥の小さな目が鋭く光っていて、こういうときに話しかけるのは禁物、ほら赤鉛筆を握った、つぎは傍線を引く、赤線で囲む、それを切り抜く、スクラップブックに貼りつけるという段取りで、これが朝の日課である。

「この四月二十八日には講和条約と安全保障条約が発効して日本はいよいよ独立しＧＨＱは廃止されるが、そのあとも米軍は基地という治外法権地区に駐留し続け、独立国日本に自由に出入りでき、関税も税金も払う必要がなく、必要な物品や兵器は日本政府の許可を受けることなく持ち込める。基地内には日本の国家主権は及ばず、日本の法律は一切通用せず、日本の捜査権もないというのは、かつてありし支那の租界と同じだな。しかし、この協定を調印しなければ、日本は独立できないというのが現実だ。これこそ敗戦国の現実だ。仕方ねえやな」

悠次は独語しながら、切り抜きを始め、それが終ると、丁寧に糊をつけてスクラップブックに貼りおえ、ふと上目遣いに初江を見て言った。

「悠太はまだ帰ってこねえのか」

「セツルに泊まり込んでいます。昨夜も電話で断ってきました」

「大学には出てるんだろうな」

「さあ知りませんわ」そんなこと、わたしの責任じゃありませんよ、と示すように初江は不機嫌な顔で答えた。「講義や実習には出ている様子ね。大学から亀有に直行するんですって」

「そこで何をしてやがるんだろう」

「診療所の手伝いやら地元の人々との話し合いやらで、きりきり舞いしてるらしい。これで三日も帰ってきませんもの」

「そんなことして何が面白いのかねえ」

「そうそう、きのう、夏江から聞いたんだけど、東大で開かれたセツル同窓会で、悠太に会ったとのこと。あの人も昔、帝大セツルメントの託児所で働いたことがあるんで、先輩として同窓会に出てみたら、ばったり悠太に会ったという訳です」

「そもそも菊池と夏江が知り合ったのがセツルメントじゃねえか。菊池は治安維持法違反で何回も捕まり、とうとう戦争中、予防拘禁所に四年も監禁されたし、夏江は二・二六のとき、警察に捕まったんだっけな。まあ、血筋かね」

「え？」

「夏江は親父に反抗してセツルに通ったり、最初の夫と離婚したあと家を出たり、何かと親父に反抗した過去があらあね。そういう反抗的遺伝が悠太にも伝わっているってことさ。あいつ、このごろ何かとおれに楯突きやがる。被占領国日本が一刻も早く独立するには、朝鮮戦争のさなかに同盟国を増やしたがっている米国の気運に乗じて、さっさと講和条約を調印しちまうのが利口なやり方だというのが全然分かっていねえんで、全面講和をしろなどという時代離れの主張をしている。この点、吉田首相に〝曲学阿世の徒〟と罵倒された東大総長と同じく、視野が狭いよ。もし全面講和をすれば、ソ連の主張する千島列島のすべて、択捉国後《えとろふくなしり》両島までもソ連領にすることに同意しなくちゃならねえんだぞ。悠太によれば、サンフランシスコ講和条約は、ソ連を敵にまわす側につくこと、安全保障条約は日本が米軍のソ連・中国・北朝鮮への出動基地となることというのだが、そういう共産党そっくりの主張は、時代の趨勢と日本の利益をまったく見ていねえ青臭い主張なんだ」

初江は夫の長広舌を聞いていない振りをして卓上を片付け、座を立つと夫の声が追ってきた。

「あの子は赤に染まってらあな。ひょっとして党員にでもなったら事だよ」

「まさか、そこまでは行ってないと思うわ。党員にもおかしなやつがいるって言ってますもの」

「つまり党員と付き合ってるってえことだ。ＧＨＱが共産党中央委員を公職追放してから、徳球らは地下に潜り、過激な武力闘争方式を指示しているらしい。共産党はますます危険な存在になりつつある」

「あの子は武力だとか暴力なんか大嫌いですよ。それに組織に属するのはまっぴらだと言ってますもの」

「セツルメントは組織じゃないのかね」

「夏江によれば、いろんな思想や考えを持つ学生の寄り合いですって」

「夏江の知識は戦前の古いものだろう。信用はできんさ。いかん、時間だ」腕時計を見てあわてた悠次は吸殻を灰皿になすり付けて立ち、妻は背広に着替えるのを介添えし、玄関から出るのを丁寧なお辞儀で見送った。

　土曜日となると、悠次は鵠沼《くげぬま》に住む昔馴染み、佐々竜一方に寝泊まりして麻雀遊びをし、月曜日にはそこから出勤するのが習いであり、土日には火之子を預からないから、これで今日はわが家に誰もいなくなったと思うと、寂しさの反面、ちょっと解放された気持ちでことさらに丁寧なお辞儀をしたのだ。唐楓の濡れた枯れ枝が朝日にきらめき、二羽の四十雀が枝から枝へと楽しげに鬼ごっこをしてい、窓を開くと温かい風が快く頰を撫ぜた。今日はもう三月、春が来たんだわ、いいわ、わたしも出掛けてやろう、どこかに。

　食器を仕舞い、座敷と茶の間を掃除し、火之子の乾いた衣服を畳んで重ねていると、あの子の体臭が立ちのぼり、とたんに幼い子が漬かって隠れていた風呂場の湯冷ましがそのままなのが気になった。まだ幾分温かい留め湯を栓を抜いて流し、それから石鹼をたっぷりつけてタワシで風呂桶をごしごし箍《たが》が軋むほどにこすってみたが、洗っても洗っても、あの子の体臭が染みついているようで気味悪くてならない。気味悪い——そうだ、それがあの子に覚える気持ちなんだわ。

きのう、水死体のように浮いていた髪の毛の記憶をすっかり消し去る気持ちで初江はますます向きになって桶をこすって、ついに息が切れてやめた。

家事が一段落すると炬燵に足を入れて、『真空地帯』を開いた。が、どうしても先へ読み進む気がせず、バタンと乱暴に本を閉じ、これを返して何か別なのを読もうと二階の悠太の部屋に入った。新刊書のコーナーを物色して、これも悠太お勧めの、大岡昇平という新人の『武蔵野夫人』を抜き出し、冒頭を二、三行読み、自然描写が美しい、これなら面白そうだと持って下り、しばらく夢中になって読む。と、電話が鳴った。野本桜子からだった。

「オッコちゃんのデビュー演奏大成功を祝って、わたしんとこでパーティーをやるの。いらっしゃい」

「それって、お祝いするほどの出来事なのかしら？」

「あらら、もちろんよ。劇場もオーケストラも指揮者もパリで一流なのよ。オッコちゃんから、むこうの新聞切り抜きを送ってきたから見せてあげる」

「でもフランス語じゃあ……」

「わたしが訳してあげます。それで世紀の大慶事だって納得なさいますわよ。百合子も松子も梅子もオッコちゃんのファンだし、オッコちゃんを出しにして、久し振りに従姉妹全員集合で祝杯をあげようという魂胆。実は、もうみんな大賛成なんですのよ。いらしてね、主役のおかあさま」

「今日の……」

「夕方五時ごろから始めたい。それまで、わたしピアノのレッスンがあるの。生徒が五人ほど来るのよ。でも、あなたが来るのはもっと早くても、何時でもいいわ。松子と梅子は早々と来ちまうそうよ」

「でも、あなたんちって、行ったことないし……青山って土地勘がないのよ」

「青山五丁目で降りるの。道は夏っちゃんが御存知。去年のクリスマスに、わたしの生徒たちの発表演奏を聴きにきてくれたのよ。そこでお願いがある。夏っちゃんとこだけ電話がなくて連絡できないでいるの。で、彼女を誘って連れてきてよ。菊池家って、あなたんとこの近くでしょう。お願い」

「子連れでもいいの?」

「いいわよ。百合子も松子も梅子も連れてくる。火之子ちゃんも大歓迎。いいわね」

相手が承諾したと決め込んで桜子は電話を切ったが、こっちはむろん出掛けるつもり、暇つぶしをどうしようと考えていたとき桜子に誘われたのも、久々に従姉妹たちに会えるのも嬉しい。亡くなったわが母の妹、藤江叔母と風間振一郎叔父との間には、百合子、松子、梅子、桜子の四人の従姉妹がおり、それにわが時田家のわたしと夏江を入れた同世代の若い女性ばかりが一夏を葉山の海岸で過ごす習慣があったのは、日中戦争の前のことで、それは楽しい思い出になっている。と、あの夏の海岸の出来事が、記憶の底の泥のなかから浮かびあがり、初江の全身を甘美な感覚で包み込んだ。男に「小説のように愛して、初江さんと一緒に罪に堕ちたいのです」と耳元でささやかれ、あの一声で、まさしく小説のような世界にわたしは足を踏み入れてしまい、夜の漁船の中で夫との間では経験しえなかった喜悦に全身を震わせた。いや、思い出すと不安になった、きのう、夏江に神父を紹介してくれなどと頼んでしまったが、神には秘密などないはず、すべてを見通している神は恐ろしい……。

頭を振って追憶を追いやり、出掛ける用意をしようとして鏡台に向かい、はっと気がついた。何というひどい髪、ひどい服、まるでおさんどん、到底、人の家、とくに桜子の家を訪問できる姿ではない。それというのも、この数年の食糧難のさなか、農家への買い出しで、各種を揃えていた和服のすべては交換品として消えてしまい、と言って高価な服を買う余裕はなく、それに昔のように正月に親戚一同が集まって宴会をする習慣もすたれて、安上がりで簡便な洋服の普段着で過ごしてきたからだ。桜子の夫、野本武太郎は、小型船舶製造業、野本造船株式会社の社長で、戦争中は潜水艦の目を逃れる小型運送船の軍需で大儲け、戦後は小型漁船やレジャー用のモーター・ボートなどで需要に追いつかぬ繁盛ぶりで、夏江によると、青山の野本邸はアメリカの大金持も顔負けの豪邸だというから、到底こんな無様な恰好は通用しない。

まあ何という髪だろう。戦争中のパーマネント禁止で、髪を巻いて〝結上《ゆいあ》げ〟にしてから、ずっとそれで通してきた。戦後は〝電髪〟が復活して、若い人たちは流行の髪形をしているけど、四十過ぎの婆さんがいまさらと思って、あちこちの雨後の筍の美容院の前を素通りしてきた。よろしい、思い切って電気パーマをかけてみよう。

そして着物を今から整えるのは無理だから適当な洋服を買うより仕方がないと臍を決めると、伊勢丹の婦人服売場でいつか見て気に入り、高過ぎてあきらめた既製服が脳裏に映った。よろしい、あれくらいのを買ってやると決心が定まると、初江は金庫を開いて、夫から生活費として渡されている有り金を全部財布に詰めて外に飛び出した。

新宿の繁華街まで一気に歩き、まず美容院。前から目をつけていた、アメリカ風というのか、ガラス窓に派手な花模様を描いた店に飛び込み、愛想のいいドア・ガールに待合室に案内され、まず料金表を見て高いのでびっくりし、客層が若いのに気後れし、電髪用の〝お釜〟型の設備が見当たらないのを不審に思ったが、いまさら出ていくのも業腹で坐っていた。混んでいて小一時間も待たされてやっと番が来た。

「どのように致しましょう」と、額に焦げたハンバーグのような髪の塊を垂らした若い美容師が尋ねた。いやな髪ね、こんなのはわたしに似合いはしない。

「そうねえ」初江は、鏡越しに左右の客を参考にしたが、若い人のふわふわ波うつ派手なのは自分には似合わないと見極め、目の前の雑誌を取り上げてページを繰った。西洋人の写真ばかりだが、中年婦人のすっきり纏まった髪を指差し、「こういう具合にやってもらおうかしら」と言い、「パーマはどこでかけるの」と不審げに辺りを見回した。

「お客様、当店はコールドでございます」

「……」

「マシンで熱くするのではなく、薬品を用いますコールド・パーマでございます」

「……」

「よろしゅうございましょうか」

「もちろんよ。そのコールドを掛けに来たんじゃないの」と初江はつんと澄ました。

覚悟を決めて目をつぶった。髪をカットされたあと強烈な悪臭に襲われて、目を開くと薬品を髪に塗りたくっては、クリップで止めている。アンモニアが鼻をつくがじっと我慢して、これが当世風なのだとおのれに言い聞かせた。そして出来上がった自分の顔には、すっかり満足した。

ふん、わたしはまだ捨てたものではないわよ。ようし、この髪形に似合う洋服を買ってやる。

　つぎはデパート。婦人服売場は春物の売出し中で、この前に見た冬服は見当たらず、今日は暖かだから春の洋服にコートをまとえばいいと決めて、店員に適当なのを持ってこさせ、つぎつぎに試着し、アストラカンのヘチマ襟のついたフラノ綾織りのワンピースが気に入ったが、値段が八千円と聞いてびっくり、わが家の一月の家計費の半分もする、去年の秋来日した、世界的巨匠メニューインの日比谷公会堂の切符が千円で、シュタイナー先生の親友だから是非行きたいと思いつつ高すぎて敬遠したのに……えい、かまうものかと急坂を転げ落ちる気分で金を払ってしまうと気が大きくなり、ついでにコートも新調し、さて正札を取らせ店員の介助で装いをしてみると、流行の（多分流行なんだと思う）髪形に服もコートもぴったり調和して、十も回春した様子、店員のお世辞を半分真に受けて外に出れば、神様が祝福するかのようなよい日和のもと、夢見心地でわが家に帰った。古服と古コートを包んだ紙包みを玄関に投げ捨て、夏江の所へ行こうとして、ふと火之子の衣服を思い起こし、風呂敷に包んでいるうちにようやく気が鎮まり、じっくりと靴を選んで履き、都電の停留場に向かった。

　若松町で降り、電車通りから横道を下ったさきに夏江の借家があるのだが、何と呪わしいことに未舗装の、ぬるぬるした泥濘道、泥跳ねがコートにつかぬように用心深く歩いて、やっと行き着いたのは、同じ形の玄関の格子戸がずらりと並んでいる棟割長屋だ。菊池の家は、火之子の甲高い笑い声が響いているので、すぐ分かり、呼ぶと出てきたのは夏江と火之子だった。

「どうしたの、その恰好」と夏江は目を丸くし、つぎの瞬間吹き出した。「失礼ね」と睨みつけていると、火之子が母親の前に回ってき、「おばちゃん、きれーい」とはしゃいでちっぽけな手で盛んに拍手し、すると後ろから透が現れ、火之子をひょいと抱いて、しごく改まった形で頭をさげた。

「いつも、この子が御厄介になっていて、ありがとうございます。それにきのうは、大変なご迷惑をおかけしたそうで」

「いいえ」と初江も改まって礼を返し、持ってきた火之子の衣服を差し出した。

「おねえさん、どうしたのよ、ご大層なおめかし」と夏江が尋ねた。

「それなのよ」と初江は今度はにっこりして言った。「桜子から電話があって、今日の夕方、野本家で従姉妹の集まりをするから、夏っちゃんに伝えてくれと言われて、メッセンジャーとなって来たの」

「藪から棒ね、何なのそれ」

「オッコが、パリで、何とかいう劇場で何とかいうオーケストラと組んで、コンチェルトを弾いて、デビューしたんだって。桜子によれば、そういうの大したことで、ぜひお祝いのパーティーをしたいんですって」

「それはおめでとう。よかったわ。それで劇場とオーケストラは何というの」

「それがフランス語でしょう、電話じゃ聞き取れないの」

「オッコちゃんからは？」

「それが、あの子ったら、なあにも報告してこないのね。まあ、オッコを出しにして従姉妹同士が久し振りに集まりたいのが桜子の魂胆なんですって。で、あなたの都合はどうかしら」

「そうねえ」夏江は困惑した表情で夫に抱かれている娘を見た。「土曜と日曜ぐらいこの子と過ごしてやりたいのよ」

「子連れでいいんですって。百合子も松子も梅子も連れてくると言ってたわ」

「いや、家の旦那の問題。娘と一緒にいたいため、土日を楽しみにしているの」

「今日はいいよ。この子を連れて行きなさい」と透が言った。「実は、ぼくは依頼人と来週の裁判の下打合せをする用ができちまったんだ」

「そうだったの」と夏江は怪訝そうに夫を見た。「あなたって、土日は仕事はやめて娘と一緒に過ごすと言ってたじゃないの」

「例外もあるさ。今度の事件の依頼人は、会社員だから、土曜の午後か日曜日しか十分な暇が取れないと言うんだ」

「それなら納得」と夏江は顔をほころばした。

「喜んで火之子を連れて行ってくるわ」

「やったあ」と火之子は、父親の腕から抜け出すと「あの娘かわいや」と『銀座カンカン娘』を調子はずれに唱い出し、それを透は目を細めて見ていて、まったく子煩悩な父親である。西大久保に来るときには背広に弁護士バッジを光らせている彼は、ここでは義肢をはずしているので、生来肩幅の広い体格であるだけ、戦争で失った右腕の部分のセーターの揺らぎが目立った。住居は六畳二間に炊事場つきの狭い空間だが、人形や絵本や画用紙などが散乱している畳を除くと、夏江と透の机がそれぞれの本箱を備えて仲良く並んでおり、机上はきちんと片付き、わが息子たちのと比べると、こちらは模範的な学生二人の勉強部屋の様子である。

「ちょっと着替えするわ」と夏江は襖を閉めて隣室に消えた。

「夏っちゃん、着て行くものあるの」と初江は襖越しに尋ねた。

「女子医大の制服で行くわ。ほかの洋服持っていないもの」

「それなら納得」と初江は妹の口真似をした。この妹にかかると、すべての問題は簡単に解決される。

火之子がスケッチブックに絵を描き始めると、透は初江に向かって座布団を勧め、自分も畳に坐った。

「神父の件、夏江から聞きました。ぼくは、ジョー・ウィリアムズ神父が最適のように思います」

「でも、あの方とは絶交なさったとか……」

「いえ、絶交というほどのことはなかったのです。意見の相違があり、一時別れていたという程度です。別れるときに、二人の友情には変りはないと固い握手を交わしたくらいですから。意見の相違というのは、入り組んで簡単には言えませんが、アメリカ軍が、原爆により大量の民間人を殺戮したのは間違いだったとぼくが言うと、ジョーはアメリカ軍は民主主義と自由主義という正義のために、神に見捨てられた日本人を殺したのであって、原爆も正当な戦闘行為の一環に過ぎなかったというのです。しかし、ジョーは去年、突然、意見を変えたのです。自分が間違っていたと気づき、ぼくに謝罪してきたのです。その切っ掛けになったのは、悠太君ですよ」

「悠太が、ですか」

「はい。去年の東大の五月祭に、悠太君が『原爆症』の展示をしたのを、たまたまジョーが見てショックを受けたんです」

「ああ、あれ、わたしも見ました。酷い火傷の痕が黒く盛り上がって、ケロイドというのになる悲惨な写真をいっぱい見ました。被爆直後の子供たちの、皮が剝がれ骨まで出ている写真もありました。あんな残酷な爆弾を落として、非戦闘員である子供や女性や老人を何万人も、何十万人も殺して、それが正当な戦闘行為だなんて、絶対に思えませんわ。わたし三月十日の大空襲をこの目で見たんですけど、原爆ってあれよりももっとすごい」

「そうです。ジョーもそう思ったのです。彼は、展示場にいた悠太君に質問し、放射線症の恐ろしさを医学の観点から詳しく説明してもらったのです。二時間ぐらい質問攻めにして、それに悠太君が見事に返答したんで、すっかり感心。そのうち、悠太君のほうで自分の相手にしているのは、ぼくの知人のウィリアムズ神父だと気づき、二人で蕎麦屋に行き、さらにすっかり話し込んだんですね。翌日は、日曜日で雨の日だったんですがジョーはまた『原爆症』展に行き、悠太君の調べた文献を見せてもらい、それを借りてきて読んだんです。アメリカの医学雑誌の論文、英文の単行本、日本の医学論文——悠太君は勉強家で沢山の文献を読んでいた。そして、ジョーは、去年の夏、広島と長崎に旅をして、被災地を歩き、多くの被爆者に会ったんです。夏の終りに突然、彼から長い手紙が来ました。自分は事実を知らず、アメリカ人の常識に基づいて浅薄な意見を言ったのを恥じるという謝罪文でした。そこに悠太君に会って以来の心境の変化が詳細に報告してありました。ぼくは、四谷のＳＪハウスに、これは上智大学の隣にあるイエズス会士の宿舎ですが、彼を訪ね、二人はすっかり和解したのです」

「あなた」と尖り声は夏江だった。険のある目付きで夫に迫っている。「ジョーさんのこと、なぜ、わたしに話してくれなかったの。あなたとジョーさんは絶交状態だと、おねえさんに嘘を言ってしまったじゃない」

「そうだったらごめん」と透は頭を掻いた。

「別に黙っているつもりはなかった。ただ、あのころ、きみとは火之子の面倒をどうやってみてやろうかという相談で持切りで、ジョーの件を話す余裕がなかっただけだ」

「さきおととし、新築された聖イグナチオ教会に行くと、ときどきジョーさん司式のおミサがあるの。おミサが終ったあと、庭に出て信徒にお会いになるのだけど、あなたと不仲な人だと思って、わざと遠ざかって挨拶しないできたのよ」

「そうだったとすれば、ますますごめん、心から詫びます」と透は正座して頭を深々と下げた。

「ごめん、ごめん」と火之子も正座して父の真似をして頭を下げたので、夏江と初江は吹き出した。

央子のお古の臙脂の外出着に着替えさせたのだが、色白の央子に似合ったものが色黒の火之子が着ると、どこか冴えない。それに、夏江の服装に初江は度肝を抜かれた。いつも着ている紺のジャケットにパンタロンは学生らしくてよかったのだが、今は幅広の白襟に、青いボタンが上下二列についた軍服さながらの紺の上衣に、布を縫い合わせただけの長いスカートで、いかにも野暮ったい。しかも断髪に男の学生のような校章付きの角帽を被っていて地顔で通している。せめて口紅ぐらい塗ったらと思うのだが。

「それ、女子医大の制服？」

「そうよ。正しく申しますと、戦前の女子医専の制服。先輩から譲り受けたの。優雅でいいでしょう」

「まあねえ……」と、初江は目をくるくる動かしただけで黙った。

「さあ、出掛けましょう」と夏江は火之子に言った。腰を浮かした初江に透が言った。

「あす、ぼくらはイグナチオ教会のミサに行きます。もしそこでジョー神父に会えたら、おねえさんのことを話してみます。悠太君の母堂だと知れば、それはもう大喜びで引き受けてくれますよ」

「よろしくお願いします」と言いながら、初江は夏江に志を打ち明けたのを悔やんでいた。物事を真っ直ぐにとる妹は夫に伝え、頼まれると一所懸命になるのは透の身上であった。ふと神父を紹介してくれなどと口走ってしまったが、神父に何もかも告白しなくてはならないとしたら困る、とくに悠太と親しくしている神父では困る……。

「わたしも、ぜひお話したい。懐かしい神父様ですもの」と夏江は晴々と言った。「本当によかった、あの神父様が御意見を変えてくださって。やっぱり素晴らしい方」

「あのね、このお話、少し待っていただけないかしら」とやっと初江は言った。

「はて、どうしてですか」と透は怪訝な顔をした。

「恐いんです、わたしって罪深い女だから、神の前に何もかも明らかになるのが」

「誰でも罪深いです。だから神を求めるのです」と透は自信ありげにぐっと頷いた。

「無理はいけないわ」と夏江がかぶりを振りつつ取りなした。「おねえさんが待ってほしいのなら、待ってあげるべきよ」

「もう少し、よく考えてから、またお願いしますわ」と初江は透に頭を下げた。

表へ出たとき、初江は空腹を覚え、腕時計を見ると午後四時、昼飯をすっかり忘れていた。

3

都電が空いていたので初江と夏江は幼児をはさんで坐ったところ、火之子はすぐさま母に「ピッちゃん、ちょうだい」とせがみ、こんな場所で、しょぼくれた熊など見端がよくないと渋っている母に、子は人々が耳を押えるほどの金切り声を放散し、閉口した母がショルダー・バッグから出してやると、それをきつく抱きしめて、もう頑として放さず、頬擦りしながら目を細め、そのうち眠ってしまった。

「これ、持ってきたのね」と初江は縫いぐるみを顎で指した。

「どこに行くのでも連れていかないと大変なの」と夏江は顔をしかめた。

「オッコもそうだった。子供って同じね」

「でも、オッコちゃんは人前で恥ずかしがるようなところがあったじゃない。ところが、うちのは人前だって全然平気なんだから」

「そうねえ」と初江は思い出した――央子は、家ではピッちゃんを大事にしても、外出のときは余所行き用のまっさらな人形を抱いて、結構見栄っ張りだったことを。

この辺り、焼跡も目立つが、焼け残ったり新築された屋敷も多く、女性の身形《みなり》が新宿界隈の普段着や割烹着やモンペまがいの雑駁なのとまるで違い、きちんと髪形を整え、アクセサリーもコートも垢抜けしてい、ともかくりゅうとした奥様族が目につき、初江はわたしもちゃんとしてきてよかったと胸を撫で下ろした。それにしても、夏江の年増の制服姿が場違いで珍妙に見えるらしく、振り返ってじろじろ見られるし、火之子の激しい奇声に驚いた人が薄気味悪げに横目を遣うし、こっちは気詰まりなのに、夏っちゃん、一向に事もなげなんだから……。

「みんなに会うの久し振りだから、ちょっと復習しておきたいんだけど」と初江は妹に話し掛けた。「百合ちゃんのお旦那、脇敬助代議士は、今、何党？」

「自由党、吉田茂の」

「たしか前は反吉田の民主党だったと覚えているけど」

「そう、それが民主クラブになって、民主自由党になって、自由党になっちゃった」

「あなた頭いい。そういうのよく記憶できるね」

「これね、透によく聞いてこいと言われたんで、去年のクリスマスで会ったとき、百合ちゃんに詳しく紙に書いて説明してもらった。でもなぜ、そうくるくる所属政党を変えていくのか、それとも政党の名前が変わっただけなのか、代議士夫人にも皆目見当がつかないらしい」

「じゃ、松っちゃんのお旦那、大河内秀雄代議士も自由党？」

「そうじゃない、そっちはもっと複雑。もともと、大河内さんは風間振一郎叔父様の秘書だったから、五年前の総選挙では民主党の脇敬助代議士を応援したんだけど、三年前の総選挙で自分が代議士に当選したあと、急に敬助さんとの仲が悪くなり、民主党野党派から国民民主党になって、今はこの二月に結成された改進党所属」

「ああ、ややこしい」

「ほんと。でもね、これは透の意見なんだけど、自由党と改進党とは、ともに社会党や共産党と対立している保守政党で、その掲げている政策はほとんど同じなのに、今のところ派閥の争いで袂を分っているだけだから、近い将来、おそらく合流して民主自由党とか自由民主党とかいう一つの政党にまとまるはずですって」

「政党って簡単なほうがいい。訳が分からないもの。選挙の投票のとき困っちゃう。仕方がないから写真の顔のいい人に入れてるんだけど」

「政策より派閥優先だから、脇と大河内は、全く同じ政策を口にするくせにおたがいに気まずい仲らしい。だから夫人同士も仲がよくない。百合子と松子は、このごろ何となくそりが合わないらしい」

「梅ちゃんのお旦那、速水正蔵さんは、たしかアメリカに留学してるのね」

「とっくに帰ってきてる。あの人、戦争中は風間邸の大防空壕の建設をしたでしょう。その実績を買われて大手の建築会社からアメリカの新建築技術の習得のため派遣されて、すっかり鉄骨鉄筋コンクリート建築の専門家になって帰国し、自分で建築会社を興した。これから行く、野本邸も速水建設の設計建築なんだから」

「みなさん、どんどん出世して各界で活躍してるのに、わたしは家に籠もりっきりで、すっかり時代遅れになっちゃった。とにかくここ数年、食糧の買い出しと息子たちの大学受験が続いてたもんで、さっぱり外出できなくて。今日だって戦後、初めてパーマ掛けたのよ」と初江は髪を軽くなで上げた。

が、夏江は髪形など、とんと興味なさそうで、まっすぐ前を見たまま言った。

「わたしだって同じ。透の司法試験、わたしの女子医大受験で時間の余裕がなくって、勝子さんに火之子を預かってもらって本当に助かった。そう、それから、おねえさんにも大変世話になった。去年の桜子のクリスマスだって、火之子に従姉妹たちを会わせておこうと思って、えらい決心したすえに出掛けたんで、あれが世間に顔出しした最初。驚いたことばかり、桜子の豪勢な家だとか、あの姉妹の子供たちなんか、みんなそこで知った。百合子と松子と梅子には、大体同い年の女の子がいたでしょう。ところが、戦争末期に、松子と梅子の子は、双子だからやっぱり同じ遺伝だったのかしらんねえ、なんだか急に弱って相次いで死んだんだって。そして、戦後、松子も梅子もまた子供を生んだ。松子なんて、お盛んで二人も生んでる」

「松っちゃんの子供の名前、教えて」

「上が男の子で秀雄の秀と振一郎の一郎をもらって秀一郎。下が年子の女の子でアイ、愛情の愛。梅子のは、女の子で桃子。偶然だけど、秀一郎と桃子は火之子と同年で戌年だからこの子たちときたら、たちまち犬の子みたいにじゃれて遊んでたの」

「風間の叔父様は孫沢山ね。でも遺伝かしら、女の子が多いのね」

「そう、男は秀一郎ひとりだけ。実はねえ、それが大問題なのよ――」そう夏江が言いかけたとき、火之子の声が鋭く鼓膜を刺した。

「降りるんだよ」

どうして分かったのか、街の様子で見分けたのか、幼い子の言う通りで、青山五丁目だった。

電車通りから青山南町の坂道を下ると火之子は大人たちを追い越して走り、両腕を翼のようにひろげて駆け降り、横丁から出てきた自転車に危うく轢かれそうになり、悲鳴をあげたのは自転車をこいでいた職人風のあんちゃんだった。「すみません」と夏江はぺこぺこ謝り、「火之子」と叱りつけようとしたが幼児はもう十メートルは先を走っていて、急坂をとことんまで行ってしまいそうな気配、「おねえさん、頼む」とショルダーを押しつけた母親は全速力で追いかけ、学生帽がコートをひるがえし獲物を追う紺の鷹、狩に成功してどうにか追いつき摑みあげる、小動物きいきいもがく、そこに初江は息を切らせてたどり着いた。二人の大人が顔を見合わせて、はあはあ息づくのに子供はけらけら笑っていた。

この辺り、だだっ広い焼跡が放置されたままだ。崩れた築地塀の向うは廃墟、再建された邸宅は和風の門構えで木造建築の屋根を連ねているが、どこか急ごしらえで貧相だ。と、それらとは異色の鉄柵が現れ、青々とした西洋芝の向うに、白い石造りの、央子が時々送ってくれる絵葉書にあるフランスのシャトーに似た構えの館が野本邸であった。

呼び鈴を押すとジッと音がして鉄柵の扉がゆるみ、火之子が玄関の階段を駆け登るとドアが開いて、黒ずくめの男、初江も見知っている野本邸の玄関番の工藤（この人よく知ってるわ。西大久保の野本邸では書生風の筒っぽ袴の玄関番、でも葉山の海岸では船長服で野本造船の小型船の操縦をしていたこともあり、戦争末期には野本邸の防火主任として若い伝習生の指揮官をしていた）が、今は詰襟の黒服なんか着こんで、召使然として慇懃に頭をさげ、「奥様はまだレッスン中ですのでどうぞ奥にお通りください」と言い、当然のように三人のコートを脱がすと脇の小部屋に持って行った。

まあ天井の高いこと、どこか戦災で焼けてしまった西大久保の野本邸つまり旧脇礼助邸を模しているのは明らか、それに階段で上に登れるのは欧米の映画に出てくる貴族の館の真似かしら。

「おばちゃん、お船があるの」と火之子が知り顔で初江を招いた。なるほど、モーター・ボートが一隻、窓ごしの西日に赤々ときらめいて、目ざましい。野本造船製の新型船の何とかというタイプであるという、日本語と英語で書かれた説明文の表示がある。「これ、乗っていいんだよ」と幼児は高い舷に飛びつき、器用によじ登ってしまった。と、子供たちの歓声が走ってきた。夏江が初江に紹介した――太った男の子が秀一郎、笑顔にえくぼが出る女の子が愛、瘦せて背が高く、つんと鼻が高いのが桃子。火之子は床に飛び下り、四人の子供たちが競走しつつ奥に走り去ったあと、入れ代わって出てきたのは、母親の松子と梅子の姉妹、二人は一卵性の双生児なのだが、年を取るにつれて松子は太り、梅子はほっそりと瘦せて違いは明らかになってきて、それは松子の夫、大河内秀雄が柔道五段の巨漢であるのに相応しく、他方、梅子の夫、速水正蔵がのっぽなのに相応しいと、これは夏江から伝えられた桜子の冗談であった。

「夏っちゃん、すっかり学生スタイルで決まってるわ」と松子が大声で言ったので、初江は彼女の夫の大河内の大声を連想して思わず吹き出してしまった。

「何がおかしいのよ」と松子は自分もつられて口元をほころばせ、「そうよねえ、嬉しいわよねえ、オッコちゃんの大成功」と、人のよい心得顔になり、梅子と並んで先に立ち奥へと案内した。

初江がちょっと鼻白んだのは、松子も梅子も、新宿の美容師と同じようなハンバーグそっくりの髪の塊を額に載っけている流行の髪形のうえ、ピケやジャージーの体にぴたりとしたワンピースに春めいたジャケットがよく映えて、自分がせっかく大枚をはたいたフラノ綾織りも既製服とあって何だか体に馴染まず不体裁に感じられ、それに反して夏江の〝学生スタイル〟がほっそりした体型に似合って、楚々として垢抜けして見えたことである。

大広間から望めるのは森で限られた芝生で、開放的な玄関口側とは反対の閉鎖空間となっていた。グランド・ピアノや舶来物らしい洒落た簞笥とテーブルに感心していると、梅子が天井のシャンデリアを指差し、「これチェコの色ガラスよ」と自分の夫の施工した室内装飾を自慢する態度であった。「見る方向によって色が違って見えるでしょう。主人がカルロビ・バリで見つけて直送したのよ。それからこの絵をご覧なさい」

振り返った初江は、視野いっぱいに迫ってきた大きな絵に、あっと声をあげた。

四階建ての怪奇な建物が画面一杯に、何だか画面から外に溢れ出るような筆勢で描かれてある。それは通常の写実画ではなく、建物の柱や壁や屋根が、すなわち建物を覆う部分が半透明で内側にある部屋や調度が描かれていて、そこでいとなまれる人々の日常が推測できた。それはまぎれもなく、自分が生れ育った三田の時田病院、父の利平院長が大正の初めから空襲で焼失するまで、つまり三十年余の年月をかけて、新築増築改築を繰り返したために、蟻塚のように不規則な無数の通路で結ばれた迷宮であった。表玄関のガラス戸の内側に、日本海海戦のとき軍医として乗り込んだ巡洋艦八雲の模型が展示され、待合室、薬局、事務所、診察室、レントゲン室、手術室がある。この奥に、職員食堂、賄い所、風呂場。食堂から階段を登って二階に行けば、時田家の居住区で、中二階の細長い奇妙な空間は夏江と二人の部屋、院長室を兼ねた父の書斎、両親の寝室、母がそこで死んだ〝お居間〟などが、まざまざと見て取れる。それは、わたしが幼年時代と少女時代を過ごした生家であり、結婚後も頻繁に訪れたお里であり、ついに空襲で焼失したのだが、その長い歳月にわたる病院の変遷が、戦前の様子から始まって、戦争中の防空用の設備、火叩きや砂嚢や防火用水まで、時代を超越した不思議な描きかたで、丁寧に微細に表現されてある。これはまぎれもなく、異母弟の五郎の絵である。

「お姉さん、感心してるわね」と夏江が言った。

「ええ、懐かしいのよ、わが時田病院ですもの。これ五郎の絵でしょう。全体の感じと筆遣いがそうだもの。彼の絵は、ずいぶん沢山、うちの蔵に預かっていたけど、五郎の自画像やら砂山やら女性の肖像やらで、こんな大きなのはなかった。それにね、暗い気味悪いのが多くて、よく見てなかった」

「銀座でやったゴロちゃんの個展、見なかった？」

「ああ大分評判になった展覧会ね。新聞に批評が出ていたとか、うちの主人が言っていた。でもわたし、行かなかった」

「この絵はね、個展で見た桜子ちゃんが気に入って、すぐ購入したの」

「この絵には面白いトリックがあるのよ。もっとずっと後ろにさがってて」と梅子が言うと夏江は数メートル後ずさりしたので初江も真似をした。電動仕掛らしく、大画面がするすると昇っていき、その向こうに別な大画面が現れた。焼跡の風景であることは一見して分った。そう、時田病院の廃墟を写してある。金庫、電線、鉄製ベッド、鍋、釜、すべてが赤錆びて、融けたガラス片や陶器の破片と混ざり合い、夕日を浴びている。そういう雑多な物の散乱を今度は柱や壁が立ち上がり屋根が覆うという趣向である。

「ね、面白いでしょう。上の絵と下の絵とを見比べてご覧なさいよ」と梅子が言った。

「この絵を見ていると胸がふたがって、たまらない」と初江は顔をそむけた。終戦の年の五月二十四日深夜から二十五日にかけての大空襲で、三田の生家は焼けてしまった。わたしの幼年時代と娘時代の思い出すべてが焼けてしまった。涙が吹き出してきて止まらない。ハンカチがぐっしょり濡れてしまったあと、「これ、お使いなさいな」と新しいハンカチを渡してくれたのは夏江だった。

「おばちゃん、どうしたの」と火之子が飛んできた。「どうしたの」と秀一郎と愛と桃子も顔を寄せてきた。

「何でもないのよ。あっち、行ってらっしゃい」と松子が追いやると、秀一郎と愛と桃子は素直に去ったが、火之子は頑固に両足を踏ん張って残っていた。

「火之子ちゃん」と初江は子供の頭を撫ぜて言った。「この絵ねえ、おばちゃんが小さいときに住んでいたお家が燃えた跡なの。それでね、悲しくて泣いていたの」

「フウン」と幼い子は子細らしく絵を見た。「このお家、おもしろーい」

「おもしろい？」

「だってさ、木みたいにさ、草みたいにさ、土んなかから生えてくるんだもの」

なるほど、そういう具合にも見える。傾いた金庫は地面からにょっきり出た茸のよう、歪んだ鉄製ベッドは早春にそっと頭をもたげた芽、ばらばらな電線は地を這う野生の蔦か。時間が急に逆転して、猥雑に散乱していた廃物がずんずん成長して、まとまっていき、しゃんと立つと、画家がうっすらと描いておいた建造物となる。そして、さらに時間がさかのぼれば、上方に高く掲げられている時田病院の全景になるはずだ。初江はさらに後ずさりして上下の絵を見比べ、「なるほど、病院が土の中から生えてきた」と感嘆詞を投げた。

「何がなるほどなの」と夏江が尋ねた。

「火之子ちゃんに教わったのよ。この絵は新生の絵、復活の絵だということ」

「そうねえ」と夏江は頷いた。「五郎の絵って、ありきたりの写実じゃないから何か、変なこと考えさせられちゃうわね」

「あら、初っちゃん、夏っちゃん、お久し振り。初っちゃん、オッコちゃんではおめでとう」と桜子の明るい声が降ってきた。彼女は、後ろに控えていた生徒らしい少女に目配せして足早にその場を去らせると、右拳で左肩をたたきながら言った。「ああ、やっとレッスンが終った。肩が凝るんだからねえ。このごろの子ときたら、みんなばりばり譜面通りに弾けるのよ。だけど、そういう技術はありきたりで音楽じゃないってことが分からないのね。だから教えていて面白くない。そうそう、初っちゃん、オッコちゃんの記事の切り抜きはこれ。ル・モンドという有名な新聞。それから、ここに劇場とオーケストラと指揮者の名前を書いてあげた」桜子はテーブルの上に紙片を広げて、初江に見せた。

劇場　Théâtre des Champs-Élysées
オーケストラ　Orchestre de la Société des Concerts de Conservatoire
指揮者　André Cluytens

「わたしフランス語読めないの、チンプンカンプン」

「まずシャンゼリゼ劇場というのはパリでもっとも格式の高い立派な劇場。コンセルヴァトアールのオーケストラというのは、コンセルヴァトアール、つまり国立高等音楽院の出身者で作っている一流中の一流の演奏家集団。指揮者のアンドレ・クリュイタンスというのはベルギー出身の有名な指揮者。この三つの組み合わせでデビューしたなんて、すごいことなのよ」

「そうなの」

「そうなのよ。おかあさん、しっかりして。ル・モンドの批評は長いから、全部は訳さないけど、こういう風なの。この敗戦国日本よりはるばる来仏した十五歳の少女は、戦争中ナチに迫害されて日本に亡命し、戦後パリに移住してきたドイツ人の巨匠ハインリヒ・シュタイナーの永年の薫陶を受けたすえ、もっともドイツ的な音楽の粋であるベートヴェンのコンチェルトを、素晴らしい演奏技術と作曲家の深い崇高な内面性への理解に基づく純ドイツ風の演奏で、従来、曲の美と抒情とをもっぱらにするフランス風の演奏に慣れていたパリの聴衆にドイツ古典派音楽の真髄を示し、新しい感動をあたえることに成功した。このことは初演当時不評で長いあいだウィーンの聴衆に理解されなかったこの名曲が、初演後四十年近く経って、十三歳のヨーゼフ・ヨアヒムによって再演されて広く世に知られるようになった故事を思い起こさせる。そうして、この少女の才能を完全に開花させたクリュイタンスは、ヨアヒムを指揮したメンデルスゾーンを遥かに想起させる——。まあ、そう言った具合よ。終って拍手鳴りやまず、師のハインリヒ・シュタイナーまで舞台上に呼び出され、楽屋には、ジャック・チボー、この人ね、去年来日して大騒ぎになったメニューインと並び称される世界の巨匠ヴァイオリニストよ、が訪れて、新しい大演奏家マドモワゼル・オウコ・コグレと握手し、祝福を与えたんですって」

「ブラボー」と叫んで拍手したのは、夏江と松子と梅子である。

「ありがとう、やっと分かったわ。あの子はついにやったのね」と言いながら初江は泣きだした。

涙が止まらない。どうもさっきから気持ちが不安定で、涙腺の栓が取り去られてしまった具合にすぐ涙が出る。目を拭っていると火之子の「また、お家燃えたの？」という声がした。子供たちが集まって不思議そうに覗き込んでいる。と、桜子は子供たちに「さあおやつの時間ですよ」と言い、お手伝いにスイート・ポテトと紅茶を運び込ませた。夏江が、茶さじに角砂糖を載せて、紅茶をしみ込ませて、徐々に溶けていく様子を見せてから、今度は一さじごとに湯を吹いて冷ましていると、それを愛が面白そうに見て、真似をした。そのやり方を、死んだ母が幼かった悠太や駿次にしていたのを、初江は思い出した。

子供たちが食べおわった頃合いを見て、夏江は子供たちに、「今日は暖かいから外で遊びましょう」と言って、庭に連れ出した。

夏江は、さすがセツルの託児所で働いていただけあって、子供たちの扱い方に手だれの芸がある。桜子が作らせた小遊園地で、最初は滑り台やブランコで遊ばせ、飽きてきたころに、鬼ごっこ、それから「かごめかごめ」をして喜ばせている。こういう場合の夏江の身のこなしは軽く、紺の制服のせいもあって、まるで少女が幼い子たちと遊びたわむれているよう、それを見ているうちに、自分の子供たちが、あんなふうに幼かった日々が呼び起こされ、初江はまた涙ぐんできた。ああ、あのころがよかった。あのころがわたしは一番幸せだった。

脇百合子が娘の美枝を連れて現れた。この風間家の長女に会うのも久し振りだ。百合子はわたしより四つ年下だから三十八、九だが、太り肉《じし》ですっかり貫禄をつけていかにも代議士夫人というぐあい、きらきら光る花柄の絹のスーツに、二連の真珠のネックレス、それに多分ダイヤらしい、いやに輝くイヤリング、まあまあ、何もかも一流だこと。美枝が、父親似、いや、祖母の脇美津にそっくりで、このセーラ服の子は央子より二つ年下だ。

「まあ、美枝ちゃんも大きくなって、今……」と初江が言いかけると、美枝は「中一です」と敏感に応じた。

「このたびは、オッコちゃん、大成功でよかったわね。おめでとう」と百合子は紋切型に言った。

「ありがとう。わざわざ逗子からいらしてくださったの」

「この子が四谷の雙葉に通ってるもんだから、今は、落合の父の所に泊まっているの」

「じゃ、敬助さんもご一緒？」

「主人は逗子と落合を行ったり来たり。議会があるときは、ほとんど落合ね。このところ、日韓会談だの、行政協定調印だの、琉球政府の設立だの、破壊活動防止法の法案の作成だの、忙しいのよ」

「政治家として大切なお仕事をなさっているのね」

「ええ、ほんとに大切な仕事なの」と百合子は照れもせずに頬笑み、ダイヤのイヤリングを光らせた。

「で、振一郎叔父様はお元気？」

「父は大分弱ってきたけれどまあ元気ね」と百合子は妹たちを視線でゆっくりと一巡したすえ、にわかに険しい顔付きになった。「母の具合が思わしくないの。持病の糖尿病と高血圧に加えて、落合辺り、車の排気ガスのせいだと思うけど、喘息が起こってその発作が頻繁なもんだから、聖母病院に、これで三回入ったかしら。けさもかなり重症の発作を起こしたので、お医者様に往診をお願いして、注射で一段落したところ」

「重症の発作――知らなかった」と松子と梅子が、さすがは双子とあって、同じ音質の声をそろえて言った。

「母の体質は時田の伯母様にそっくり」と桜子が言った。「伯母様も喘息の発作でお亡くなりになったんだったでしょう」と初江に念を押した。

「まあ亡くなるなんて、縁起でもない」と妹の発言を松子は聞きとがめた。

「だって事実でございます。おかあさまの今の病状、時田の伯母さまがお亡くなりになったときに、そっくりですもの」

「死ぬなんて不吉な言葉を使うもんじゃないわ」と松子と梅子はこもごも末の妹をなじったが、桜子は蛙の面に水で受け流し、おもむろに逆襲した。

「死ぬという言葉、わたしが言ったんじゃない。おかあさまが御自分でおっしゃったのよ。おといも、わたしゃ、時田の姉様《あね》と同じ体質なんだねえ、だから同じ病気で死ぬんだねえ、とおっしゃった」

「桜子の言う通り」と百合子が言った。「最近、おかあさま、それればかり、繰り返してる。生きる望みが薄れてきたみたい――松子と梅子は、おかあさまのお見舞いをさっぱりしないから、事情がつかめていないのよ」

「ま、〝さっぱりしない〟だなんて」と松子が姉に目を剝いた。「わたしだって、しょっちゅう、お見舞いしてますよ。それはこの一月、大河内が多忙で行けなかったけど」

「桜子のほうは二、三日おきに来ているわ。あなたは間遠過ぎる。梅子もそう」と、百合子は姉の威厳を見せて、ぴしゃりと言った。梅子が言い返そうとしているのを、桜子がさえぎった。

「ちょっと、喧嘩やめて。今日は、われらのオッコちゃんのめでたいお祝いなんだから、それに相応しい方をお呼びしてあるの。オッコちゃんの先生の富士彰子先生とお嬢さんの朋奈《ともな》さんと千束さんのお三方。今、隣室に待機していただいてる。これから、みんなで御三方の演奏を聴きましょう」

庭に出ていた夏江と子供たちが呼び込まれた。

「また雪よ」と夏江が言った。なるほど、白いものが、少し落ちてくる。「日が低くなってから急に寒くなって、おやと思ううちに、ちらほら。春先は、何だか天気が落ちつかないわね。さ、みんな手を洗って」

戸外で運動したため赤やいだ顔の子どもたちは、わっと歓声をあげ、夏江のあとを追って競って化粧室に駆け込んだ。

「不思議ねえ」と松子が感心した面持ちで梅子に言った。「いつも動作が鈍い秀一郎が夏っちゃんの命令だと、きびきび動く」

「こっちも不思議」と梅子が言った。「母親の言うことなんか、つんけんして全然聞かない桃子が、嬉しそうに夏っちゃんの言いつけに従っている」

「二人とも母親としての躾けでは失格」と百合子が権高に言った。「夏っちゃんみたいな優秀な育児係を雇いなさい」

「でもさ」と松子が言った。「その夏江も、自分の子には手を焼いてるわ。何しろ、あの火之子ちゃんての——」

「まあまあ」、と桜子が松子の言を断ち切った。「今はみなさん、心静かに音楽を聴きましょう」

みんなして、ピアノの回りに折り畳み椅子を並べた。準備ができて全員が着席すると、桜子が隣室のドアを開いて演奏者たちを呼び込んだ。

桜子の合図で一同が拍手すると、きらびやかなドレスを着た演奏者たちが一礼した。

「それでは、富士先生の御一家を御紹介いたします。初っちゃんと松っちゃんと梅ちゃんは軽井沢で、すでに御三方の演奏をお聴きしているから御紹介は今さらと思いますけど、百合ちゃんと夏っちゃんは初めてでしょうから。こちらは富士彰子先生、オッコちゃんの最初の先生として、わざわざ来て下さいました。ベルリンとパリでヴァイオリニストとして演奏活動をされ、戦後帰国後も活躍されている有名な方です」

富士彰子に向けた拍手が終ると、桜子はさらに紹介を続けた。

「そのお隣が、彰子先生の長女の富士朋奈さん、ベルリンとパリでチェリストとして立たれ、現在は、東日本交響楽団のチェロ奏者をなさっています（まばらな拍手）。もうお一人は、朋奈さんの妹の富士千束さん。ベルリンで勉強され、パリでアルフレッド・コルトーという巨匠の薫陶を受けてデビューされ、何回もの演奏会で好評を得られ、現在、新進のピアニストとして活躍されていることは、みなさん御存知の通り、若手ピアニストとしてもっとも嘱望されている方です（大きな拍手）。では、演奏に移ります。曲目はモーツァルトのピアノ三重奏曲、ハ長調、ケッヘル五百四十八番」

ピアノとチェロが力強く鳴り響いたあと主題をピアノが奏し、それをヴァイオリンが繰り返したときに、初江の体の芯をさっと光の風が吹き抜け、懐かしい情景が照明された。十年以上も前の聖心の講堂での富士彰子教室の温習会でも、先生一家はこの曲を演奏した。あのとき、央子も晋助も演奏した。幼い央子は初舞台なのに全く物おじせずにバッハの協奏曲を弾き、若い晋助はしなやかな手つきで難曲のシャコンヌを見事に弾きこなした。あの人、ヴァイオリニストになればよかったのよ。シャコンヌとともに楠の大樹のワクラバの屋根に落ちる音がする——公園の藤は満開——二人は手を握り合った——男女がこっそり手を握るのがむつかしい、因習と圧迫の時代だった。でも、二人は喜びに満ちていた。春の軟風に陽光は輝き、束の間の幸福が握った手から立ちのぼった。ところが冬が襲いかかり、二人は引き離されて、あの人は塵界の制服、おぞましい軍服なんか着せられて、傷ましい苦労のすえ、とうとう気が狂ってしまった。おお、このモーツァルトこそは、幸福の終り、不幸の始まりだった。それ以来ずっと不幸が続いて今もそう……。

薄暗くなった庭には雪が降っていた。きのうと似た、荒れ模様である。楽の音に風音が重なった。炬燵に入って麻雀をしている悠次には関係なかろうが、セツルメントの茅屋にいる悠太は、山梨の山中に化石採りに出掛けた研三は、大丈夫だろうか。

4

思いのほかのことに、演奏中、幼い子たちがみんなおとなで、火之子でさえ、さげた両脚をじっとさせて聴き入っていた。もっとも、火之子は演奏が終るや椅子の上に飛び上がり、金切り声を発して拍手をし、みんなをびっくりさせたが。着替えをすました富士一家を桜子がパーティーに誘ったところ、これから三人とも所用があるので帰りますと断られたので、初江は挨拶のため走り寄った。

「小暮央子の母でございます。その節は大層お世話になりました」

「おかあさまですね。まあお久しぶり。お変わりもなく、お元気な御様子で。今回はほんとうにおめでとうございます」と彰子はにこやかだった。「央子さんが、ついに世界の檜舞台に登場なさって、わたくしどもも誇らしゅうございます。お小さい央子さんの才能をとっくに見抜いておりましたのよ、わたくし。ただならぬお子さんだとお認めしましたの。ですから、わたくしどもが東京を発ちますとき、日本で最高の先生をと心掛けて太田騏一先生を御紹介いたしました」

「おかげさまで、どうもありがとうございます」初江はぺこぺこ頭を下げた。

「そのあと、シュタイナー先生の御薫陶をお受けになられたなんて、ほんとに思いも寄らない回り合せでございました。シュタイナー先生はドイツ系の方でわたくしがパリで教えを受けた、ジャック・チボー先生のフランス風の芸風とは正反対の方ですけれども、一流の方ですもの」

「はあ、おかげさまで、どうも……」

「先生」と、桜子が脇から口を出した。「ひとつ、おうかがいしたいのですが、先生の御意見で、ただいま、世界の都、芸術の都、パリで、もっとも優れた指揮者というと、どなたでしょう」

「もちろん、フルトヴェングラーでございましょう。あの方、ナチスに協力したというので、これ嘘なんですよ、本当は野蛮なナチスに反抗して音楽芸術の粋をお護りになったのに、戦後西ドイツではとやかく言う人があってちょっと御不幸でしたけれども、春と秋のセゾンのパリ公演では、それはもう大歓迎をお受けになっていらっしゃいました。わたくしどもはベルリン陥落のすこし前に、あれはヒトラーの最後の演説をラジオで聴いたころでしたが、あの方、ベルリン・フィルを指揮して二日間の連続演奏会をお開きになった。わたくしども、道をふさいでいる瓦礫を乗り越えながら、わざわざアドミラール・パラストまで歩いて二日とも聴きに参りました。と申しますのも、ベルリン・フィルの奏楽堂は爆撃でやられてしまいましてね、残ったアドミラール・パラスト劇場でいたしましたんです。連合軍の砲撃のさなかで、あの方の最後の演奏会は、それはそれは立派な熱演で、戦争など過ぎ去ってしまう、芸術は永遠だと、高らかに示しておられました。それなもんでございますから、フルトヴェングラーとなったら、もう絶対に聴き逃さないようにいたしましたの」

「そのほかでは、たとえばフランス人の大指揮者とすると、どなたがいますでしょう」

「モントゥー、ミュンシュ、パレでございましょうかしら」

「ところでクリュイタンスとは、いかがな指揮者でございましょうか」

「アンドレ・クリュイタンスですか……パリでもっとも人気の指揮者です。コンセルヴァトアールの常任指揮者ですし、カール・シューリヒトやハンス・ロスバウトのようなドイツ人と違って、ベルギー出身ですから、フランス的な、つまり音色を美しく響かせる人なので、フランスの聴衆に受ける中堅指揮者ですわ」

クリュイタンスを中堅指揮者と言われたので桜子は少しばかり目尻を険らせ、いどむように尋ねた。

「テアトル・デ・シャンゼリゼは御存知でしょうか」

「もちろん」と彰子先生はむっとしたように答えた。「何度も行っています。あそこは千人以上は入る大劇場です。あそこで演奏できるなんて央子さんのヴァイオリンの音が大きく響く証拠でございますわね。シュタイナー先生のドイツ的な力強い芸風を受け継いでいらっしゃるのね。チボー先生のようにフランス的で繊細な芸術家はサル・ガヴォーみたいな小さい劇場を好んでおられ、そこでのほうが音質が高いと言っておられましたけど」

桜子は内心の苛立ちを示すように眉宇をぴくっと上げ、口調がすこし鋭くなった。

「パリで一流のオーケストラと言いますと……」

「第一級はオルケストル・ナショナルでしょう。私立のでは、オルケストル・パデルーかしら。ソシエテ・フィルハルモニック・ド・パリもなかなかのものですわ」

「コンセルヴァトアールは……」

「一人一人の演奏者は立派な人たちですが、音楽集団としてはまとまりが悪いように思いましたけど……」

そこに来て、彰子はちょっとあわてて気味に言いなおした。「でも、クリュイタンス指揮でコンセルヴァトアールとの共演をテアトル・デ・シャンゼリゼでなさった央子さんのような華々しいデビューは、これまで日本人では誰もしていない壮挙ですのよ。心よりおめでとうを申し上げます」

「どうもありがとうございました」と桜子は慇懃に礼を述べた。

「あのう」と千束が不思議そうに見回しながら初江に尋ねた。「きょうは悠太さんはお見えになりませんの」

「あの子はちょっと大学の都合で参りませんでした」と初江は、不意打ちされて、ちょっとあわて気味に答えた。

「そうですか。実はわたくし、あした、東大で演奏をいたしますんです。悠太さんに頼まれて」

「あら、そうでしたか。全然存じませんでした」

「それで、もしきょう、お出でだったらお話ししたいことがございまして」

「はあ」初江は不得要領な顔付きで問い返そうと思っているうち、彰子と朋奈はもう玄関口に向かっていて、千束も後を追った。

一同は玄関前のポーチに並んで富士一家を見送った。雪はみぞれに変っていた。桜子の大型アメリカ車は妙に冷たく黒光りしつつ去った。広間にもどって見ると、回り舞台さながらの素早さで椅子は片付けられ、料理がテーブルに並べられてあった。カクテル・ハットにエプロン姿の女たちが新しい料理を運んできた。カウンターで景気のいい音がして、バーテン風の背広に着替えた工藤が、大げさな手つきでシェイカーを振っていた。

「われらのオッコちゃんに乾杯！」と桜子が言い、大人たちはシャンパンの、子供たちはサイダーのグラスを掲げた。

しばらくして、松子が憤懣を漏らした。

「なによお、あの富士彰子ってえ人、大指揮者ではなく中堅指揮者だとか、劇場は大きくて芸術的じゃないとか、オーケストラはまとまりが悪いとか、オッコちゃんにケチばかしつけてるじゃないの」

「そうよ、あれは失礼よ」「フルトヴェングラーなんてもう古いわよ」「オッコちゃんのお祝いに来ているのにさ、自分の自慢ばかり」と女たちは、競ってほとんど同時に口を出した。

「あの人の言うことにも一理あると認めるんだけど」と桜子は目をしばたたいた。「彰子先生の知識って、一九四六年止まりで、その後、数年でパリの楽壇がすっかり様変わりしたのを御存知ないんじゃないかしら。わたしは、リリーと……シュタイナー夫人と文通しているので最近のパリの事情が少し察しられるんだけど、クリュイタンスは当代の大指揮者になったし、コンセルヴァトアールだって第一級のオーケストラとしてまとまったし、アメリカの影響で聴衆の嗜好は大劇場好みになってる」

「ならいいけど」と初江は機嫌を直した。

「あの富士彰子先生の御一家の欧州留学って間の悪い面もあった。戦争中、ウィーンに渡ったものの、ナチスの迫害でユダヤ系の著名な音楽家はみんなアメリカに去ってしまい、音楽的には言わばもぬけの殻の都市だった。その後ナチスに占領されたパリに行ったけれど、連合軍のノルマンディー上陸があって、ほうほうのていでベルリンまで逃げていき、そこでドイツの降伏、ベルリンの廃墟から逃げだしてやっとパリまで行き着いたら、今度は敵国人だと見なされて引き揚げ船で強制送還だもの。戦争中、日本でユダヤ系の、正確に言えばリリーがユダヤ人だけど、シュタイナー先生の教えを受け、現在、平和なパリで存分に音楽生活を送っているオッコちゃんの幸運とは逆なのよ。それで、パリでのオッコちゃんの成功が妬ましいのね。パリは今や世界音楽の中心地だし、テレヴィジョン放送も始まっていて、劇場中継で音楽会を楽しめるんだもの」

「テレヴィジョンてすごいらしい。家で劇映画やニュース映画が見られるんだって」と梅子が大きく息をついた。「うちの旦那もすっかり感心していた。あちらじゃ家庭で毎日それを見てるんだって。日本はすっかり遅れているわよ」

「仕方がないでしょ」と百合子が言った。「フランスは米英と肩を並べる戦勝国で一等国、日本は領土財産すべてを失った敗戦国で四等国」

「でもさあ」と松子が言った。「富士彰子と富士千束って、東京じゃ名前が通っているし、一応成功しているんでしょう」

「occupied Japanの惨めな首都ではね」と桜子が受けた。「その東京に来ている外国人といえば、兵隊ばかりじゃない。兵隊のあいだで名前が知られても世界的にはならない。だから、去年の九月、メニューインが東京に来たときは、〝戦後初の世界的巨匠の来日〟と大騒ぎ、高い入場券があっというまに売り切れだった。東京は〝世界〟から置き忘れられた辺境なのよ。パリとは大違いだわ」

「桜子は富士彰子に怨みでもあるみたい」と百合子が言った。

「あるの」と桜子は、すこし酔いが回ってきたのか、甲高い声になった。「今日の演奏を頼んだときに法外なギャラを要求されたのよ。わたしのほうはオッコちゃんとの友情で喜んで奉仕的にやってくれると思ったら、さにあらず。もともと、戦争直後、日本に引き揚げてきたものの、音楽界では浦島太郎で困っていた富士一家をわたしがシュタイナー先生に紹介してあげて、軽井沢でアンサンブル演奏をさせたのが切っ掛けとなり、あの人たち東京でも演奏活動ができるようになったのに、そんな旧恩、けろりと忘れている。だから、今日の演奏は友情でも義理でも人情でもなく、お金のためにしただけみたい」

「まあひどい」「何という人たちでしょう」と松子と梅子が同時に叫んだ。

「そんな人たちに頼むのやめればよかったのよ」と百合子が言った。

「それができなかった。というのはねえ。さっき千束がちらと言った、東大でのリサイタルのせいよ。あれ悠太ちゃんに頼まれて、わたしが仲介した企画なんだ」

「東大で千束さんに弾かせる？　それ、どういうことなの」と初江は小首を傾げた。悠太は、どうもいろいろな人間と引っ掛りがある。セツルメントのOS会で夏江と、今度は千束をめぐって桜子だ。わたしの知らないところで縁故を利用して立ち回っている。ところで、あの子が幼友達の富士千束に気があるらしいとは母親の直観で察しているけれど、そういう秘事を桜子は知っていて世話しているのだろうか。

「東大セツルメントの活動資金を調達するため、富士千束にリサイタルを頼んでくれと悠太ちゃんに言われて、これもギャラで難航したけど、やっと交渉が成立したところなの。で、わたしが富士一家とトラブルを起こせば、悠太ちゃんが困るというわけ」

「富士千束なんかのリサイタルで儲かるのかしらんねえ」と百合子が鼻で笑った。

「儲かるらしい」と桜子は真顔である。「千束は美人だし、ヨーロッパ帰りのピアニストとして若い人たちに注目されているから、法学部何番教室とかいう講堂みたいな所が満席になるはずだと悠太ちゃんは請け合うし、それに、わたしがギャラをぎりぎり低く抑えてあげたからね」

突然、野本武太郎が姿を見せて、「やあみなさん、お揃いで、よくいらっしゃいました。オッコちゃん、おめでとう」と初江にわざわざ近づいて、愛想よく言った。奴凧のような怒り肩の派手な背広を着こなしていて、外出から帰ったところらしい。

初江はこの野本造船の社長に、随分長いあいだ、戦後すぐにあった父、利平の葬式以来だから数年会っていなかったが、そのあいだに、すっかり年寄りじみた白髪になってしまい、女盛りを誇っている桜子の夫とは思えなかった。二人は三十歳近くも年が違うのだから当然だが、何だかおかしい。それに、彼が笑ったときに、以前出っ歯だったのを入れ歯によって矯正したらしく、鼻の下に深い皺ができて面相が変ってしまいなおおかしく、思わず笑顔になったが、相手は親愛の表現と取ったらしく、ますます愛想よく言った。

「ぼくは音楽界の事情にうといんですけど、妻《さい》が、大変な大成功でぜひ、お祝いをしたいと言うもんだから、お出でを願いました」

「御一緒にお飲みになりません？」と松子が誘った。

「いや、こういう淑女ばかりの、えれがんとなパーティーに、無粋な黒一点は御遠慮いたしましょう。どうぞみなさん、気兼ねなく水いらずの無礼講でおやりください」と武太郎は滑らかな大声で言うと、ぱっぱと絨毯を蹴るような元気のいい足取りで姿を消した。

「野本造船は景気がいいようね」と百合子は武太郎を見やりながら言った。「武太郎さんも若々しいし」

「そう見せているだけよ。六十過ぎてから急に爺むさくなった」と桜子が言った。「入れ歯になったし、髪は白くなるし、背中が丸くなってきたし……」

「御主人のことをそんな風に言っていいの」と夏江がとがめた。

「事実ですもの」と桜子は平気であった。「そう言えば、風間の父も、最近、老け込んできたわね」

「叔父様、おいくつだったっけ」と初江。

「六十六」

「まだお若いじゃないの」

「頑固で忘れっぽくなったし、変な錯覚をなさる」と百合子が言った。「去年の秋、公職追放令が解除されてから、ひょっと戦争中の気分になって、自分は翼賛政治会の一員だなんて言いだし、うちの主人に訂正されて頭を掻いたりして……。身の回りもだらしなくなったし、あの英国紳士がどうなさったのかと思うことがある」

「でもね、おとうさま、まだまだ大丈夫よ」と桜子が言った。「頑固なのは昔からだし、忘れっぽいと言っても度忘れの程度だし、錯覚もお酒に酔っているときだけでしょう。それより、時代の空気が日本の再軍備に向いているのが、熱烈な愛国者だったお父様の気持ちを高揚させて、戦争中の気分にふと戻ってしまわれるみたい」

「朝鮮の戦争、どうなっているのかしら」と、それまで黙っていた梅子が言った。「戦争しているはずなのに、このごろ新聞にさっぱり記事が出ないわね」

「主人から時々解説してもらうんだけど、皆目つかめない」と百合子。「去年の春、マッカーサーが解任されてから、国連軍の攻撃も鈍ってきて、戦線は一進一退の膠着状態だとは言うんだけど」

「戦争っていやあね」と松子。「自分の国がまっぷたつになって殺し合いをしている朝鮮の人々、ほんとに同情しちゃう」

「桜子なんか、その戦争で儲けているんだから罪が深いわ」と百合子が、まるで莫迦にしたような口調で言い、なおも意地悪くつけ足した。「戦争中は軍需で儲け、戦後は戦争の特需で儲け」

「戦争で得をしているのは日本人全部よ」と桜子が反論した。「特需で日本の産業は息を吹き返した。アメリカの後押しで、日本も再軍備にむけて動きだし、政治家の先生方も急にお元気におなりですわよ」

「あら、聞き捨てにならないわね」と百合子が気色ばんだ。「政治家は何も儲けちゃいないわよ」

「お元気になったと申しているんですわよ」と桜子は長姉に向かってずけずけ言う。「誰かさんは戦争中は参謀となってお元気、戦後は朝鮮戦争のおかげで独立と再軍備の推進役でお元気。おとうさまだって、戦争中は翼賛政治会でお元気、戦後は一時公職追放だったけれども、今は追放解除でまたお元気」

「ちょっと」と初江は桜子をさえぎった。「政治の話は、ここではやめましょう」

「そうね」と桜子は素直に頷いた。「やめましょう、今日はオッコちゃんのお祝いなんだから」

不意に美枝が駆け込んでき、「子供たちが船に乗って騒いでる」と告げた。

「あの船は乗ってかまわないのよ。騒いでもいいのよ」と桜子が言った。「子供が遊んで壊れるような代物じゃないんだから」

「違うの。大喧嘩してるの」と美枝はじれったそうに足を踏み鳴らした。

「行って見てくる」と美枝と並んで駆けていく夏江の後を初江はつけたが、すぐさま息が切れてしまい、同じく息を切らしている松子と顔を見合わせた。

玄関の高天井に子供の甲走った奇声が反響している。モーター・ボートの操縦席でハンドルを握って『われは海の子』を力一杯に唱っているのは火之子、手の甲から血を流して泣き叫んでいるのは秀一郎、桃子と愛は興奮して悪態をついていた。美枝の説明だと、四人がハンドルを争奪し、ついに火之子と秀一郎の一騎打になり、女の子が男の子の手に嚙みついたのだ。

松子が秀一郎を抱え下ろすと、その出血を見て、「まあ何てことを！」と叫び、駆けつけた工藤に薬箱を取りに行かせ、夏江を睨んだ。「見てよ、ひどいわ。こういう乱暴、許せない」

「ごめんなさい」と夏江は言い、火之子を叱ったが女の子は、振り向きもせず歌を唱い続けていた。

「けえむりたなびくとまやこそ
わがなつかあしきすみかなれ」

「火之子！」

「うまれてしおにゆあみして
なみをこもりのうたときき」

「火之子！」

「夏っちゃん」と松子が火之子の声にかぶせて叫んだ。「この落し前はどうすんのよ」

「せんりよせくるうみのきを
すういてわらべとなりにけり」

「おやめ」ついに夏江は娘の頰を平手打ちした。すると火之子はやっと口を閉じた。「大丈夫、松っちゃん、大した傷ではないわ」と夏江が言い、工藤の持ってきた薬箱を開いて薬を取り出そうとするのを、松子は押し退け、自分でやろうとした。

「松子、子供の喧嘩に親が介入するのはよくない」と割り込んできたのは百合子である。「夏っちゃんはお医者さんなんだから、治療はまかせるの」

松子は姉の言に従って夏江に治療を譲りながらも、なお不満げに呟いた。「言っときますけどね、秀一郎は風間家の大切な男の子ですからね」

「風間家の？　どういう意味？」と百合子はつんとした。

「大事な大事な、おとうさまの血筋ということ……」

松子は百合子を、この陽気な人にしては珍しい毒々しい目付きで睨んだ。その瞬間、初江ははっと理解した――電車内での夏江の言、風間の叔父の孫のなかに、男は秀一郎ひとりでそれが大問題であることを。風間振一郎元代議士の東京の地盤を利用して娘婿の脇敬助は総選挙で当選し、その後継者となった。そこで同じく娘婿である、大河内秀雄は元脇礼助の地盤であった栃木より立候補して当選したが、本音は東京より立候補したかったのだ。そして脇敬助の地盤を、つまり風間振一郎の旧地盤を引き継ぐのは大河内秀一郎しかいないという訳だった。むろん、敬助は美枝を後継者にしてもいいので、女性代議士の誕生を目指すだろうが、女が政治に口出すのを極端に嫌う振一郎の目の黒いうちは許されないであろう。

夏江は、秀一郎の包帯をすますと火之子と仲直りさせ、子供たちに食後のケーキを食べさせ、かれらを率いてどこかの部屋に遊ばせに行った。

「やっぱり、あの火之子ちゃん普通じゃない。噛みつくなんてまるで狂犬よ。うちの子、狂犬病にならなけりゃいいけど」と松子が口をとがらせた。

「秀ちゃんもだらしがないよ」と百合子が妹に薄笑いをした。「噛みつかれる前に、相手の腕を押さえればよかったのよ、あんな大柄で力持ちなんだから」

「あの子は、優しい気立てだし、人を信じるたちなの。だから、まさかと思っていたところを、やられたのよ」

「違うわ、叔母さん」とくちばしを入れたのは美枝だった。「船を運転すると言って、秀ちゃんが火之子ちゃんを押し退けて、取っ組み合いになり、押さえつけて殴ったのが最初よ」

「おや、あの子がそんな乱暴するわけないわ。それは火之子ちゃんのほうが最初に、ちょっかいを出したのよ。噛みつく前に、引っ掻いたりしたのよ」

「松子、いい加減なこと言わないでよ。美枝は事件の目撃者なんだから」

「ねえ、やめましょうよ」と桜子が言った。「火之子ちゃんも秀ちゃんも仲直りしたんだしさ。今日はオッコちゃんのお祝いの日なんだから」

「そうね、ごめん」と松子はすぐ頭を掻いて頰笑んだが、百合子はなおも目が裂けるように松子を睨みつけたままだった。

夜がふけたが、天気は悪いし、全員今夜は野本邸に泊まることにして、美枝を含めて子供たちが眠ってしまってから、大人たちは、気兼ねなく酔う気分となって、コニャックの杯を手にお喋りにふけった。

ふと間島五郎の絵が話題になった。

「この絵をここに飾っておくと」と桜子が『時田病院』を見ながら言った。「外国のバイヤーが目に止めて誉めて行く。中には近代絵画のコレクターもいて、この絵を買いたいと交渉してくる。でもね、絶対に売らない。この前、初っちゃんのとこで保管していた五郎の絵を全部こちらに運び込んだのは、初っちゃんには言ったけど、近く間島五郎の全作品の回顧展を銀座で開くためなの。それはきっと大評判になるわよ。そしたら、ニューヨーク、そしてパリで展覧会を開く。五郎の名前はたちまち全世界に広まるわ。わたし、こういう方面では勘がきくの」

「全世界で有名になった所で売れば大儲けね」と言ったのは百合子だ。

「そんなつもりはないわよ」と桜子は不快げに言った。「売れば散逸するわ。だから売らない」

「じゃ、どうするの」と松子が尋ねた。

「日本のどこかに個人美術館を造って保存する」

「それは駄目よ」と百合子。「せっかく全世界に広まった名声も日本に閉じ込められてしまう。浮世絵が全世界で有名なのは作品が全世界に散らばったせいなんだから。相当の値段で売るべきよ」

「でもさあ」と松子が言った。「もし売れた場合、そのお金は誰に入るの。五郎さんて、子供もいないし……」

「この時田病院の二枚は、桜子ちゃんのものでしょう。ちゃんと買って所有しているんだから」と梅子が言った。「でも、あとの作品の所有権は誰にあるのかしら」

「それはね、悠太ちゃんにあるの」と桜子が言った。「だって、作者の五郎が、悠太ちゃんに自分の絵を全部贈ったんだもの。だから小暮家の蔵に仕舞ってあった。そうでしょう。初っちゃん」

「ほんとのことは何も知らないのよ。あの子が、突然、ゴロちゃんの絵を蔵に保管してくれと言いだし、うちの主人は、最初、あんな暗い絵は閉口だと渋っていたんだけど、悠太の説得で、渋々引き受けたんだった」

「それご覧なさい。五郎は悠太ちゃんに、私が買った以外の全作品を贈与したのよ。それが、そっくり、残ったのは悠太ちゃんのお蔭よ。でなければ、あのとき、全部灰になってしまったでしょう」
「あのとき」という桜子の一言で、一瞬、みんなは凍りついたように沈黙した。武蔵新田の時田利平の別邸の庭に建てた小屋に火をつけて五郎は焼死したのだった。残されたのは、一枚の簡単な遺書と絵画作品であった。あの風の強い日の惨劇を初江は思い出した。
が、そういう嫌な思い出を追い払うように、一同はにわかに陽気にはしゃぎだした。松子が音頭を取り、桜子の弾くピアノに合わせて歌を唱うことにした。こういうとき、従姉妹たちが一致して思い出すのは昭和初期から大東亜戦争前に彼女たちを夢中にした宝塚の歌だった。一人が唱い始めるとみんなが唱和する。
「うるわしの思い出
モン・パリ　わがパリ
たそがれどきの　そぞろ歩きや
行き交う人も
いと楽しげに恋のささやき……」
「おお宝塚　TAKARAZUKA！
おお宝塚　わが憧れの……」
唱いおわると、ひとしきりスターの名前が飛び交った。草笛美子、葦原邦子、小夜福子、轟夕起子、春日野八千代。桜子が天津乙女の声色を真似て言った。「すみれの花を買いなさい。かわいい花のにおい、すみれ、すみれはさちの花、お買いなさいすみれを、いとしいあの人にふさわしい……」
全員が肩を組んで左右に体をゆすって唱い出した。
「すみれの花咲くころ
はじめて君を知りぬ
君を思い　日ごとよごと
悩みしあの日のころ
すみれの花咲くころ　今も心ふるう
忘れな君　われらの恋
すみれの花咲くころ」
初江は、現在と同じ情景がどこかで起こったと感じた。そう、軽井沢であった。戦争の末期、央子を連れてシュタイナー先生に会いに行ったときのこと、桜子のピアノで双子姉妹と肩を組んだのだ。わたしもまだ三十代で今の松子梅子の年だった。もう四十二、お婆さんだ。悲しい。また涙が流れ出てきた。えい、汗と混ぜてごまかしてしまえ。
二番をみんなが忘れていると夏江が先導した。全員が声を張り上げた。三番も夏江一人が覚えていて、みんなを引っ張った。と、出し抜けにどきりとするほどの勢いでドアが開くと、野本武太郎が姿を現した。黒っぽいガウンを着て僧侶のような恰好である。
「落合から電話でね、振一郎さんが倒れたそうだ」
悲鳴があがった。質問が飛ぶ。武太郎は落ち着いて答えた。藤江が喘息の発作をおこしているのを看護婦と介抱しているときに振一郎は突然倒れて意識を失った。すぐ藤江の主治医、聖母病院の内科部長の自宅に電話したが、あいにく土曜日の夜で外出中で連絡がとれず、それではと聖母病院に電話したところ若い当直医が出て、要領を得ず、信頼もできず、どうしたらいいか。「意識はないけど生きてらっしゃるのね」と百合子が言った。「心臓かしら、脳かしら。どっちにしろ、おとうさまにはそういう病気はなかったんだけど」

「わたしすぐ落合に行く」と桜子は立った。「おかあさまだって、一人じゃお困りよ」

「みんなだってすぐ行きたいわ。でもね、ここは、お医者さまを探すほうが先よ」と百合子が言った。「聖母病院が駄目ならば、東大か。悠太ちゃんに頼めない？」

「セツルメントに泊まり込み」と初江はかぶりを振った。「それに、電話番号を控えてない」

「女子医大ではいかがでしょう」と言ったのは夏江だった。「内科の教授に頼んでみましょうか」

「教授ならいいんじゃないかしら」「一般病院の部長より大学病院の教授のほうが上でしょう」

と松子と梅子が言った。

電話室に入ったみんなの前で、夏江は教授への接続を試みた。やはり自宅には不在であったが、夫人より外出先を教えてもらって連絡がつき、緊急に往診を頼んで受話器を置いたとたん、電話がかかってきて、藤江叔母から振一郎叔父の死が告げられた。

5

銀の魚が赤い肉の海に飛び込み、残ったのは手の動き、しなやかに優雅に舞う教授の手。と、その手技をあざ笑うかのように肉の奥から細い血の噴流が槍となって突き出され、その鋭い先端が顔を突く。血まみれとなった顔がのけぞる。鉤を持っていた助手がのけぞる。その一刹那、「だめだな、何をやってる」という怒声が助手を震わした。教授が振り向きもせず叱りつけたのだ。助手は恥じ入って鮮血にまみれた顔を首が折れた感じでぐっと俯かせ、鉤を持ち直して傷をしっかりと開いた。コッヘル鉗子を握った教授の手は、狙った的に飛んでいく矢となって赤い噴流の元に的中し、動脈を挟み、出血を止めた。手術は何事もなかったように静かに整然と進められていく。

K教授の講義は、にこりともせず飛ばすジョークに飾られ、しかも要点を図解で分かりやすく示してくれるので、学生に受けていた。手術の術式を解説する略図は三色のチョークを使い分けた見事なもので、そのまま印刷すれば立派な教科書になるほどの出来ばえであった。診察実習《ポリクリ》のとき、学生の誤診を寛大に許して、けっして若者を気後れさせなかった。

ジョーク好きで、寛容で、温厚な紳士と目される教授が助手を叱り飛ばしたことがめざましく、寝不足の霞がかかっていた頭が澄んできて、悠太は教授のメスさばきに目を凝らした。腹膜炎と膿瘍を併発している穿孔性虫垂炎、つまり腸壁がこわれて細菌が腹膜をむしばんで大きな膿の塊と化している重症の病巣なのだ。通常の腸とはまるで違って、腐った卵黄をぶちまけたような膿のなかに毒蛇さながら暗赤色の怪物が横たわっていて、この醜い部分に銀色のメスは魚が獲物を素早く追うように突入していく。そのメスの動きが患者、エーテル麻酔で眠っている或る会社の社長、五十九歳の男性の命を救う。

心の暗い隅の、固く閉まっていた引出しをぐいっと開くと、仕舞われていた古い情景がぱっと飛び出した。「おじいちゃまはね、御自分で御自分の盲腸を手術なさったのだよ」と母が語った。祖父が切腹する武士のように自分の腹を切り裂き、腸をつかみ出して、鮮やかな手術をする光景を想像し、そんなことできるはずがないとおれが否定すると、母は、「ほんとのことだよ。おじいちゃまらしいじゃないかえ」と言い切り、おれは祖父の無謀と思われる行為に、英雄譚を読んだときのようなときめきを覚えた。この切腹手術のあと、祖父は病状が悪化し、キトクになり、「おじいちゃまがキトクなんだからね。キトクというのは死にそうだということだよ」と母は言い、おれたち子供を連れて、三田の病院に行き、その病床を見舞ったら、白い大きな敷布が恐く、祖父の顔が半分屍体に見え、目に見えぬ死神がおれの心臓をひとつかみしそうな恐怖に震えているうち、不意に鼻血が吹き出したのだ。そう、今の出血のような具合に吹き出し、祖父が床頭台のガーゼを指差したので母がガーゼでおれの鼻をしっかりと押えたのだ。もうひとつ、鮮明になってきた情景がある。「ねえちゃんや、四人目を作れ」と祖父が言い、母が、「子供はもういりません」と答えたのだ。ところが、そのあと妹の央子が生まれた。とすれば、祖父が自分で自分の虫垂炎を手術して危篤になった事件と、央子の出生とは何か不思議な因果関係がある。央子がパリでデビュー演奏会を開いて大成功を博したのは三日前の夜、帰宅したとたん母が興奮して伝えてくれた。この末の妹、央子とは年が離れているうえ、幼いときから別れ別れに暮らしていたために、どうも馴染みが薄く、母がわがことのように喜んでいる気持ちにおれは共感できない。戦争中から戦後、育ち盛りの息子三人が飢えていたとき、央子は軽井沢の野本邸にて何不自由なく暮らし、おれたちが学資稼ぎのアルバイトを強いられているとき、パリで野本の潤沢な仕送りを受けて恵まれた留学生活を送っている。今、おれがアテネ・フランセでフランス語を勉強しているのは、もちろん陸軍幼年学校で習い覚えたフランス語の能力を保持し向上させたいためもあるが、央子と張り合う気もあるからだ。医学生として差し当たり必要なのは、ドイツ語と英語(医学部の教授にはドイツに留学した人が多く、講義でも臨床でもドイツ語を用いるのが習慣になっているし、戦後はアメリカの影響で英語が併用されるようになってきている)だが、どうしてもおれはこの二ヵ国語に馴染めず、フランス語の書物や文献に目が行ってしまう。そうなるのは央子のせいだ。央子を羨み、いや嫉妬しており、何とかしてフランスに渡ってみたいと思っているからだ。フランスという国を、パリを、おれは夢見ている。いやいや、フランスを夢見るのは死んだ従兄の脇晋助の影響なのだ。晋助はフランス文学を学び尊敬し夢中になっていた。いつかパリに行くのをこの世でもっとも素晴らしい旅だと信じて、パリ市街の立体地図をひろげて見せながら、ここがスワンとオデットの娘ジルベルトが遊んだシャンゼリゼ、こっちは、怪異な鐘撞き男がいたノートル・ダム・ド・パリで、昔はこの前に民家が密集していたが今は取り払われて広場になっている。この小さな道こそ、ゴリオ爺さんや山師ヴォートランが宿としていたヴォケー館があった道だ。それが、ジャヴェール警部に追いかけられてジャン・ヴァルジャンが幼いコゼットを連れて逃げまわったサルペトリエール病院。そこんとこがフレデリックがアルヌー夫人に出会ったサン・ベルナール河岸。これこそユゴーの家、バルザックの家、ヴェルレーヌの家、プルースト終焉の宿……。晋助は地図を指差しながら小説におけるその場所の描写について語り、語って尽きなかった。出征し南方で戦った晋助は、戦後復員してきたが、精神病にかかっていて死んでしまい、その蔵書のほとんどを兄の脇敬助が処分しようとしている（おそらく二束三文で古本屋に売り払おうとしている）と聞いたおれは、敬助に掛け合ってその全部を譲ってもらった。本好きの母がその大量の書物を見て大喜び（ちょっと驚いたほどの喜びよう）だったので、おれも嬉しかった。おかげで、パリの立体地図もおれの所有物になり、晋助が細字で説明文を書き込んだ文学ゆかりの家や舞台が一目で見て取れる。医学生のおれが小説や詩に、とくにフランスのものに関心を抱くようになったのは、この晋助の影響と蔵書のせいもある。

外科講義室は逆円錐形の劇場形式だ。円錐の頂点にある舞台は手術台で、観客は階段席から手術の詳細を見られる。通常の講義ではいつでも抜け出せるように最後列に坐るのを常としているおれも、この手術見学だけは最前列を占領するように心掛けている。祖父の影響か血筋か、将来の進路として外科医を目指すつもりだからだ。

黄色い膿を吹き出す脹れあがった腸が引き出されてきた。鼻を突く悪臭が流れ、嫌らしくて醜くて、おのれが医師になる身でなければ、正視できない奇怪な代物である。人間の身体の造化の妙を、解剖実習のときにつぶさに見た。筋肉、血管、骨などは相互にもつれあったようで、しかし複雑微妙な働きを円滑にするために細心の配慮がなされている。つまり血液循環による栄養補給、筋肉の働きを統御する神経の網、筋肉細胞の伸縮に適した配列など、この生命体を栄養で保ち、統制し、ある目的に向かって作動させる見事な構造には、ただただ驚嘆するばかりであった。この造化の妙は、肉眼によってすでに充分に確認できたが、顕微鏡実習でさらに強い印象となった。筋肉や骨や神経は拡大して見ることによって、さらに繊細で機能的な美を現してきた。それは高度な任務をはたす臓器、腎臓や肝臓や脾臓や脳において、極まってきた。さらに最近導入された電子顕微鏡では、数千倍から三十万倍の倍率で組織を見ることができるが、人間の体は、いくら拡大しても無限に美しい構造を備えている。一人一人の人間はその内部に全宇宙にくらべられる無限の世界を持っている。それは長い年月による進化によって成されたと、多くの人は簡単に言ってのける。しかし、進化がなぜ起こり、なぜ人類を生み出し増殖させたのかは、まだ解明されていない。現在、人知の到達しうるのは人類が精巧な身体を持ち、二、三百万年のあいだの無数の交合のすえにこの世に存在しているという結果だけである。その精巧な美しい身体を醜く変えて悪臭をたてるのが病気であり死である。病気となった腸は、腐敗していく屍体の前兆である。

摘出された腸の病巣は膿盆にどさりと始末された。ほっと体内に溜まった圧力を一斉に漏らした学生たちは、ほんの一刹那ざわめいた。患者の体から死が切り離されたのだ。教授はメスを放すと、残った健康な腸を縫合するという有終の美を飾りだした。優雅に跳躍し回転する動き、それは生命を再生させる魔法使いの踊りだ。天上の音楽に合わせた天《あま》の羽衣の、雲の通い路の天女の舞だ……。と、肩を叩かれた。医学部同級生の庄屋聖造で、悠太のノートの上にぬっと紙切れを差し出した。「亀に緊急事態！　ジョーショー　カッペイ　ショーキ　メトロ集合中　すぐこい」

亀とは亀有セツルメント・ハウス、ジョーショーとは丞相、セツルの委員長の阿古麟吉の綽名、カッペイとは法律相談部の彦坂角平の通称、ショーキつまり鍾馗とは住込み《レジデント》学生の山折剛太郎の綽名だ。いずれもセツルの主だった面々であり、彼らがメトロという喫茶店に集まらねばならぬ緊急事態とは余程の事件と察しられる。いつもの悠太なら、すぐ立って行くところだが、今は手術の最後まで見届けたい、勤勉でまめやかな医学生の気持ちになっている。

「オペが終わったらすぐいく」と悠太は紙片の余白に書いた。

「さきにいく。はやくこい」と書き残すと、庄屋は、とんだ邪魔者めと顔をしかめる級友たちの視線を跳ね返すように、鋼鉄製の階段をわざと足音を響かせつつ登って行き、最上階のドアから消えた。

手術が終って、悠太は　長い廊下を急いだ。ロッカーや検査機や雑品が行く手をふさぐ隘路である。病院の正面玄関を出ると、いきなり寒風に襲われ、小雪の目つぶしに遭った。運動場でサッカーをしていた連中が引き上げかかっているのを見ると、降り始めたばかりらしい。

学帽を目深にかぶりコートの襟を立てて、グラウンドの端から森に入った。斜面の上部の常緑樹林では雪はさえぎられていたが、斜面を下った池の周辺はすべてが裸木で、幹や枝の間を雪が気ままに通り抜けていた。「雪が降るたびに」という言葉が、昔の情景を、この池ができた武家屋敷時代の雪景色を、それを見た多くの人々の心を誘い出した。この池を作った昔の人は、雪を想定してあのような樹木の配置を考えたという気がした。先を急いでいるのに悠太は立ち止まって景色を眺めた。すると、この池のほとりの、ある情景が水底から浮上してきた泡のように浮かびあがった。父が眼底出血で付属病院に入院したときに、見舞いに来た脇晋助と母とこの池のほとりに来たのだ。晋助がまだ大学生だったから太平洋戦争前のことだ。こういう具合に一つの鮮やかな記憶が現れると、つい追憶の虜になってしまうのが悠太の性癖であった。先を急いでいるのに困ったことだと記憶を振い落とそうとするが、記憶は磁石で吸い寄せられた鉄片のようにぴたっと意識の端にくっついて離れなくなった。凍った池の氷で遊んでいた小学生のおれが、ふと怪しい気配に顔をあげて見ると、大きな木の下で母と晋助とが際どい形で抱き合っていたのだ。いや、そんな莫迦げた出来事は記憶錯誤《パラムネシア》だとおのれを極めつけても、その記憶は消えない。それが事実か夢か、今となっては区別できない、古色蒼然としているが変になまなましい記憶……。

正門より真っ直ぐ伸びた銀杏並木道は安田講堂に突き当たるが、講堂の手前、地下の学生食堂への入口付近には、大小の立看板が乱立、看板の隙間をすり抜けて行くおもむき、「大学自治の危機、警察官の学内潜入を許すな」「再軍備反対」「単独講和・安保両条約反対」「全面講和と民族の独立を勝ちとろう」「マルクス・レーニン主義の旗のもとに」「スターリン万歳　毛沢東万歳」「破防法粉砕」などの赤黄青の文字がデモ行進の群衆のように雑多で一律で、目立ちながら相殺しつつ、重なり押し合っていた。悠太は、セツルメントの立看板が「破防法粉砕決起集会」の後ろに追いやられているのに憤慨し、それを「破防法粉砕」の前まで引きずり出した。

東京大学セツルメント主催　**フランス名曲演奏の午後**
世界の巨匠アルフレッド＝ドゥニス・コルトーの愛弟子
国際的ピアニスト
富士千束リサイタル

ドビュッシー　前奏曲集第一集
　映像第一集
フォーレ　夜想曲
ラヴェル　オンディーヌ
　三月二日　日曜日午後二時
　　法学部第二十五番教室
チケット　生協プレイガイドにて販売中

しまった。セツルメントの財政補助のために悠太が主になって企画したリサイタルは明後日だ！　連日セツルハウスに泊まり込んでいて、この音楽会の宣伝をすっかり失念していた。ポスターだけは学内のめぼしい場所に貼ったが、せっかく二千枚も印刷した散らしは、まだ百枚ぐらいしか配っていない。もし音楽会が赤字を出す結果になったら大変だ。千束が最初に要求した出演料は五万円だったのを桜子の交渉で二万円にやっと下げてもらい、それで満席になればやっと一万五千円ほどの儲けである。何としても満席にしなくてはならぬ。それはセツルメントのためでもあるが、何よりもおれ自身のため、満員の会場で演奏する嬉しげな千束の顔を見たいためだ。以前演奏を頼んだときは高校の記念祭という「場末の演奏会」に気乗りしない様子だったが、今度は東京大学の特別行事だということ、井口基成、原智恵子などという一流人も演奏した実績のある由緒ある場所だということで機嫌よく承諾してくれた。ただし、出演料では難航したが……。

一食と呼ばれている地下学生食堂の前に生協の書店とプレイガイド、奥にメトロという喫茶店がある。この付近一帯を探してみたが、丞相も庄屋も鍾馗も見あたらない。いずれメトロに現れるだろうと判断して、悠太はまずプレイガイドへ行き、「フランス名曲演奏の午後」の切符の売れ行きを尋ねた。まだ三分の一しかはけていない。昨年秋の原智恵子リサイタルでは一週間前に売り切れであったから、大分旗色が悪い。やれやれと失望しつつ、そこらを歩き回っていたが、いっこうに彼らは現れぬ。悠太は書店で本を物色しつつ待つことにした。

正面の場所を占めているのは社会科学関係で、文学や法律や自然科学は片隅に追いやられている。平積みを物色する。『スターリン著作集』、『スターリン略伝』、『毛沢東選集』、あとは文庫本で、マルクス、エンゲルス、レーニン、スターリン、毛沢東のものが売れ筋で山が高い。悠太はカーキ色の小型本『スターリン著作集』を手に取って目次を眺めた。

レーニン主義の基礎
レーニン主義の諸問題
弁証法的唯物論と史的唯物論について
ソヴェート同盟憲法草案について

「レーニン主義の基礎」というのは、党員やシンパの学生が一致して歴史的名著であり、不朽の労作であり、必読文献であるとしてあげている論文だ。そんなにすごいものか、と悠太は思いながら、何となくむつかしそうで、まだ読んでいなかった。

ふと、巻末に徳田球一の文章を見つけて、そこだけ拾い読みしてみた。

「スターリンの指導は、ソヴェート同盟の全地域にゆきわたるばかりでなく、全世界の労働者・農民、その他圧迫されている人々、植民地・半植民地の諸民族にとって、その行手をしめす灯火である」、「スターリンは世界革命の指導者として、したがってまた、ゆるぎなき世界平和の指導者として、全世界をてらす星である」、「わが党は、とくに同志スターリンの健康を祝し……」

奥付を見る。百二十円。

財布の中身を思い浮かべてあきらめた。今、百二十円も使ってしまえば、食費や電車賃にも事欠く仕儀となる。

背後に視線を感じた。丞相こと阿古麟吉の焦げ茶のサングラスの奥で黒い瞳が光っていた。

「そいつを読んだのか」

「いや、まだだ」

「まだなら今すぐ読むべきだ。今買え」

「ゲルピンでな」

「わずかな金で思想の宝庫が手に入るんだぜ、安いもんだ」

「いや、やめておく」と、悠太はきっぱりと言った。二人はメトロに入り、柱の蔭、密談に適した席で向かい合った。阿古はタバコをゆっくりとくゆらし、紫煙を見上げながら、何やら考え込んでいた。サングラスをかけてシガレットをふかすのは、彼一流のおしゃれなので、何でも新生中国の共産党員にそういうスタイルが流行っていると、写真で見て真似をしているのだという噂である。彼は悠太の都立高校時代の同級生で、悠太が一年留年し、大学では、彼のほうが二年留年したため、今は、悠太が三年生で彼が二年生である。高校生時代の綽名はショーペン（ショーペンハウアー）、セツルメントでは丞相と呼ばれている。セツルメントの委員長として、なかなかの知謀ぶりを発揮するからだ。現在、東京大学セツルメントは、都内亀有の大山田町と神奈川県川崎の古市場町との二ヵ所に設置されていて、彼はその両方を統括していた。高校生時代からマルクス主義の書物に読みふけり、総選挙のときは野坂参三の支援運動をし、大学に入るや、全学連の闘士となり、それ故に二年間も留年したらしい。共産党員だとセツラーの間では言われていたが真偽のほどは不明である。

「亀有の風雲、急なんだ」と阿古は出し抜けに言い、溢れるように話しだした。「午後、山折レジが飛んできて判明したんだ。日曜日に診療所が引揚者寮第一寮の寮長事務室に引っ越した。この件はセツルのOS、前民生局長のI氏の尽力があり、しかも第一寮の寮会議の賛成で実現した。第一寮以外の七つの寮会議でもセツルの寮内移転を承認する決議をしていて、住民の多数がセツルを歓迎するという意向を明白にした。したがって寮内移転は寮居住者の総意によって実現した。そうだろう」

「そうだ。だからどうなんだ」悠太は、〝そんなことはよく知っている〟という具合にうるさそうに煙を手で払った。

「ところが、けさ、都の民生局の援護係長が部下二人を連れて診療所を急襲し、公共建造物を都の許可もなしに使用してるのはけしからん、公共建造物の不法占拠だ、即刻退去せよと告知してきた」

「だって、I氏を通じて都の許可を得ていたじゃないか」

「許可はおりていなかった。I氏は、現在の民生局長に電話で頼み、好意的処理の感触を得ただけだったらしい。今日の午前中、山折レジと彦坂文化部員が民生局に陳情に行ったところ、そう言われたそうだ」

「……」

「民生局の役人が来たとなると、これまでセツルの寮内移転に反対してきた人たちが急に鼻息が荒くなり、今夜七時、各寮で緊急寮会議が行われるという段取りになった。ともかく各寮会議の前にセツル支持者に根回しをせねばならんというので、山折レジと庄屋診療部員が、ぼくが緊急に招集したセツラー数人と今、亀有に向かっている。君も行ってくれるな」

「おれは」と悠太は溜息をついた。「もう二日も家に帰っていないんだぜ。金もなくなってきたし、下着も汚れているし風呂にも入りたい」

「金なら貸す。下着は生協の購買部で買え。風呂は大山田の公衆浴場に行け」

「簡単に言うよ」

「とにかく、診療部の中心人物がいなけりゃこの事態に適切な対応はできない」

「診療部の中心人物は庄屋だ」

「いや、君もそうだ。庄屋がそう言った」

「やれやれ。仕方がない。行くよ。ひよってるわけじゃない。ちょっと疲れているだけなんだ」

「誰だって疲れてるさ。われわれが、去年の六月、大山田に乗り込んでから、これで八ヵ月、激動の日々だったからな」

「もう八ヵ月経ったか。あの日のことはきのうのように覚えているよ」

「ぼくだって、ようく覚えている」

二人は顔を見合せ、共通の過去を追憶するかのように、しばらく見つめ合った。

われわれ、セツラー十数人は、六月のある晴れた日曜日、常磐線亀有駅から北に伸びる、未舗装の一本道を大山田地区に向かった。案内役は、一月前から単身大山田に乗り込んで、診療所に寝泊まりしていたレジデントの山折剛太郎だ。山折と並んで先頭を切っているのは委員長の阿古麟吉で、体格のよい大男の隣では、やけに小男に見えた。続く面々は、彦坂角平や久保高済など文化部の学生、庄屋聖造、風沢基、小暮悠太など診療部の学生、それに応援に来てくれた女子医大生の一色美香と玉先悦子。為藤医師と剣持看護婦。全員がセツルメント活動をするため、新しい土地に乗り込んで行くのだった。これらの人々には、その後、大山田で活躍する役者が大体そろっていた。学生たちは、昨晩夜遅くまで大学の部室で協力して作成したポスターやガリ版刷りのビラで膨らんだリュックサックを背負い、重い包みを両手に下げ、医師と看護婦は、診療器具や薬品を山積みにしたリヤカーを引っ張っていた。

左側には田圃が広々と開けていたが、右側は工場の長いトタン塀で限られていた。

トタン塀は夏の陽光をガラス粉のようにまぶし、今にも裂けてしまいそうに反り、田植えが終ったばかりの青田を渡ってくる風は、空き地に到達するや土埃をまきあげて道を襲い、ざらざらと吹きつけて目を開くのが難儀、それに大型トラックのとおぼしい深い轍に足をとられて歩きづらかった。

トタン塀はところどころ破れて、内部を、アスファルト舗装された通路が縦横に通じ未来風の建造物が整然と並ぶさまを、垣間見せた。休日とあって工員の姿はなく、広大な敷地の奥にはいくつもの巨大なクレーンが恐竜の模型のように静止していた。

「この日影亀有工場じゃ、米軍の戦車や大砲の修理を一手に引き受けて大儲けしていやがる」と誰かが言った。山折だったか阿古だったか、もう覚えていないが、この〝戦車や大砲〟は、工場の外観の質を変えてしまう威力を持ってきて、おれには朝鮮で戦っている兵士たちの血を吸って肥え太った、気味の悪い怪獣に見えた。

むっと鼻が曲がりそうな悪臭が流れてきた。空き地の真ん中に沼があり、誰が捨てたのか、猫の死骸やら野菜やら魚やらが水面から盛り上がって、さかんに腐敗していた。

悪臭から逃れようとして学生たちは小走りになった。誰かが凸凹の道にけつまずいた。が、それを助ける余裕もなく、ついに全員が走り出した。

やっと腐臭から逃れた所でトタン塀が右に曲がった。今度は両側にトタン塀だ。右は日影亀有、左は日影重機。そこは埃と熱風の通り道だが、順風に背中を押されて楽な道行とはなった。しばらく行くと、すぽっと一同は街に押し出された。

空き地の向うに低い、これまで日影亀有や日影重機の大工場を見上げてきた者にとっては、低いというより叩き潰されてひしゃげたような街があった。「ここか」「ここだ」「なるほどね」と、みんなは開拓者が処女地を前にした心で見渡した。山折レジデントの説明によると、視界の上方を限る土の堆積は中川の土手、土手沿いにある五棟の木造二階建ては、運送会社や製袋会社などの工員寮、日影重機の大規模の工場の脇にひしめく、安普請の倉庫まがいの建物群が引揚者寮、二軒を背中合わせに接合した画一の住宅群が戦災者用の都営住宅である。それらの寮や集合住宅とは違って、民家や農家が形成するのが、元来の街で、その部分は古びて歪んだ屋根や下見板の並ぶ街並み、農家風の家や庭、林に囲まれた寺などでまとまって見分けられた。

戦争中、ここ中川べりの田園地帯に軍需の大小工場群が突如出現し、徴用工が送り込まれて、束の間の活気を呈したものの、戦後は寂れてしまい、日影の大工場のほか二、三の小工場が残った。廃絶した工場跡地を都が買い取り、そこに引揚者寮や戦災者用住宅を建てたところ、今度はそれらの新住民を目当てに商売をする人々も流れ込んできた。

近づいて見ると引揚者寮は、建物は背が高くて大きな倉庫を思わせた。が、下見板を用いず、薄板を打ちつけただけの粗末な造り、しかも古びた板は所々が腐って穴があいている始末、そこに新しい板を張って応急処置をしていた。

われわれの新しいセツルメント診療所は引揚者寮の南側、狭い通りを挟んだ向かいにあった。いかにも貧相な平屋だが、最近まで診療所として使われていたため、待合室や診察室や薬局を備えていて、為藤医師と剣持看護婦は、担いできた診察用具や薬品を並べるべく掃除を始め、学生たちは分担してポスター貼りやビラ配りに出掛けた。

おれは、山折と組んで引揚者寮を回ることになった。一歩、中に足を踏み入れると、異様な暗さと得体の知れぬ雑音と気が滅入るような異臭に包まれた。剝き出しの梁の見える倉庫のような骨組みがまず見えてきた。その倉庫風の空間をベニヤ板の間仕切りで八畳一間ぐらいの広さに仕切ってあり、この一間に一家の人々が、しばしば五人、六人が住んでいた。上がすっぽり抜けた部屋からは、あらゆる音が昇っていき、混じり合うとまた下りてきた。ラジオ、子供の叫び、赤ん坊の泣き声、大人の喧嘩、会話、ひそひそ話、それに部屋の外のコンクリートの通路で炊事をする人々の食器の音、団扇の音、炭を割る音。あらゆる音が混合しているため、個々の音の出所を突き止めることは不可能で、おれたちの巡回宣伝も隣近所に迷惑をかけはしなかった。セツルメント活動の意義など理解しようとはしないで胡散臭げに対する人々が多かったが、医者のいないこの地区に診療所ができることを単純に喜ぶ人々もかなりいた。

八つの寮を回っているうちに大勢の病人を見かけた。皮膚病、眼病、胃腸疾患、熱病……。それらは、後の診察で白癬、トラコーマ、赤痢、結核という診断となり、この地区に多い病気として、われわれの診療所が治療に取り組む対象となるものだった。こういう病気の原因が水であることを、われわれはすぐ探り当てた。この地区には水道がなく、人々は井戸水を使っていたが、この水を為藤医師が顕微鏡で調べたところ、大腸菌その他の雑菌に汚染されていることが分ったのだ。

「おれはな」と悠太は言った。「引揚者寮を最初に見たとき、このような場所が東京にあるという事実にびっくりした。川崎の労働者住宅街とは比較にならないほど、ひどい住環境だった」

「約言すれば、古市場はともかくもプロレタリアートの街だ。貧相な住宅だが、そこには組織と統一意識があった。ところが大山田はルンプロの街だから混乱と相剋が渦巻くんだな」と阿古は、彼の口癖の「約言すれば」で問題を整理してみせ、不意に立ち上がると、

「おい、とにかく出掛けよう。下着を買うなら購買部に寄って行こう」と言った。

「待ってくれよ」と悠太は腰掛けたまま言った。「あさっての音楽会の宣伝もしなくてはならんだろう」

「それは川崎の連中がやっているから安心しろ。チケットの売れ行きは好調なんだ」

「さっきプレイガイドで聞いたら、大分売れ残っているみたいだが」

「川崎のセツラー十人ほどが、もうすぐだが、講義の終了時刻に出口で売るため待機している。御茶ノ水駅にも四、五人が行って改札口前に机を置き、通行人に売っている。チケットは女子医大、栄養大、一橋大の生協にも置いてあり、あっちはほとんど売り切れだ。大丈夫、かならず満席にしてみせる」

「なるほど手回しはいいな」と悠太は感心した。阿古は大勢の人間に指令を出して効率よく動かす手腕があるために、誰言うとなく丞相という綽名がついたのだ。

「行くよ」と悠太が腰を浮かしたとき、阿古丞相は、もう階段を駆け上がっていた。

6

雪の紗幕にかすみ、煙を流しながら刻々と本数を変えていく「お化け煙突」、おのれを囲む、見すぼらしい街並みをあざ笑うように、尊大に背筋を伸ばして立つ煙突は、はじめ三本だったのが重なって太い一本となり、と思うと二本に離れ、また一本、ついでまた三本に戻った。それは四本立ての位置関係のもたらす必然の結果なのだが、ありふれた町工場や平凡な家並みの上に、いけ図々しい存在感を示す造形が面白く、見ていて飽きない。もっとも、その思いを阿古麟吉に話したところ、「理論によって完全に説明できる現象に詩的感興を覚えるのはばかげている」と一笑に付されたが。

その阿古は、今、膝の上に置いたロシア語のスターリンの『ソヴェート社会主義共和国同盟における社会主義の経済的諸問題』というテキストを、猛烈な勢いで翻訳していて、周囲の出来事には一切無関心の没頭ぶりだ。この男は、高校時代から語学の才があったが、英独仏のほか、最近はもっぱらロシア語の本を持ち歩き、ちょっとした暇があれば、アルバイトの下訳の筆を走らせる。このテキストもやがて著名な訳者の名前を冠して出版されるのだそうだ。元来、本好きで電車内ではかならず何かを読む習慣のあるおれも、丞相の迫力に気押されてしまい、今読んでいるジョルジュ・デュアメルの大河小説、『パスキエ家の記録』を取り出す気になれない。

けたたましい金属音、ニーベルンクの鍛冶屋ミーメの槌音……鉄橋だ。対岸を角張ったベトンの塊が占領している。写真で見たナチの強制収容所さながらの監視塔、その下の灰色の建物群、おびただしい窓、呆れるほどの単調さで窓をふさぐ鉄格子。そこに監禁されている人々の思いが爆発して鉄格子より吹き出し、岸に空に鉄橋を渡って降雪の乱舞と同調する。人類の定義とは監獄を作る動物であることだ、とは透叔父の言で、ナサニエル・ホーソンによれば、アメリカに新植民地を作ったパイオニヤーたちが最初にしたことは、楽園となるべき新天地の一部を墓場に割りあて、他の一部を監獄の地域に指定することだったそうだ。透叔父は中野と府中の予防拘禁所に四年間も閉じ込められ、そこで徳田球一や志賀義雄と一緒だった。おれは人類の代表的建造物である監獄を夢見る。『緋文字』のコォンヒル監獄、『異邦人』のアルジェ監獄、『真空地帯』の陸軍刑務所、『赤と黒』のブザンソン監獄、『パルムの僧院』のファルネーゼ塔（いやまったく、スタンダールは監獄が好きだ）、『モンテ・クリスト伯』のシャトウ・ディフ島、『レ・ミゼラブル』のトゥーロン監獄、『死の家の記録』のシベリア収容所、『復活』の或る県監獄であって、そこでヘスター・プリン、ムルソー、木谷一等兵、ジュリアン・ソレル、ファブリス・デル・ドンゴ、エドモン・ダンテス、ジャン・ヴァルジャン、アレクサンドル・ペトローヴィチ・ゴリャンチコフ、カチェリーナ・マースロヴァ（それにしても日本の作家が監獄を作品の主要舞台にした小説を書かないのはなぜだろう）が、幾重もの厚い壁に閉じ込められ、行動や思考の自由を奪われ、凶暴な看守の奴隷となって呻吟しているのを想像する。こういった想像は毎度、鉄橋のけたたましい金属音の起こす条件反射なのだ。

綾瀬駅を去ると様変りとなり、これまで押し合いへし合いしていた家々がまばらになって、空き地や畑の入り雑じる未完成な街となり、ついにすべてを吹き払ったような伸びやかな田地が広がったが、他方、そこに目立ってきたのが田地を押しつぶす悪意に満ちた怪獣、ドラゴンさながらの工場群である。さっきのお化け煙突もかつては田園を押し退けて出現したのが、今や市街地の一部に取り込まれてしまったのであろう。とくに大手筋の会社、日影亀有工場の灰色のトタン塀と大げさな工場の屋根が、不意に視野一杯を占領してきた。亀有駅である。ドアが開いたとき、悠太の前をすり抜けて先にホームに降りたのは阿古麟吉だった。

駅前の商店街は、雪のさなか人々は奥に引っ込み、寂れた様相だった。傘を持たぬ二人は前かがみの小走りとなった。日影亀有工場の灰色の長いトタン塀沿いの道に来ると、左側の乾田一帯からの横殴りの風雪に肌を刺されたが、半分凍った道は冷たい泥濘となって短靴を吸い込み、悠太の足は泥水にぬるぬる濡れてしまい、ふと気付くと阿古麟吉は、編上靴に分厚い毛の外套、ソ同盟大使館員の同志から贈られたというアストラカンの帽子で、寒風悪路も何のその、このごろ流行っている『若き親衛隊』の軽快なリズムを口ずさみながら、どしどし歩いていた。

引揚者寮の二階にある寮長事務室に仮住まいしているセツルメント診療所に着いたとき、薬局で乳鉢を磨っていた剣持看護婦が「ああ小暮君、いいとこに来たね」とにっこりした。いつも無表情で通している彼女の笑顔はむろん何かの頼みごとと決まっている。「医学部の学生を待っていたんだ。為藤先生の往診助手をやって。わたしゃ薬作りで手がはなせない」

「庄屋がいるだろう」

「寮内を飛び回っている。頼むよ。急病人なんだよ」

「わかった。でもちょっと待って。靴んなかが水びたしなんだ」と悠太は、脱いだ靴の水気を新聞紙で吸い出した。

「寮内の情勢はどうなんだ」と阿古は、いきり立って質問し、看護婦は目で衝立の向こうに患者が待っていると示し、「対策本部は子供会室」とささやいた。文化部の子供会は寮の風呂場を借りておこなっているのだ。先に行ってるぞと悠太に目配せするや、阿古はすばしこく外に飛び出した。

診察室の白カーテンを開いて、痩せぎすの男が現れた。目がくぼみ頬骨の出張った、骸骨さながらの為藤医師（学生たちは〝モッソリ先生〟というニックネームを進呈している）で、よれよれの背広に兵隊外套をまとっている。悠太は、まだ濡れたままの靴を突っ掛け、リンゲル液で重いのだという往診カバンを提げ、寮と寮のはざまの虎落笛《もがりぶえ》とともに幽霊のように影が薄くなっていく医師を追った。

日暮れには間があるのに斑《はだら》雪の道は暗く、寮内はもっと暗かった。廊下に並ぶ洗い場とコンクリート床が共同の炊事場で、女たちが群れていた。水道がないので古風な手押しポンプで井戸水を汲み出して野菜や魚や肉を洗う。（ああしかし、この井戸水は大腸菌に汚染されているのだ）俎を使うのも焜炉に掛けるのも土足の通り道のコンクリート上で、焼魚、煮鍋、釜と、足元に注意して歩かないと、何かを引っかけてしまう。多くのドアは開いていて、各戸の八畳間の中がまる見えだ。へこ帯で縛られた赤ん坊が泣きながら這っているそばで父親らしいのが大いびきで寝ている。半ばこわれたドアをから拭きしている老婆がいる。この老婆はいつでも、一日中、まるでそれだけが生き甲斐であるような丁寧な仕事ぶりでそうしているのだった。下着、蒲団、食器、玩具などが剝きだしで、整頓された部屋などはない。八畳一間に、数人が、ときには十人近くも押し込められていては、整頓する余裕などはなく、整頓できない以上、掃除もいい加減にしかできず、埃を主体とした雑多な臭いが漂っていた。

後ろに学生がついてくるのをつれなく無視していた為藤医師は、不意に立ち止まると悠太の耳元にささやいた。

「浦沢明夫君が駆け込んできてね。大原千吉さんが大量に血を吐いたというんだ。何でも彼は、菜々子さんに頼まれて、朝からずっと千吉さんの病床に付き添って看病していたんだそうだが」

浦沢明夫とは川沿いの工員寮に住む青年で、この引揚者寮に隣接する杉水製袋工場に勤めていて、同じ工場の工員である千吉の娘、菜々子と仲がよく、恋人同士だという噂もあった。

「おかしいですね、千吉さんは清瀬に入院中でしょう」

「きのうの夜おそく、清瀬を逃げ出してきたんだ」

「ひとりで？」

「そうらしい」

「起き上がるのもやっとの重症ですよ」

「そう。それなのに、ひとりで療養所を抜け出し、電車に乗り、駅から歩いてきたらしい。むろん、寮に着いたとたんにぶっ倒れちまったらしいが」

「無茶だなあ。きのうはぼく、診療所に泊まっていたんですよ。駅から電話でもしてくれれば、みんなで、どうにかしてこっちに連れてきてあげたのに。でも、なぜそんな無茶をしたんでしょう」

「わからん」と為藤は言い捨てて先を急いだ。どういうことだ、なぜなんだと、悠太は首をひねった。

大原千吉は、昨年秋口にセツルメント診療所がおこなった最初の結核集団検診で発見された患者の一人だった。小さな間接撮影のレントゲン写真でも右肺にはっきりとした空洞が認められたので精密検査が必要となったが、それをさせるのが難しかった。というのは、夜になると亀有駅南側の特飲街で働いていた妻のめぐみが、昼間から酒を飲みだして仕事に行かなくなり、娘の菜々子の袋工の給料だけで、小学生の千太郎を含めて一家四人の生活をかろうじて支えていたからである。四つ切りの大きな写真に五百四十円、血沈検査四十円の出費ができなかったのだ。すると千吉は日雇《にこよん》労働者として働くと言いだし、その体では無理だという為藤医師や悠太の忠告にまるで耳をかさず、北千住の職安に通って日雇労働者手帳をもらい、焼跡整理や道路工事の力仕事を始めたが、体力が落ちてきて十日も働くと寝込んで二週間も休む始末、そのうえ現場で喀血したため、労働者手帳を没収されて失職した。悠太は千吉に付き添って生活扶助と医療扶助を受けさせようと、地元の寺の住職、民生委員に訴えたが、娘の収入があるという理由で取り合ってもらえなかった。しかし、何回もの粘り強い交渉で住職を説得して足立区の福祉事務所に紹介してもらい、医療扶助の診療券だけは獲得して精密検査の結果、両側肺尖の結節性結核でしかも右肺中葉に直径三センチの大空洞を確診し、これ以上の労働は到底不可能であると福祉事務所を納得させて、清瀬の結核療養所に医療扶助で入院させえたのが、やっと昨年暮れのことだった。それからまだ二ヵ月しか経っていない。

ドアをたたくと、反応がなく、鍵がかかっていた。しかし、「セツル診療所です」と為藤が言うとすぐドアが開いた。開けてくれたのは浦沢明夫であった。

「すみません。おばさんが、見舞い客がうるさいから閉めておけ、と言うもんで」と明夫は謝った。

「あたしゃそんなこと言わねえよ。おめえが勝手に閉めたんじゃねえか」とめぐみが怒鳴った。あぐらをかき、ドテラ姿で一升瓶を前に酔ってくだを巻いている様子である。厚化粧と毒々しい口紅とぼろのドテラとがちぐはぐだ。彼女は二十七、八で、六十になる千吉の妻としては若すぎるが、後妻であり、したがって二十（まだ十九だが、たしか、もうすぐ来る誕生日を過ぎれば二十）の菜々子は先妻の子である。

めぐみのそばで漫画を読んでいた千太郎が、われわれを見ると、隅に積み上げたガラクタの後ろにのら猫のように身を隠した。千吉は窓際に横になっていた。汗ばんだ頬はこけて白い不精ひげで覆われている。呼吸が早く、いかにも息苦しそうだ。額にのせた濡れ手ぬぐいを明夫が取り除くと、熱っぽい赤い額が現れた。「熱は三十八度七分です」と彼が報告した。

「大原さん、気分はどうですか」と医師が訊ねても、患者の答えはない。目は開いているが、眼球は天井の一点に向けられたまま、何も見ていない。死者の開いたままの目にそっくりで、眠っているのではなく、意識がないのだ。血圧を計ったあと、患者の胸に聴診器を当てた医師は顔を曇らせ、悠太を振り返って、「聴いてごらんなさい」と言った。悠太は医師の指さす場所に聴診器を当ててみた。甕の口に空気を吹き込んだときのような音がしている。臨床実習でしっかりと教えられた空洞音、amphorischer Beiklang（空甕《くうおう》性共鳴）である。肺の中に大きな空洞があるときに起こってくる特殊な、悪魔の冷笑といった憂鬱な音色である。

「どのくらい血を吐いたのですか」と医師はめぐみに訊ねた。

「どのくらい……わかんないね」と女はコップ酒をあおった。

「洗面器が一杯だった」と千太郎が隠れ場からひょっと顔を出すと答えた。

「そんなに大量だった？　奥さん、ご主人は危篤ですよ」

「危篤？　しょうがねえよ。自分が悪いんだから」

「出血と衰弱でショック状態です」

「だから、どうだって言うんだよ。先生、治せるんかよ。治せねえんだろう。だったらほっときゃいいじゃねえか。死んじまえばいいんだよ、こんな人」

「菜々子さんはどこにいるの」

「昼番で工場に出ています」と浦沢明夫が答えた。それから申し開きのように「おれ、夜番なんです」とつけ加えた。

「すぐ呼んできてもらえないだろうか」

「そんなに悪いんですか」と浦沢明夫はおびえた様子で言った。

「肺全体に病巣がひろがっていて、もう手のほどこしようがない。できるだけの努力はしますがね」

「あんた、余計なことすんじゃねえよ」とめぐみは明夫を睨みつけて叫んだ。「菜々子には真面目に働いてもらわなければならねえ。八時までは勤務だ。呼び戻すなんてとんでもない」

「おばさん」と、明夫が目をつりあげ声を張り上げた。「おじさんは危篤なんですよ。菜々子さんを、おとうさんのそばに呼んであげるのが当然でしょう」

「当然……フン、あんた、何様だよ。何だって他人の家にいけずうずうしく上がりこみやがった。うちの人は、死のうと思って病院を抜け出してきたんだ。動けば血を吐くと知っていて、寮に帰ってきたんだ。つまりさ、自殺じゃねえか。それを、お節介に騒ぎたてて、こっちが頼みもしないのに医者を呼んできて、しかもこの先生、病気を治せないくせに、危篤だとご託宣だ。笑っちゃうねえ。何のために来たんだ。あたしが頼んだんじゃねえから、往診代なんか払わないよ。ええ、先生、何だかんだと指図しやがって、菜々子を呼べときた。菜々子は未成年で、あたしが保護者なんだ。その保護者が呼ばなくていいと言ってるんだ。うるさいよ。もう帰ってくれ。酒がまずくならあ」めぐみは明夫や医師や悠太を追い払うように右手を振ったが、そのままくにゃっと倒れ、蛸のように身をくねらせると起き上がった。

「リンゲルはどうしましょう」と往診カバンを押さえて悠太は医師に言った。

「もう回復不能《マハトロス》です。心臓が保たない。ああ青藍色症《チアノーゼ》が始まった」その通りで、大原千吉の頬や手の爪（伸び放題の爪）が青く染まってきて心不全の徴候である。弱く早い呼吸は、ふと止まると、しばらくしてまた始まった。チェーン・ストークス呼吸と言って、断末魔《アゴニー》の血行障害を示している。

「おれ、菜々子さんを呼んできます」と浦沢明夫は、きっぱりそう言うと、飛び出していった。

すると、千太郎が親犬を追う子犬のようにあとを追った。

為藤医師は、往診カバンから注射器を取り出し長い針をつけ、アンプルを切った。アゴニー患者の心臓を活性化するためにアドレナリンを注射するのだ。

「注射なんかやめてくれ」とめぐみが叫んだ。

「どうせ無駄なんだろう。注射代払えないよ」

為藤医師は従順に頷くと、注射器に吸い上げた薬液を脱脂綿に流し、きちんと正座すると、患者の脈をとって目をつぶった。

「あいつが何しに来るか知ってるかい」とめぐみが言った。

「あいつって誰のことですか」と悠太が問い返した。

「明夫のことだよ。あいつ菜々子を、未成年の女の子をたらし込もうって魂胆さ。だからお為ごかしに走りまわるのさ。あたしの気持ちや苦しみなんか、まるで無視して、菜々子の機嫌取りしかしやしねえ。きのうだって、この人がやっと家に着いてぶっ倒れたとき、菜々子がセツル診療所に往診を頼むというのを、あたしが止めさせたんだ。どうせ、先生に来てもらっても助からねえとは、あたしみてえなシロウトだって見て分からあ。そして、菜々子のやつ出社するときに、あいつを呼んできて、自分が働いているあいだ、何か異変があったらすぐ先生に通報してくれと頼んだ。あたしは反対だったよ。他人が家にいるなんて辛気臭いもんだからね。ところが、あいつはこの人につきっきりで濡れ手拭いを替えたり、体を拭いたり、うるせえんだよ。おかげで酒がまずくなって、なおさら飲まにゃなんねえ。フン、菜々子を呼びに行く？　いまさら無駄なこっちゃねえか。どうせ、この人は意識がねえんだ。そばにいなくったって、いたって、同じことだ。そういうの偽善っていうんだよ」

めぐみは、なおも口汚く明夫をののしっていたが、為藤医師は患者の脈を取ったまま身じろぎもせず、悠太も医師の真似をして正座をして患者を見つめていた。寒かった。枕元の火鉢に薬缶が煮立っているだけの暖房では、背中が凍るような寒気がただよっていた。ふと、巻いてあったネジが戻りきったようにめぐみが黙った。女が静かになると、寮内に反響している喧騒を押し退けて、静寂が患者のまわりを包むようだった。患者の息づかいは弱っていき、ついに止まった。医師は患者の胸に聴診器を当てた。しばらくして、医師は患者の妻に向かって頭を下げた。

「ご臨終です」

「死んじゃった」と妻はドテラを脱ぎ捨てて、意外にしっかりとした足取りで夫に近付くと、抱きついて泣きくずれた。乱れ酔いしれていたくせに、黒っぽい洋服できちんと装っていて、夫の死を覚悟し用意していたように見える。「あんた、とうとう死んじゃったんだね。これで悔いも悲しみも苦しみも、みんなさっぱり無くなったね。しっかり成仏するんだよ。あの世じゃ苦労はねえんだからね。ほんとに嫌なことばっかだった。開拓した土地はふいになる。ソ連兵には略奪と乱暴され、追われ追われて日本に来てみりゃ、こんなぼろ倉庫にほっぽりこまれて、職はねえ、病気になる、みんなに黴菌をまくと意地悪され、苦しみの連続だい……うるさいよ、あんたら！」いきなり、めぐみが叫んだ。いつのまにかドアが開いていて、人々が集まっていたが、人の死を悼むというより野次馬めいていて、結核に感染するのが怖いらしくおよび腰でこちらを覗き込んでいた。

「小暮さん、ドアを閉めてください」とめぐみは遺体から身をはなすと、神妙に坐って頭を下げた。悠太は立って行き、寄り合った女たちの鼻先でドアを閉じた。めぐみは、為藤医師に向かって言った。外の人々に聞こえぬような小声である。

「先生、すみません、さっきは悪態ついて。何だか気持ちがたかぶって、どうにもならねえで、酒でごまかした。あたしたちは、満州に赤ん坊を捨ててきた。中国人に預けたんだが、今はどうしてるか。あんときは、この人は病気だし、菜々子は子供で助けにならねえし、あたしゃ千太郎をおぶって赤ん坊の加根子をだいて、ソ連軍に追いかけられて、飢え死にしそうで息たえだえで、とうとうあたしの乳が出なくなり、飢え死にさせるよりは、と中国人の百姓婆さんに赤ん坊を渡してきちまった。それをあたしは、ずっとずっと悔やんだ。だけど、この人はもっと悔やんでた。あのとき、ソ連兵に射殺されてればよかったと何度も何度も言ってた。そういう訳さ」

　めぐみは、濡れ手拭いで死者の顔や手を丁寧に清め、両手を組ませた。それから千鳥足ながらも歩きまわり、室内の片付けを始めた。酒瓶、茶碗、ドテラ、寝巻……。そこに、菜っ葉服の菜々子が、千太郎と明夫と一緒に駆け込んでき、父親にすがって泣きだした。ほっそりと小柄な彼女がそうしていると少年のようだ。潮時とみて、為藤医師は悠太に目配せして立った。すると浦沢明夫も悠太のうしろに付いてきた。ドアの外には相変らず大勢の人々が集まっていた。

「先生」と顔見知りの主婦が尋ねた。「死んだんですか、大原さん」医師が頷くと四方から質問が飛んできた。「死因は肺病かね」「あの人、入院したのに何で帰ってきたんですか」「めぐみさんに殺されたんじゃないかね、あのアル中の」「結核菌の血吐いたんでしょう。寮内に伝染しねえですかね」

女たちには答えず、為藤は人垣をかき分けて廊下に出た。それを悠太と明夫が追う。人々を押し退けていくのに、背後から明夫が押してくれた。

診療所では、ちょうど剣持看護婦が出掛けようと鍵を掛けているところだった。

「おや、やっと仕事の片がついたんで、いま、助太刀に行こうとしてたとこ」と彼女は三人を振り返った。

「大原さんが死んだ」と悠太が言った。

「ええ、もう……」と彼女は気が抜けた様子で鍵を開き、中に入った。「それじゃ、これからが大変。葬式、茶毘、お墓と物入りだ。でもあのアル中女房じゃ、どうしようもないし、娘さんだけじゃ無理だろうし」

「おれがやります」と浦沢明夫が言った。「いくらか貯金もあるし、大丈夫」

「でも、あなたには義理はないでしょう。そうとうの物入りよ」

「義理はないけど、人情はあります」

明夫は悠太と大体同い年だというが、やせっぽちの学生にくらべると広い肩幅の体は、ぎゅっと筋肉が締まってたくましいし、世の苦労の染みた顔の肌は荒れて皺が深く、三、四歳は年上に見えた。

「先生、すこし眠りなさいよ。いま毛布もってきてあげる」と剣持は為藤に言い、為藤はうなずくと診察用のベッドに横になった。伸ばし放題のふけだらけの頭、首にのぞく汚れた下着、疲労がそのまま形象化されたような顔が弛むと、もういびきをかいていた。

「先生ったら、ここんところろくに眠ってない。きのうも往診二件で起こされ、けさからずっと診療のしづめ、それに民生局の係長が急襲してきて寮内から外へいけという要求でさ、ショーキと対策を練り、昼飯も喰わないうちに、もう患者の群れ、にぎり飯二個を頬張っただけで頑張ったけど、もう限界だと思ったら、大原さんの喀血……」

「すみません、おれ、知らなかったもんだから、往診なんか頼んで」と浦沢明夫が、首を縮めた。

「いいんだ。あんたは当然のことをしたんだし、先生も医師の義務をはたしたんだし。わたしの言ってるのは、先生の疲労が蓄積されているのに、労働時間が長く、あらゆるセツルの問題にかかわり、心労が絶えないという事実。学生はいいのよ。いやんなれば来なければすんじまうけど、四六時中、ここにいて働き続けなければならない専従者、むろん、わたしも含めてだよ、その肉体的心理的疲労は大きいという事実を認識してほしい。あ、疲れた、もう駄目、わたしも眠る。小暮君、〝本日診療終了〟と書いて入口に貼って、鍵かけて電気消してちょうだい」というと、剣持看護婦もベッドの下の床に毛布を被って横になった。彼女も、あっという間に眠りに落ちた。

二人は、まるで放り出された遺骸のようだった。

　悠太は言われたとおりにした。浦沢明夫をうながし外に出て、診療所のドアに外から鍵をかけた。そのまま、彼と別れてみんなのいる子供会室に行こうとすると、明夫が、「ちょっと話したいことがあるんです」と言った。街灯のない夜道だが、窓明かりで明夫の鋭い目付きが見えた。

「いま何時ごろだろう」と悠太は腕時計を光りにかざして見たけれども、時刻は読めなかった。

「七時十五分。診療所の時計で見ました」

　セツルメント診療所の寮内残留の是非を問う各寮の緊急寮会議は七時に始まっているはずだ。

それが終るまでは、待つよりほかにすることはない。悠太は決心して、「いいです。各寮の寮会議が終るまでは暇ですから、君と話しましょう」と言った。

「時間がとれますか。嬉しい」と明夫は闇の中のなにかの動物のように二つの瞳を光らせ、浮き浮きする調子で言った。「どこで話しましょうか。どうでしょう、おれんとこに来ませんか。狭い所ですが邪魔が入りません。歩いて五分です」

「ただし、あんまり長い時間は困りますよ。寮会議の結果について、今夜、セツラー一同で対策を討議するんです」

「よく知ってます。たぶん、おれ、それについても、ちょっぴりは役にたつ情報を持ってるかも知れません」

7

先導する明夫は、絶えず振り返って懐中電灯で悠太の足元を照らし、窪みや溝を注意した。中川の堤防に沿って数棟の寮が並んでいた。戦争中に徴用工を寝泊まりさせるために急造された木造の物品倉庫をつなぎ合わせたような粗末な建物である。

細長いトンネルのような空間が明夫の部屋だった。狭くて、箪笥やベッドでぎっしり詰まっていたが、簡単な炊事場と達磨ストーブがあり、清潔できちんと整頓されてあった。悠太がベッドに腰掛けると、明夫はストーブに紙と薪で火をおこし、石炭をくべ、たちまち部屋を温めた。

「腹すいてるでしょう。おれ焼そばを作ります」と明夫はフライパンを取りだして、下ごしらえしてあった豚肉と野菜を炒めはじめた。よい匂いが悠太の空っ腹を自覚させた。

「おばさんが何か言ってたでしょう」と明夫は突然尋ねた。

「おばさん？」

「大原のおばさんです。おれがおじさんの病気をなんやかやと心配するのは、菜々子を女たらしする魂胆だからだとか言ってたでしょう」

「そんなこと言ってましたね」

「あれ口癖なんです。おれ、菜々子に気があるのを否定はしません。こんな告白を人にしたのは小暮さんが最初です。けどさ、それだけじゃない。おれ、おじさんの病気がほんとに心配だった。金が無くて、無理して働いて、働き続けて、体をこわして死ぬというの、おれのお袋とそっくりだった。他人事じゃないんです。お袋が死ぬとき診てくれたのは、帝大セツルメントの先生だった」

「そうだったの」

去年の夏、セツルメント診療所を開いたとき、最初に訪れてきた地元の人が彼だった。第一番の患者が来たと喜んで迎え入れた悠太に向かって彼は、「この東京大学セツルメントは帝大セツルメントとどういう関係にあるのですか」と質問した。「戦前の柳島元町、のちの横川四丁目の帝大セツルメントは、一九三八年に、当局の圧力で解散させられたのですが、戦後、一九四九年に東京大学セツルメントとして再建されました。川崎の古市場でこれまで活動していましたが、このたびは、この亀有の大山田にもセツルメントを作ることになったのです」と悠太は宣伝ビラの内容をそのまま相手に伝えた。「では、同じセツルメントだ。おれ柳島の帝大セツルメントのそばに住んでいた。母は子供のおれをセツルの託児所に預けて働いていたんです」彼を診療所内にあげて、悠太、為藤医師、剣持看護婦、山折レジデント、庄屋聖造などが彼を囲み柳島の思い出を聞いた。幼かったため彼の記憶はぼんやりしていたが、変電所や町工場や棟割長屋やバラックの戦前の細民街の様子が生々しく伝わってきて、一同はじっと聞き入った。彼が、「おれんちは板を下手くそに打ち付けただけの小さい小屋で、入口に戸が無くてムシロを下げてあるだけでした」と言ったとき、悠太は、自分とほぼ同年らしい人間の、自分とはまったく違う暮らしぶりに驚いた。その後、彼は診療所にしばしば姿をみせ、無料健康相談、ツベルクリン接種、集団検診の宣伝ビラを配ったり、地元の人々との懇談会の受付係をしたり、とセツラーたちの活動を手伝ってくれ、セツルメントともっとも親しい地元の人々の一人となった。

焼そばを作りあげると、明夫は悠太にも勧めた。こちらは遠慮なく馳走になることにした。食べながら悠太は、「話したいことって何ですか」と尋ねた。とたんに相手は、融けた蠟が固まったようにこちこちになり、両手を拳にして膝の上に置いた。石炭が燃え上がり、険しい表情を赤く染めた。

「すみません、そのために来ていただいたのに、言いだしにくかったんです。実は、おれ菜々子を愛しているんです」

突然の告白に悠太は困惑して黙っていた。

「ほんとに、熱烈に愛しています」明夫はなおも粘っこく繰り返した。

悠太は、こちらを穴のあくように見つめている相手の鋭い視線から逃げようとのけぞったが、その視線の照準は相変らず定まったままだった。炎の作る背後の影が揺らめくなかに、じっと静止した相手の顔は仁王さながらに燃え立った。

「ところが彼女は、おれを愛していねえんで、それが問題なんだ」

「そういう個人的な問題を、どうしてぼくに持ちかけるんだろう」

「ほかに相談する人がいねえもんで」

「そいつは、そちらの都合だろう。こっちは相談されても解決する能力なんかない」

「解決なんか求めちゃいねえよ。聞いてくれればいいんです。もっとも聞きたくなければ、おれこれで話をやめるけど」

「いや……まあ……そんな……そんなこと……ないが」と悠太は歯切れの悪い調子になった。

「彼女に愛を告白するまでは、機会をうかがったり、決心がつかなかったり、いろいろと大変でした。フフン、こんなこたぁ、誰でもあったりめえで、言う必要はねえんだ。つい自己弁護になる、それがおれの悪い癖だ。ところが、おれが告白するやいなや、彼女は、ずっと以前からそう通告しようと決めていたみてえに、あたしはあんたを愛してないと言った。おれには、それで十分。きっぱり彼女をあきらめました。アアア、また嘘を言う。おれはあきらめなんかしなかった。それどころか、〝なぜ愛してない〟のかと問い詰めた。なぜなんて理由を聞く権利はおれにはねえのに、おれは、なぜだよ、なぜなんだよと彼女を責めたてやがった。なんてひでぇ男だ。それで彼女をすっかり怒らせちまった。当然のむくいだよな。この告白は、つい最近、この正月に中川土手でしたんです。土手といっても向こう側の土手です。こちら側は人の目がうるさいので、渡し舟で向こう側に行ったんです。チェックソ、こんな細部なんかどうだっていいや」明夫は、ふと笑顔になったが、それは自分自身に向けられた嘲笑のようで、炎を浮かべた瞳はあらぬ方を見ていた。「さっき、小暮さんは、〝個人的な問題を、どうしてぼくに持ちかけるんだ〟と尋ねましたね。答えは簡単明瞭です。彼女が愛しているのは小暮さんだからです」

「何を言うんです」と悠太は不意打ちで殴られたように頭を振った。

「事実なんです。おれ、菜々子から、とうとう聞き出したんです。彼女が怒ったのはそのせいなんです。フン、とうとう口をすべらせたぞ。また、これで彼女をテッテイテキに怒らせちまう。チクショウメ、おれはなんて野郎だ。絶対に言うなと言われ、言うもんかと、固く固く約束したことを漏らしちまった。卑劣漢。極悪人。こんな男は死ね！」明夫は鉄の火搔き棒で自分の頭をガツンと叩いた。一度、二度、三度目に悠太は飛び掛かって火搔き棒を取り上げようとしたが、相手の怪力に振り飛ばされ、ベッドから転げ落ちて、何かに頭をぶつけて気が遠くなった。気がつくとベッドに横たわっていて、明夫の心配そうな顔が近くにあった。

「寝ていてください。大丈夫ですか」

「大丈夫」と悠太は起き上がって頭を撫ぜまわした。傷はなかったが後頭部に瘤ができていて、ずきずき痛んだ。

「すまねえよ」と明夫は泣きそうになって謝った。「おれって気が狂ってやがる。乱暴するつもりなんかねえのによ」

「君のせいじゃない。ぼくが弱すぎたんです。でもまあ、すごい力だ。機械みたいに強力だ」

「ヘッヘ、おれは機械なんで、それも部品ときてらあ。筋肉労働者は、いったん仕事を始めたら機械の部品と同じように動き続けねばならねえ。小暮さんは見たでしょう、おれがどんな所で働いているか。袋を積み上げてロープで梱包する、それだけの仕事をずっと、毎日十二時間、七年間も続けてきたんです」と、明夫は、ごわごわの厚い手の平とささくれ立った爪を見せた。

　昨秋、明夫の仲介で杉水製袋の工場長がセツル診療所に工員の健康検診を依頼してきた。検診をした場所は、工員娯楽室で映画館を兼ねていたが、もう何年も映画の映写などおこなわれていないらしく、二つの穴が壁にあき、客席が取り払われた斜めの床には、糊が固まって岩盤と化した机、半ばこわれたベンチ、それに埃だらけの縄束、古袋、手押車が焼け跡の瓦礫のように放り出されていた。そして、そこに列を作る工員たちも麦粉や糊や染料まみれの菜っ葉服で、男女の見分けもつきにくいし、まして顔の識別もむつかしかった。視力検査や打聴診はまだしも、血沈やツベルクリン検査など、注射器を使うばあいには、周囲の不潔さが気になった。ツベルクリン液の注射を一手に引き受けていた悠太は、明夫と菜々子が、いつ自分の注射を受けたのか分からず仕舞いであった。そのあと、工場長の案内で工場内を見学した。紙の裁断機、印刷機、あと使途不明の機械や薬品のある工場では、硫酸紙を裁断し積み重ね、機械に入れて袋にする過程で大勢の工員が、まるでロボットのように単調な作業を繰り返していた。別な工場では使い古した袋を再生するために、工員たちが袋を逆さにして、中の小麦粉をはたき出していたが、粉はもうもうたる白煙となって、空気に満ち、見ているセツラーたちもたちまち粉まみれになった。さらに別な所では、出来上がった袋を積み重ねてロープと鋏とで梱包していた（そう、あそこで明夫は働いていたのだ）どの工場でも、秋なのに酷熱の空気の中に、機械の騒音と女工の甲高い叫びや男工の怒鳴り声とが混じって、地獄の苦役が行われていた。

「とにかく、ぼく、この件には無関係だったし、今後もそうでありたい。つまり、君の話を聞かなかったことにします」と悠太は慰め顔に言った。

「へヘン、そんな嘘は何の役にもたちゃしねえ。口を出た言葉は元にもどらねえ。菜々子は人の嘘をすぐ見抜くんで嘘は通用しねえや。おれ、小暮さんに話したと正直に菜々子に報告します」

「困りますよ、ぼくはそんなこと思ってもみなかったんですから」

「菜々子のこたあ、何とも思っていねえってことかね」

「気の毒には思います。あの人が困難な状況に置かれているとは思います。しかし、好きとか愛しているとか思ってはいない」

「それだ。それでいい。イイゾ、安心したぞ。おれ、希望が出てきました。それを、それこそを、小暮さんから聞きたかった。ありがとう」と明夫は躍り上がらんばかりに立つと、悠太の右手を両手で握った。紙やすりのようにざらざらした感触だった。

「だけど、そんなことを菜々子さんに言う必要なんかありゃしない。言えばあの人を傷つけるだけだ。君、黙ってたほうがいい」

「なぜだよ。真実を告げてなぜいけねえんだよ」

「君は菜々子さんを散々ほじくって、ぼくの名前を無理やりに聞き出した。そしていま、ぼくの気持ちを無理やりに聞き出し、あの人に告げようとしている。つまり二重の無理押しで女性に迫ろうとしている。そいつは、彼女の自由を奪う、ひどい自分勝手です」

明夫は俯いて考え込んだ。しばらくして、目をあげたとき、それは涙に濡れていた。

「菜々子の自由を奪う。それなんだよな。黙ってあきらめて引き下がりゃよかった。それができねえちゅうのは、おれがどこか変だからさ。精神の未発達、これ。教育がねえんだ。小暮さんのような、お坊ちゃんにはおれみてえに孤児院にたたきこまれ、たえず飢えて、飢えを満たすためには、たえず単純労働を繰り返して、肩幅と腕だけは太くなった奇形人間の僻み根性なんて想像もつかねえだろうさ。小暮さんは美男子なのに、おれはこんな醜男だ」

「そんなことないよ……」

「小暮さんは東大生の知識人なのに、おれは小学校もいい加減に出ただけのしがねえ労働者ときてらあ。おれだって学校に行きたかった。大学で勉強したかった。しかし、丸裸の手工業労働者のおれにゃ、そんな金も機会も暇もありゃしねえ。小暮さんが美男子なのは家が金持ちだったからだし、知識人でいるのは生まれつきだからです」

「君、何を言い出すんだ」

「そうある本に書いてあった。もっともその本によれば、それはシェークスピアの戯曲にある言葉だそうだけど」

「何という戯曲」

「『むだ騒ぎ』。むろんおれは読んでねえけど、立派な容貌の男であるのは境遇の賜物だが、読み書きができるのは生まれつきだとあるってさ。こいつはつくづくとした真理なんだよなあ。おれは、孤児という境遇によって醜い容貌になり、生まれつき大学に行けねえってわけさ。こんなおれを女が愛するはずがない。ところが小暮さんは、おれとは全然質が違う」

「ぼくなんか、平凡な顔付きのやせっぽちだし、多少本を読むだけで、知識人なんかじゃありゃしない。しかも、君は男らしい顔付きでがっしりとした体格だし、なかなかの読書家じゃないの」悠太は書棚に文庫本がびっしりと並んでいるのを見た。

「まったく人間の質が違ってらあ！」と明夫の口調には怒気が含まれてきた。「小暮さんが毎日大学で講義を聴き頭脳を富ませていくのに、おれは毎日工場で単純作業を強いられ愚鈍無知になっていく。この差は決定的さ。これもある本にあったんだが、アダム・スミスは単純作業で全生涯を費やす人は、彼の知性を行使する機会を持たず、はっきり言って、人類としてなりうるかぎりの愚鈍無知になるんだと言ってる。エイチクショウメ、アダム・スミスなんておれ読んだことはねえ。これは、ある本に書いてあったことの受け売りだ。オット、すまねえ」と明夫は、膨れあがった風船に大穴があいたように急にしょげた風になった。「おれ、小暮さんを非難するつもりはねえんで、すまねえ」

「いや、ぼく怒っちゃいない。ただ、びっくりした。浦沢さんって、たしかに思想を持っているから」

「おれが思想を持っちゃいけねえのか」

「アアア、そういう意味じゃない」と悠太はあわてた、自分の言い方のどこかに相手を傷つける調子があったと反省するのだが、どう修復してよいのやら。

「おれに思想なんかねえ」と明夫は、また怒気で膨れたようになり、悠太をひやひやさせた。「愚鈍無知なる機械の部品だという自覚だけよ。そこから抜け出してえというはかない希望、愛されねえ男の底なしの絶望、そんなのはあるけどさ」

「どう言っていいか……その自覚ってのが強烈で、熱くって、ぼくみたいな育ち、中流会社員の息子で、習慣で学校に行き、習慣で大学までも行き、熱くもなく冷たくもなく、生ぬるい人間を感心させるんだな。徹底的な自覚、そいつは大したことなんだな」生ぬるい人間なんて口から吐き出してしまえっていう言葉をどこかで読んだ。誰の著作で読んだのだっけ。

悠太は、明夫と話しているのが苦しくなり、ふと腕時計へ目を落として驚いて立った。八時過ぎだった。寮によっては会議が終っている時刻である。「ぼくセツラーの対策会議に行かなくっちゃ。今日、引揚者寮の各寮でセツルメントをめぐる緊急会議をやってるんです」

「おれだって、そのぐれえは知ってますよ。寮の掲示板に、民生局の役人が来て、セツルに公共建造物不法占拠を告知したとあった。この件につき、各寮で寮会議を開き、つづいて各寮の委員が集まって寮委員会を開いて寮住民の意見を集約するとあった。でも心配はいらねえ。なぜって寮内には、セツル支持者が大勢いる。とにかくセツルがなくなると困る人が大勢なんです。この地区の医療施設はセツル診療所しかねえところにもってきて、夫婦共稼ぎの家はセツルの保育園を必要としているし、親の学歴が低いために勉強を見てもらえねえ子供たちはセツルの勉強会に来たがっている。去年の暮れ、地主より立ち退きを迫られて行き場がなくなったセツル診療所を寮内の寮長事務室に移転させると寮委員会が決議したのはつい最近のことで、セツルの寮内移転が実行されたのは、この前の日曜日、五日前じゃねえか。五日で人の意見が変るなどということはありえねえさ」

「わずか一日で人の意見が変ることもありますよ、敗戦の日のように」悠太は陸軍幼年学校で迎えた八月十五日を思っていた。あの朝の徹底抗戦は翌朝の承詔必謹に、戦争完遂から平和護持にみごとに変っていた。

「天皇と民生局の援護係長とでは格がちがいますよ」

「それはそうだが、変なビラが貼られて、動揺する人たちが出やしないかと心配なんです」

「あんなビラ、無視すればいい」

「そうか な……」

日曜日の夜、寮内にセツルが引っ越した直後から、寮内の壁という壁、町内あちらこちらの電柱にビラが貼られ、各戸にも配られた。

東大セツルメントは赤だ!
私たちの寮内から赤を追い出せ!
みなさん　だまされてはいけない
東大セツルメントとなのっている組織は
ソ連の手先の共産党に指導されている危険な連中です
暴力革命によって日本に恐怖政治をしこうとしている彼らはセツルメントを拠点にしてこの大山田の治安をみだそうとしています　みなさん　赤の危険な組織　セツルメントを私たちの寮内のもっとも大切な場所　寮長事務室に設置させた寮長一派の策動に反対し　明るい自由で民主的な寮にもどしましょう
各寮で寮会議を開いて
セツルメント追い出しを決議しよう!

引揚者寮内　反共期成同盟

引揚者寮には満州でソ連軍にひどい目にあった人々が多く、反共という同調する向きもあって、以前にも大山田地区細胞の人間が寮から追い出されたことがあるし、去年暮れから最近までの、セツル移転運動についても、セツルは赤だというので嫌う人々が大勢いて寮会議でその種の発言がたびたびあった。しかし、今回のようなあからさまなビラが貼られたのは初めてであった。

「反共期成同盟ってえのは何者なんだろう。聞いたこともないけど」

「おれ、それについてはちょっぴり情報を持ってる。日曜日にセツルの引っ越しを、おれ、手伝った帰りに、数人の男たちがビラを貼ってるのを目撃した。真っ暗だったけど、ひょっと窓明かりで一人の顔が見えた。それが世古口だった」

「世古口がやってるのか、なるほど」と悠太は納得した。頭の禿げあがった脂ぎった中年男で、第四寮の委員である。セツル診療所が寮内に移転するときも、反対運動の先頭に立ち、結核患者が集まるような施設を寮内に入れるのは衛生上危険だとか、寮以外の人間も利用する施設を寮内に設置するのは筋が通らないとか、いろいろな理由をあげていた。

「だから大丈夫よ。世古口は口はうめえが人望がねえから、あいつの貼ったビラなんかに誰も動かされはしねえさ」

「そうだといいけど……御馳走さま」と皿を返し、「とにかく行かなくちゃ」と悠太は立った。するど明夫も、「おれも出る。菜々子が心配だから、今夜は仕事を休んで、菜々子んとこに行ってやります」と立った。

雪はみぞれに変っていた。明夫の貸してくれた傘をさし、引揚者寮のほうに行くと、死んだ大原千吉に取りすがっていた菜々子の尻の形がなまめかしく思い出されてきた。にっと頰笑むと、黒い瞳と白い歯がよく映える。すべての女性を富士千束とくらべて見る癖のあるおれにとっては、美人とは見えないが、浅黒い細面は整って清楚な感じである。製袋工場では明夫のような力仕事ではなく、袋詰め機械の操作をしていると聞いている。しかし、あの子がおれに恋をしているとは、意外であった。

　明夫と別れて、寮の建物群を分け入りながら、悠太は空を見上げた。みぞれはびちょびちょ沈んできた、千吉の死を泣くように。そして、ある詩人の言葉もふってきた、世界がぜんたい幸福にならないうちは個人の幸福はあり得ないと。

8

　子供会室のある寮の風呂場は、八つの寮の外れにぽつんと建つ独立家屋である。都立公衆浴場が町内にできてから不用になって、半ば崩れた廃屋になっていたのをセツルメントが借り受けたのだ。悠太が入っていったとき、脱衣所の板の間に車座になって顔を寄せて議論を白熱させていたセツラーたちは、一斉に話しやめて振り向いた。

「遅いな、どこへ行ってたんだ」ととがめたのは庄屋聖造だった。

　悠太は為藤医師と剣持看護婦が出席しているのを見て、おそらくみんなは大原千吉の死を知っているだろうと推測し、面倒な説明は無用ときめ、「大原千吉さんの件で、浦沢明夫さんといろいろ相談事してたんだ」と簡単に答えた。

「葬式をどうするかだが」と庄屋は言った。「生活保護費からの扶助はむつかしいらしい。とにかく、せっかく医療扶助で入院していた清瀬から逃亡して死んだ以上、国は面倒を見ないというのが、われわれの判断だ」

「それを浦沢さんが自腹を切ってやってくれると言うのだがね」

「ちょっと黙ってくれんかな。重大な議論の最中なんだぞ」と甲走った声が飛んで来た。発言中だった風沢基が縁無し眼鏡をきらきらさせて睨みつけていた。

「ちょっとぼく、経過を説明しますから」と入口近くに坐っていた久保高済が言い、悠太を端っこに連れていって、そっと教えてくれた。「形勢は不利みたいだよ。八つの寮のうち五つまでがセツルは寮より出ろと決議し、あとの三つがセツルの寮内滞在を認めた、それもいろいろな条件をつけてね、寮住民の医療を優先させろとか、寮内の衛生の改善に努力せよとか……。今さ、各寮の委員が寮長室に集合して寮委員会を開いている。まあこうなると、寮から出るより仕方がなくなったという情勢なんだけど、ぼくたちの議論の焦点は、いよいよこの大山田地区より引き揚げるか、それとも金を集めて自前の診療所を持って活動を続けるかという点に絞られてきたようだよ……」久保は悠太の都立高校時代の同級生、寺の住職の伜なものだから高済という坊主のような名前を持ち、眉毛の濃い色白の好男子なため悠太は高校時代、貴公子と綽名していた。文学部心理学科の学生で、セツルでは文化部に属し子供会のチューターをしている。

発言している風沢基は診療部に属し、悠太の一年先輩の医学部学生である。「……われわれはこの大山田地区の封建的で時代遅れな住民に対する活動にそろそろ終止符を打つべきだと思う。

日影製作所、日影重機、日影精機という大企業に囲まれた準工業地域の人口は約三千六百人、うち引揚者千六百人、戦災者千五百人の貧困層が狭い土地にひしめいている。あとは、大地主の金《かね》親《ちか》を中心とし、神社の神主や寺の住職などの有力者、工務店経営者、駅向うの亀有歓楽街の経営者などで、比較的に裕福な生活をしており、貧困層とは画然と異なった意識を持っている。そして、両者の中間層としては、小さなマーケット街を形成したり、あちこちに散在して店開きしている小売業者で、彼らの意識は取り留めなく浮動的だ。貧困者層は、失業者、日雇労働者、内職者、小規模工場労働者、ぼくはこれをマニファクチャー労働者と呼ぶが、とにかくこういう人々であり、おたがいに横の結びつきがなく個々ばらばらだ。彼らの意識レベルは低く、みずからの貧困と抑圧の原因を考えたり、その状態を改善するよりも、日々の辛い生活に追われているだけのルンペン・プロレタリアートの意識しか持てないでいる。われわれは、この地区で、貧困層のために、結核の集団検診、赤痢対策、汚染された井戸水の消毒法の講習会、共稼ぎ家庭のための保育園、スクエアダンス会、勉強会、法律相談などをして、地元の人々に感謝され、人々との結びつきも強くなってきたが、彼らの意識を高め、貧困の原因を自覚させて、プロレタリアートを中心とする未来の運動へと発展させることはできず、一種の慈善事業のようになってきた。この状況は、川崎の古市場における状況と根本的に違う。古市場地区ではここ大山田地区と違い、機械装置を備えた大工場の労働者街がひろがっており、住民はプロレタリアートの意識を強く持っていて、われわれの活動基盤としてもっとも適当だと思う。われわれは、この亀有大山田より引き揚げて、川崎古市場における活動に集中すべきである」風沢基は、演説原稿を読むような具合にまくしたてたあと、自分で火を吹き消すように、ふと黙った。と、しばらく、その弁論の圧力に負けたように一同を沈黙が支配した。

「どこかおかしいな」と長い揉み上げを両手で挟んでこすりながら、ゆっくりと呟いたのは鍾馗こと山折剛太郎であった。「つまり、ここの人々をルンプロと規定するのは簡単すぎるってことかな。社会の最下層に位置する貧困層がここに住むという事実は認めるが、そういう人々のためにこそセツルメントは運動すべきなのではないか。今の意見だと、ルンプロのために活動するよりもプロレタリアートのために活動することに意義があるってことだが、はたしてそうかな。むしろ社会の底辺にうめいている人々のために働きかけることのほうが大事であり、この社会の矛盾を学べるのではないかな」

「わたしもそう思うよ」と剣持看護婦が言った。「ここに住む人たちがルンプロだか何だか、わたしゃ知らない。ルンプロだから見捨ててしまえというのは、変だよ。ここに住む人たちは、一言で言えないほど、多種多様だ。貧乏人もいれば成金もいるし、失業者もいれば工員もいるし、右翼もいれば共産党員もいる。そういう複雑な人間関係が事実であって、地主や経営者などの物持ち以外は全部ルンプロだというの、わたしゃ理解できないよ。そんなんじゃなくて、わたしが大学病院の勤めをやめてセツルの看護婦になったのは、単純に貧しい人たち、お金がないために十分な医療を受けられない人たちのために何か役立つことをしたかったからだよ。全くそれだけだよ」

「いや、それだけじゃ困るんだ」と風沢基は上半身を真っ直ぐに起こして言った。「貧困の原因を見極めて、それを無くする方向への意識が必要なんだ」

「つまり革命ということ？」

「そうだ」

「わたし、革命のためにセツルに来たんじゃない。もっと素朴な気持ち。それだけだよ」

「それじゃ希望がないじゃないか」

「希望はむこうからやってくるもので、自分で作り出すものじゃない」

「いや、主体的に作り出すものだ」

「やめようよ」と阿古麟吉がタバコの煙を吐いて割って入った。「目下の問題は、セツルをこの地区から引き揚げるか留まるか、留まるとしたらどうしたらいいかだ」

「わたしゃ留まるべきだと思う」と剣持看護婦は、きっぱりと言った。「この八ヵ月間、必死で頑張ってきたのは患者さんたちのため、わたしがいなければ患者さんたちが困るという、ただそれだけのため。今、診療所がなくなれば困るのは患者さんだ。寮から出ろというなら出て、地区のどこかに診療所を作るんだ」

「しかし、セツルにはそれをするだけの資金がない。そしてその資金を作るために要求されるわれわれのエネルギーを川崎における運動に集中したほうが効率的だ」と風沢。

「ちょっと確認しておきたいのだけど、民生局は、セツルの寮内滞在を絶対に認めないというのですか」と玉先悦子が言った。女子医大の学生、栄養部の主任で地元民の栄養指導を受け持っている。

「ぼくとショーキの二人が民生局に行ったところ」と彦坂角平が答えた。「第一に、公共建物を営利団体に貸すことは都議会の決議で禁止されている、第二に、セツルのように共産党系の団体はとくに危険であるというのだった。それに対して、われわれは、セツルは営利団体ではなく、地元の人々の健康を守る活動をしていて、多くの人々の要望によって寮内に移転したこと、政治団体ではなく文化団体であり、共産党の指令によって活動しているのではないと主張したのだが入れられなかった。まず、診療所は診療報酬を取っている営利団体だという。そこで診療所の出納簿を見せて、診療代の未払いが多くて毎月数千円の赤字を出してると言ったが、未払いを回収すれば黒字で営利事業だと言われた。また、セツラーに共産党員がいることは確かだが、そうでない人のほうが多いと言ったところ、それを証明するためにセツラー全員の名簿を提出しろと言われた」

「つまり寮内滞在は絶対に認めないということですね」

「そういう態度だ。そして、現在から三ヵ月以内、つまり五月末までに寮より退去せよ、しないばあいには強制措置をとると強硬だった」

「三ヵ月以内で新しい診療所を持つことは不可能だ」と風沢が言った。「この二ヵ月、地区内で貸家を探しまくったが、そんなものはなく、仕方なしに寮内に引っ越した経過を、われわれみんなが知っている」

「やっぱり、この地区より引き揚げるより仕方がないと思います」と玉先悦子が言うと、風沢が大きくうなずいた。

「待ってよ」と剣持看護婦が言った。「借家でなく自前の診療所を建てるんだよ」

「その件についてはすでに検討ずみだ」と風沢。「診療所の土地の獲得に七万円、建築費に十三万円かかる。そんな大金をどこからひねり出すんだ」と風沢が言った。

「分からない」と剣持看護婦は急に元気なくうなだれた。

「三ヵ月以内に二十万円を集める。そいつはむつかしいな」と庄屋が言った。「現在、診療所は、月々、約六、七千円の赤字を出している。その原因は、患者の診療費未払いだ。未払いの人に請求してまわるという辛い行為を、ぼくら診療部員はしてきたが、それでも診療所の経営状態は少しも改善されない。為藤先生と剣持さんの給料は最低限に抑えられていて、もう限界だ。二人とも疲れ果てている」

「だから、どうしろというんだ」と風沢が言った。

「だから、診療所を閉じるより、この地区から撤退するより仕方がないと思う」

「ちょっと待って」と剣持看護婦が、長いスカートが裂けるような形であぐらを組み、背筋を伸ばした。「診療所が赤字なのは、わたしたちの宣伝が引揚者寮に偏っていたからだと思う。もっと活動範囲をひろげ大山田地区以外からも患者が来るようになれば、事態は改善されるよ。現に、付近の農家の人々で川向うからもわざわざ渡し舟で訪れてくる人たちもいて、その数は増えつつある。患者の数と質によっては黒字を確保できるよ」

「ぼくもこの地区を引き揚げるのは反対だな」と悠太は言った。にわかに、熱い塊が心の底から、マグマのように噴き出してきた。熱くもなく冷たくもない、生ぬるい人間なんて口から吐き出してしまえ、あれは『黙示録』にあった言葉だった。「診療所は赤字だ。しかし、たとえば大学で音楽会をやれば黒字だ。あさっての『富士千束リサイタル』が満席になれば、一万五千円の黒字になる。こういう音楽会を何回でもやろうよ。寄付をつのるという方法もある。みんなで手分けしてOS会の先輩をまわり、彼らの紹介で寄付する人を増やしていく」

「威勢のいい話だが、はたして実現性があるか」と風沢は眼鏡を光らせた。レンズの底の縮小された目は皮肉に笑っていた。

「実現できるかどうか、やってみるより仕方がないだろう」と悠太は一同を見回した。

「小暮の言うことに賛成だ」と鍾馗が今度は拳で頰をこすり上げて言った。

「ともかく、お金を集める努力をしたらどうでしょう。音楽会とダンス・パーティーを何回かやりましょうよ」と久保高済が言った。「五月祭こそはいい機会でしょう」

「賛成！」と悠太と鍾馗が同時に叫んだ。

そこに、遠慮がちに戸を開けて現れたのは白髪の痩せた猫背の人物、寮長だった。

「寮委員会の結論をお知らせにきました」

玄関口にいた悠太が寮長を中に招じ入れた。老人の肩には、みぞれがびちょびちょ沈んでいる外の湿気と寒気が染みとなっていた。彼は中の温気、石炭ストーブを焚いていて汗ばむくらいの熱気と裸電球の鋭い光に戸惑った様子で目をしばたたき小鼻をひくひく動かしながら、ソ連軍の銃撃で傷め、膝が曲がらない片足を引きずって歩いた。剣持看護婦が浴場から古い木製の腰掛けを持ってきてすすめると、老人は背中をそらして、大変な苦労のすえにやっと腰を落とした。さて、話しだそうとして彼はひとしきり咳込んだが、悠太は思うに、それはセツル診療所で気胸療法を受けている右上葉の肺結核のためというより、寒湿から暖乾への空気の変化が刺激になったせいと思われた。寮長のスローモーション映画のような動作を、みんなは一種の尊敬をこめて見守った。それほど老人の全身からは、時代の受難者らしい威厳が立ちのぼっていたのだ。この人、元々は東京の下町生れだ、狩猟の愛好者の父について北海道に渡り、猟師の手伝いをしていたが、父の死後満州に渡り黒龍江付近の開拓に従事しているうち、病気、おそらくは結核で農夫をやめて開拓団の事務を執っていたという。現在独り身なのは、満州より引き揚げる途中に妻子と行きはぐれたせいだという噂である。

「寮委員会の結論が出たんで伝えます。まことに心苦しいんだけど、セツル診療所は寮外に退去しろちゅうんです。おれはこの地におけるセツルの必要性を、つまりおれっちみてえな貧民や病人の味方が必要だと極力論じたし、委員の中にはおれに同調するのもいはしたんだけんど、強硬派が強引に押し通しちまったんで、力及ばずで申し訳ねえ結果になった。まあタイミングも悪かった。ちょうど、寮内に水道とガスを引くように民生局に申請してる最中なんで、そんなときに民生局の方針に反する決議などしたら具合が悪いっちゅう委員もいたし、セツルは赤で危険な団体だから、早急に出てもらうのが得策だという委員、まあこの委員が一番の強硬派で、セツルの肩を持つのはみんな赤だという空気にしやがったもんで、挙手をしたところ、七対一で強硬論が通っちまった始末でな」

「各寮会議で五対三だったのが、さらにエスカレートした訳ですね」と風沢が深刻な表情で何度も頷いた。「それは決定的だ」

「セツルは赤だ、追い出せというビラも影響しましたか」と悠太が尋ねた。

「あれが、またタイミングよく出回ったんで、宣伝効果はてきめんでしたな」

「反共期成同盟ってのはどんな団体なんでしょう」

「さあねえ、寮居住者のことは大体把握しているつもりのおれも初めて見たんで、おそらく首謀者は寮の人間ではねえんじゃないかと踏んでるんだが、しかとは分からねえ。ご承知のように寮の部屋には天井がねえから、隣近所の話が筒抜けで、秘密は保てねえ造作ですからな。ともかくあのビラで寮内に動揺するもんが増えたのは確かでしょうな。セツルに協力するもんは赤だと見なす人もいて、おれまでが党員かと詰め寄られました。診療所に出入りする学生さんも党員らしいという噂が流れていて、とくに診療所に泊まりこんでる、あの人、ほらそこのひげのヤマ……」

「山折です」と彦坂角平が嬉しげに教えた。「この大男、綽名はひげっつらのショーキと言います」

「それ、山折さんがソ連の何とかいう、ほらゴリ、ゴリラにそっくりだと……だから危険だと言ってきた人までいる……」

「ゴーリキー」と丸々と太った角平は出張った腹をゆすって笑った。「ほんと、ショーキはゴーリキーにそっくりだ。今後、改名してゴーリキーと呼ぶべきだ」

「彦坂君、真面目に話せよ。せっかく寮長さんが来てくださったんだ」と阿古が角平を睨みつけた。角平は首をすくめてぺろっと舌を出した。

「ところで」と鍾馗は、角平をまるで無視して、生真面目に寮長に尋ねた。「都は三ヵ月以内に退去せよと告知してきたが、寮内の意見もそれに同調してるんですかな」

「都はそう言いますが、寮委員会ではその点についてはそう杓子定規でなくても、猶予期間がもうちょっとあってもいいっていう傾向ですな。おれは思うんだが、この前セツルの寮内移転について署名運動が起こりましたね、つまり移転反対の連中に向かって、わたしたち貧乏人はセツルを必要としていると主張した人々が大勢いましたね、あの人たちは依然としてセツルにこの地区に留まってもらいてえと心底から願ってると思うね。だから、建前としては寮外退去に賛成していても本音としては、寮内滞在を引き延ばしておいて、その間に新診療所を建ててもらいたいってえ意向なんです。だからちょっとぐらい延ばしても、民生局の方には診療所建設が長引いてるって説明すればすむね。もっともこの意見は、おれの胸三寸にあるんだが」

「率直に言って、寮長さんの許容できる寮内残留期限の上限はどのくらいでしょうか。例えば半年とかが可能か」と鍾馗。

「それは、まあ適当に……」

「三ヵ月じゃ無理だが、七、八ヵ月、つまり十一月ぐらいまで延びれば、秋に音楽会をまたやるとかして、何とか資金集めができそうだな」と悠太。

「しかし、いくら時を延ばしても、診療所に適した貸家は見つからんし、空き地もないだろう」と風沢が悠太を牽制した。

「その点ですがね」と寮長が言った。「雑貨屋、ほら金親地主の向かいの雑貨屋の主人が店の改築費を出したくて、現在庭となっている三十坪ほどを売りたがっている。それも安くしておくと言うんです」

「あ、あそこだ」と角平が人差指でその方向を指しながら言った。「雑貨屋の西側の庭だ。あそこ、南にアパートがあって日が当たらない陰気な場所で、木が育たないと見えて枯れ木が数本立ってる」

「そんなとこあったかな」と地元の情報通を自任している風沢は疑わしげな面持ちになった。

「あるともさ」角平は丸い肩をゆすった。「風沢は沢を渡る風のように町の表通りばっか駆け回ってるから、風通しの悪い裏道の奥なんか知らねえんだ。ほら雑貨屋の横手にさ、おれみてえなふとっちょがやっと入れるくれえの露地があらあね。あの奥に行くと枯れ木林がある。東が雑貨屋、南がアパート、西が、こいつが困りもんなんだが沼で、現在ゴミ捨て場としてさかんに悪臭を発散している。残念ながら鼻が曲がるほど臭気ふんぷんたる場所だ」

「そんな不潔なとこじゃ、まるで問題にならない」と風沢は渋い顔になった。

「それに診療所としては引っ込みすぎているな」と庄屋も首をかしげた。

「いや、診療所は引っ込んだ所がいいんだ」と剣持看護婦が言った。「結核、トラコーマ、白癬、梅毒という、人に嫌われる感染症の多いこの地区じゃ、患者さんはこっそり診察を受けに来るんだから、質屋と同じように人目につかない奥のほうが立地条件がいいんだ。最初の診療所は角地で目立ったし、今のは寮の中心に位置しているから住民の視線にさらされていて、患者さんが来にくいために受診者数が増えなかったんだと思うね」

「なるほどね」と悠太は剣持看護婦に一礼するように深く頷いた。「診療所に通ってると肺病じゃないか、梅毒じゃないかって思われるというのでしり込みしている人々がいるのは確かだと思う。だとすれば、その奥まった土地は利点になる。あそこはぼくも知ってるが、野菜市場裏の沼に隣接してるんだ。沼はいつの間にか、野菜屑の捨て場になって腐敗臭を立てるようになったんだが、ぼくらが市場に進言して、清掃消毒をさせれば、付近住民の利益にもなるし、セツルが住民の健康を守る運動をしていると示すこともできる」

「しかし……」と風沢が縁無し眼鏡を光らせて反対しそうな気配を見せたので、悠太は急いで言葉を継いだ。

「これまで、われわれは貸家と土地を散々探しまわって発見しえなかった。ところがここに売りたい人が現れて、しかも診療所としての立地条件もいいとすれば、そこを買いたいな。寮長さん、一体いくらぐらいで売ると言うのですか」

「まあ、人の土地だから、はっきりは言えねえけどよ、あんな場所だから、この辺の地価よりは大分安く売るっちゅうことになるとは思うがね」

「じゃあ、ゴミ捨て場に近接している立地条件は、逆にもっけの幸いになる！」と悠太は声を振り立てた。

「この前のようなことはないでしょうね」と庄屋が、この男の特徴で、疑い深い口調で寮長に尋ねた。「前の診療所の土地を買おうとしたら地主が値段をつり上げてきた。そして結局売ってくれなかった」

去年の暮れにそれまで借りていた診療所の地主の金親が土地を売ることになったから出てくれと言ってきた。それでは、診療所を含めた土地を買おうと交渉したが、この地区の平均地価の坪二千円では売れぬと値段を上げてきて、ついに坪一万円という法外な値段をつけてきたので交渉は頓挫した。その後、セツル側では方針を変えて借家探しにかかったが、診療所に適した物件はなく、仕方なしに大山田地区放棄を決意したところに、引揚者寮の人々がこの地区にはほかに診療所も保育園もなく、セツルの存在に感謝している、ぜひ居残ってほしいと、まず寮内で署名運動が始まり、とっぱなに第一寮会議が寮内移転を決議し、ほかの寮でもつぎつぎに賛成決議が成され、ＯＳの前民生局長の口添えもあって寮長事務室への移転が実現したのだった。

「あの診療所は角地にあったから、酒場にはもってこいだと、買おうとした人間が考えて、セツルには売らないよう地主をたきつけたわけですな」

「ええ？　診療所の跡地が酒場になるんですか」と庄屋をはじめ一同は、驚いて寮長を見た。

「そうです。おれは酒を飲まねえから酒場なんかに関心はねえけど、この辺には一杯飲み屋がねえから作ってくれと後押しをする人間も結構な数いやがって、結託をしてセツルを追い出したってえ事情もある。この居酒屋に紐付き融資をする地主が土地の値段をわざと撥ね上げたっちゅうのが真相ですな」

「もしかすると、居酒屋を作ろうとしているのは第四寮の委員の世古口さんじゃないですか」と悠太は尋ねた。瞬間に、心のあちらこちらに散在していた出来事が、ふっとまとまり、明瞭な形になってきた。

「……そうです。ま、これは本人から口止めされてるけど、どうせ発覚することだから申します」と寮長は幾分口ごもりながら、しかしはっきりと肯定した。

「反共期成同盟も世古口がやっているんだ」と悠太はきっぱりと断言した。「ぼくが証言するが、彼がビラ貼りをしているのを目撃した人がいる。これで、すべての出来事が結びつくじゃないか。彼は、居酒屋を作ろうとしてセツルを診療所から追い出した。しかし、寮住民の総意でセツルの寮内移転が実現すると、セツルは赤だ、危険だというキャンペーンを張って寮外に追い出そうとした。ぼくは推測するに、民生局にセツルは赤だと吹き込んだのも彼だ。要するに、一貫して彼の行動は反セツルだ」

「小暮の推理は見事なようだが、それまでして、何のためにセツルを追い出そうとするんだろう」と庄屋は、また首をかしげた。「診療所の跡地を居酒屋にするというのは、欲得という動機で説明できる。しかし寮外にセツルを追い出す、しかも赤呼ばわりまでして追い出す動機は何か」

「動機は反革命だ。彼はセツルの中に革命的な指向、彼のような地主寄生虫にとってはきわめて政治的な指向を見いだしたのだ」と風沢が叫んだ。

「いや、そいつは相手を買いかぶりすぎだな」と鍾馗が顎ひげを右手でしごいた。「おれは世古口という人をよく知っているが、あの男に思想なんかはねえ。むこうじゃ、レストランのコックをやっていたんで、小金さえあればいいという平凡な人生観しか持ってねえな。居酒屋か小料理屋をやるために、地主に出資させ、あとは、その店さえうまくいけば満足なんで、反セツルの姿勢を取りつづけているのは、自分の商売にセツルが邪魔だからだとおれは見るな。去年、この地区に多いアル中を減らそうと、飲酒の害について講演会を開いたとき、彼はセツルを商売の敵だと意識したんだ。おれの情報では、彼は亀有駅南口の特飲街ともつながりがあって、今度の飲み屋もただの酒場じゃない可能性がある。とすると、子供会でエロ写真のメンコやお医者さんごっこをやめようと教えたりしてきたのは、やっぱり彼の商売にさわるはずだな」

「寮長さん」と庄屋が尋ねた。「さっきの話にもどりますが、雑貨屋さんは、地主としてどんな人ですか」

「あの雑貨屋は、おれの第二の故郷の人間で、つまり北海道の根室の出身で、ようく知ってる。貧乏暮らしのすえ、大山田に流れてきた人間で、セツル運動にも理解がある男、正直な値段で売りたいというんです」

「いい話ですね。検討に値します」と悠太は喜んだ。「寮長さん、寮からの立ち退きと今の土地購買とを含めて、ぼくたちこれから討論します」

寮長は頭を下げると、剣持看護婦と鍾馗の介添えで腰を上げ、猫背を際立たせながら足を引いて歩き、長い時間をかけて長靴を履くと、悠太にひろげてもらった傘をさして出て行った。みぞれの音とともに寒風が吹き込んできた。

「せっかくだから出物の土地を買おうよ」と悠太はすぐに発言した。「この前の診療所の土地は坪二千円だった。まあ地主がつり上げて坪一万円にまでなったけど、あの表通りの角地が二千円とすれば、雑貨屋の庭は、それ以下で買える。仮に坪千五百円とすれば、四万五千円。音楽会を三回やれば何とか工面できる」

「待てよ」と庄屋がさえぎった。「寮長は雑貨屋が正直な人間だと言っただけで、土地を安く売るというのは彼の希望的観測にすぎんのだぞ」

「しかも」と風沢が勢いづいて後を継いだ。「仮に四万五千円としてもわれわれには大金だ。しかもさらに建築費がかかる。診療所の規模にもよるが、十三、四万はかかる。何度も言うが、われわれは金集めのためにセツル運動をしているのではない。それよりもっと大切な運動に向かってわれわれの学生の時間を使用すべきだ」

「さらに重要な問題がある」と庄屋が畳み掛けた。「さっきも言ったように、診療所には診療費の未払いによって、月に七、八千円の赤字があるが、その赤字は為藤先生と剣持さんの給料未払いで補塡しているのが現実だ。これはむしろ、セツルがお二人に借金しているというのが正確な表現だ。いいかね、この八ヵ月間に、月、平均七千五百円、総計約六万円の赤字を出した。もし、われわれがこの地区に残り、新しい診療所を建てるとしたら、土地購入費の数万円プラス建築費十三万円に加えて、この六万円の借金を、さらに建築に六ヵ月かかるとすれば、さらにお二人にする四万五千円の借金を加算せねばならない」

「締めて三十万円にもなるぞ！　そんな大金を学生が集めるのは不可能だな」と風沢が喉が破れたような悲鳴をあげた。すると、玉先悦子も風沢に同調して、「そんなお金、わたしたちに集められる訳がありませんわ」と言った。悠太は風沢基の発言にすぐさま玉先悦子が賛成するので、二人が恋人同士であるという風評に思い当たった。

「ちょっと言っておくけど」と剣持看護婦が介入した。「わたしは自分の給料未払いを今すぐ払ってもらおうなんて思っていないよ。新しい診療所が建つという目算があるなら、そういう希望があるなら、それまで我慢できるよ。わたしゃ独身だし、そりゃ大学病院時代よりもうんと生活を切り詰めているけど、何とか今しばらくはやっていけるよ。問題は為藤先生。先生はこの大山田に奥さんと子供さん二人の暮らしで、今の給料未払いじゃ到底生活できない。ね、先生？」

「今の剣持さんの発言について、ぼくの意見を述べたい」と為藤が地の底から響くような低い声で言った。それまでずっと黙っていた医師は全員の視線の照明に照らされて、くぼんだ目をまぶしげにしばたたいた。「まずぼくの生活だが、そりゃ給料未払いは痛い。妻が裁縫の手内職で補ってくれ、やっと暮らしている。しかし、今すぐ給料を払え、新診療所建設費に自分の給料まで加えろとは要求はしない。むしろぼくのばあい、問題は疲労の蓄積で、もう働くのが限界だという現実なんだ。ぼくは、もう四十近くのロートルで、正直言って意気沮喪している。患者の数は少ないので、暇だが、たった一人の医者だから休日なし、往診依頼のため睡眠不足、それにレントゲン無しの貧弱な設備での診断、予算がないため必要な薬品の購入もままならない診療で、日々に疲労が蓄積している。この八ヵ月、一日の休みもなく、妻には愚痴を言われ通しならば、心身消耗するのは当然だろう」

「言いたかないけど」と剣持看護婦が後を続けた。「あなたたち学生は、ここに来たくなければ来ないですむ。しかし、為藤先生とわたしのような専従者は、診療所に縛りつけられて身動きできない、嫌でも疲れ果てても十字架を運ばなくちゃならないんだ。そりゃ、診療部の学生諸君は、集団検診だの衛生調査だの宣伝だので手伝ってはくれてきて、その点は評価するよ。でもさ、はっきり言って、それだけじゃ、わたしたち専従者の十字架と消耗は解消しないということ、それを認識すべきなんだ」

一同はしばらく深い沈黙に沈んだ。ぽたぽたと奇妙な音がした。雨漏りである。天井のあちらこちらに染みができていた。雨のときはいつもそうなのだ。雪がみぞれから、ついに雨になったらしい。雨漏りを防ぐために、天井の漏れ口から麻紐を下まで渡して応急の樋とする工夫をしたのは玉先悦子だった。十数本の紐は風呂場の洗い場の方に向けて雨水を流し始めた。新しい漏れ口が一つ発見された。机に踏み台を置き、その上に長身の鍾馗が乗って釘を天井に打ちつけて麻紐を渡して、新しい排水路を作った。この作業が一段落したとき、突如として、石炭ストーブが白煙を噴き出した。雨で煙突の煤が流されて詰まったらしい。更衣室と風呂場との間の戸を開くと、タイル張りの空間の冷気が流れ込み、たちまち一同は震え上がった。ストーブを消し、一同外套や毛布をまとって会議を続行する。こうなると有利なのはアストラカンの帽子に厚い毛の外套の阿古麟吉だった。濡れたレインコートだけの悠太は、更衣室の棚から古い臭いタオルを集めてきて頭からかぶった。同じくタオルをまとい、毛布をかぶった奇妙な一団の会議となった。

まず為藤医師が、例によって低い声で話し出した。

「病気の人間はどのような社会でも存在するし医療はいつも必要だ。だから剣持さんが言ったように、病気を治すのが医療従事者がまっさきに考えることだというのは、その通りだと思う。もうみんなは知っていると思うが、剣持さんはカトリック教徒で、貧しい人への奉仕の気持ちから大学病院の職を捨ててセツルに来てくれた。ほんとうに熱心な献身的な看護婦だ。ぼくは、無信仰の唯物論者でその点では、剣持さんと違うけど、もっと違うのは、彼女が若くて威勢がいいのに、ぼくは年を取って元気がないということだ。もうこれ以上、ここで診療行為を継続するエネルギーはぼくにはない。ぼくはセツルをやめて去っていく決心をした」

「先生がそんな弱気になると、わたしまで力尽きてしまうよ」と剣持が悲しげに涙を光らせた。「これまで、悪条件のなかで、二人で励まし合いながら、人々の生活のために奉仕してきたじゃない。息も切れ根も尽きそうになりながら何とかここまで来たんじゃない。先生がもし脱落したら、わたしも完全に駄目になるよ。ねえ、先生、しっかりしてよ。いやだよ、先生、やめちゃいやだよ」彼女は、項垂れてしくしくと泣きだした。日頃、伝法な口をきく彼女が泣く姿を一同は驚いて眺めた。

「先生は結論を急ぎすぎたと思います」と庄屋が言った。「先生と剣持さんを労働過剰に追い込んだのは、ぼくら学生に責任がある。もっと大学の医局に働きかけて、若い意欲的医師を呼んできて先生の労働時間を短縮し、診療費の未払いを回収して診療所の赤字を減らし、剣持さんが提案したように、周囲の農村地帯まで宣伝活動をひろげていき、患者の数と質とを向上させる、といった日常活動がぼくらには不足していたと反省しています。地元の人々がセツル診療所に寄せている絶大な信頼と期待とに応えるために、ぼくたちも一所懸命やりますから、どうか先生ももう一ふんばりしてくれませんか」

「君のいうような努力で、現在の状況が改善されれば、少なくともみんなの協力で改善される見込みがあれば、ぼくはもう少し我慢して、やってみようとは思うが……」

「よかった」と剣持看護婦は一転して笑顔になり声を弾ませた。「先生、もう少し頑張ろうよ。そして、ともかくこの地に新しい診療所を建てようよ」

「ぼくも診療所建設に賛成だ」と悠太が言った。「今までは売地がなかった。今度はある。しかも診療所に適した場所にある。ここは思い切って土地を買う。買ってしまえば、みんなの気持ちも定まって一所懸命金を集めようとする。音楽会、ダンス・パーティー、そして展覧会を開く」

「展覧会？」と庄屋。

「ああ、おれが預かってるある画家の絵で展覧会を開いて、入場料を取るんだ」悠太は不意に鮮明に思い出した。野本桜子が間島五郎の全作品を展示する回顧展を銀座で開くと言って土蔵に保管してあった絵を全部持っていった。あれだってちゃんと入場料を取って収入になるはずだ。金が足りなければ借金という手もある。桜子みたいなブルジョアから借りる。敬助みたいな金権政治家から借りる。何とかなるだろう。何とかしてやろう。自分は奨学金と家庭教師のアルバイトでかつかつの生活のくせに、大胆で楽天的な計画を立てる。この莫迦野郎め！　明夫が火掻き棒で頭をガツンと叩いたときの光景が、ぱっと火花がとぶように連想され、同時におのれの後頭部の瘤がずきずき痛んだ、小さな手工業の筋肉労働者の悩み、筋肉の怪物となり、アダム・スミスの愚鈍無知にさせられた男の苦痛。と、つぎの瞬間に華やかな花火のように桜子の笑顔が空中に浮かんだ。野本造船社長夫人、戦争中も戦後もブルジョアの裕福な生活、搾取による資本の蓄積で生活している女、そんな女の世話で展覧会をやり、その収入をセツル活動につぎ込む自分の宙づりの矛盾。この風呂場、五年前の総選挙のとき従兄の脇敬助が保守党から出馬するときにも風呂場を選挙事務所に使ったのが不意に思い出された。高校生のアルバイトとしてであったが、おれは敬助の当選の手伝いをした。ポスター貼りと連呼で飛び回った。脇敬助代議士夫人百合子は桜子の姉だ。どういう訳だか、ブルジョアと保守党政治家とかかわりがあるおれが、ここ引揚者寮で、あのとき共産党の野坂参三候補の選挙運動をしていた阿古麟吉とともに、反ブルジョア、反保守党のセツルメント活動をしている。この宙づりの矛盾を、明夫は鋭く見抜いていた。ガツンと頭を叩かれたのは実はおれだったのだ。

「小暮よ、どうしたんだ」と庄屋が心配そうに顔を見上げていた。「急に黙りこくって、どうしたんだ」

「いや……何でもない。とにかくぼくは、この地に新しい診療所を作るのが、この際、われわれの当面の活動目標だと思う」

「賛成」と鍾馗が拳でどんと床を叩いた。「展覧会でも何でもやって金を集める。われわれの診療所を建てる。そこを拠点にしてわれわれの活動範囲を広げていく」

「おい、本当に大金が集められるのか」と風沢が悠太に言った。

「まあ……何とか……ともかくやってみることだが」と悠太は自分の発言を後悔するような自信のない生返事をした。

「無理して土地を買ったが、建築費は都合できない。そうなったら土地の購買そのものが無意味になるぞ」

「おい、風沢」と鍾馗が言った。「お前の考えはプチブルの日和見だ」

「何だと」と風沢は気色ばんだ。

「おれはこの際、寮長を信用する。あの病身で懸命に寮住民の世話をしているし、ずっとセツルには協力的だった。誠実な人だ。あの人が保証する雑貨屋は、おれも個人的に知ってるが、実直ないい人だ。その人が売る土地は、この前のような目茶苦茶な値段であるわけがない。ここは小暮の言うようにせっかくの出物を買うのが得策だ。そして、土地という下部構造ができたら上部構造として建築資金集めの意欲が生じる。それが弁証法的唯物論じゃねえか。とにかく小暮の言うように前向きに考えるのが前衛の任務だ」

「しかし……」

「しかしじゃねえよ」と鍾馗は拳を振り上げた。「そもそもセツルをこの土地から追い出しにかかっているのは反革命分子だと言ったのはお前だ。反革命分子の粉砕こそ真に革命的行動だぞ。酒場の親父、反共期成同盟の世古口を相手に戦うんだよ」

　風沢は唇を嚙み、しばらくして頷いた。

「約言すれば」とずっとタバコの煙幕に包まれて一同の言い分を聞いていた阿古麟吉が、ここで発言した。「目下の状況に二つの変化が生じたということだ。一つは売地の安い、正確に言えば安そうな物件が出てきたということ、もう一つは地主と結託し利潤を追求する腐敗せる反動ボスの存在が明らかになったこと。この新しい状況を出発点にして議論すべきだ」

「賛成」と鍾馗はまた拳で床板をどんと打った。「そしておれは小暮の意見に完全に同意する。まず土地を買う。そのうえでみんなで一致協力して建物を建てる。われらのセツルハウスを建設する。そいつを拠点にしてこの地のボス、反革命分子を粉砕する。どうだ風沢」

「反革命分子の粉砕は賛成だが、地元のボスをそう簡単に粉砕はできないだろうな」

「革命の部分を除いてわたしゃショーキの意見に賛成だよ」と剣持看護婦が言った。「革命なんて勇ましいことのためにセツル運動に参加しているわけじゃない。病気で困っている地元の人々のために働く、それだけで満足なんだ。それに世古口さんが反動ボスだか反革命分子だか知らないし、そんなことはどうでもいいんだ。あの人は肝臓の病気でセツル診療所に受診に来ている。わたしにとっちゃ、一人の患者で診療所としてはきちんと治療する義務があるんだ。あの人は人間だ。人間を粉砕するなんてこと、わたしにはできないね。どうですか、先生」

「為藤先生は、要するに」と庄屋が念を押した。「条件つきで、つまり学生が大学の各医局をまわって若い医師を頼み、当直医と週二日ぐらい診療の受持ちができるようにすれば、セツルはこの地区に居残り、新診療所を建てるのがいいというお考えですね」

「そうです。ただし動機は剣持さんとすこし違うが……」

「問題を整理しよう」と阿古麟吉が言った。「この大山田地区を引き揚げるか、留まって新診療所建設のために全力を尽くすか」

「新診療所建設に賛成」と悠太と庄屋と鍾馗と久保高済が手をあげた。剣持看護婦が、「そうしましょうよ」と同調した。

阿古麟吉が角平と風沢と玉先悦子を見た「きみたちはどうなんだ」

「賛成だね。おもしれえじゃねえか、新しい物を建てるのは。しかも、いいじゃねえか、革命的だってえんだから」と角平が大声で言い、最後まで抵抗していた風沢は渋々頷き、それを見て玉先悦子も頷いた。

「それでは全員一致で、この地区に居残り、新診療所建設に全力を傾けることに決定する」と阿古は宣した。「まず、雑貨屋に土地の値段を聞く。ショーキ頼むぞ」

「おれみたいな雑駁な人間は交渉には不向きだ。緻密な庄屋がやれ」

「おれ一人じゃ心もとない」と庄屋は言った。「言い出しっぺで小暮も加わり、二人でやろう」

「いや」と悠太は言った。「風沢も加わって、診療部の学生三人が協力してやりたい」

こうして全員一致の結論で会議が終了したとき、雨はすっかりあがって雨漏りは停止し、鍾馗が「腹が減った」と大きな両手で腹をさすった。

9

昨夜の雨で水位はあがっているものの流速にさしたる変化は見られず、この中川の特徴である鏡のような瀞は、どこまでも延長していく細長い湖のよう、その上をぽんぽん蒸気は白い煙を噴き上げつつ、滑っていく。

板は傷み、鉄は錆びた、ぼろ船である。ときどきエンジンが咳ばらいをして船足がにぶるが、ともかくも川をさかのぼっていく。舳先の操縦席では、船長というより船頭と呼んだほうがぴったりする、捩じり鉢巻きの、日焼けして皺の深い老人がハンドルを握っている。目的地は上流の中州にある火葬場。

　白木の棺を守るように囲む黒々とした人々は凝固して動かず、晴れ渡った空のもと、きのうの雪と霙の寒気はどこへ消えたやら、すっかり春めいた温かい風のなかを景色がずれていく。大山田の街や工場群はすでにして去って、一面の田園が開けた。だだっ広い乾田のそこここに竹林や雑木林、藁葺屋根の百姓家が点景となり、水辺の草の合間から放牧された牛の群が現れる。

「あぶないよ！」と船縁から水に手をひたした千太郎の背中をめぐみが叩いた。子供は手を引っ込め、継母のめぐみから離れて、姉の菜々子の所まで這っていった。

　左舷にいる菜々子の横顔は午後の陽に照らされて、褐色の水に際立っている。ほっそりとした体の線は腰のあたりで細くくびれて、そこでぽっきり折れてしまいそうに弱々しく見える。きのう浦沢明夫に、菜々子が自分を想っていると教えられてから、つい女を視線で撫ぜてしまう。その肩や腰に視線が滑っていく。

　悠太は、きのう、子供会室でほかのセツラーたちと雑魚寝をした。午前中は大学で講義とポリクリに出、午後は久々に西大久保の家に帰るつもりにしていたのが、午後、大原千吉の出棺と茶毘があり、久保高済と顔出しすることになって、大学は欠席にして大山田にそのまま居残った。何だか無性に体の垢を流したくなり、十時の開場を狙って公衆浴場に向かうと途中で菜々子に出会った。彼女は横町から洗面器を抱えて出てきて、しばらくおれの前を歩いていて、黙っているのも悪いとこちらから声をかけたところ、彼女にとってはまったく意想外の出会いであったらしく、顔を赤らめてあわててお辞儀をした。この子の特徴は大きな目だ。目の角膜の若々しい清潔な白と瞳孔の奥深い黒が対照の妙で輝かしく見える。「昨日はありがとうございました」と言い、また彼女は頭を下げ、「午後一時に渡し場から出る船で火葬場に向かいます。お棺は杉水の友達が運んでくれます」と言った。「きのうは、船にするか自動車にするか決まってませんでしたが、船があってよかったですね」「はい。浦沢さんが一所懸命に手配してくれました」「そう……」二人は並んで公衆浴場まで行き、左右に別れた。

開場直後の湯は澄んでいて、まだ人は少なく、延び延びと体を伸ばした。そうして体を浮かしているときに、壁一つへだてた向うで、やはり体を浮かせているであろう菜々子の裸体が想像され、思いがけないことに心がときめいた。そして、そもそも自分が無性に風呂に入りたくなったのは、菜々子に会う用意であったのではなかったかと思い当たった。明夫の一言、「彼女が愛しているのは小暮さんです」がおれに及ぼした若い男の反応らしい。おれは彼女を、すくなくともそれまで愛の対象とは見なしていなかった。それが、明夫のせいで相手を女として意識するようになってしまった。

明夫は悠太の左隣で、頭を垂れて目をつぶっている。分厚い肩にめり込むような首とごつごつ骨張った顎、そして広い額の下にちょっと墨で線引きしたような小さな目。それは眠っているのか考え込んでいるのか判別できない。

悠太の右側には、僧形の久保高済が控えている。まったくおかしな友人である。

昨夜、子供会室でのセツラー会議を終えて、おれと久保高済が寮に行ってみると、すでに遺体は寮の霊安室（と言っても物置き小屋にすぎなかったが）に移されていて、めぐみ、菜々子、千太郎と、数人の杉水製袋の工員たち（ほとんどが男、明夫と菜々子の同僚たち）に守られていた。粗末ながら棺の前に一対の菊灯や焼香卓も設けられ、香炉からは煙もあがっていた。欠けていたのは法事を司る坊主だった。さすがの明夫も寺に勤行を頼む才覚はなかった（むろんめぐみや菜々子にもなかった）ためである。すると久保高済が「卒爾ながら」と進み出、「ぼくでよかったら、お経をお捧げいたしましょうか」と言った。最初、彼が何を言いだしたのか分からずに、一同がきょとんとしていると、高済は、「ぼく、寺の息子で、門前の小僧で経を暗唱しているし、一応僧籍にも入っているので、御霊前の勤行ができるのですが」と説明した。めぐみが神妙に、「お願いいたします」と答えると、高済は、外套（彼の父が英国留学をしたときの古外套で貂の毛皮襟がついていた）を脱いで丁寧に畳んで座布団としてその上に正座し、ポケットから数珠（いつもそこに納まっているらしい）を取り出して大音声で経を誦し、その迫力でその場はにわかに厳粛な法事の席となり、一同はつぎつぎに焼香して柩に手を合わせた。誦経を終えると高済は、「あしたも、ぼくが導師を勤めましょう。これから家に帰って衣裳を調えてきます」と一礼して去った。そして、今日の昼過ぎ、高済は大きな風呂敷包みをかかえて現れ、子供会室で学生服を墨染めの僧衣《そうえ》に着替え、袈裟を懸けて、完全な坊主姿になった。左手にポータブルの鐘を持ち右手に数珠を握るとプロの僧侶としか見えなかった。そこに、明夫が数人の工員（きのういた人々）を引き連れてき、みんなで霊安室から柩を、川岸まで運んで、待機していた船に乗せたのである。めぐみ、菜々子、千太郎がついてきた。めぐみと菜々子は黒味がかった洋服、工員たちは一応背広、悠太は学生服だが誰も正式の喪服姿はしていなかったので、高済の立派な法衣は、ひときわ目立った。

久保高済は悠太の視線に微笑で応えた。色白で眉の濃い、いかにも由緒ある血筋の人という感じ、高校時代におれが〝貴公子〟という綽名をあたえたのももっともで、それは、明夫の灰色で角張った〃筋肉労働者〃の顔とは、生れも育ちもまるで違う人の雰囲気を示していた。すなわち高済こそは、〃美男子なのは家が金持ちだったからだし、知識人でいるのは生まれつきだから〃なのだ。彼は、おれが陸軍幼年学校で軍事訓練を受けているときに、府立高校の尋常科にいて、ピアノを習い、絵描きの習練を積み、クラシック音楽と近代西欧絵画の知識で脳細胞を充実させていた。もしも、戦争が終わらなければ、おれも〃人類としてなりうるかぎりの愚鈍無知〃になっていただろう。が、こう考えると明夫に向かっては何か後ろめたい。没落したとはいえ山の手の知識階層の人間である自分は、〃アダム・スミスの愚鈍無知〃を自認している男にとっては異種の人間なのだ。左の明夫、右の高済のあいだで、おれはどっちつかずの人間、いやどちらにも属する複合人間か。

「ぼくが何か変かい」と高済が悠太の執拗な視線に目をしばたたきながら言った。

「いや、きみに坊さんの服装がぴったり似合うんで驚いているのさ。むしろ感動していると言うべきかな。きみは根っからの坊さんの血筋だね」

「それは否定できない。万寿院というのは、徳川の大奥の墓所でね、由緒ある墓が大分あるし、わが家は徳川時代より世襲の住職だった。代々坊主になるべき運命の血統だ。ぼくも本山に籠もって僧侶の修行をやらされた。危なかったんだ。兄貴、これが社会学科を出たんだが、どうしても寺を継ぐのがいやだと言いだし、大僧正（彼の父のこと）が、ぼくにお鉢を回そうとしたんだ。必死で抵抗し、どうにか兄貴を説得し、やっと万寿院の方丈になってもらった。こういう血筋はやっかいだよ」

「血の運命てのはあるな。ぼくも父方は金沢藩の武士だ。家の土蔵には元禄時代からの系図がある。武士というのは結局、世襲の勤め人だからね。父なんか、まったく小心で実直で、時代に従順な会社員だ。もっとも母方は違う。母方の祖父は、山口の漁師の八男で明治時代に、たしか日清戦争のころ上京して、苦学して海軍軍医になり、日露戦争後、三田に外科病院を開業した人だ。発明に凝って特許製品を売り出したり、紫外線の研究のため富士山に登ったり、自分の盲腸炎を自分で手術したり、いろいろと逸話のある破天荒な人物だった。つまりぼくには、小心実直な勤め人と冒険好きの漁師の血筋が混じり合っているんだね」

「そういう混血のほうがいいさ。ぼくなんか、母親も寺の娘だ。母なんか大黒に生れついたとつねづね嘆いている。抹香臭い血が合わさって、坊主の濃厚な血が体内を循環していやがる。そういう血統の人間は先祖から定められた職業に飽き飽きするってえことがあるらしい。ぼくの父なんかも英国に留学したとき、ヨーロッパの音楽に感染して、一時は音楽家になりたいなんて志したらしい。まあ、結局、仏教の勤行に音楽を取り入れることで満足したんだが。ぼくなんかも、読経の訓練を受けながらも、どうしても坊主にはなりたくなかった」

「オットットットット。ばっちりと聞こえましたよ」と出し抜けに明夫が言った。いかにも刺のある声だった。「いいですか、おれにとっちゃ、まるっきりベラボーな話題ですからね。まるで別世界の出来事だ。おれの耳に聞こえる所で、わざわざそういう話をするってのは、どういうタクラミですかね」

「いや、今の会話は、君とは関係はないですよ。ぼくと久保は古い友人で、おたがいの家のことを、ちょっと確かめ合っていただけだ」

「関係ないとは聞き捨てにならねえ。だって、今の会話はばっちりおれの耳に入ったんだからね。

人に話を聞かせておいて関係ないとは、おかしいじゃねえか。そういう話をおれが聞けば、どういう気持ちになるか、ヘン、考えもしねえのかね。おれなんか、母親がどこの出身だか、父親が誰かも不明なんだ。人生、最初の記憶てのが、あばら屋と飢えだね。あばら屋てえのどんなものか分かるかい。板をいい加減に打ちつけただけの小屋だよ。畳なんかない板の間で、戸なんかなくてムシロが一枚垂らしてあるだけで、冬なんかビュウビュウ風も雪も雨も入ってくるのさ。引揚者寮なんて、おれの育った小屋にくらべれば、畳もある、戸もある上等な建物さ」明夫は舳先の方にいる大原一家をちらと見た。エンジンの音が遮断壁になっていて、こちらの話は先方には通じないと見てとると、明夫は続けた。「そして飢えだ。腹が空くんでピイピイ泣く。そうすると母親にひっぱたかれる。水を飲まされる。それを繰り返しているうち、ピイピイ泣く元気もなくなって、ハアハア苦しい息をつくだけになる。そうなると、やっとひっぱたかれなくなるんだよ。本当の飢えってのはね、腹が空いてる感覚もねえ、極限状態なんだ。菜々子なんか、おれに言わせれば、いい御身分なんだよ。畳と戸のある家で暮らして、一応食べ物はあるしさ。父も母もどんな人か分かっている。おれなんか、母親がツネコという人だとしか知らない。ツネコがどういう字かも知らねえんだよ。生年月日もいい加減だ。戦災で役所の戸籍簿が焼けちまって、何も残っていねえからね。おれの戸籍は孤児院の事務が勝手にでっちあげたものなんだ。父不詳、母ツネコ、昭和五年一月一日生れ。これがおれの戸籍よ。いいかね、両親の名前がはっきりしていて、さらによ、先祖の系図があるなんてのは、もうチットヤソットジャネエ特権階級の証拠なのさ。えい、コンチクショウメ、また言っちまった。言わなくていいことを、言っちまった。小暮さんにも久保さんにも散々世話になっていて、なんて非礼な言いぐさだ。このオオバカヤロー！」悠太が停める暇もなく、明夫は、拳固を固めるといきなり自分の顎を力一杯にぶん殴り、頭で板子を激しく打ちながら仰向けに倒れた。その勢いで、船がぐらぐら揺れたので、みんなが驚いて振り返った。明夫の鼻孔から血が流れ出た。悠太は、ポケットからハンカチを引き出すと、それがあまりにも汚れているので気が引けたが、ともかく明夫の鼻血を抑えた。血は思いのほかどくどく出てきて、ハンカチは真っ赤になった。つぎの瞬間、明夫はぱっと起き上がり、悠太に頭を下げた。

「すまねえ、小暮さん。おれっち、悪気はねえんです。きのうから寝てねえんで、頭の機械がこわれちまって、すまねえ」

「そうですよ、君、きのうから気い使って働き詰めだもの、疲れてるんですよ。横になってなさい。まだ鼻血が出てますよ」

「なあに、こんな血、何でもねえ。アリャリャ、このハンカチ、小暮さんのだあ。こんなに汚しちまって、このバカタレ」

「いいんだよ、そんなの。君にあげるよ。それより、少し寝たらどうです」

「とても眠れねえ」明夫はハンカチを鼻に当てて、今度は久保高済に頭を下げた。「何だか、悪態ついてすみませんでした。ほんとにほんとに悪気はねえんです。寝てねえもんで頭が悪夢を見てるんです」

「はあ……」高済は丁寧に頭を下げ、「やっぱり、浦沢さんの前で、血筋だの家の歴史だのの話をしたのは悪かったです。すみませんでした」と言った。

「とんでもねえ」と明夫もくどくど謝った。

そのあと、悠太も高済も押し黙ってしまった。鼻血が止まった明夫は舷側で背広の胸や袖に散った血を拭き取るのに躍起になり、ひとしきりそうすると、今度は濡れた服を日に乾かすためにごろりと横になった。

もう一時間の余も航行したが、水路は相変らずたっぷりとした水かさで、岸辺の風景にもさした変化は見られなかった。要するに、広々とした乾田、雑木林、藁屋根の民家という田舎の景色が続くのみだった。

ときおり船と行き交った。上流から荷物を運んでくる貨物船、手漕ぎの和船。ところで、われわれのぽんぽん蒸気が、旧式の老朽船で、きわめてゆっくりと進んでいることを示すように、何艘もの船が追い越していった。と、最新式のモーター・ボートが猛烈なスピードで追い抜いていった。こちらに向かって、陽気な英語の歓声が投げられた。アメリカの水兵がそれぞれ日本の女を抱いて数組。われわれの船は横波を受けて大きく揺らめいた。まだその動揺が納まらないうちに、上流からモーター・ボートが近づいてきて、また横波でこちらをからかいながら去っていった。「なんだ、あいつら」と工員の一人が言った。「土曜日の午後だもの、お楽しみなんだな。きっと海から来やがったんだ」ともう一人が言った。

川幅が心持ち狭くなってきた。岸辺の枯れ葦は濡れた頭を垂れ、石と土を積み上げた堤の草は、ところどころ緑の影をのぞかせ、水に手をのばす柳の枝にも青いものがちらほらしていた。

水路が二つに分かれた。いや、二つの川の合流点に来た。明夫が悠太と高済に、「中川はここから始まるんです。これより上流は、右を古利根川《ふるとねがわ》、左を元荒川《もとあらかわ》と呼びます」と説明した。

朽ちた板と傾いた杭、中州の粗末な桟橋がゆっくりと近づいてきた。明夫は、「さあ着きましたよ、あそこが火葬場です」と指さした。竹林を背に薪が方形に積み上げられた空き地があった。明夫は、今度は友人に、「さあみんな、あそこまで棺を運ぶんだ」と声を掛けた。

川岸から焼き場までは、ほんの五十メートルほどだったが、斜面の道は枯れ葦の茂みや水たまりや泥濘で滑りやすく、みんなは棺を囲んで持ってそろそろと進んだ。棺は薪の上に載せられた。火葬職員たちが、慣れた手つきで棺の周囲に薪を積み上げ、最後に油をかけた。

一同が離れると火が燃え上がった。悠太の脳裏の闇にぱっと出現したのは、間島五郎が自殺したときの火事である。あれは五年前の六月の夜だった。五郎の小屋が炎上して強風にあおられて大事になった。彼は青酸カリを飲んだあと、菜種油を満たしたロウソク立てに点火して、みずからを焼いたのだった。彼がなぜ自殺したかは謎のままに残されている。

煙は風に乗って、竹林と樫や楠の茂みの上へと流れていった。この火葬場は中州の南の端にあって人家から離れているうえ、常緑樹の森に囲まれていて人の目につきにくい構造になっていた。燃え盛る棺を前にして久保高済が、鐘を鳴らしながら経を誦した。めぐみと菜々子が泣きながら焼香した。ほかの者もつぎつぎに焼香した。

火の管理は職員にまかせて、一同は、火葬場事務所に隣接した待合室に入った。ガラス窓は破れ、床板が落ちて草が室内に侵入しているような茅屋であったが、雨風をふせぐには事足りるようだった。大原めぐみは久保高済の前に来て、「おかげさまで、お経をあげてくださって、これで故人も成仏できるでしょう」と丁寧な礼を述べ、さらに浦沢明夫と工員たちの前に行き、「いろいろとお世話になりました」と頭を下げた。きのう、酔って明夫に食ってかかり、悪しざまに陰口をたたいた人とは別人の、礼儀正しい態度であった。

焼き上がって骨上げが行われた。小柄な千吉の骨は骨壺を半分充たしただけだった。骨壺を収めた白木の箱を白布で包んで菜々子が持ち、一同は船で中州を後にした。棺の消えた船は急に広々とした感じで、めぐみは船内に持ち込んでおいた酒肴を人々に勧めた。一升瓶二本に各自に一つの折詰料理で、いつの間にこういう用意をしたのか、そういう方面には迂闊な悠太はめぐみの細かい気配りに感心した。

「それじゃ、遠慮なくいただくか」と工員たちは折詰を開いて酒を飲み出した。一人が、「御住職どうぞ」と高済に酒を勧めた。

「いや、ぼくは不調法でして」と高済は辞退し、悠太が受けた。

船頭は気をきかして船の速度を落としてゆっくりと進めた。春を思わせる温かい空気のなかで、田園の風光を愛でながらのお斎《とき》となった。もっとも骨壺を前にしているので、最初は遠慮がちの、しめやかな酒宴ではあったが、酔ってくるにつれてめぐみは口数が多くなった。自分たちを守ってくれるはずの関東軍が逸早く逃げてしまい、気がついたらソ連軍の砲撃が迫っていて、ともかく着の身着のままで飛び出し、菜々子の手を引き千太郎をおぶっての、飢えと疲労の逃避行、赤ん坊の加根子を中国人に預けたこと、引揚者寮での極貧の生活など、関東軍やソ連軍や東京都に対する怨みつらみで、悠太はもう何回となく聞かされたことばかりであった。そのうち、一転して矛先を明夫に向けた。

「おい、浦沢さんよ、あんた、何でこんなに親切にしてくれるのさ。裏に何か魂胆があるんじゃねえの」

「やめて」と菜々子が制止したのを振り切って、なおも言い立てた。

「そらねえ、今度の件じゃ、あんたに感謝しているよ。こんな立派な船をやとってくれて、みなさんでお棺を運んでくれて、正式に火葬にしてくれた。わたしゃ、金がねえってのを、出してくれた。すごい親切だものね。ただし、こんなことは他人にはできねえ。何か魂胆があるんだろうよ。そうとしか、あたしにゃ思えねえ。ええ、どうしてさ」

「魂胆って、悪い意味ですか」と明夫が盛り上がった肩口を突き出した。「悪い意味なんか、何もねえ。ほんとになあにもねえ。単純におれの気持ちで、そうしただけです」

「それが変だってえんだ。あんた、うちの人と、べつに親しい仲でもなかったし、そんな赤の他人が、うちの人の看病だ葬式だ茶毘だってあれこれ世話するのは変だって言ってるんだよ」

「おれの気持ちだって言ってるでしょう。おじさんが、ああいう死に方をしたのが、可哀相だったからですよ。おばさんも自分で言ったじゃないか。おじさんは、病院を抜け出せば死ぬと知っていて、自殺同然に死んだんだと」

「だから、どうだっていうんだよ。そんなこと、あんたと関係ねえだろう」

「関係ねえ……フフン、おおいに関係があらあね。おじさんの死に方は、おれの母親の死に方とそっくりだったんだよ。貧乏でがむしゃらに働いて体をこわして結核で骨と皮になって死んだんだよ」

「……」

「いいかね、おれの母親は、ひどい肺病で、それを苦にして自殺したんだ。へへへ、とんだオナミダチョウダイのコンコンチキだ。こんなことは誰にも漏らしちゃなんねえ秘中の秘だよな。かまわねえ、こうなったらトコトン、ぶちまけちまえ。お袋はな、薬を飲んだんだ。カルモチンって薬を一瓶飲んで死んだんだ。不思議にその薬の名前だけ覚えてらあ。小暮さん、カルモチンってどういう薬ですか」

「睡眠薬です。学問的に言うと、バルビツール系の睡眠薬で、大量に飲むと死んでしまう」

「エイチクショウメ、お袋はそいつを大量に飲んだんだ。生きてんのが、いやになったお袋の気持ちがおれにはよく分かる。そして、おじさんが死んだ気持ちも分かる。だからほっとけなかった。おばさんよ、そういう魂胆よ。そいつが悪い意味だかいい意味だか、おれは知らねえけどよ」

「そりゃまあ、あんたの個人的事情は分かったけどさ、ほんとにそれだけかい。実はお為ごかしで、菜々子に気があるせいじゃねえのかい」

「そんなこたあ、どうでもいいじゃねえか。そっちは関係ねえね」

「あたしは、これでも、菜々子の母親だからね。未成年者の親権者ってのさ。関係ねえじゃすまねえのさ」

「めぐみ」と鋭い声が上がった。菜々子だ。彼女は義母をおかあさんと呼んだことがなかった。

「もう、沢山だよ。親ぶるのはやめて。わたし、千太郎を連れて寮を出る決心したんだ。おとうさんが死んだら、もうあんたと一緒にいる気は、わたしにはないよ」

「お前、未成年のくせに何を言うんだね。親には養育義務がある。別れて暮らすわけにはいかねんだ」

「何が養育義務だ。あんたを養育してんのは、わたしじゃないか。この三月十五日で、わたしは二十歳だよ。あんたにつべこべ言われる筋合いはないよ」

「あたしを捨ててくってえんだね。この恩知らず、お前たちが、満州から無事に帰れたのは誰のおかげだ。今になって、あたしを捨てるなんて、ほんとにひどいよ」

「もう決めたんだ。下宿も決めてある」菜々子は、そう言い放つと黙った。あとは、めぐみがくどくどしく繰り言を言うのに、そっぽを向いて馬耳東風である。

めぐみ一人が喋りまくり、みんなは白けた顔付きとなって黙々と飲み食いし、この場の空気を察した船頭は船足を速めた。日は傾き、大山田の家並みが望めたときには太陽は赤味を増して大きく膨れ上がっていた。

ちょうど渡し船が来た。両岸の間に張った鉄のロープを軍手をはめた船頭がたぐって小さな和船を動かす原始的な仕掛けである。十人ほどの男女が乗っていて、いつもは見かけぬぽんぽん蒸気が近づくのを驚いて見ていた。船着場が狭いので渡し船の客が降りて、つぎの客が乗って出発するまで、こちらは待たねばならなかった。

めぐみは眠りこけていた。

「起こすかね」と工員が言った。

「いや寝かせとけ」と明夫が言った。

「どうやって家まで連れてくね」

「おれがおぶっていく」

すると、めぐみが目を開いた。

「なあにを言ってる。あたしゃ歩けるよ。心配いらねえよ」

渡しが向こう岸に向かったので、ようやく船を桟橋に着けることができた。一同が降りると明夫は船頭に心付けを払おうとして菜々子と争った。結局、明夫が押し切って、船頭への支払いを終えた。一同、遺骨を持った菜々子を先頭に堤防の斜面を登ったが、めぐみは立っているのがやっとの有様、坂道もひどい千鳥足だったが、誰かが助けようと差し出す手を振り払って、独りでなんとか歩き、堤防の上に来ると、「みなさん、どうもありがとうございました。おかげで故人も成仏できます。とくに、お経をあげてくださった久保さん、力を貸してくださった杉水のみなさん、ありがとうございます」と、しっかりとした口調で礼を述べた。杉水の工員たちと別れたあと、明夫が寮まで送るというのを、きっぱりと断った。結局、菜々子と千太郎が先を行き、悠太と高済がめぐみに付き添う形で歩いた。

寮の入口で高済が着替えのため子供会室に去り、悠太も別れようとしたとき、めぐみに引き留められた。ぜひ二人の話を聞いて証人になってくれというのだ。めぐみは、体を揺らめかし熟柿臭い息を吐き出しながら、菜々子をきつい目付きで睨み付けた。

「小暮さんにあたしたちの証人になってもらうからね。さあ、もう一度言ってみろ。おめえ、本気でうちを出る気かい」

「本気だよ」

「あたしと縁を切る気かい」

「縁は切らないよ。法律じゃ、あんたが母親となってて、この縁は切れない。でも、別れて暮らす。千太郎も連れていくよ」

「おめえが成人になって、どうしてもそうしてえってんだから、そいつは仕方がねえことにしよう。でも千太郎は行かせねえよ。子供のばあいは親が養う義務があるんだからね」とめぐみが言うと千太郎は姉の後ろに、さっと隠れた。

「親が養う？」と菜々子の大きな目が鋭く光り、白い歯が牙のように剝きだし、彼女のこういう狼のような表情を初めて見た悠太を怯ませた。

「あんたにゃ収入がねえ。どうやって千を養うんだ。学校に行かせなければならねえよ。着る物だってちゃんとしてやらにゃならねえよ。生活扶助でやるつもりなら、食っていくだけでやっとじゃねえか」

「大丈夫さ。なんとかなるさ。なあ千太郎」

千太郎は逃げた。そのまま逃げ去った。

「ほれごらん、本人がいやがってる。無理だね。縛ってでもおかないかぎり、あんたのとこなんか、すぐ逃げだすさ」

「大丈夫さ。あたしだって稼ぎの道は知ってるよ」

「特飲街か」と菜々子がせせら笑うと、めぐみはナイフで突かれたような悲鳴をあげ、

「失礼だね、小暮さんの前で何を言うんだ」

「小暮さんは知ってるよ。寮中の人もセツルの人も、みんな知ってるよ。いまさら過去は隠せやしないよ」

「あれはさ、うちの人の治療費を出すために仕方なしにしたんじゃねえか。その四苦八苦の心を汲まねえたあ、おめえは冷てえよ」

「あのとき、杉水に頼んで工員になる道を開いてあげたじゃねえか。それを断って、あっちへひん曲がったんだ。しかも、おとうさんの病気が重くなって困ってるときに、朝から酒びたりにな

って、わたしの稼ぎでやっと息してやがったくせに」

めぐみは話題を変えた。

「おめえ、明夫と一緒に暮らす気か」

「どうしてさ」と菜々子は、悠太をちらと見て赤くなり、憤然として言った。「そんなことできるわけねえだろう。千が一緒なんだよ。それに、そういうのって、汚い想像だよ。あの人はそんな人じゃねえよ」

「明夫はおめえに恋いこがれてる。おめえの家出だってあいつの差金に決まってらあ。言っとくけどね、おめえは、人と結婚できるような体じゃねえんだ。そうさ、この事実を小暮さんから明夫にちゃんと伝えてもらう必要がある。聞いてください、小暮さん。菜々子はソ連兵に強姦されたんだ。それであそこが裂けちまったんだよ」

菜々子は、めぐみの話を途中から金切り声で遮った。「嘘だ、嘘だ、そんなことは大嘘だ。ひどい、ひどい、ひどいよ」

「二人とも落ちついてください」と悠太は割って入った。「もっと冷静に話し合ったらどうです。ね、菜々子さん、めぐみさんは酔っぱらっているんだ」

「酔っぱらっちゃいねえよ。頭ははっきりしてらあ。事実を言っただけだよ。事実、重大な事実」

悠太は、菜々子をめぐみから離れた場所に連れていった。彼女は、とめどもなく泣き叫んだ。

「嘘です、あんなこと。口から出まかせで、わたしを踏みつけにするんです。だから一緒には暮らせない」

「分かってますよ」と悠太は声を励ました。女の涙は胸のお骨の白布に染み、その生温かい匂いが、妙になまめかしく男の鼻を突いた。

10

帰ってきたのは悠太だ。格子戸をちょっと開き、するりと身を入れ、そっと閉めた。駿次だと戸を大ぶりに開けて、がらがらと豪快に閉める。研三は閉めたときにパチンとかっきり鋭い音がする。

寝支度で、蒲団を敷き終えたところだった初江は、大急ぎで茶の間から玄関へと出向き、コートを脱いでいた長男の真っ正面に突進する形になった。

「ただいま」と息子は母の勢いにそっくり返った。

「お帰り。おやまあ雪まみれだね」とコートの雪をコンクリート床に払ってやる。昼間の暖気が夕方から一転寒風になって小雪が降りだしたのだ。コートを洋服掛けに吊り下げてやりながら、いきなり大声で告げた。

「風間の大叔父さんが亡くなったよ」

「振一郎さん？　そりゃ大変だ。風間じゃ大勢が右往左往だろうね。あの人は、明治、大正、昭和を、良くも悪くも、図太く生き抜いてきた人物だもの。それ、いつのこと？」

「さっき。いえ、もう二、三時間前。今、何時」

「十一時半過ぎ」

「八時ごろだったかね。桜子んちに従姉妹たちが集まっていたんだよ。いえねえ、きょうはね、青山の野本んちでオッコのパリ・デビュー祝賀会を開いてくれたの。そこで、富士彰子先生とお嬢さんの千束さんが演奏して下さった。そうそう、千束さんから『きょうは悠太さんはお見えになりませんの』と尋ねられたよ。なんでもちかぢか、東大でも演奏するんだってね」お前が千束に気があるとはうすうす気づいているんだよ。しかしつまらないねえ、恋人の名前をこの子は平然と聞き流しているんだもの。

「で、振一郎さんは何の病気で亡くなったの」と悠太はすこし苛立った。

「そうそうそう」と初江はあわてた。「それで、オッコの祝賀のパーティーをしてたらね、突然電話があった。ああもう、びっくりしたよ。今様の満年齢で言うと六十六だからまだ若いんだけどね。藤江大叔母のほうは六十三だけど、こちらはここだけの話だよ、悪いけど先に逝くと思ってた。なにしろひどい喘息でね、息も絶え絶えだったんだから。あれは、永山家の遺伝だねえ。お前の菊江おばあさんも喘息で死んだんだから」

「藤江大叔母さんも亡くなったの？」

「違うよ。亡くなったのは大叔父さんのほう。大叔母さんが死にそうな発作を起こして、看病してるときに、ぶっ倒れて、それっきりだそうだよ。心臓の発作だそうだ。おや、お前、なんだか抹香臭いね。誰かの葬式でもあったのかい」

「引揚者寮で人が死んで、きょう午後、火葬があったんだ」

「風間はあしたがお通夜。あさってがお葬式。お前、出なきゃだめだよ。風間振一郎さんは、わたしたち一族の長老だ。時田の利平じいさんと若いときからの付き合いで、菊江ばあさんの妹、藤江大叔母が振一郎さんの妻なんだから。利平おじいさんが三田に外科病院を開いたときも一番の後援者だったし、関東大震災のときなんか、汽車が不通になったんで、あのころ珍しかった自動車に乗って、葉山で孤立しちまったわたしたち、菊江ばあさんや夏江叔母さんを訪ねてきてくれたんだよ。それからも、なんやかやで本当に世話になった。代議士に当選して、政治家になって、出世して、戦争中は翼賛会なんかで活躍して軍国主義だったけど、戦後は民主主義で、いつも時代の先端を行った」

「通夜と葬式は、いつ、どこで」

「あ、それね、あすとあさってなんだけど、時間を忘れた。さっき百合子から電話があったとき書いといたんだけど。ちょっと待ってね」初江は茶の間に取って返し、長火鉢の猫板の上のメモを手に取り、そこに置いておいた富士千束から悠太宛の速達に気づいて鷲摑みにし、玄関に戻った。

「お通夜は日曜日、あすね、午後六時、落合の風間邸。お葬式は月曜日の午後一時葬儀、二時告別式、青山斎場よ」

「あしたが通夜だとすると、野本家も取り込んでるだろうな。弱ったな。富士千束リサイタルは、あしたの午後二時なんだ。桜子さんが同乗して、野本造船の車で富士千束を送迎してもらう約束なんだ。でも、夜がおとうさんの通夜じゃ、無理だろうな」

「大丈夫だよ。桜子という人は万事、愛想よく開けっ広げで派手派手だけど、約束は守る人。たとえ自分のおとうさんの死で取り込み中だって、人との約束はきちんと守るよ。それに通夜だの葬式だのは長女の婿、脇敬助代議士が総指揮を執るんだと思うよ。なにしろ政界では風間振一郎の、押しも押されもせぬ後継者なんだからね。もっとも、敬助さんも最近は松子の夫、大河内秀雄代議士と仲が悪く、だから、百合子と松子も仲が悪くなって、何かとごちゃごちゃらしいけど、末っ子の桜子は圏外だし、すべてねえさんたちに任せておけばいいんだから、大丈夫だよ」

「ならいいけど……」

「ちょっとこっちにおいで」と、あす通夜に行く息子の身形が気になって、電灯の下に引っ張って行き、じっと目を注いだ。「髪の毛が荒れ地の草ぼうぼう。ひげは下手な千切の剃り方。あしたは、朝一で床屋へ行きなさい。ま、学生服の汚いこと。ほら頭垢《ふけ》と食べこぼしと泥だか砂だか、まるでごみ箱の蓋だ。こんなんであちこち出歩いてたなんて、恥ずかしい。もう一着新しいのがあるだろう。あれを出してあげるから、あすは着替えるんですよ」初江は、息子の腕を摑むと、いやがるのを放さず、服の臭いをくんくん犬のように嗅いだ。「ひどい悪臭だね。これ抹香くさいんじゃなくて、汗と埃の腐った臭い。つまり乞食の臭いさ。いったいどういう生活をしていたやら。お風呂に入ってないだろう」

「入ったよ、けさ」と悠太はたじたじとなって、二階に逃げていくのを、初江は呼び止めた。

「速達が来てたよ」

「それ、早く言ってよ」と悠太は駆け降りてきた。

悠太はすぐ封を開いて読み、見る見る顔色を変えた。

「おかあさん、これいつ来てた?」

「たしか、水曜日の朝、お前が出掛けたあとだね。お前ったら鉄砲玉で、水曜日に出掛けたきり、これでもう三晩も、つまりまる四日、家にいなかったんだよ。お前が帰ってきたら渡そうと思ったんだけど——それにセツルの電話番号知らせとかないもんね。わたしは、これでも電話帳を調べたんだけど載ってなかったんだよ。何か重大な知らせかい」

「これ、火曜日に出して、水曜日に受け取って、すぐ読むべき手紙だった。ピアノの調律をしてくれていると思うが、まだなら、ぜひ専門の調律師にやらせておいてくれ、だとさ。うっかりしてたな。調律の件をすっかり失念していた。大学のグランド・ピアノは古いベーゼンドルファーで、しょっちゅう音が狂うんだ。この前の演奏会のときも、原智恵子からサンザッパラ文句を言われた。ああ、今からじゃ間に合わない。あした日曜日の午前中にやってくれる調律師なんて、いるわけないもんね。困った、困った」

「桜子に頼んでみたら、どうだろう」と初江は思いつきで言ってみた。

「だめだよ。桜子には、あすも頼むし、そのほか、いろいろ頼んできて、これからも頼まなくちゃならないし、これ以上の無理は頼めない。それに、たとえ、あの人でも、休日に働いてくれる専門調律師を探すなんて不可能だ」

「じゃ、どうするの」

「富士千束に謝るしか手がないな」

「謝ればすむことなのかい」

悠太は頭を垂れて、のろのろと階段を登っていった。初江は台所で水を一杯飲んだ。息子の失望に共鳴して胸が締めつけられる。そこに忘れていた不快が重なってきた。帰宅してすぐ鵠沼の悠次に電話したところ、牌を混ぜる喧騒の中から会社の重役との勝負が白熱しており、今夜は徹夜、あしたも一日付き合わねばならぬから、あすの通夜には出られない、しかしあさっての葬式だけは何とか出てやろうという不機嫌な声が聞こえてきた。あの人は、わたしの身内の不幸だと冷淡なんだ。そのくせ、会社の上司の父親の死となると、スキーや麻雀の予定を取り消しても律儀に出掛けていく。あす、従姉妹たちは夫同伴で来るだろうから、わたしの片落ちは肩身が狭い。

　ぼんぼん時計が午前零時を打った。蒲団にもぐり込んだが眠れない。そこに、がらりと戸を開けて、駿次が帰ってきた。初江は寝巻姿で出ていった。長身の次男は、傘の雪を落としている。用心深い彼は、天気予報を聞いて傘を持って出掛けたのであろう。ぷんと酒臭い。サッカー部のコンパから帰ってきたのだ。

「風間の大叔父さんが亡くなったよ」

「いくつだった」

「六十六。あんまり驚かないようだね」

「おれ、風間振一郎って人、よく知らないもん。小さいころ、正月の落合本宅で御馳走されたとか、夏の葉山別荘で花火をしたとか、そんな機会に遠くから見ただけだもん。最近は追放解除の記事を新聞で読んだくらいかな。風間の四姉妹だって、名前もよく覚えていない。こういうの、兄貴は、よく知ってるんだよな。やっぱり年上だからな」

「年上だって、お前、たった二つ違いじゃないか」

「その二歳の差が大きいんだよ。兄貴は二・二六を覚えてるっていうけど、おれ全然記憶にないし、兄貴は陸軍幼年学校にいて、一応軍隊を経験しているけど、おれはそうじゃないし、兄貴は旧制高校・旧制大学だけど、おれはどっちも新制だし……まったく、ジェネレーションが違うんだよ」

「わずか二つ違いでそうかねえ」

「おれの風間振一郎、ならびに風間家にかんする知識は、ほとんど兄貴から聞いたことばかり、つまり伝聞だけだね。何でも冬燎と号する俳人としても有名で、子規の研究家としても鳴らしてるってね」

「よく知ってるじゃないか」

「兄貴の受け売りさ。しかし、兄貴はケチでね、風間冬燎著『子規と結核』という昔のベストセラーを、自分の書棚に大切に保管して貸してくれない。今、読んでる、そのうち、貸すと言って、絶対に貸してくれない」

「お前、子規に関心があるのかい」

「ない」

「それごらん。悠太は、医学部のくせに詩や小説が好きなんだよ。お前のほうは、教科書以外の本なんか読みやしない。どうせ弟に本を貸しても読みやしないと、知ってるから貸してくれないのさ」

「へえ、おかあさん、ばかに兄貴の肩を持つじゃねえか」

「そうじゃない。心配なんだよ。あの子は本の読みすぎ、脳が知識でふくれあがって、今にパンクするんじゃないかと心配。お前のように、サッカー選手の体育会系のほうが明るくて、おおらかで、単純で……」

「単純で悪かったね」

「そうじゃない。褒めてるんだよ。お前、あしたの落合の風間邸でのお通夜は、出なくちゃいけないよ。あさっての青山斎場の葬式も、大学休んでも出るんだよ。それにしても、研三が困ったよ。どこに泊まっているのやら、いつ帰ってくるのやら。山梨の山奥で化石採集をやるんだとか言ってたけど、この荒れ模様じゃ、そんな呑気なことできやしないだろう。山奥じゃ連絡の取りようもない」

「研は午後四時半新宿着の汽車で帰ってくるよ」

「そうだったの。あの子ったら、わたしには何も言わないんだからねえ。それなら間に合うね。学生服を用意しておいてやろう」

　息子三人に東大の制服を着せて、従姉妹たちに見せつけてやるのがわたしの喜びなのだ。それは母親として、オッコのパリでのデビューなんかより誇らしい出来事だ。もっともこういう誇りは人前では一切口外したことはない。父、時田利平が生きていたら、「東大なんてくだらん。かの文豪夏目漱石も東大教授なんかにかかるから死んじまった。おれの所に来れば時田式胃洗滌で胃潰瘍なんかたちどころに治してやったものをな。つまり時田利平によって日本の文学史は書き換えられたんじゃ」と言われるだろう。ともかく、明朝は、息子三人の制服にアイロンをばっちり掛けてやろう。

　階段を降りてくる足音がして悠太が現れた。駿次は肩をすくめて、兄と入れ違いに二階に上がっていった。初江は、兄と弟との二人に「お風呂が沸いてるよ。カレーを作って、蝿帳に入れてあるからね」と言った。駿次が二階から、「おれは腹一杯だし、酔って眠いから寝る。にいさんに風呂とカレーをゆずる」と言った。

悠太は電話の受話器をはずし、ダイアルを回し始めた。

「午前零時過ぎだよ。こんな時間に電話を人様に掛けるものじゃないよ」

「おかあさん、ちょっと向こうに行っててよ。緊急なんだから」

「はいはい」初江は茶の間に引っ込んで聞き耳を立てた。が、話の内容はつかめない。

電話を終えると、悠太が初江を呼んだ。弾んだ口調で報告する。

「ピアノの調律、久保が引き受けてくれたよ。あいつ、府立高校にベーゼンドルファーがあって、戦争中に弾いていたんだそうだ。もちろん、調律師なんかいなかったから、自分で調律していて、そのための道具も持ってるんだって。明朝、大学に行って、すぐ調律にかかってくれる。持つべきは友だね」

「それはよかったねえ。久保さんて、例の〝貴公子〟だろう。大きなお寺の息子さんだったね。いろんな才能があるんだね」

「貴公子のやつ、きょうは坊さんの服装をして、引揚者寮の仏のためにお経を読んで、大いに感謝された。本物の坊主も顔負けだった。あれで絵もうまいしね。万事につけて器用人だ」

「お前、お風呂」

「そうだね。汗を流そう。それから、カレーライス食べよう」

息子の反応に、初江は急にいそいそと台所に立ち、蠅帳から小鍋を出し、ガス焜炉にかけた。牛肉入りカレーは長男の大好物で、きょうこそ帰ってくるだろうと、午前中、パーマ屋に行く前に、ちょこちょこと作っておいたのだ。しかし男の子は鈍感なもの。悠太も駿次も、わたしが久々にパーマをかけてめかし込んでいるのに全然気づかず、お世辞のひとつも言おうとしないのだから。

11

「パリで大評判だった、国際的ピアニストの特別演奏会が格安の値段で聴けます」、「午後二時開演。チケットの残りはすこししかありません」

御茶ノ水駅の改札口前で、立看板を背に、鍾馗と角平と悠太の三人は口々に叫んでいた。何事かと人々が足を止めてくれるのは、学生服の三人の、それぞれ独自な風体に目を奪われたせいらしい。突出しているのは鍾馗で、頭抜けた大男の、髪はめらめら燃える炎、ひげはゆらゆら昆布の林、学生服は大きいだけに汚れが引き延ばされて抽象画なみに目立つ。角平は、ころころに太った小男だから、対照の効果で押しつぶされたように小さく見え、つぶされた反発力で制服のボタンは今にも弾けそう。そして、悠太は、母に押しつけられたお仕着せの学生服、刈り込んだ頭に学帽を目深に被り、学生のマネキンよろしくだ。この三人を駅前販売に派遣したのは阿古丞相だが、あいつ造形の感覚に優れていやがる。ともかく人目を引いて、中年婦人や女学生が、群がり競いチケットを買ってくれる。

きのうの雪は夜のうちに降りやみ、けさは晴れていたが、明るい北風が寒い。しかし、コートを脱いでいるのに、三人は汗だく、それは緊張のせいもあるし、声を張り上げる重労働のせいでもあった。が、一応、緊張はするものの、恥ずかしくはなかった。セツル運動においては不可欠な家庭訪問を数多くこなしてきたため、未知の他人に話しかけるコツは会得していたし、何よりも、自分たちの行為は、診療所建設のためだという使命感が励みになって、がむしゃらに叫ぶ。一時間ほどで、手持ちのチケットは全部売り切れてしまった。

舞台、いや教室の演壇で、ピアノの調律を終えた久保高済は、短い曲をいくつか弾き流しアルページョを披露したすえ、悠太ににっこりした。

「終ったのかい」

「大丈夫だと思う。このピアノ古くて、ハンマー・ヘッドのフェルトが固くなっていてね、大分削らねばならなかった。鍵の戻りも少しちぐはぐで調整が必要だった。しかし機械部分の機能は抜群に良好で、ウナコルダ・ペダルやソステヌート・ペダルの反応にも狂いはない。さすがだね」

悠太には彼の言うことが理解できない。しかし、友が早朝からせっせとピアノと取り組んでくれた成果が実ったことは分かった。

「ありがとう。助かったよ」と悠太は、やんごとなき貴公子に対する最敬礼をした。

定刻が近づき、車の到着を建物の前で待ちながら、悠太は心細い思いをしていた。もうすぐ姿を現す千束がどのような態度を示すかが心配なのだ。出演料値下げを不快に思って、つんけんされるのが恐いのだ。

「おい小暮」と丞相に声を掛けられた。「内密な話がある」

二人は、演奏者の到着を待つ一同から離れてアーケードの入口に行った。

「切符の売れ行きが悪いんだ。今、大体集計してみたが七分の入りだ。これじゃ確実に赤字だ」

「どうして！　おれたちはさっき、御茶ノ水駅前で完売したぜ」

「予想に反してな、女子医大と栄養大の売れ行きがさっぱりなんだ。生協のプレイガイドも売れ残った。諏訪根自や原智恵じゃ超満員だったんで、油断した。富士千束の名声を買いかぶりすぎ、各方面にオルグを送るのをさぼった付けが回ってきやがった。おととい、きのうが券売にとっちゃ最大の山場だったのに、亀有セッラーは寮立ち退き問題で身動きできなかった。それで解決の方法だが、富士千束に、収支がとんとんになるように、出演料を負けてくれるように交渉してくれないか」

「駄目だ、絶対に駄目だ」と悠太はほとんど悲鳴のように叫んだ。駅前で声を張り上げてきたため、すっかりしゃがれ声だ。

「駄目だって言ったって、ここで赤字は痛い。せめてあと五千円負けてくれれば、やっとことさっとこととんとんで、セツルはダメジを受けずにすむ」

「それはこちらの勝手な都合と論理だ。音楽界では通用しない。相手はプロなんだよ。遊びでやるんじゃない。商売なんだぞ」

「しかし、富士千束は小暮の幼友達で昔から知ってる人だろう。何でも幼稚園は一緒だったそうじゃないか。そのよしみでもう一押し頼んでくれよ」

「おかしいぞ丞相」と悠太は本気で怒った。「情実やボス交の保守党政治を批判している君が、それを要請するのは論理の矛盾だ」

「やっぱり無理かな。無理だろうな」と丞相は簡単に引き下がった。そのとき、正門から大型のクライスラーが入ってきたので二人は駆け戻った。

車から降り立った千束は黒繻子のドレスを着ていた。黒は彼女の白い肌を引き立てるし、おそらく彼女にとっても好みの色なのだろう。そう思い返せば、十年も前の富士彰子教室の温習会でも黒だった。ところが彼女には赤も似合うので、数年前の軽井沢では真紅のドレスだった。ああ、彼女の体を被う布におれはなってみたい。柔らかく温かくいい香りで、うっとりとすることだろうな。心配も不安も飛び去った。よかった。にこやかな微笑を見せてくれているではないか。真っ白な整った前歯が輝き、おれはその奥深い口の中に吸い込まれたいという、切ない誘惑を覚える。

付き人として野本桜子が続いて降りてきた。悠太は二人を楽屋代わりの倉庫に案内した。講義用の掛図、種々のチョークの箱、竹竿、投影機、補助椅子、踏み台などがごたごた置かれた埃っぽい小部屋である。一応、姿見の用意だけはある。

「すみません、楽屋がないもんで、これにお掛け下さい」と悠太は言い、幾分増しな肘掛椅子を勧めた。破れを隠すために外科用の白布を被せた代物である。

「はい、いいです。わたくし立っていますから」と千束はにっこりした。いい匂いがした。香水のようだった。

「それではちょっとここでお待ちください」と一礼して会場の様子を見た。ぱらぱらと空席が目につき、それを見る千束の心を推し量って憂鬱である。せっかく彼女を喜ばせ、その歓心を得たいと念じていたのに。せめてもの慰めは、丞相が、その秘密の命令系統を駆使して、全セツラーやOSに動員令をかけて四十人ほどが駆けつけ、後ろの空席を埋めてくれたことだ。が、その程度の努力で千束の失望を埋められはしないだろう。

時間となり、阿古麟吉が、東大セツルメント委員長として、演壇端のマイクで挨拶した。丞相一流の抜け目のない雄弁でセツルメントの歴史や現在の活動を宣伝し、亀有での診療所建設費のために、このリサイタルを開いた等々と長々と述べたてたものの、富士千束の芸歴や楽壇での評価など、ごくお座なりに触れたのみで、悠太は聞いていて冷汗をかいた。しかし、千束が姿を見せると、拍手は思いのほか盛大で、まずは一安心した。最近、学生の間にはフランス音楽の愛好者が増えていて、熱心な聴衆が集まってくれたらしい。

千束のほっそりとした優美な指のつむぎ出してくる音の饗宴は、医学という雑駁な学問で明け暮れしている日常や貧民窟の過酷な現状から、いうならば地上からふっと引き上げられて、軽やかな天上の殿堂に入った心地にさせる。が同時に、自分と彼女の住む世界が、まるで地獄と天国のように隔たってしまったという思い、二人のあいだに越えることのできぬ深い溝が引かれている悲しみをも覚えさせる。その溝を飛び越すのは愛しかないのだけれども、これまで彼女はおれの気持ちに応えてはくれなかった。かつて、おれは一度、高等学校の記念祭における演奏への礼状にかこつけてラブレターらしき手紙を彼女に出してみたけれども、あんなもの、『赤と黒』のコラゾフ公爵の恋文のコレクションにはむろん入らず、『若きウェルテルの悩み』に見られる熱烈な表現には及びもつかぬ、平凡でありきたりの文章に過ぎなかった。ピアノのばあい、聴衆の視線は手指の動きを追うのだが、おれはほっそりとした二の腕や胸の膨らみ、腰の動きを追って、女の肉体を撫ぜまわす快楽にふけっている。それを愛と言えるか。単なる肉欲、きのう公衆浴場で菜々子の裸体を想像して覚えたときめきと同種の反応ではないのか。でも、それがない愛など無意味だ。と、幸せに満ちた喜びが胸に満ちてきた。あの曲、Des pas sur la neige（『雪の上の足跡』）だ。曲に重なって、軽井沢の春風を飾る銀鈴のような声が聞こえてきた。**雪で瓦礫の山が白い美しい山に変っていました。誰の影も見えず、一人の子供の足跡だけが点々と続いています。急に涙が溢れ出ました。わたしに聞こえてきたのは静かな悲しい音楽です。Des pas sur la neige です。**あれからこの曲はおれの心に住みついてしまった。それを聴くたびに、廃墟のベルリンの雪の上をよろめき歩く千束の姿が、彼女が見た雪上の孤独な足跡が、ありありと浮かびあがった。

しかし、曲が終ると、春風の幸せは色褪せて、悲しみと不安の暗雲が頭上を覆った。嵐のように吹き荒れる『西風の見たもの』は、とんでもない光景であった。雪の上をよろめき歩いている千束がソ連兵に襲われたのだ。おれは狼狽し、その無残な映像を追い払おうとして、目をしっかりと見開き、千束を見つめる。駄目だ。女はたちまちに裸に剝かれて雪の上に押し倒されて行く……。女から目をそらし、染みだらけの天井を見上げる。それにしても、まあ何と薄汚れた天井であろうか。今の映像は、ソ連兵に犯された菜々子からの連想であろう。痛ましさに責めさいなまれているうちに、一転、平和な音楽となった。

『亜麻色の髪の乙女』だ。心はやっと平衡を取り戻した。

ふと、横顔にこそばゆい視線を感じた。桜子だった。おれは悪事を見られた犯罪者の怨みで彼女を睨む。桜子はセッラーの一団の隣に坐っていた。父の死を悼むためであろう、いつもの派手な服装ではなく、灰色の地味なスーツを着ていた。

　終曲のラヴェルが終るころ、悠太は演壇の袖で演奏者を待った。拍手は鳴りやまない。本物の熱烈な拍手であると聞き取れた。千束もそう聞いたのだろうか、嬉しげにピアノの前に飛び出して行った。

　アンコール曲、『グラナダの夕暮れ』に、一層の熱がこもる拍手が注がれた。

　二曲目のアンコール曲が、あのDes pas sur la neigeだったらどうしようと恐れていると、「子供の領分」の一曲、陽気な『ゴリウォーグのケークウォーク』だった。悠太は、桜子が、「アンコール曲は、きっとドビュッシーよ。あの人はドビュッシーが大好きなんだから」と言ったのを信じ、アルバイトの金を全部注ぎこんでこの作曲家のレコードを買い集めては聴き込んできたのだ。

　演奏が終ると、今度は拍手に応えないで千束は悠太に向かい、「わたくし、このつぎに行く所があって、このドレス着替えたいんです」と言った。

「分かりました」と悠太は〝楽屋〟に案内し、ドアを閉めると、「ぼく、ここで見張っています。すんだら軽くノックしてください」と言うと、守衛よろしくドアの前に立ちはだかり、桜子に、「着替えるんだって」とささやいた。「そうよ。つぎに××家を訪問する約束があるのよ」と桜子が頷いた。

　軽いノックがあったとき、悠太は、誰かに手でぐいと背中を押されたようにつんのめり、ドアを開くや中に躍り込み、ピタリと背後でドアを閉めるとノブを固く握り締め、何か奇妙な夢の世界に入り込んで、わくわくしながら言った。

「千束さん、ぼく、あなたが好きなんです。もう長いあいだ熱烈に、心の底から想っています」

千束の臙脂のワンピースの胸が大きく息づいた。悠太はやっと女の顔を見た。困惑の表情である。悠太はなおも必死で言った。

「すみません。ついに言ってしまいました。これぼくの本当の気持ちなんです。ずっと前からそうでした。どうか、ぼくの気持ちを受け入れてください」

千束は目を見開いて注意深くこちらを見ていた。自分の真意を伝えようと、悠太は崖からずり落ちる体をじっと堪える気持ちで言った。

「もう一度言います。ぼく、あなたが好きなんです。ほんとに熱烈に愛しています」と悠太は相手の右手を両手ではさんだ。汗ばんだ、温かい手だった。女は手を引っ込めずにじっとしていたし、男を有頂天にさせたことに美しい微笑を顔面一杯に広げた。

「あなたのお気持ち、よく分かりましたわ。でも今は何もお答えできません。だって、あまりにも突然なんですもの」

「当然です。ぼくあまりにもせっかちでした。あとで、お手紙、差し上げてよろしいでしょうか」

「はい、どうぞ」

そのとき、ドアが開いて桜子が顔をのぞかせた。

「千束さん、時間がないわ」

丞相の先導で二人は外に出た。千束がドレスを入れたスーツケースをトランクに入れながら悠太にちらと視線を走らせたので、こちらは鋭い光線に射抜かれたようにくらくらした。車が発進するとき、千束は澄まし顔で前を見ていた。車が去ったあと、その美しい横顔が、空虚を充たす影絵となって空中に漂っていた。

「おい、何を話していたんだ」と丞相が好奇心もあらわな顔を寄せてきた。

「ギャラの値下げ交渉だ。ピシャっと断られた。おかげで赤恥かいたぞ」と悠太は相手に、怨みがましい横目を使った。

12

有為転変！　さすが学習院には森林が保存されてはあるけれど、あとは西部劇のセット、安普請の商店街。住宅街に来ると、戦前は落合と言えば連想された築地塀や甍を並べたお屋敷の代わりに、板張りのバラックやモルタル造りのアパートの密生。まあまるで野草の街。道を失ってうろうろと迷う初江を、研三は黒塗りの車が曲がった横丁がそれだと断定して先に立つ。なるほどすぐさま、門柱に風間振一郎と大書した陶板が発見された。どっかと据えられた赤間石に見覚えがある。以前、西大久保の脇礼助邸の門柱に用いられていたもので、柱のてっぺんをビリケン形に尖らせた人目を引く石柱。あの屋敷が空襲で焼失したあと、礼助未亡人が振一郎に寄贈したものだろう。

門番小屋から罠のバネのようにぽんと飛び出した男が、名前を聞く。

「小暮の一家ですよ」と、検問も受けず通っていく車を横目に初江はぷりぷりした。

「どういう御関係の方でしょうか」

「故人の姪ですよ。こちらは息子たちです」と後ろの学生服の三人を振り向いた。

「ならどうぞ」と詰襟服の男は無表情、自慢の息子たちを見もせず、信号機のように白手袋の手を振った。

「ならどうぞ、なんて失礼ね」と、まだ男に聞こえる距離で初江はわざと声を高めた。

「警官が見張ってらあ」と研三が要所要所の木の影に立つ制服を指差した。「お歴々が来るんだな、大臣か、それとも首相か……」

「ここは車で来るべき所だ」と駿次が言った。「歩いてるのはおれたちぐれえのもんだな」

「保守党の大臣なんて、金権で成り上がった連中だ。庶民や貧乏人のことなんか、どうでもいい連中だぜ」と吐き捨てるように悠太が言った。

「そうだよ」と初江は息子たちの会話に入れるのが嬉しくて、「大臣や車なんてどうでもいいんだよ。小暮家は小暮家」と笑った。が豪壮な石造りの玄関前を黒ずくめの男たちが衛兵よろしく固めているのを見ると、自分の喪服の黴が気になった。きのう、箪笥から袷の紋付きを出してみると方々に黴が生えていたので、修復に躍起となり、一部は墨を塗ってごまかしたものの、子細に見られると尻尾を出しそう。とくに、目付き鋭い男たちの視線に曝されるとは予想もしていなかった。と、誰か要人が到着したらしく、彼らが一斉にそちらを向いたので、やれやれ助かった。

ロビーに人々が集まり始めていた。入口近くに縁戚代表という形で脇敬助と大河内秀雄が待機し、それを囲む一癖ありげな紳士たち、てっきり両代議士先生の取り巻きだ。故人は声名を鳴らした人、政友会幹事長で満州事変の黒幕となった脇礼助の知遇を得て代議士になり、礼助の死後は、未亡人美津に取り入り、当時のエリート軍人だった礼助の長男敬助におのれの長女を妻《めあ》わせ、礼助の後継者として軍政財界に隠然たる勢力を持った。大政翼賛会総務局長として政界に睨みを利かし、大東亜戦争のときは石炭統制会理事として日本のエネルギーを左右して産業界を牛耳っていたのが、戦後はＧＨＱより公職追放に遭い、やむなくおのれの後継者として元軍人の敬助を代議士に当選させ、おのれの秘書だった大河内秀雄を敬助の秘書に転用した。しかし、秀雄は代議士に当選するや敬助に反旗をひるがえしたため、ごたごたが続いている。今、敬助と秀雄が親しげに居並んでいるものの、その間に微妙な隙間が空いているのを初江は見逃さなかった。この人たちは権勢だの金脈を伸ばすのに齷齪しているため、顔にどこか醜い欲望が染み出ている。それにくらべると、別に一団となっている速水正蔵や時田史郎、つまり技師や会社員は世間馴れして角の取れた顔付きで、言い換えるとちょっと間が抜けた顔付きだ。（ああ、うちの旦那もこの人種に属する。現に能天気に麻雀なんかで楽しんでいる）桜子が走って迎えに出てきた。

「きのうはどうも」と挨拶した初江を無視して相手は玄関口に急ぐ。

「桜子ちゃん」とあっけに取られた初江は後姿を呼んだ。振り返った桜子は血相を変えている。

「火之子ちゃんが大変なの、武史ちゃんと二人で塔に登っちゃったのよ」

「塔？」

「そう、高い鉄塔のてっぺん」

奥に向かって駿次が突っ走り、研三と悠太がそれに倣った。初江は、息子三人を追い掛けたがむろん及ばず、裾を足にからげてよろめき、あきらめた。やれやれ、きのうも走らされた。騒ぎを起こすのはいつだって火之子なんだから。

築山や池泉を配した日本庭園は取り払われて、あっけらかんと平らな芝生の中央にエッフェル塔の形をした鉄塔がそびえ立ち、その頂上の方角を夏江と松子と梅子、それに子供たちが見上げていた。遥か上方で何やらうごめいている。

男の子が細い梯子を降りだした。一同が息を呑んで注視するなか、揺れ動く梯子を、曲芸師のように降りてくる。近付くにつれて横顔で武史だと見分けられた。十ぐらいの筋張った少年だ。大きくなった。四、五歳の幼児のころ、しばらく西大久保のわが家で養ってやった。スマトラ島から復員してきた弟の史郎が離婚して、田舎に疎開していたこの子を連れてきて、わが家に転がり込んだのだ。ちっぽけな子が大の腕白で、どぶに落ちて泥まみれになり、高い木でも平気で登ってしまった。その性癖は今も変わらぬらしい。

ひょいと地上に降り立った。夏江が走り寄った。

「火之子は？」

「ぼくがのぼったらね、ついてきちゃったの。やめろといっても、きかないんだもん」

「今どうしてるかしら」

「上で泣いてるよ。降りられないんだもんね」浅黒い肌とぎょろりとした目玉は、父親の史郎にそっくりだし、赤チンが塗られた額の擦り傷がやんちゃ坊主を匂わせる。父親は学生時代、器械体操の名選手だったが、その遺伝でこの子も運動神経は抜群にいいらしい。

「目がくらむ、あんな高いとこ」と松子と梅子が双子らしく同じ仕種で塔を仰ぎ見た。

「あ、あ、あ」と夏江が甲走った。高所にちろりと小さな足が出され、梯子を降りようと探っている様子だ。

「しょうがない、おれが助けだす。兵児帯みたいな物ないかな。おぶって降りてくる」と駿次が言った。

「いけません。危いよ」と初江が制止した。そこに、桜子に先導された男たちが駆けつけた。玄関先に並んだ〝衛兵〟の一隊らしい。続いて透も史郎もすっ飛んできた。透は子細らしく夏江に事情を聞き、史郎はいきなり武史を張り飛ばした。男たちが相談して、屈強の青年がロープを体に巻き付け、頼もしげな救急隊員に変身した。大人の体重が掛かると細い鉄梯子は今にも折れそうに撓み、女たちは悲鳴をあげた。

「この塔は何なのさ？」と悠太が息を切らしている桜子に尋ねた。

「通信電波塔よ。ここからあれで世界中と交信するの」

「だっからさ、邪魔な木は全部切っちまったんだ。昔は、ここ、林だの池だのの、庭だったもんね」

「今はゴルフ場。庭木を全部伐採して芝を植えた。父はね、国際社会で活躍するこれからの日本人はすべからく国際競技なるゴルフを習得すべしという考えだった」

幼児を背中に負った男が梯子をそろそろと降りだした。初江は、本当は見たいのに臆病を装って、目をそらして俯いた。ぎしぎし塔が軋む。やがて火之子のはしゃぎ声が雨のように降ってきた。それはあっけらかんとしていて事大主義の大人たちを嘲笑していた。

藤江大叔母が病床に臥せていたので、通夜行事は脇敬助が喪主代理を務めた。夕闇迫る刻限近く、玄関先に敬助夫妻を頭に四姉妹の夫婦が変に晴れがましく並んで、訪れる弔問客に頭を下げた。有名人、有力者にカメラの砲列が敷かれフラッシュ・バルブが発光した。ＧＨＱの高官、大臣、次官、諸外国の大使、内外の会社社長、議員が、何だか誇らしげに降り立つ。彼らの車が駐車場に溜まっていくのを見て、悠太は大叔父が玄関前にだだっ広い駐車場を作ったのは、このためだったと納得した。アメリカ製の大型車の列とは非連続に、ルノーの小型タクシーがふざけたように身震いしつつ到着し、降り立ったのは美津伯母で、金沢の隠棲先から駆けつけたのだ。場違いに貧相な車から白髪の婆さんが降り立ったので、新聞記者連の間に軽い失笑がおこったが、年輩の政治記者がこれぞ大政治家脇礼助未亡人で脇代議士の御母堂だと気づいて談話を取ったので、色めいた記者やカメラマンが後を追ったときには、伯母は姿を消していた。

大広間で夜伽の法会が行われたが、充満した人々の息でむせかえり、乱立する生花は名札を競ってやたらに目移りし、十人もの僧侶を引き連れた導師は通夜より結婚式に相応しいキンキラキンで、悠太は昨夜の寮の物置のひっそりとした通夜を思いくらべた。

声明が渦巻いて遠い記憶を運んできた。幼いとき、おれは脇礼助の通夜に連れて行かれた。広壮な脇邸の大広間のシャンデリアが風もないのに揺れるのが、死者の霊が働いているようで不思議だった。大人たちの屹立の底でおれに見えたのは、あのシャンデリアだけであった。(今、火之子もそうかも知れない。そこにある七色に輝く大シャンデリアはわずかに揺れているが、それについて幼児の幻想にふけっているかも知れぬ。) 菊江祖母の通夜は三田の時田病院の通称〝花壇〟と呼ばれている八角堂で行われ、利平祖父が棺に向かって長々しい弔辞を述べ、そのあいだ母は泣き通し、あまり派手に泣くので、父が不機嫌に顔をしかめていた。逗子の脇敬助邸での晋助の葬儀が浮かびあがる。幼いとき、おれは夏になるとあの逗子の脇別荘で、かつて政治家礼助が会議用に作らせた五角形の大テーブルで晋助と遊んだものだが、その大テーブルにぽつんと置かれた哀れな棺と、敬助の自足した表情との対比が思い出される。(あのとき敬助は代議士に当選した直後で、その威勢を示すために大掛かりな葬儀をしたのだ。そう言えば、今だってそうだ。偉大なる風間振一郎の通夜と葬儀を取り仕切るなんて、敬助にとっては一世一代の晴舞台なのだ。盛儀の立役者を演じる得意げな顔。)祭壇中央の大叔父の写真は、愉快そうに笑っている。五年前、利平祖父の危篤を見舞に来たころの写真だろうか。政界の黒幕だった人物が、突然、冬療という俳人として『子規と結核』なるベストセラーを出したので一躍時の人になり、あの場でも山積みにした『子規と結核』をみんなに配っていた。おれは一冊もらうときに、彼の伝説のベストセラー『結核征服』も読みたいと半分お世辞で言った。が、驚いたことに、しばらくしてその本が郵送されてきた。大正時代の古い黄ばんだ本ではあったが、大切に保存されてあったらしく傷んではおらず、そういう秘蔵の書物を気さくに高校生に贈るところ、やはり一角の人物だったのかも知れぬ。結核が不治の業病と言われた時代に、喀血したが静養のすえ結核を根治させたという楽天的な物語で、あの笑顔の大叔父にぴったりの著書であった。

すっかり太ってしまったわ敬助さん、と夏江は、斜め前の、相撲取りを思わせる首と肩を見た。まだ四十二、いやこの人の誕生日は八月十三日だから、まだ四十一か、透よりわずか一つ上に過ぎないのに、十も年上のように歳月が肉付きとして溜まっている。あなたは青年将校だった。国体を護るとか粛軍だとか、女のわたしには小むつかし過ぎる手紙を矢継ぎ早にくれて、それが恋文だった。そのくせわたしに会えば沈思黙考となって、(あなたの本性は大のお喋りなんだから、あれは演技だったのね) 何も語らず、最後には「わたしにはあなたを幸福にする能力はない」などと突然、自分から持ち出した縁組を、わたしの意志を確かめもしないで解消した。わたしは悔しくて、でも恋しくて、二・二六事件のさなか、叛乱軍鎮圧に出動する部隊を率いているあなたに夢中で駆け寄ってしまった。「これ、女、どこへ行く」と制止されたのを振り切ってあなたにすがったのに、知らん顔をされた。それっきりだった。あなたはわたしを捨てて百合子と結婚してしまい、わたしは自暴自棄で愛してもいない男と結婚し、その男と不仲でついに別れて透と結ばれるまで、煉獄の苦しみを受けねばならなかった。

あのまま、あなたと一緒になったら、どうなったか。戦争中は先鋭な軍国主義一辺倒の軍人で戦後は民主主義を標榜する政治家で、同じような変節漢の振一郎の絶大な庇護を受けて、いい暮らしができ、百合子のように自足して膨れあがり、三連の真珠の首飾りをつけ、あなたと似合いの夫婦になっていたかも知れないけれど、そして戦争中、平和主義者として治安維持法に引っ掛かって監獄にたたき込まれた透と辛酸をともにすることもなかったろうけれど、それで幸福になれたかどうか。

通夜振舞となったが、小暮兄弟に割当てられたのは幼い子たちと一緒の〝子供席〟で、軽んじられて面白くなく、悠太は立ってうろつくうち、離れ島めいた席に避難者のように坐っている透叔父と夏江叔母を見つけて、隣に腰を下ろした。

「ついこないだ、会ったばかりだな」と透はにっこりした。

「そう、ＯＳ会。あれ二週間前なんだけど、ずいぶん前の気がするね。あれからいろいろな事件の連続でさ、セツルは大変だったんだよ」と、悠太は透への心安さから、診療所の寮内移転、都の民生局の干渉、寮住民会議のセツル追出しの決議とこの一週間ほどの出来事をあけすけな口調で報告し、「世の中ってひどいドタバタ喜劇だね」と付け加えた。

「そう、この世は深刻な喜劇だ」と透は言い、誰かを指すように顎をしゃくった。「とくに政治家と資本家の作り出す喜劇が深刻なんだ。彼らは人をだまし、差別し、圧迫する。そうされたピープルにとっては、深刻な悲劇となる」

「そうだねえ」と悠太は、透の顎が指しているのが、脇敬助のような保守党政治家や野本武太郎のような資本家のことだと勝手に解釈して頷いた。

「この世は分厚いタペストリーだ。表側には胸躍る喜劇が描かれてあるが、裏側には、同じ図柄が血塗られた悲劇として表現されている。戦争がそうだよ。愛国や名誉や勇気の裏側は虐殺と裏切りと冷酷だ」

「そうだねえ」と悠太はまた頷いた。「そういう二面性を備えているのが優れた文学や歴史だと思う。たとえば……」

「ドストエフスキーかな」

「そう、喜劇で悲劇、『悪霊』なんかがそうだなあ。叔父さんからもらった全集、全部読んだよ。何回も読んだ」

「あれはすごい小説家だな。十九世紀のロシアにあんな大天才が出現したのは奇蹟だ」

「ぼく、このごろトルストイを読んでる。『戦争と平和』。戦争や恋愛の描写は、ドストエフスキーより上かな。この人もすごいよねえ」

「悠太君は変わった医学生だね。医学部には文学好きが多いの？」

「いや、文学なんかに無縁なやつばっかりだ。医学生が他人をけなす常套句は、〝そいつは文学だね〟っていうんだ」

「わっは」透は心から愉快そうに笑った。

「夏江叔母さん」と悠太は相手を代えた。「叔母さんて、戦前、セツルの託児所で保姆をしてたんでしょう」

「ええ、大昔のことね」と夏江は透と顔を見合わせた。そうだ、そのころ、二人は知り合ったのだ。

「でもね、OSとしてじゃなく、現役のセツラーとして、亀有セツルに来てよ。さっき話したように、今度、自前の診療所を建てるんで、何かと人手が足りないんだ」

「わたしは悠太ちゃんより下級生の医学部二年で、やっと臨床講義やポリクリが始まったばかりよ。何もできないわ」

「医師としてではなく、学生として来てほしいんだよ。地元の人たちとの交流を手伝ってほしいんだ。集団検診、衛生状態調査、栄養講座、子供会、いくらでも活動の場がある。女子医大からは玉先さんと一色さんが来てくれている」

「玉先悦子さんと一色美香さん？」

「そう」

「二人とも同級生だわ。若くて元気がいい人たち。わたしみたいなお婆さんが行っても仕方がないわよ」

「でも……あ、そうそう、柳島の帝大セツルメント時代に託児所にいたという人がいる。叔母さん、知ってるかなあ。浦沢明夫という人なんだけどね」

「誰？　もう一度、言って」

「ウラサワアキオ」

名前を聞いたとたん、夏江の目が輝き、透が身動きした。悠太は石にけつまずいたようにはっとして身を乗り出した。

「知ってる人？」

「託児所にそういう名前の子がいたような気がする。たしか……おかあさんは女工さんで、すごい貧乏をしていた。ええと……その人はツネコ。そう、常ならずの常ね」

「え？　すると、もしかして」と悠太の頰に血が昇り、熱くなった。「その常子さんての、カルモチン自殺したんじゃない？」

「そうよ。結核で弱っていたのを苦にして、睡眠薬で自殺を図って、体力がないもんだから死んでしまった」

「おいおい」と透叔父が待ちかねたように、横から口を出した。「ぼくもよく知ってる人が飛び出してきたね。浦沢常子さんならよく知っている。夫と別れて小さな明夫君と二人暮らしをしていた。柳島の栗原紡績工場の女工でね、極貧の生活をしていた。トタン屋根に板囲いの家に住んでいた。窓も戸もなくて入口に筵を垂らしていた」

「じゃあ、あれほんとのことだったんだ」と悠太は思わず叫んだ。「その明夫君のこと、覚えている？」

「覚えてる！」と透と夏江は同時に大きく頷いた。

「明夫ちゃんは」と夏江が夫に先んずるように早口で言った。「栄養不良の子で、いつもお腹を空かしていた。託児所の食事をがつがつ食べていたから、家じゃ、碌なもの食べさせてもらえなかったらしい」

「ぼくは」と透がやっと妻の発言に割り込んだ。「浦沢常子さんの最期を明夫君と一緒に見送ったんだ。ほら、あのとき、君はお握りを届けに来てくれたろう」

「そうだった」と夏江は頷いた。「常子さんはもう虫の息だったし、明夫ちゃんも飢えた骸骨で半分死んだようだった」

「で、悠太君」と透の番だ。「その明夫君はセツルの近くに住んでいるのか」

「そう。ぼくらが去年、亀有の大山田地区に入り込んで診療所を開いたとき、最初に来た地元の人が浦沢明夫君でね、以前、帝大セツルってのを知ってたが、この東大セツルはそれとどんな関係だと尋ねた。それからは、セツルにもっとも協力的な地元の人になってくれた。袋工場の工員をしていてね、ちょっと興奮性だけど、真っ直ぐないい人。社会科学の本なんか、よく読んでいて、いろいろ教わるよ」

「あの明夫ちゃんが、悠太ちゃんと出会ったなんて、世間は狭いのね」と夏江は考え込むように細面をかしげたままでいた。

「the wise providence of Heaven」と透が美しい発音で言った。

「一度、セツルに行ってみる。わたしにできることがあれば、手伝うわよ」と夏江はほんの思いれ込まれた。

つきという具合に軽く言ったが、その切れ長の目は強い決心を示していた。

そこへ桜子が来た。「ちょっと」と目配せされて悠太はあとに付いて行き、とある小部屋に連れ込まれた。

「何か用？」

「相談ごとがあるの。そうそう、東大のリサイタル、大成功だったわね」

「いろいろとお世話になりました。どうもありがとう」

「どういたしまして。熱心な聴衆でよかった。千束さんも大満足」

「満員にしたかったんだが、残念だった」

「いいのよ、あれで、音楽家にはよい耳を持った少数の聴衆がいればいい。ところで、悠太ちゃん、相談というのはね……」と桜子が一息入れたので、千束のことかと、悠太は胸に迫ってくるものがあった。

「ゴロちゃんの展覧会のこと」

「ああ……」と失望の声だが、桜子は気づかぬ様子。

「五月いっぴから、銀座の画廊でやるんだけど、その準備を始めていいかしら」

「いいも悪いもないよ。桜子ちゃんにまかせたんだから」

「でも、一応、オウナーの許可と諒解を取っておきたいの」

「ぼくはオウナーかなあ」

「立派なオウナーよ。わたしの持ってる『時田病院』の二枚以外は全部、悠太ちゃんがゴロちゃんより贈られたものなんだから」

「オウナーなんて変な感じだけど、まあいいや。銀座の画廊ってこの前使った所かなあ」

「そう、ちょうど五年前の個展をやった所。銀座七丁目の、古い画廊」

「あそこは焼け残った戦前からの建物だったね。風格があっていい。リノリウム張りの床なんて、三田の時田病院を思い出すよ。あの匂いも懐かしいね」

「〝夭折した鬼才、間島五郎全作品回顧展〟と銘打ってやる。前回も評判になったけど、今回はもっと評判になるわよ。わたしね、これを機会にゴロちゃんの画集を出版しようと思うの。カラーのカタログにしてね、あとで単行本として出版するの。出版社の当てもあるのよ。そうそう、出版についてもオウナーの許可をいただきたいの」

「むろんいいさ。画集の出版なんてあの世のゴロちゃんも喜ぶだろうよ。それでね、桜子ちゃん、オウナーとして回顧展を許可する条件がひとつだけあるんだ」

「何よ、改まって」

「回顧展は有料にしてほしいんだ。ぼく、金がほしい。じつは今度、亀有のセツルメントで新しい診療所を作ることになって……それが決まったのは、おとといなんだけど、急に資金集めをする必要に迫られてるんだ。その一助にしたい」

「それなら、初めから当然有料にするつもりだったのよ。無料の展覧会は絵を売るためのものだけど、今度の間島五郎展は、絶対に絵を売らないのだから。たとえ誰かが高値をつけても、絶対に売らない。それは悠太ちゃんに最初に言ったことでしょ。それを条件に展覧会をやる以上、有料よ。いくらにしたらいいの」

「それはぼくには分からない。桜子ちゃんにまかせるよ」

「それからね」と桜子は急に顔を寄せて、悠太の耳元に熱い息を吹き掛けながら言った。「千束に何か言ったでしょう」

「別に……何かあったの」

「あのあと、車の中で、急に悠太ちゃんのことを色々聞くからさ。そんなこと初めてで、おやおやと思ったの。あなたに関心を持ったらしいわよ」桜子は意味ありげにウィンクしたが、それ以上詮索せず、さっと先に部屋を出た。着物の帯の下で形のいい尻の丸みが媚びるようにぷりぷり動くのを見送りながら、悠太は、桜子が千束でもあるかのように欲望を覚えた。


悠太が桜子に連れ出されたあと、今度は敬助がモーニングのチョッキを妙にきゅっきゅっと軋ませながらやって来て、透に、「ちょっとお時間を拝借したいのですが」と言った。「どうぞ」と意外な人の登場に透は戸惑った顔付きで答えた。

「弁護士として相談に乗っていただきたいことがあるのです。あちらにお越し願えないでしょうか」と敬助は猪首を慇懃に下げた。

敬助と透が去ると、それを待っていたように初江が夏江の隣に席を移してきた。

「ああ肩が凝った」と初江は右手でしきりに肩をもんだ。「脇のおねえさまに取っつかまっちゃった。金沢で一人暮しだったもんだから、積もる話をべらべら垂れ流し。あげく、例によってお説教。まず、大事な通夜に、悠次が顔を見せてないのは小暮家の恥だというの。まさか麻雀してるとも言えないから、よんどころのない会社の用事でとごまかしたら、今度は金沢の西養寺で雪崩で小暮家の墓が倒されたんですって。それを悠ちゃんに報告したのに、今だに何の音沙汰もない。あれを放置しておくのは、御先祖様に申し訳なく、それを夫に注意しない女房も女房だと、つまりはわたしが悪いってことなの」

「美津女史らしい言い方ね」

「小姑の嫁いびり。わたし、結婚以来、何やかやと言われ通し」

「だって、おねえさん」と夏江はくっくっと笑った。「結婚したのは二十年以上も前じゃない」

「悠太が生れる一年前だから、二十四年前からずっと苦しめられて、女史が戦後、疎開した金沢にそのまま居ついてくれたんで助かった。それが久し振りに会ってみれば、ぶり返しでね、もっとひどいのは、今夜、西大久保に泊めてくれ、だって」

「この家ならいくらでも部屋があるし、今回は風間のために金沢から上京なさったんだし……」

「だめだめ。西大久保の小暮家がお里だから泊まるのは当然という意識なんだから。それより夏っちゃん、もっと大事な話があるの」と、考えるより口のほうが早い姉としては珍しく口ごもった。「あなたに預けてある、晋助さんの原稿ね、あれまだ持ってる?」

「もちろん。おねえさんが、大事な大事な物だというから、丁寧に保管してあるわ」

敬助の弟、故晋助は文学青年で、入営するときに詩や小説などの手稿を初江に残した。それが人妻を恋うる内容なので、夫に誤解されぬようにと初江は夏江に預けたのだ。

「あれ読んで、どう思う」

「あの文章、難解でよくは理解できない。架空の女性を想定して、詩や小説を書いたと思う。舞台も沙漠だの森だの書庫だの研究室だの、非現実の場所でしょう」

「あの人妻は誰だと推測する?」と初江は、周囲を気にしたが、幸い近くに人はいなかった。

「うちの人はね」と初江は悔しげに言った。「この人妻がわたしだと頭から信じているのよ。だから、わたし、あれを晋助さんの原稿だとも言わず、偶然公園で会った初年兵から預かったと言ったんだけど、そんな見ず知らずの男から言い寄られるとはけしからんと、なお怒っちゃった」

「そうだったわね」夏江は、自分の記憶を一応確かめてみた。原稿やノートを読んだのはずいぶん前で全部を思い出せないが、読んでいるあいだに、人妻、少女、彼女などの表現で登場する女性を、初江だと意識したことはなかったと思う。「大丈夫よ。あれ読んで、おねえさんを連想なんかできないわ」

「実はね、晋助さんの別なノートがあるのよ。大学病院で亡くなったあと、主治医の先生から送られてきたんだけど、そっちは大変に恐ろしい話、つまり人間の肉を食べたという告白なの」

「ええ？」

「それも、書いた人の想像なのかも知れないけど、不気味な内容なの。自分の時計は止まっているけど、悪魔どもの時計は動いているとか、人肉の味はどうだったかとか、奇々怪々な内容なんだけど、物凄く迫力のある文章なの。それでね、夏っちゃん」と初江は〝夏っちゃん〟に重りをつけて投げるように発音した。「さっき桜子と話していたら、今度の五郎の展覧会を機会に、画集を出版するというから、ひょっと思いつきで晋助さんの原稿を出版できないかなあと考えたの。それで、まず原稿を透さんに読んでいただきたいの。あの方、文学好きだし、鑑賞眼は確かだし……」

「架空の人じゃないの？」

「それはもう喜んで読んでくれると思う」

「晋助さんの遺稿が世に出れば、こんなに嬉しいことはないの。お願いよ」初江の目付きは夏江をたじろがせるほどに真剣だった。

13

駅前広場で奇妙な臭いが鼻の奥に迫ってきた。夏江は、おかしいなと訝りつつあたりを見回したが、蕎麦屋と煙草屋と自転車と紙屑のどこからも、それらしい臭気の発生源は見当たらない。それはうつつのものならず、はるか遠い過去と関係がありそうだった。有機物の腐敗臭？ 鮮血の匂い？ 恐ろしいような懐かしいような何かの残香らしい。が、それはふと消えてしまった。

地図を頼りに進む。悠太が書いてくれた注釈と絵入りの地図は見易く、迷わずに進むことができた。道は二つあって日影亀有という巨大工場沿いの道は最短距離だが荒涼としており、中川の堤防上の桜並木は迂回路だが、ちょうど満開だろうから、そちらのほうが面白いだろう、と書き入れがあったけれども、夏江の興味は〝荒涼とした〟ほうに向いた。予想に違わず好みの道だった。自分たちの住み慣れた街とは異質の空間に入り込んでいく好奇心、かつて三田のわが家から市電に乗って本所柳島の終点で降り、変電所や町工場や細民街や色街を通って帝大セツルメントに向かったときに似た好奇心が起こってきた。芽吹いた田圃の上に風船を思わせる春の雲が浮き、その和やかな景色を無残に断ち切っているのが大工場の灰色のトタン塀と有刺鉄線の〝荒涼とした〟連なりである。

工場に挟まれた間道を抜けると街に出た。町工場と家々とが入り交じり、アパートや寮といった集合住宅が目につく。倉庫を転用した引揚者寮は薄汚れた木造で、晴れやかに降り注ぐ陽光を拒否してひたすらに黒ずんでいた。割烹着姿に下駄履きの主婦たち、ねんねこばんてんで子守りをしている女の子、破れた板に背をあずけて日向ぼっこの老人たち。セツルメント診療所の矢印に従い二階にあがると、角部屋が診療所だった。何とも貧相な施設である。戦前の柳島の東京帝国大学セツルメントは、こぢんまりした独立家屋で、一階に診療所と待合室のほか、消費組合店舗、託児所、図書室、講堂、食堂があり、二階には図書倉庫、調査室、教室、法律相談室のほかレジデントの学生たちの宿泊室（四畳半でベッドと物入れを備えた）が十室も並んでいた。ところがこの診療所には待合室もなく、患者たちは廊下で待っていたし、手狭な部屋の一部をカーテンで仕切った診察室では医師の背中でカーテンがふくらむ始末、薬剤師、いや看護婦は、壁と柱に挟まれて拷問でも受けているような窮屈な姿勢で調剤をしていた。

患者が退出し、医師が顔を出す。痩せて目の窪んだ人物、悠太のいう〝骸骨に皮を張りつけたような顔〟の為藤先生だろう。半開きのドアから廊下をのぞいて「つぎの人」と呼んだ。患者と一緒に夏江は滑り込み、「あのう、小暮さんいますか」と尋ねた。

「あ、菊池さんね」と応答したのは〝ドナルド・ダックのしわがれ声〟の剣持看護婦だった。

「さっきまでお宅を待ってたんですが、子供会の人形芝居が始まったんで、そっちに行ってます」

「じゃ、そっちに行ってみます」と夏江は、道を教えようとする看護婦に悠太の地図をかざして、これで大丈夫ですと合図した。

窓枠をはずして舞台とし、内側で学生たちが人形を操作し、外に立つ大勢の子供たちが笑いこけていた。出し物は『注文の多い料理店』だ。太った二人の紳士が、クリームを塗りたくった顔でがたがた震えて、子供たちがどっと笑った。「どうもおかしい。沢山の注文というのは、むこうがこっちへ注文してるんだよ」逃げようとしても戸は動かない。「うわあ」「うわあ」と紳士が跳ね、オルガンの低音が彼らの周章ぶりを強調し、子供たちが笑いを弾けさせた。

「やあ」と悠太に肩をたたかれた。「夏江叔母さん、ようこそ」

「叔母さんはやめて」

「それじゃ、何と呼ぼうか」

「菊池さんよ」

「変な感じだけど、まあいいや。菊池さん、紹介するよ。これが浦沢明夫さん」

なるほど、〝背の高さよりも長く見えるほど肩幅の広い青年〟である。その顔に託児所に預かった幼い子の面影を発見しようと努めたがしくじった。年月の辛苦を示す深い皺が覆面のように顔を覆っている。

「菊池夏江です」と頭を下げても相手は無表情、こんな中年婦人が何しに来たという不審の目付きだ。

「菊池さんは帝大セツルメントの託児所で働いていて、浦沢さんの小さいときを知っているそうですよ」と悠太が言った。

笑顔が広がり、象のように柔和な顔付きになった。

「菊池さん？　おれ、あのころのこと、さっぱし覚えていねえ。思い出せねえな」

「あのころは時田と言いました。そして結婚して中林」明夫は首をかしげた。

「浦沢さんのおかあさんを、菊池さんは知っているんだって」

小振りだけれどもまん丸に目蓋が開いて、瞳が光った。

「その母てえのの名前は？」

「常子。ほら、その当時のわたしの育児ノートです」と、夏江はショルダーバッグから表紙の破けた大学ノートを取り出し、栞を差したページを開いて見せた。

浦沢明夫、昭和五年三月十四日生れ
本籍　東京市本所区柳島元町五十六番地
住所　東京市本所区横川橋四丁目八番地
父　浦沢民平　平民　元瓦斯紡績会社工員
昭和七年八月三日死亡
母　常子　明治四十年四月十三日生　二十九歳　栗原紡績工員

明夫はノートを食い入るように見つめ、「スゲスゲ、本物だ」と空気を引き裂くような叫びをあげた。

「このノート、あげますよ。記念になるでしょう」

「アリガテエー」と明夫は十センチほど飛び上がった。「テエテエテエ！　いい記念にならあ。ナンテコッタノコンコンチキ、昭和五年一月一日生れってえ嘘の生年月日が三月十四日だったのかよ。孤児院のチクショーメ、デッタラメな戸籍を作りやがってよ。一月一日生れなんて調子よすぎる、嘘に決まってると思ってたさ。父親は民平たあテエシタモンダゼ、いい名前だねえ。チクショーメ、父不詳だなんて書きやがった。父なし子だって莫迦にされてきたんだ」明夫はノートを胸に抱きしめると、いきなり泣きだした。如雨露みたいに大粒の涙がぽろぽろ吹き出し、濡れたノートを悠太が手を出して救い出した。すると明夫は、いきなり夏江を抱き締めてきた。涙が染みてくるのでこちらは必死で引き放そうともがいたが、太い腕の機械のような怪力に締めつけられ背骨がめりめりと折れそうで夏江は悲鳴をあげた。悠太が明夫の頬を平手打ちして正気に戻さなければ危なかった。夏江は腕から解放されてよろめき、悠太に支えられて、やっとベンチに腰掛けた。

「コノバカタレがすまねえことしたです」と明夫は地べたに土下座した。「ブッコロスゾ、トンデモナイヤロウだ、すまねえこってす」と地面に額をどんどん叩きつけ、土埃が立った。

「もういいよ、君」と悠太が脇から彼の肩を叩いた。「ほんと頭が割れちゃうわ」と夏江も心配した。

と、けろりとして明夫はぱっと立ち、土まみれの顔をこちらに向け、背を丸めてぺこぺこ頭を下げた。

「で、常子は薬飲んで自殺したって聞いてるんだけど、あれほんとですかね」

「カルモチンを沢山飲んでしまったのは事実です。でも最期は肺結核でした。空洞の末期に加えて、睡眠薬でなお衰弱がひどくなった……。おかあさんについては、もっと色々お話することがありますわ」

「この民平てえ父親も知ってんかね」

「その方は亡くなっていたから知りません。でも、本所生れの下町っ子で江戸時代からの職人の家に生まれたとか」

「バンゼイバンゼイ、江戸時代か、バンゼイバンゼイ、職人か、豪勢な家系だぜ。ナンテコッタノコンコンチキチキ、おれ、チャキチャキチャッキの下町っ子のマチッコだい」明夫は自分の笑顔を貴重品のように両のたなごころで挟んで撫ぜながら、「シタマチッコノマチッコダイ」を繰り返しつつ、輪を描いて歩きだした。二回、三回、いつまでもそうしている感じだ。すると、人形芝居が終って拍手が起こった。子供たちが散り始め、ゼンマイ仕掛けのようにぐるぐる回っている明夫をあきれて見物している。

「あんた、何やってんだね」と若い女が叫んだ。悠太のいう〝最近父親が死んで継母と衝突して家を出た、かさかさに痩せた明夫の片恋の相手〟の大原菜々子だとすぐ見分けられた。

明夫は菜々子を見たが相手を識別せず、押し退けて歩こうとした。

「あんた！」と菜々子はさっと身をかわすと、象を襲う豹さながら明夫に飛びつき、腕を思い切りつねり、目を覚まさせた。「ああ菜々ちゃんか。驚くなよ、おれな、江戸時代からの職人の家柄だぜ」

「何を作る職人？」

明夫は詰まって目を白黒させた。夏江は常子が教えてくれた職種を思い出そうと努めたが、なかなか出てこない。何か特殊な職種で変わった名称だった。最初聞いたとき聞き返した覚えがある。バンジョウ、番匠、つまり木工だった。

「木工細工の職人よ」と夏江はやっと言ってやった。

「木工、いいねえ。トンカチ、ヘッ、トントンカチカチ」と明夫は槌を握って振り落とす真似をした。まるで年がいもないが、真面目くさって、しかも心底からの喜びに浸っている感じで、嗤えなかった。

人形芝居の後片付けが始まった。取り外した窓枠を元に戻し、人形を林檎箱に詰め、ボール紙の舞台を畳む。悠太が夏江を学生たちに紹介した。すでに話で聞いていたセツラーの面々だ。〝武者人形の鍾馗そっくり〟の山折剛太郎、〝ゴム風船を強力ポンプで膨らましたような〟彦坂角平、〝ショーペンハウアーとスターリンを足して二で割ったような〟阿古麟吉、〝色白でお公家さん風の貴公子〟の久保高済、〝賢治の童話に出てくる電信柱のようにのっぽ〟の庄屋聖造、〝縁無し眼鏡の美青年〟の風沢基、あとは〝医者の卵のお嬢さん〟で一括された玉先悦子と一色美香で、むろんこの二人の同級生には紹介の要はない。どうも、現実の人間より悠太があらかじめセツルの面々として話で紹介してくれた人物描写が現実の人間に急いでレッテルを貼っていくようで、内心おかしくてならず、笑いが頰に染みだしそうになるのを、夏江はやっとこらえた。

浴場を利用した急場しのぎの子供会室だ。浴槽の底に破れ蒲団、洗い場に茣蓙の遊び場だ。壁には子供たちのクレヨン画、天井からは千羽鶴、柱から柱に万国旗は平凡な飾りだが、すべてが色あせ煤けているのは、雨漏りのせいか、ストーブの煙のせいか。

子供たちが十人ほどふざけながら入ってきた。女の子はお河童、男の子は坊主刈りで、頭だけは画一的だ。

「先生、遊びましょ」

「よし」と立ったのは鍾馗だ。

「だーめ。先生じゃ大きすぎらあ」

「どうしてさ」

「〝おまわし〟するんだもん」

「それじゃ、まわしてあげる」と玉先悦子と一色美香が子供たちを促して外に出た。女の子の一人の後ろ姿が火之子を連想させると同時に、例の奇妙な臭気が鼻の奥から流れ出してきて夏江をぐいっと過去の時間に引き戻した。ずっと昔のことだ……生れ育った三田の時田病院のどこかで嗅いだとすれば、居間の押入れ、賄いの食料倉庫、手術室の汚物入れ……いや違う、神田神保町の仮住まいの下にあった書店の書庫……近い臭いを思い出した、透が逮捕されたときの三田署の巡査の体臭か、わたしが連行された大平署の特高の取り調べ室の、名前は忘れてしまったが、一見にこやかな特高刑事の汗の臭いか……いや、どれもこれもそうだとは言い切れない。そう、それはこの場の匂いと似ている。古い木造の建物の隙間風、溜まった埃の発散、浴槽の底の蒲団の綿の黴……誰かの髪の匂い。あ、何だと夏江は内心苦笑いした。それは火之子が汗をかいたときの髪の匂いだ。とくに赤ん坊のとき体温が高くて汗疹ができやすく、そんなときにこの匂いがした。赤ん坊の火之子を育てたのが書店の屋根裏、階下の書庫の臭気がもろに流れ込む部屋だった。が、どこか違う、そうではないという気もする。火之子の髪の匂いなど日々に嗅いでいて、べつに特別な過去ではありはしない。探索はそこで振出しに戻った。すでに鼻の奥の匂いは消えていた。

　みんな外に出てしまいあたりには人影がなく、隣の更衣室での悠太と久保高済の会話を夏江は聞くともなく聞いた。

「困ったよ、とにかく」と高済がにんまりとした微笑をたたえて言った。「賢治がはっきり書いてるんだよな、二人の紳士はすっかりイギリス兵隊のかたちをして、と。そういう人形は軍国主義だと言われても」

「風沢らしい生真面目な割り切り方だ。世の中を白か黒かに割り切ってしまうんだ」

「この前もねえ、土手で子供たちがチャンバラをしていたら、そういう軍国主義的遊びはやめろって怒鳴ったって、子供たちが泣きながら訴えてきた」

「で、どうしたの」

「鍾馗がかっとなってね、風沢に反論した。チャンバラは万国共通の子供の遊びで、思想性なんか全くないから自由にやらせるのがいいという。さてこそ大荒れだ。チャンバラの思想的背景をめぐって、それこそチャンチャンバラバラの大議論さ」

「鍾馗がどんと拳固で打つや、風沢は風のように身をひるがえす……」

夏江が近付くと二人は黙った。悠太がまだ笑いの残る驚き顔を向けた。

「あれ、夏江叔母さん、どこにいたの」

「叔母さんじゃないでしょ」

「はいはい、菊池さん」

三人が出てみると、玉先悦子と一色美香が縄をまわし、女の子たちは何回縄の輪の中で跳べるかを競っていた。それっ、一、二、三、四、だめ。つぎ、一、二、三。大体が三回か四回、ときに十回近く跳ぶ子もあり、甲高い声援を浴びている。夏江はショルダーを悠太に預けて子供たちの列の後尾につき、番がくるとささっと躍り出た。見慣れぬ小母さんの出現に喜んだ子供たちが諸声で数を数えた。二十回まで飛んで輪からひょいと抜け出た。子供たちの歓声と拍手に包まれ、悠太が「すげえ特技だねえ」と褒めてくれた。

「やっぱり年だ。息が切れる」夏江は胸をふいごのようにひゅうひゅう活動させた。

「チョットヤソットデネエ運動神経だ」と浦沢明夫が言った。「菜々ちゃん、やってみろよ」

「だめだ。縄跳びなんかやったことないからね」と菜々子は後じさりした。

蠟石でコンクリートに絵をこりこり描く。地べたに坐ってコッペパンをむしゃむしゃ食べる。壊れた木馬の首をずるずる引き摺る。路地から路地へとばたばた駆けめぐって鬼ごっこをする。影法師を踏んでとことこ歩く。狭い空き地に子供たちの物音が水の反映のように明るくひびいている。運動のあと素早く動く血の流れとともに、忘却の彼方にあった幼いときの感覚が、夏江の体中から染みだしてきた。関東大震災の前、父時田利平の病院内で看護婦を相手に鬼ごっこをした。七つ年上の初江と、当時院内に建設中のレントゲン工場の建設現場で隠れん坊をした。ふと火之子を思う。この四月から若松町の幼稚園に通わせているのだが、いざこざ続きなのだ。先生が誘導する遊戯にも合唱にも参加しようとせず、棚から画用紙を勝手に持ち出してクレヨンで絵を描くのに熱中していて、保姆からそれをやめるように注意されると奇声を発して反抗する。困った先生がわが家に何度か使いを出したらしいのだが、昼間父親は法律事務所、母親は大学通学中で不在とあって埒が明かず、とうとうきのう、園長が来訪、苦情を開陳したうえ退園を通告された。やれやれ、わずか二週間の幼稚園児だった。火之子が寝たあと、透と対策を練ったけれども、いい知恵は出ない。これまで散々探したがほかに適当な幼稚園はなく、午後来ているお手伝いさん、元看護婦の婆さんも火之子の扱いに音をあげている以上、昼間をずっと彼女にまかすこともできない。透は八丈島の勝子に預けようと言ったがわたしは反対で、自分たちのそばで育てたい、つまりはもう一年初江に頼むしか方法がないと主張した。「しかし、初江ねえさんには迷惑だろう」「ほかに方法ないでしょう」「それもそうだが……困った子だ。すこし異常だな。誰に似たのか」と言って透は、あわてて口を閉じた。火之子の出生の秘密は夫婦の間で禁句であった。火之子がわたしと間島五郎の子ではないかという疑惑を、あれから五年間に初めて透は口にしたのだ。夏江は、はっとした――あの奇妙な臭いが五郎の体臭ではなかったかと、突然思い当ったのだ。いや、違うかも知れない……。

あのとき、透は火之子は自分の子だと言い、わたしはひょっとすると五郎の子かも知れないと言い、二人は激しくやりあった。結局、透は火之子を連れて故郷の八丈島に去り、わたしは東京に独り取り残された。透は本心では火之子を自分以外の男との子だと疑いながら、その点ではわたしとまったく同じ気持ちでいるくせに、あえて（ああ無理やりにだわ）百パーセント自分の子だと主張したのだ。それは彼がおのれの自尊心を満足させる行為であって、わたしは反発を覚え、夫婦の間に亀裂を生じさせた。しかし、東京で二人が一緒に暮らし、去年、火之子を八丈島より手元に呼んでからは、二人は火之子の秘密について一切触れないできた。それが。不意に〝すこし異常だな。誰に似たのか〟という発言となってわたしを打ったのだ。あわてた透の沈黙にわたしも沈黙で応え、二重の重苦しい沈黙のうちに夜が明けた。

昼前、わたしは初江を訪れて相談した。「いいわよ」と初江は二つ返事で引き受けてくれた。「わたしも火之子ちゃんがいなくなって、何となく手持ち無沙汰だったの。淋しかったのよ。息子たちは大きくなってほとんど家にいないし、火之子ちゃんはわたしに懐いてくれてるし、わたしのほうでお願いしたいくらいに思っていたの」「でも、あんな子だから、おねえさんに迷惑がかかるんじゃないかって透が心配してるの。普通の子じゃないから」「あらま、普通の子じゃないから面白いんじゃないの。うちの子だって、みんな普通じゃない。悠太は、大量の本をむさぼり読んで書痴もいいとこだし、駿次は、サッカー、テニス、ゴルフ、水泳とスポーツ熱中だし、研三は、化石だの鉱物だの昆虫だの役にも立ちそうもないガラクタの蒐集狂だし、オッコときたらヴァイオリン・マニアが高じて、とうとう親を捨てて外国暮らし。火之子ちゃんだって変わってるけど、絵が好きで、絵を描かせておけば満足してる。つまり何かに夢中になる質。時田利平氏の遺伝かな。博士狂、発明狂、建築狂。あの方、普通じゃなかったわ」こうして交渉は成立し、わたしは一旦帰宅して透に首尾を報告したあと、悠太との約束を守って、セツルメントの見学に来たのだった。

「さてと、菊池さん」と悠太が改まった態度で寄ってきた。「これから診療部じゃ、こんどの診療所建設のための募金の母体となる〝セツル友の会〟の宣伝に行くんだけど、一緒に行ってみない？　ついでにこの周辺、大山田の街を案内するよ。手始めに引揚者寮だ。ついで商店街、会社寮、都営住宅とまわる。夕方から、診療部と子供会と合同のお花見。盛りはちょっと過ぎたけど、まだまだ見られるってさ」

「あんまり、遅くはだめよ。子持ちの主婦ですからね」と夏江は牽制気味に言った。

診療部の面々が、まず引揚者寮を手分けしてまわることになった。夏江は悠太と庄屋聖造と組んで第一寮と第二寮を分担した。まず第一寮に入り、寮長だという白髪の老人に断ると、入口の掲示板にポスターを貼り、各戸にビラを配っていった。薄いベニヤ板で仕切られた狭い空間に一家が身を寄せ合っている。仕切りには天井がないので、頭上には倉庫の屋根の梁や束が丸見えである。昼食のあとらしい食物と料理の匂い、コンクリートの黴・焜炉の炭・部屋の埃・洗濯物・何か動物の腐った、おそらくは腐爛した鼠、あらゆる臭気が襲いかかってきて吐き気を覚える。が、ここに流れている臭気にはあの奇妙な臭いの持つ恐ろしいような懐かしいような切迫感がない。

日曜日とあって非番の男たちの姿が目につく。麻雀をしている人たちがいて、牌の音は近所に筒抜けである。一升瓶から酒を酌んでいる女がいた。悠太が、大原菜々子の義母のめぐみだと教えた。ささくれ立った畳に裸の足を突き出し、じろりとこちらを見たが、赤く酔った空虚な瞳だった。

一戸一戸にビラを配り、ドアが開いていると「セツルメントです。よろしくお願いします」と頭を下げる。多くは無表情にビラを受け取るが、なかには、「セツル友の会てのは、要するに共産党の下部組織じゃねえかよ。寮内で赤の運動をやるってのは許せねえ」とからんでくる人もいた。そこで庄屋と悠太がこもごも説明し弁明する。それで時間がかかった。

第二寮に移るあいだ、戸袋や電柱に「東大セツルメントは赤だ！」とか「公共施設から営利団体は出ていけ！」という貼り紙を多く見かけた。いずれも赤や黄の原色で毒々しく書かれ反共期成同盟の署名があった。

「セツルへの反感も相当なものね」と夏江は言った。

「寮内には右翼分子がかなりいる。彼らの策動もあったろうが、とうとう寮委員会ではセツル追放を決議してしまった。でも、診療所や子供会を利用している大勢の人たちは確実にセツルを支持しているよ」

　第二寮の宣伝を終えると街に出た。書きなぐりの書割のような家々が並んでいる。とある脇道を入ると建築現場があった。割栗石《わりぐりいし》が敷かれ、基礎のコンクリート柱が並べられた段階である。寸法に削られて材木が山積みされて木の香が芳しい。悠太と庄屋は年配の大工に丁寧に挨拶した。

「これが新しい診療所です」と庄屋が誇らしげに言った。「土地の購入、間取りの決定、大工さんへの発注とこのところ、みんな大車輪で働いてきました」

「問題は資金なんだ」と悠太が深刻な面持ちになった。「土地代だけは何とか捻出したけど、もう金がない。あの大工さんはうんと値引きしてくれたけど、これからが大変なんだ。募金、カンパ、音楽会、展覧会、ダンス・パーティー、ともかくわれらの最も不得意な金集めをしなくちゃならない」

　さて商店街を巡回しようと、一同が表通りに出たとき、不意に大原菜々子が出現して、「ちょっと、お話があるんですけど」と悠太に言った。女が一所懸命に迫っていくのに男はたじたじと後じさりしていると、夏江は見て取った。

「行ってあげろよ、ビラ配りは菊池さんとやるから」と庄屋が心得顔に言った。

14

「話って何ですか」と悠太が問うと、菜々子は逃げ腰で「ここでは話せません」と言い捨てて遠ざかっていき、悠太は早足で追いかけた。風に乱れ髪をなびかせながら、当今流行の長スカートから細い脚をちらつかせ、黄色いセーターのなかで体をくねらせ、子鹿の疾走だ。

堤防に沿って寺がある。山門をくぐって境内に入った。人気はなく、染井吉野の巨木が満開で派手派手の花吹雪のさなかに菜々子は立ち止まった。汗ばんだ額に花びらが一枚貼りつき、いつも何かに驚いてるような大きな目が鼻根を中心とした雀斑《そばかす》の縁にあって、ちょっとイタチを思わせる顔付きだ。いきなり溢れるように話し始めた。

「めぐみのことなんです。このごろ明け方になると目茶苦茶に気が立って騒ぐ。オオカミやドブネズミが部屋のなかに侵入してきたとか、泥棒がいるとか言って、瓶を投げつけたり壁を叩いてわめくんで、隣近所の人が眠れず、警察に通報したけど取り上げてもらえず、わたしんとこに捩じ込んできた。娘なんだから親の面倒を見ろ、自分の下宿に引き取れと、やいのやいのと息巻くんだから」菜々子は、そこで高調子から小声になった。「めぐみなんか、どうだっていいんだけど、法律上は親子だから、縁は切れないんです。それに逃亡中はたしかに千太郎が世話になったんだし、捨ててもおけないでしょう」

「為藤先生に相談した？」

「したんだけど、頼りになりません。先生は精神科ではないから、分からないだって。それに昼間働きづめだから夜は疲れて早寝するんで往診なんかの余裕がないとか」

「ぼくだってだめだ」

「でも明け方に寮に来て、めぐみの状態を見てくれることはできるでしょう」

「ぼくが見ても診断はつかないよ。何しろ、精神医学は講義を聴いたばかしで、まだよく知らない」

「それでもシロウトのわたしなんかよりも、ずっと医学診断はできる。とにかくじかに状態を観察してほしいんです」

「めぐみさんて、前からアル中の気はあったね。ひょっとすると震顫譫妄《しんせんせんもう》という症状かも知れない。動物だの小人だのの幻覚が現れるんだ」

「きっとそれです。小暮さん、お願い。一度観察してみて」

「診療所に泊まり、明け方に行ってみる方法しかないな」

「それそれ、ぜひお願い」菜々子は必死の面持ちで頭を低く下げた。

自分が偵察したうえで、精神科の医師に相談しようと悠太は腹を決めた。

寺男を供にした老住職が通りかかった。菜々子は迷惑そうに住職を睨み、堤防を登り出した。川が見渡せる高みに来た。遠い桜並木に人が群れているが、このあたりは牧場で数頭の牛が放し飼いになっているだけで人気はない。二人は堤防の斜面に腰を下ろした。川風が汗ばんだ顔や首に心地よい。川を下る蒸気船の水脈《みお》が午後の赤味をおびた陽光を散らして花々を咲かせている。

菜々子が自分をここまで誘い出したのは何かを、おそらくおれに向かって愛を告白するためではないかと悠太は予感した。

菜々子は、一つ小さな吐息をすると悠太を横から見据えて切り出した。

「わたし、小暮さんに秘密なお話があるんです」

「何でしょうか」と悠太は努めて平静に問い返したが、相手が埒を越えて飛び下りるように身構えているのは察していた。

「めぐみのことですけど」

「それなら」悠太は拍子抜けして言った。「さっきも言ったように何とか対策を立てますよ」

「そうではなく——めぐみの言ったことですけど」

「あ？」

「わたしがソ連兵に強姦されたことです。あれ本当なんです。無理やりにやられたんで、膣が裂けて、そのあと痛みと出血が続いたんです。そのあとも、ずっと具合が悪くて、今でもメンスのたびに死ぬほど痛いし、出血も異常に多いんです。こんなこと、小暮さんがお医者さんだから話せるんですけど」

「分かった。医学生として聞くよ。あそこの傷なら手術で治る。大丈夫、治る」悠太は熱心に言った。最近産婦人科の〝産泊〟で、病院に泊まり込み出産の現場を体験した。医学書で読んだだけの知識と誕生の実見とはまるで次元が違った。人間はまことに不思議な場所から、この世に顔を出してくる。産婦の一人が膣と会陰の裂傷を起こし大量の出血をした。医師は、機敏に手術して、なにごとも無かったように取り繕ってしまった。菜々子の裂傷も修復手術が可能だと思う。

「めぐみさんの一件が解決したら、つぎはあなただ。大学病院にいらっしゃい。ぼく、専門医を紹介します」

「ありがとう。恩に着ます」と菜々子は涙ぐんだ。

そのとき、視野の端に四角い黒い影が躍り出た。浦沢明夫で、隆起した肩を振り振りゆっくりと近づいてきた。

「何をしてる、ここで」と警官のような咎め立てだ。

「向こうに行きなよ。あんたと関係ない」と菜々子が刺を含んだ声で叫んだ。

二人は火花を散らすように睨み合った。

15

菜々子　なんだって来た？
明夫　チョッチョチョ、ご挨拶だぜ。菜々子さんをお花見に誘おうと思って、お探しもうしてたんですよ。それがこんなとこでよ、コソコソ怪しいことしやがって。
菜々子　怪しいこととはなんだい！
悠太　菜々子さんと相談ごとがあったんですよ、めぐみさんのことで。
明夫　めぐみだって？　あのばばあが、またなにかやらかしたんですかい。

悠太　ちょうどいい、あなたも相談に乗ってください。めぐみさんの様子がおかしいんです。
明夫　それなら知ってます。キジルシのヒダリマキさ。あのばばあ、真夜中にゃノンダクレで、寮中が眠れねえってよ。寮に工場の友人がいて、教えてくれた。
悠太　どうしたらいいと思いますか。
明夫　チョッチョチョ、簡単なことでしょう。酒を止めさせりゃいい。
菜々子　それができねえから、困ってるんじゃねえか。
明夫　酒を止めさせるにゃ、金をやらなきゃいい。おめえが孝行娘づらして金やるから酒を買っちまう。
菜々子　よく言うよ。わたしゃ、金なんかやってねえ。めぐみが勝手に稼いでくるんだわよ。
明夫　稼ぐ？　ハッハ、毎晩、グデングデン特飲街をうろついてるってさ。タデクウムシ、世の中には酔っぱらい女を抱きたがる物好きもいるってことよ。
菜々子　小暮さんの前で、あんた、何を言うんだね。
明夫　オヤオヤ菜々ちゃん、小暮さんの前だからって、お上品ぶるこたあねえだろう。おれにゃアケスケ、ギリハハの悪口をぶちまけるくせによ。めぐみばばあは、ショーシンショーメー、売春婦だよ。つまり菜々子様は売春婦のお嬢様てえわけさ。
菜々子　オコノサタだよ！　物にゃ言い方ってものがあらあ。
悠太　二人ともお静かに。まず情報として、めぐみさんが夜になると異常な状態になるらしいとは認めましょうよ。その情報が事実かどうかを確かめる必要がある。早い話が、今晩、ぼく、寮内に泊まり、深夜のめぐみさんの様子をこの目で観察してみようと思ってるんです。

菜々子　わたしもご一緒するんだよ。義理の母には責任があるからね。
明夫　寮内に泊まるって、どこに泊まるんだね。
悠太　寮長に頼んで空いてる部屋に泊まろうと思ってるんです。
明夫　二人で泊まるんかね。
菜々子　あんた、なにかんぐってる。
明夫　おれも泊まるぜ。おめえのギリハハのショータイを見とどけてやる。
悠太　浦沢さんの協力は願ってもないことです。予想されるのは、ふつうの酔っぱらいと違って、病的なアルコール中毒なんですが、ともかく実際に目撃しないことには、何も言えない。中毒なら治療してあげないと生命の危険があります。だから、一刻も早く専門医の診察を受けさせたいのだが、その第一歩をやろうというんです。みんなが力を合わせ、めぐみさんにとって一番いい道を考えてあげたい。
菜々子　納得したかい。あんた、ツベコベツベコベ、うるさいんだよ。今夜だって、べつに来る必要ないよ。
明夫　行くさ。断じて行くよ。
菜々子　勝手にしろ。
悠太　まあまあ……。

靄に包まれた川面が光っていた。遠目にぼんやりとしていた渡し船の影が、きっかりとした線描にまとまった。常ならず満員で、ロープをたぐる船頭の汗が光る。船着場に花見衣裳の娘たちが散り、午後の斜陽に華やかに映えた。彼女たちの笑い声、太鼓の音、桜並木に並ぶ露店の幕のはためきが、花祭りに景気をつけていた。
「子供会の花見の時間だよ。そろそろ、みんなを呼び集めなくちゃなんねえ」と明夫が歩き出したのをしおに、悠太と菜々子も立った。堤防上を向こうから千太郎が走ってきた。この子はいつだって走っている。近くに来ると、全力で疾走してきたらしく、茹で上がった蟹のような赤い顔である。
菜々子　あわてくさって、どしたえ。
千太郎　先生がなぐられたよう。
菜々子　どの先生だ。
千太郎　あの先生だよ。ほらモッソリだよ。
菜々子　為藤先生が、どうして。
千太郎　知らねえよ。先生がなぐられたから小暮先生に知らせてこいってさ。
明夫　テエゼンテエ、キキカイカイ。何があったんだ。
子供の話はまとまりが悪いが、要するに、セツル診療所に何人かの男たちが押しかけてきて怒鳴りちらし、剣持看護婦と押し問答になり、そのうち興奮した男たちが、為藤医師をぶん殴ったりテーブルを引っ繰り返したりして暴れ、誰かの通報で急を聞いて学生たちが駆けつけたところ、男たちは逃げだした、為藤医師に大した怪我はなかったらしいが包帯で頭をぐるぐる巻きにしたという。
一同、診療所に急ぎ戻ることにした。千太郎と菜々子が軽やかに走るのを、明夫と悠太はしばらく追ったが、二人とも息を切らした。

明夫　どうせよ、みんなが診療所に来てるんだ。あんまし急いだってしょうがねえです。菜々子は杉水の陸上部のマラソンの選手だあ。おれっちみてえな体の重いやつはかないっこねえや。
悠太　道理で菜々子さん、走るのが得意な訳だ。だけど、診療所を襲ったのは、どういう連中だろう。
明夫　反共期成同盟じゃねえですかな。こんところ、ヤツラ、セツル追い出しに躍起だからな。
悠太　ビラ貼り、診療所前での患者への脅し、子供会の窓ガラス割り。こんところいろいろやってくれるね。
明夫　やつら焦ってるんですよ。もうすぐ、この四月の二十八日にゃ講和が発効するでしょう。すると共産党が暴力革命を起こすと恐れてる。
悠太　まだ、パルタイにはそんな力はないのにな。
明夫　いや、パルタイのほうも、革命は近い、決起せよと大宣伝してるじゃないですか。「球根栽培法」読みましたか。
悠太　読んだ。反動吉田政府を倒すには、平和的な方法は不可で、武装した人民による蜂起しか方法がないというんだが、どうやって武装するのか、山岳地帯に山村工作隊の軍事根拠地を作れというんだが、いったいそんな山岳地帯がこの狭い日本にあるのだろうか。
「球根栽培法」とは、去年の秋からセッラーのあいだで流布している「家庭園芸研究会編」の小冊子で、五全協の決定以後、暴力革命と武装蜂起を呼びかけだした共産党の宣伝文書である。悠太が読んだのは、藁半紙のガリ版刷りで、誤字脱字が多く、おそらく原著の写本であろう。
明夫　チョッチョチョ、そんな意見を吐くたあ、小暮さんは党員じゃねえやな。

悠太　全然。ぼくは彼らの思想に関心はあるけど、今一歩入っていけない。浦沢さん、どうなんです。あなた党員？

明夫　マッタクゼンゼンゼン。杉水細胞の連中にはついて行けないし、セツルの阿古さんや風沢さん、あんひとたちは党員だと思うけど、意見が違うね。風沢さんの言じゃ、この世で人民を奴隷状態から解放する唯一の思想は、一枚岩のマルクス・レーニン・スターリン・毛沢東主義だというんだが、そう言うご本人がおれっちみてえなアダム・スミスの愚鈍無知の工員を差別する。あなたは、遅れたマニファクチャー工場に勤めるルンプロだから意識が低いなんていう。

悠太　風沢は人を簡単に分類し差別する悪癖がある。ぼくのことを典型的なプチブルだってこきおろすくせに、自分は大会社の社長の息子でブルジョア階級に属しているんだからね。

千太郎と菜々子の姿は見えない。引揚者寮の屋根が近い。その隣の杉水製袋には、映画セットの平家の陣屋さながら、沢山の赤旗がひるがえっている。

明夫　あしたからストライキなんです。じつは、おれも首になる予定なんです。会社が、新しい製袋機と梱包機を導入するんで、おれっちみてえな梱包専門の単純労働者が不要になって首を切られるんです。

悠太　えらいこった。菜々子さんもそうですか。

明夫　いや、彼女は、一応製袋機の運転技術を持ってるんで、新式の機械の操作を勉強させられんじゃないかな。つまり生き残る。会社は、収益をあげるためにアメリカ製の高性能機を導入して生産性をあげ、職員の給料をあげると広言してるけど、そのためには、おれっちみてえな単純作業労働者は首になる。合理化というと聞こえはいいが、裏のないメダルなんてねえときてら。ヘッ、検事様の大演説とくらあ。陪審員諸君！　この行商人の首はたしかに切った。しかし、この事実は私の罪ではない。それは刀の罪であるって訳さ。

悠太　そいつは大変だ。君、失職したらどうするつもり？

明夫　おれは、今までもカツカツギリギリ欠乏生活を強いられてきたからね、失職したって大して痛手はねえです。食べるために働く。すると腹が空く。我慢して食べ物を買うために働く。ギリシャのタンクタンタロウとかいう王様とそっくりだよ。そんな生活をこれで終戦後もう七年近くもしてきたんだ。いい加減飽きた。おれね、手先が器用だから、木工になりてえ。先祖が木工だと知って、さっき、急にそう思った。だからストライキには、一応、賛成したんだけどよ、乗り気じゃねえのさ。何でも下町は木場のあたりにいい木工場があると聞いたことがある。親方を探しに行こうと思ってるんです。

為藤医師と剣持看護婦を夏江叔母と庄屋、風沢と女子医大のお嬢さんたち、菜々子と千太郎が囲んでいた。為藤は頭全体と顔を包帯で巻き、白覆面のミイラさながらだ。

悠太　大丈夫ですか。

為藤　なあに……。

剣持　大丈夫じゃないんだ。相当にパンチをくらってダウン寸前。頭のレントゲンぐらい撮ったほうがいいと思うけど、わが診療所にはその設備はなし。休めって言ってるのに、花見に行くと言って聞かない。ほら、足元もあぶない。

悠太　先生、もう家に帰って休んでて下さい。今、先生に倒れられたら、セツルも倒れちまう。

明夫　そうですよ。休んだらいい。おれ、お宅まで送って行きます。

為藤　分かった。家に帰る。きみ、一人で歩けるよ。
為藤医師を支えながら明夫はゆっくり階段を下りて行った。ほかの人間は桜堤に向かった。
悠太　襲ってきたのは、どんな連中？
夏江　ちょうど、わたしたちが階段を登りかけたとき、男たちが駆け降りて逃げていった。若いのも中年もいた。五人組だったと思う。
庄屋　そう五人。見かけない連中だ。少なくとも寮の住民じゃないな。
悠太　何と因縁をつけてきたんだ。
剣持　みんな酔ってたね。転んで肘を怪我したから診ろという。待っている患者さんが数人いるから順番にしてくれと答えたら、急患を先に診ないのはけしからんと絡んできた。
悠太　反共期成同盟の連中かな。
剣持　それは分からない。
庄屋　可能性はある。中に一人、ビラ貼りしていたのがいたと思う。
桜堤に人は群れて、おちこちで酒宴が開かれていた。満開の大樹の下に我が物顔に陣取っているのは日影亀有と日影重機の職員たちで、隅っこの小振りな花樹で我慢しているのは杉水製袋の工員たちだった。明日よりストライキに入るというので赤い鉢巻きの悲壮な戦闘姿である。セツルは、阿古丞相の指揮下、早朝から場所取りをし、桜木はまばらだが前の河川敷に下りて子供たちとスクエアダンスを楽しむ地の利を得た。ところが、今行ってみると、せっかく確保した場所の半分を二十人ほどの男たちに侵略されていた。連中、すでに出来あがって演歌を放吟している。セツラー、子供たち、親たち、支持者たちは全員が坐る余裕がなく、かなりの人数が花吹雪の土手から殺風景な河川敷へと押し出されてしまっていた。
悠太　せっかくの花見がこれじゃぶちこわしだな。どうしてこうなった。
阿古　強引な団体でね。ほかに場所がないから、ちょっと坐らせろと割り込んできた。ところが最初の数人がたちまち膨れ上がりやがった。
悠太　どういう人たちだろう。さっき、モッソリが袋叩きにあったの知ってるか。
阿古　報告を受けたよ。大分ひどくやられたらしいな。
悠太　あの男たちもその一味かも知れんな。セツルに対する挑発だとすると反共期成同盟の可能性もある。
阿古　その通りなんだよ。
悠太　え？　もう調べがついてるのか。
阿古　紹介しよう。フリヤさんだ。矢が降るという字だ。
降矢は痩せた三十がらみの男で、顔が小さく耳が大きく、ミッキーマウスを連想させた。鼠男とひそかに悠太は綽名をつけた。
悠太　降矢さんは……。
阿古　日影亀有のお勤めだ。戦争中からだから、もう十年以上もこの地区に住んでおられる。大山田のヌシだね。
降矢　ヌシというほどのことはない。この地帯のヌシは地主でしょう。ぼくは工場の寄生虫。ホホ……。
妙に耳障りなきいきい声で、笑うと目尻の皺が深く刻まれ、虫歯の臭いが強くした。

阿古　反共期成同盟については降矢さんが詳しく調査してくださった。メンバーの名前も分かっている。
悠太　世古口も一味だろう。
降矢　あの男はメンバーではありません。三下にもなれない、部外者です。ただ、利害でくっついて使い走りをしているだけ。
悠太　すると、あいつらはヤクザですか。
降矢　大岡越前守のお墨付きの正式の博徒じゃなく、戦後簇生した暴力団です。表向きは興行会社の社員ですけどね。いろんな名前で、社会活動をしています。現在ここでは反共期成同盟ですけどね。
悠太　政治集団ですか。反共だなんて名称をつけて……降矢　政治団体でもあり営利団体でもある。ま、同じことですが。
悠太　何だってセツルに敵対して、挑発をするんでしょう。
降矢　儲かるからですよ。。
悠太　今もわざとセツルの隣で飲み出したわけですか。
降矢　そうです。
阿古　分かったろう。やつらの挑発に乗らないことだよ。こんなところで衝突して、子供たちに何かあったらことだ。それに、子供たちは花より団子でけっこう楽しんでる。玉先さんがホットケーキを作ってくれて、これが大好評だ。
玉先悦子と一色美香は焜炉に載せたフライパンでケーキを焼き、子供たちに取り囲まれていた。

夏江叔母がもう一つの焜炉でケーキを作り出し剣持が手伝うと、叔母は縄跳びの達人として女の子の信頼を得たらしく、大勢が親しげに寄ってきた。角平と鍾馗は男の子たちとキャッチボールをしていた。水辺のあたりでは高済がアコーデオンを演奏して幼い子供たちと歌を唱っていた。花びらは舞うし、目の前の草原は吹き出した若芽で彩られているし、川風は快い。西大久保のわが家も本郷の大学も遠くなり、ここは別世界の安らかな情景だ。と、物騒がしい怒声が平和を破った。明夫が暴力団の男どもと怒鳴り合っていた。悠太は飛んで行った。酔った男が菜々子にしなだれ掛かったのを、明夫が制して喧嘩になったらしい。明夫の相手はレスラーのような巨漢だ。しかも、酔漢どもは束になって襲ってくる不穏な形勢だ。

悠太　すみません。この人が何かしましたか。

男　この野郎、ぶっ殺してやる。

悠太　すみません。ぼく、診療所の者なんですが、この人、精神病の患者なんです。ここが変なんです。

明夫　おいおい、おれ精神病じゃねえぞ。

悠太　自分が狂ってるっていう自覚のないのが精神病の証拠です。あなた、気違いを相手にしても名誉にはならないでしょう。

悠太は鍾馗と阿古に目配せすると明夫の耳に口をつけ、「逃げろ。殺されるぞ」と言い、彼の腕を引っ張った。鍾馗がひげ面を獅子舞のように振り立てて相手をひるませ、阿古が早口の雄弁で煙に巻いているそばで、悠太は「走れ」と明夫の尻を叩いた。菜々子が韋駄天走りで先導し、二人がうまく逃げおおせたと見届けると、悠太は子供たちの群に紛れ込んだ。

16

寮長の許可を受けて第一寮の空き部屋を一晩だけ貸してもらい、悠太と明夫と菜々子は、子供会室から毛布や枕を運んできて泊まりこんだ。前住人のガラクタが残る埃まみれの部屋は、めぐみの部屋の近くにあり、窓から寮の入口が見えて彼女の動静を見張れるので、好都合であった。汚れガラスを通して、霧の中のように人々が出入りしていた。

めぐみはずっと留守だった。が、午後九時ごろになって男と二人で帰ってきた。菜々子の知らない男で、二人とも酔っていて肩を組み合っていたから偶然拾った客かも知れないという。

聞き耳を立ててみたものの、あちこちの話し声と混じり合ううえ、ラジオの放送、麻雀の牌の音、女房への怒鳴り声と邪魔が入り、二人の会話を判じえない。模様を探りに行った明夫は、やっぱり客らしい、けっこう気分を出して天国行きの喘ぎをしてやがったと、あけすけ口調で報告し、菜々子にげびた口調だとたしなめられた。夜がふけてき、人々の寝息だけが海鳴りのように響く真夜中になった。寝ずの番をするつもりで横になっていた悠太は、うっかり眠ってしまい、目覚めたときは、窓はほんのりと白み、四時を回ってい、調子はずれの盛大な鼾をかいている明夫のそばに、菜々子が一人心細げに起きていた。彼女だけは、夜中一睡もせずに度々様子を見に行っていたので、男が小一時間ほどで帰ったあと、めぐみはずっと眠っていたが、ついさっき、便所に行ったところだという。

様子を見に悠太は部屋を抜け出たものの、廊下は真っ暗で引き返して懐中電灯を手にした。便所へ行ってみたが、入口に反吐が散っていて人気はなかった。めぐみは、部屋のなかを歩きながら何やらつぶやいていた。まるで僧侶の勤行のようだと思っていると、突如、犬の遠吠えに似た悲鳴が聞こえてきた。遠吠えはついに絶叫に変り、起こされた人々の抗議の声が重なって、あたりは騒然としてきた。悠太はドアを開こうとしたが鍵が閉まっていた。菜々子と明夫が駆けつけてき、菜々子が鍵でドアを開いた。

裸電球の光の中に髪を振り乱した女が叫んでいた。

「おお、オオカミだよう。なんてでけえんだよう。満州のヌシだよう。ヒトクイだよう。おおお、口から血が流れてるよう。人間の血だよう。おとうさんの血だよう。このヒトトリ、ケダモノ野郎、とうさんをバリバリ喰いやがって。さ、あたしも喰えよう。喰ってくれよう。はやく喰いなよう。あたしの肉、へへへおいしいよう……」

女は寝巻をずんずん脱ぎ捨てて素っ裸になり、四つん這いになって蒲団の山に頭から突っ込んだ。今度は食器戸棚に向かって突進し、コップを割って血まみれになった。流れ出る血を胸や腕に塗り付けていく。

「いい気持だよう。どんどん喰えよう。骨も肉も喰えよう。あたしの骨は綺麗だろう。ほら来た、ゾロ来た、ネズミどもがゾロゾロ来た。まだ骨に肉が残ってるよ。ほら、喰えよう。すっかり掃除してくれよう。そうそう、ガリガリ、くすぐったいね。そうそう、そこに入るんだよう。よがるねえ。おめえらトンダ助平だよう。はは、いい気持ち」

めぐみは股間に両手を当てて血でこねまわした。それまでしり込みしていた三人は顔を見合わせ、菜々子の目配せで明夫が飛び掛かって女の両手を握ってコップや皿の破片から引き離し、悠太も遅れればせながら女の両足を摑んで抑えたが、それはぬるぬると滑って逃げようとした。「ソ連兵だよう。誰かあ……」と金切り声で女がもがくのを明夫はがっしりと羽交締めにし、悠太も両足をしっかり押さえ込み、菜々子は髪にからまったガラス片を濡れ手拭いで一つ一つ取り除いていった。突如、女は口を閉じたかと見るうちに、全身を弓のように突っ張った。仰天した三人が手を放すと、女は全身をぶるぶると激しく震わせ、口からは泡を噴き出した。痙攣発作である。悠太は、患者が痙攣で舌を嚙まぬように手元にあった布巾を口の中に入れた。「めぐみ」と菜々子が呼んだが答えず、女はぐったりとして動かなくなった。脈を取ってみると、微弱でほとんど触れない。適切な医学的処置をしないと生命の危険があることだけは確かであった。

アルコール中毒については講義でも聴き、ポリクリでも症例を診たし、松沢病院の見学では重症患者の治療現場に立会い、一応の知識は持っている。重症者は体力が弱っているばあいが多いので、強心剤、ビタミン剤、栄養剤、水分などの補給が必須である。今夜はめぐみの病状を観察するだけにして、あとで専門医の診察を請うつもりだったが、病状は痙攣を起こすほどに重大化している。幻覚と痙攣——つまり、震顫譫妄《しんせんせんもう》というアル中の末期発作である。この治療は一刻を争う。

「モッソリ先生を呼んでくる」と言い置いて悠太がドアを押し開くと野次馬が群がっていた。まだ夜に浸っている暗い街をひた走り、為藤に往診を頼んだ。二人で診療所に行き、薬剤器具を用意して寮に戻ったときは、すっかり夜が明けていた。めぐみは、意識を取り戻し、「いやだよう。

いやだよう。ソ連兵の戦車が攻めてくるよう。ちっぽけな戦車だよう」と口走っていた。鎮静剤の筋肉注射によって患者は鎮まったが、専門病院への移送が緊急事だと為藤は判断した。

悠太にとっては、忙しい一日になった。寮長室の電話を借りて近場である松戸の精神病院に連絡して専門医の往診を頼み、救急車に収容して入院させ、入院費を捻出するために町の民生委員を説得して足立区福祉事務所への報告書を書いてもらい、千住の同事務所に赴いて医療扶助を出す手続きを終えたときは一日が暮れていた。これで大学の講義と実習を一日さぼった結果になった。講義のほうは庄屋聖造のノートを写させてもらえば何とかなるが、実習の欠落のほうは補いようがなかった。

悠太が診療所に戻ってくると、剣持看護婦が、松戸の病院の主治医より寮長に電話があり大原めぐみの病状は安定してきたが、あと一日遅れれば生命の危険があったという。

剣持は苦笑して付け加えた。

「ぎりぎりの所で入院させたのを褒めてくれたのかと思ったら、診療所の医師が診ていながら、なぜこのような衰弱状態になるまで放置しておいたのかと非難してたって」

「仕方ないさ」と悠太も苦笑で応えた。自分が善意で行ったことが悪意として糾弾されるのには慣れてしまった。戦争中、聖戦の勝利を信じ、御国のためだと陸軍幼年学校に入り、軍事訓練に明け暮れした努力は、戦後、すべて軍国主義に乗せられた愚行だと批判された。自分の思い込む正義、善意、信念など、間違いだらけだという絶望がいつも心に巣くっている。現在、保守党政府が主導する平和と民主主義も、共産党が喧伝する暴力革命も、どこか胡散臭く感じられる。

剣持看護婦はさらに言った。

「大原菜々子さんが、何回か来て、小暮君に会いたがっていたよ。ストライキには参加せず、旅に出るんで、その前に小暮さんに会いたいんだって。めぐみさんの病状については寮長宛の電話の内容を大体伝えておいた」

悠太は菜々子の下宿に向かった。大山田の街が切れ田園が始まる境界域に彼女は住んでいた。途中、杉水製袋の前を通ったが、大量解雇反対の幟が林立し、ストライキ決行の大文字が舞い、労働歌を唱いながら菜っ葉服の労働者たちが中庭をぐるぐる巡っていた。明夫を探したが、群衆の中に見分けられなかった。

菜々子の寄宿しているのは堤防に寄り沿う小さな二階屋で、下には画家の一家が住み、彼女は二階の一間を借りていた。彼女は下りてきて悠太を川岸に誘った。この前の牧場よりもさらに北で、一面の草原に点々と泥柳が生えていた。

「いよいよストライキ開始のようだね」と悠太は杉水製袋のほうに顎をしゃくった。

「ええ、でも急ごしらえの弱体組合で、組合長てのが会社寄りの老人で、敗けるに決まっています。わたしも首を切られるリストに入っている」

「浦沢さんの言うには、あなたは機械運転の技術があるから無事だと……」

「あの人は思い込みで物を言うから真実が見えないんです。アメリカ製の製袋機には運転者は一人でいいんで、わたしを含めて数人は首だと通告されています。わたし、決心しました。これを機会に工場をやめて、看護婦の勉強をしたいんです。剣持さんは、深川の私立病院の看護婦学校を出たんですって。病院で夜勤をすれば学校の授業料は免除で、卒業後三年間のお礼奉公をすればいいって。わたしみたいな貧乏人にはぴったりです。それで、その前に、あの手術のことぜひお願いしたいんです」

「それは大丈夫。大学病院を紹介できます。ところで……」

「費用ですか。わたし、多少の蓄えはあるんです。父の葬式代にとってあったんですが、あれは明夫がどうしても払うって頑張ったんで、そっくり残っています。たぶん、それで間に合うと思いますけど」

杉水製袋には健康保険がなかったので私費で払わねばならない。が、菜々子の持金は、それでも充分なだけの額があった。

「一つだけお願いがあります。この手術の件、明夫には内緒にしてほしいんです。あんな人だから、何だかんだと、うるさくて。絶対に秘密よ。わたし、ストライキの間、一人旅に出掛けたということにしてほしいんです」

「分かりました。約束しましょう」悠太は、菜々子の強い調子に押されて、指切りげんまんをした。二人の指がからんだとき、悠太の下腹で女への欲望が軽くうごめいた。

悠太の紹介で大学病院産婦人科に菜々子が入院したのは四月中旬で、退院したのは四月末であった。膣と子宮口の破裂を起こしていて、受傷後日数を経ていたため変形がひどく、難手術となったが、さいわい子宮の機能には異常なく、慎重な二度の手術により膣の形もおおむね復元させることに成功した。傷が癒えて院内を歩けるようになったところ、悠太は最近の出来事をあれこれ彼女に伝えた。

杉水製袋の争議は膠着状態で、ロックアウトに出た資本家側に工員たちが反発して乱闘騒ぎになり、明夫も軽い怪我をしたが、まだストライキは継続中である。明夫は、菜々子が旅に出たことを真っ正直に信じて、その帰りを待っている。反共期成同盟は鳴りをひそめて今のところ街は平穏だ。セツルの新診療所は屋根の瓦葺きが終り、大体の姿が見えてきた。今年のメーデーは、日本が独立してから最初のメーデーだから、全国の労働者、学生は張り切って大々的な行進を意図している……。

二、三日後に退院と決まったとき、悠太は足ならしの意味もこめて、病院の近くにある三四郎池に菜々子を連れだした。新緑の木陰に満開の藤が垂れていた。

菜々子はこれからの計画を明るい表情で語った。大山田の下宿を引き払って、深川の病院で働く。剣持看護婦の紹介で無資格の看護婦として下働きをしながら、まず入試の勉強をして、来年あたり、看護婦学校の試験を受けるという。ふと、彼女は急に暗い顔付きで口ごもりながら言った。

「……一つだけお願いがあるんです……思い切って言います……わたしを抱いてくださいな……手術の結果がどうなったか試したいんです……ああ、とんでもないこと言っちゃった」

17

自室で悠太は机に向かっていた。が、集中して仕事が進められぬ。庄屋聖造より借りたノートを写していると、菜々子の顔が現れてこちらを見つめて消えなくなり、息を吹き掛けてガラスを曇らせても誰かにすっと拭われてしまう感じなのである。輝かしい黒い瞳は日に映える雪原の漆黒の谷地池《やちいけ》、深く地の底の暗黒を探ってやまない。うっすらと散る雀斑《そばかす》は早春の川岸の色、緑萌える前の平和な薄茶色で人を引きずりこむ深い淀みを際立てている。おお、甘い吐息、川を上下する船に通う清浄な薫風、吹き抜けていく無限の風よ。少し不揃いだけれども磨きこまれた大理石の歯を甘い吐息が温めて、おれを吸い込んでいく。どうやらおれは、あの子を抱いてキスしたいと思っているらしい。あの子を愛している、それとも愛しはじめている？

いつもX線のようにこちらを貫く、懸命な目付きで何かを求めてくる。まずは重症結核の父の入院、めぐみの診察、それから……わたしの手術をしてください、抱いてください、あの人には黙っていてください。このあと何を求めてくるのか。結婚してください、子供をください。あの子には言いだしたら聞かない強さがある。あの子の細身のしなやかな体は美しい。とくに走ったときには締まった腰と伸びた脚の躍動が美しい。その全身からエネルギーが、何かを求める衝動が沸き上がってくる。その求めかたがあまりにも純真で一直線なので、こちらは戸惑うものの、いじらしくなる。おれは、ああいう具合には、人に何かを求められない。ずっと長いあいだ、おそらく幼年時代より一人の女に恋い焦がれていながら、長い間、うじうじと言いだせずにいて、相手にそれを告げたのは、やっと二ヵ月前のことにすぎない。

あの子が「わたしを抱いてくださいな」と言ったとき、ほんの一瞬、おれは彼女の手術の経過を連想した。散文的な、まったくの医学的連想だった。患者の会陰損傷は瘢痕となっていた。主治医は、この程度、すなわち膣の破裂が直腸にまで達しない程度の損傷は分娩時によくあり、即座の手術により完全に修復可能だが、かかる陳旧性の症例では収縮により膣の粘膜が不足するため腸管をもって代用させる手術を施行せねばならず、したがって細菌感染のおそれがある難手術となると言い、失敗のばあいには苦痛はひどく、時には再手術さえ不能になると暗に手術辞退を勧告したのだけれども、患者は決心を変えず、手術を強く求めた。もし失敗しても、それが運命なのだから誰をもうらまないと断言したので医師は手術に踏み切ったのだ。結果として、手術は成功して膣は完全に成形されたと知ったおれが、手術痕をうっすら想像しつつ、「おめでとう」と言うと、患者は目を輝かして「ありがとう。お世話になりました」と頭を下げたのだった。

あの子が「わたしを抱いてくださいな」と言ったのはその直後で、女はおのれの新しい性器の性能を試すための男として、手当たり次第におれを選んだと思い、ひどい侮辱を覚えた。しかし、「ああ、とんでもないこと言っちゃった」と口走ったのだから、男の心を傷つけたと後悔したと思われるのに、あの子はおのれの言葉を訂正も撤回もせず、黙ったままおれをまじまじと見つめ、まるで心底からの懇願であるかのようにむしろ目を見開いて、期待をあらわにしたのだ。するとおれの不快は消えてしまい、あの子の眼差しの前で、彼女が明夫のいうようにおれを愛している、愛の告白をしていると思い改め、今度は彼女をぎゅっと抱きしめたい衝動に駆られ、そういうおれの心底の動きを察知したようにあの子はにっこりしたのだ。さてどうしたものか。悠太は開け放した窓から隣家の庭の端にそそりたつ青桐の葉叢《はむら》がこちらからの灯火にきらきら光りながら欲望の渦のようにうごめくのを眺めた。

リサイタルの直後、千束に手紙を書いた。以前一度、拙劣な手紙を書いた苦い経験があったものの、今回は愛を告白してしまったあとで気持ちがふっ切れていて、かのウェルテルほどに熱烈な恋文ではないにしても、自分の思いのたけを書き連ねることはできた。しかし、音楽家を医師である自分がどのように支えていくかについての自信はなくて、どこかに弱々しい躊躇いが染み出てしまった。相手は国際舞台で活躍するピアニスト、こちらはアルバイトと奨学金でやっと学費を捻出している貧乏な学生では、どう思いめぐらせても釣り合いは取れない気がしたのだ。ところで、待ち焦がれていた返事はいっこうに来ず、ひとつき目、四月の初めになって、もう一度千束に手紙を書いた。そしてまたひとつきが虚しく過ぎた。不安を追い出すように悠太は、ノートに視線を落とした。

庄屋のノート筆記は、あの長身の男に似ず蠅頭《ようとう》で、埼玉の大地主で江戸時代より名主としてお上に記帳を差し出した先祖の遺伝が伝わったかと思われるように克明で正確であった。精神医学の講義は**Epilepsie**（癲癇）と**Katatonie**（緊張症）の症例だ。ドイツ留学派の内村教授の講義にはドイツ語が多出する。庄屋はそれを丹念に、正確に、辞書を引いて名詞の性数まで確かめながら、文章として定着している。**Steifigkeit**（硬化）、**Sperrung**（阻害現象）、**Manieriertheit**（衒奇症）——こういうドイツ単語を知らないとポリクリのさいに症例報告ができない。やれやれ、精神医学は術語を多用するので心気くさい。と、しばしのノート写しを母の声が邪魔した。

「悠太、さっきから呼んでいるのに、どうしたのさ」

「勉強中だもの、何も聞こえないよ」とわざと尖り声で鍵を開け、母を部屋に入れた。自室に鍵を掛けるのは、オナニーの最中に、一度、危うく現場を見られそうになってからの用心だ。

「言うの忘れてたんだけど、数日前だったかね、桜子から電話で、あした間島五郎展のオープニング・パーティーをするから来てくれというんだが、お前の都合はどうだい」

「あれ？　展覧会は五月いっぴからでしょう。もうパーティーなんかするのかしら」

「いやいや、それが三日ほど早まって、独立記念の日にするって、ずっと前、お前に言ったはずだけど、ああそうか、悠太はしょっちゅう家にいないから伝える暇がなかったんだよ。あしたが、その前日ってわけ」

「へえ、初日を平和条約の発効の日にしたのか。困ったな。展覧会は見たいけど、あすは日曜日だから、借り溜めしたノート写しを片づけて、夕方からセツルに行こうと思っていた。最近大学病院から退院した地元の女性の病状が気になってね」

「パーティーは午後六時からで、美術界の有力者を大勢呼んでるんで、それにはぜひ顔を出して、オウナーとして、ひとこと、絵が今に伝わった由来を話してほしいんだって」

「場違いもいいとこだな。評論家や画家なんかの前で一学生の発言なんててんで重みがないもん」

「わたしもそう言ったんだけどね。桜子の意見じゃ、五郎と親しくて、自殺の前に絵の保管を頼まれたお前の話が、五郎という天才的、まあ、桜子はそう言うんだよ、天才的画家を注目させるのには、意外性があっていいんだって。この前の展覧会のときは、五郎は生きていたし、生身の人間てのは学閥だの親分子分関係だのに守られてるけど、上野出でもないぽっと出の絵描きなんてのは物の数じゃなかった。でもね、死んでしまうと、利害関係なんてのは泡みたいに消えて、数奇な運命とか新機軸とかで注目されるんだって。今度は、戦争中の日本で独学でみょうちきりんな絵を描いて、戦後自殺したうえ、自分の作品をまるでガラクタみたいに小暮悠太なる少年にやっちまったという、変人タイプの人間が今の乱れに乱れた世の中じゃ受けるんだって。そうそ、あしたは学生服で出てきてほしい、オウナーが学生だというのが珍しくていいのだとさ。で、学生服、洗濯屋に出して綺麗にしておいたし、ついでに学帽も洗濯屋に出してぴかぴかにして、庇を修理してもらってあるよ」

「なんてことするんだ。あの帽子には年季を入れるためにゃ、永年苦心してきたんだ。ポマードを塗ったり、煤を揩り込んだり、やっといい具合のコクが出てきたのに」

「でも、悪臭ふんぷんで、むさくて見苦しくて、あんなもの被って人前に出られやしない。桜子によると、新聞に書く有名評論家の大先生とか展覧会無鑑査の画伯とか、芸術国の大使なんか、エラブツさんが大勢来るそうだからね、身形をきちんとしなくちゃ、物笑いの種だよ。大体さ、帽子なんか、このごろさっぱり被らないじゃないかえ」

「医学生てのはね、患者の診察に立ち会うときは帽子はいらないんだ」

「医学生が不潔じゃ困るからね」

「ぴかぴかの学生服と学帽じゃまるで新入生だ。ぼくはもう四年生だぜ」

「それがいいんだって桜子がいう。一年生みたいなういういしい学生がオウナーだってのがいいんだって」

「負けたよ。あしたはオウナーが出御されると電話しといて」

「よかった。桜子ちゃん、喜ぶよ」

母は去った。悠太は母の顔を一度も見なかったと、ちょっと反省した。母の話の途中から、ひょっとするとパーティー会場に千束が現れる気がして、動悸が高まってきた。千束の顔に菜々子の顔が重なり、下腹部で硬く欲望が膨れてきた。そこをさすっていると、出し抜けの母の声にぎょっとした。階段の中ごろに立っていたらしい。

「言い忘れたんだけどね、あした、わたしは行かないよ。五郎の絵は気味が悪くて嫌いだし、エラブッさんに会うためにパーマを掛けるのは面倒だしね」

黙っていると、母が苛立った。

「悠太、聞いているのかい」

「聞いてるよ。分かったよ。独りでちゃんと行くから大丈夫だよ」

悠太はノートに目を移したが、もはや筆写を続ける気が抜けてしまい、ざわざわうごめく青桐の葉に目を移すと、なまめかしい夢想が体中に熱く満ちてくるままにまかせた。

18

「悠太ちゃん、来てくれて、ありがとう」と桜子が言った。ぱっと赤い。女の奥底の赤、フランス語の vermillon と言う生々しい赤のドレスをぴったりまとって、肩はあらわに胸の二つの丸みは、これまたフランス語の ma colombe（小鳩ちゃん）という言葉の示すようなふっくらとした丸みだ。

「桜子ちゃん、若いね」

「ま、ありがとう。お世辞でもうれしいわ。悠太ちゃんはういういしい大学生」

「ぼく、もう最高学年で、来年は大学卒業だよ」

「いよいよ、お医者様か」

「いや、まだそのさき一年、インターンてのがある。そのあとで国家試験に合格すると、やっと医師免許がとれる」

　これだけの会話を、混雑の人々に押されつつ慌ただしく交わしたのだ。桜子に人が寄ってきた。まず悠太を紹介する。医学生のオウナー、夭折した画家の友人、しかし、五郎の天才を見抜いて、戦後の混乱のさなか、これらの傑作を守り抜いた恩人。そして紹介されたのは、何とかいう画伯、画学生、新聞記者、評論家、大学教授、社長、金持ち、アメリカの実業家、軍人、いや政治家一家、桜子の交際範囲の広さを知らされたものの、要するに悠太と日頃縁のない人々で、名前はすぐ忘れてしまった。なかには名刺を渡して悠太の名刺を要求する人もいて、これは桜子が学生は名刺を持たないと断ってくれた。悠太が感心したのは、肖像画集のページをぱらぱら繰るようにして出現する人々の名前と身分を、桜子が即座に教えてくれたことだ。

　脇敬助が現れ、二重顎をだぶだぶさせながら桜子に尋ねた。

「菊池さんは来るかしら」

「来るわよ、あの人。今度の展覧会のカタログに解説や年譜を書いてくださったのは透さんですもの」

「そうだったね」と敬助は頷き、手元のカタログを開いた。「あの弁護士さんに芸術の趣味があるとは意外だったな」

「透さん、評論の才能があって、美術や文学についてのエッセイが評価されて、最近、美術評論家としても認められてきたのよ」

「きのう、それを聞いてびっくりしたよ」

「知る人ぞ知るよ。悠太ちゃんは知ってたでしょう」

「ぼく、そういう方面、さっぱり不案内なんだ」

「医学生だものね。それに最近はセツルメントの闘士か」

「闘士だなんて、そんな……」

「そうだ悠太君、ちょっと聞きたいことがある」と敬助が擦り寄ってきて、「内々のことだから、あそこへ」と目配せで画廊の事務所に悠太を連れ込んだ。事務を執っていた女の子を一睨みで追い出し、悠太にソファを勧めると自分は丸椅子に窮屈そうに腰掛けた。しかし、政治家らしい、演説口調の発言がいきなり飛び出した。

「いよいよ、あす、サンフランシスコ条約が発効し、日本は敗戦による被占領国の殻を脱ぎ捨てて独立国になる。六年八ヵ月にわたる長い占領は終り、米軍は占領軍から駐留軍になる。わが日本は主権の回復によって政治も経済も大転換の時期に来た。これは大変な歴史的事件だ。きみだってそう思うだろう」と敬助は若者にこびる年配者特有の微笑、底にあるないがしろの気持ちを、世間擦れした親密さで糊塗したような、不自然な微笑を浮かべていた。おれは、この従兄の前ではいつも変に居心地が悪くなる。親戚として、おたがい同じ西大久保のつい鼻の先に住みつつ、彼の弟の晋助のようにおれの遊び友達になってくれたのと違い、陸軍幼年学校、士官学校と全寮制の学校に入って家には不在だったし、軍人となってからは戦争たけなわ、兵馬《へいば》倥偬《こうそう》に明け暮れして親しみがなかった。戦後は、彼の選挙運動の手伝いをしたことはあるけれども、一旦政治家となってしまうと、すっかり雲上人になりすまし、おれなどと付き合う気もなくしたようだ。

「ぼくに、どんな用があるの」と悠太は迷惑を隠さず、わざとつっけんどんに言った。

「そう、ちょっとね、教えてもらいたいんだが」と敬助は暖簾でも押し分けるように両腕をひろげて快活に言った。「この四月十八日のこと、国会に学生デモ隊数百人が破防法案反対を叫んで乱入して、十数人が検束された事件を知ってる？」知っているどころではない。その現場におれはいたのだ。国会に提出された破防法に反対する労闘のスト第一波は四月十二日だったが、第二波が四月十八日で、この日に呼応して学生・労働者のデモ隊が国会に請願デモを行い、おれも参加した。衆議院議員面会所には共産党、社会党左派、労農党の代議士らが顔を出して請願を受け付けたが、自由党は出てこない。そのあと、デモ隊は構内のジグザグ行進に移り、正門に近づいたとき、青ヘルメットの警官隊が棍棒をかざしたロボットさながら、非情に正確に進撃してきて、これまた機械仕掛けのように同じ仕種で棍棒の雨を降らし始めた。それはちょうど悠太たちセツルの学生が固まっていた部分で、みんなは散り散りに逃げたのに、一人悠然と腕組みして立っていた山折鍾馗が警官隊の餌食となってめった打ちにされたうえ検挙されてしまった。ほかに十数人が捕まった。おれは夢中で植え込みに逃げ込んだ。仲間が血まみれで叩かれているのをまじまじと目撃しつつ隠れていた。おれは怖かった。臆病な卑怯者がおれの本態だった。どうやら警官隊の襲撃は挑発だったらしいのだが、デモ隊はそれに乗せられて見事に興奮し、野獣さながらの咆哮をあげて突っ走り、面会所を占領して警官隊の暴力を糾弾する抗議集会を開いた。おれも尻馬に乗って群衆の一人となった。出し抜けに異様な破壊音、銃撃かとまがうばかりの轟音がして窓ガラスが叩き壊されるや、青ヘルメットの大群が闖入してきた。ガラスが飛び散り、窓枠が折られ、椅子が倒され、悲鳴と怒号の修羅場となった。つぎつぎに学生・労働者が逮捕された。その数、数十名。しかし、デモ隊はひるまず、警官隊をスクラムで押し出すと、あいつらの暴挙を糾弾し始めた。演説に立ったのは全学連の玉井委員長とセツルの阿古委員長だった。彼らは修羅場での演説に慣れていて、煽動と拍手を組み合わせ、おのれの主張を数百人のざわめきを圧して徹底させた。国会内においては議長の許可なしに警察権の発動はできないという彼らの論理には説得力があって、デモ隊の興奮は鎮まり、国会の守衛たちまでが警官隊を非難しだした。そのあと、デモ隊は検察庁、警視庁、各警察署に分かれて抗議デモに移った。おれも、丞相や角平や庄屋とともに丸の内署に行き、不法逮捕者の釈放要求を突きつけようとした。しかし、署前に人垣を作っている警官隊とデモ隊が乱闘騒ぎになって、警棒の乱打を浴びた負傷者が続出、ついにわれわれは蹴散らされてしまった。さて鍾馗は翌日夕方、頭に包帯をした姿でセツル診療所に現れた。丸の内署の留置場に一晩放りこまれ、黙秘したが学生証で身元が割れ、何ひとつ調書が取られないものの、議事堂構内無届けデモ容疑者とされて、一応釈放されたのだった。

「そういうことがあったらしいとは知っているけど……」と悠太は煮え切らない返事をした。

「国会で現行犯逮捕された学生のなかに山折剛太郎君という社会学科の学生がいたんだが、知らない？　山折君は東大セツルメントの亀有ハウスに泊まりこみで活動していたという情報を警察はつかんでいる。悠太君もセツルメントの闘士なら、彼をよく知ってるだろう」

「セツラーも大勢いるし、山折というのがいるとは知ってるけど、付き合いはないよ」

「その山折君のおとうさんは自由党の代議士なんだ」

「そうなの。初めて聞いた」そういう噂を耳にしたことはあった。

「山折代議士はぼくの属している派閥の一員でもある」

「あ、そういう関係か」

「で、山折君が起訴されないように尽力したいのだが、おれの立場と気持ちは、分かってくれるね」語尾の〝くれるね〟は刻印を粘土に押しつけるような、ねちっとした感じだった。

「……」

「一つだけ教えてくれ、彼は党員かどうか。この事実は起訴権を持つ検察官にとって重要な心証になるんだが」

「党員じゃないよ」と悠太ははっきりと断定した。が、あまりはっきりと言い過ぎたため、かえって相手の疑惑を助長した。

「証拠があるか」

「常日頃の、彼の言動で分かる」

「山折君とは常日頃からよく付き合ってるってことだね」

「まあそうだ」やれやれ、相手の誘導尋問に乗ってしまった。

「脇先生」とドアの外で桜子が呼んだ。「菊池先生が見えたわよ」

「はい。ちょっと待ってください」と敬助は落ち着きはらって応え、悠太に言った。「山折君に伝言してほしいんだ。できたら、ぼくの事務所に電話で連絡するように伝えてくれ。ここに番号がある」と名刺を渡した。

「そんなの、ぼくは嫌だ。彼のおとうさんの山折代議士が連絡するのが筋じゃないか」

「それが、山折君は父親と正反対の思想の持ち主でね、家出してセツルに泊まり込んで、連絡が取れないんだ。じゃ、せめてこれだけでもいい、今度の件で心痛している父親にちょっと連絡しろと言ってくれ」

「約束はしないよ」

「脇先生」と桜子がまた呼んだ。「いいですよ。待ってますから、ごゆっくり」と透叔父の声がした。

敬助はやっと腰を浮かして、「はいはい」と応答し、それから悠太の耳にささやいた。「全学連やセツルメントなんかを牛耳ってる共産党員に注意したほうがいいよ。彼らのとなえる暴力革命の実態を、われわれ、公安関係者は精密な調査でよく把握してるんだからね。彼らに近づいたり同調したりするのは危険だよ」

敬助は、親密ぶった微笑で頷き、立ち上がるとドアを開いて愛想よく菊池弁護士に挨拶した。桜子は悠太を先導して遠ざかった。

「救ってあげたのよ」

「助かったよ。あの代議士先生、何だかんだとお節介でかなわないよ」

「お節介だから政治家になれたのよ。あなた、もう絵を見た？」

「見る暇なんかなかった。来るとすぐ、桜子ちゃんにつかまったんじゃないか」

「そうだった」と桜子は苦笑した。「『夭折の天才──鬼才じゃだめで天才にしちゃった──間島五郎全作品初回顧展』。日本では夭折と日本最初の出来事と自殺が持てるのよ。果して手応えあってすごい人でしょう。絵を売ってくれという引きも沢山あるの。むろん、売らないと返事をしてるよ。新聞各社の文化部記者が顔を揃えている。マスコミが聞きたがるのは自殺の原因だけど、悠太ちゃん、何か思い当たることとない？」

「何度も言ってるように、ぼくにも見当はつかない」

「でも、あの夜、つまり時田の利平おじいさまが亡くなった日、ゴロちゃんと話したのは悠太ちゃんだけなんだけどな」

「いや、あの日は、ゴロちゃん、おじいちゃまの臨終儀式の世話人になって飛び回っていたから、大勢の人が会ってるさ」

「でも、ゴロちゃんの小屋に入って、何を話したの？」

「あのときはゴロちゃんに誘われて彼の家に行ったんだ。部屋の中は、売出し中のモデルハウスみたいに片づいていて、今思えば、彼、死ぬ覚悟をしていたのかなあ。自分の作った、おじいちゃま用のお棺を見せてくれて、『歎異抄』の話をしたっけ……」それだけではない、傴僂である自分が嫌われ、蔑まれ、苛めにあったと語ったのだが、今、桜子にそれを伝える気にならなかった。

「『歎異抄』か。案外にむつかしい話してたのね」

「ゴロちゃんね、この世に自分の生きる場所がなかったみたい。戦争中もそうだったけど、戦後もなおさらそうだったみたい」

「あ、それがいいわ」

「え？」

「それをパーティーでみなさんの前で話してよ。あまりにも、世の中の先にいた天才は、この世に自分の生きる場所がなかった。それで行きましょう」桜子に人々が挨拶に寄ってきたので、悠太は彼女を離れて会場を一巡することにした。

この前の五郎展は戦後すぐで、敗戦と貧困と飢えに打ちのめされていた日本人には芸術は縁遠い存在であったのだろう、新聞評に引かれてかなりの入りではあったが、今日のように人の肩越しに覗くような盛況ではなかった。あのときは、「時田病院」の大作が注目されていて、大病院が廃墟となる無常な光景に人々の関心が集まっていたのに、今日は、さまざまな衣裳をまとった早変わり俳優のような自画像と、森や海や大地を透視して見せる超現実手法の砂丘画に、多くの観客が吸い寄せられていた。

元の場所に戻ってみると、料理が並び給仕姿の男女がひかえて、パーティーの準備がととのっていた。悠太は短いスピーチをした。五郎の略歴は印刷されて配られていたし、天然色印刷のカタログには詳しい年譜も載っていたので、悠太は画家が自殺する直前に会って話した内容だけを報告した。

「——五郎さんの自殺は永久の謎です。死ぬ前にぼくに語ったのは、この世に自分の生きる場所がない、戦争中もそうだったけど、戦後もなおさらそうだったというのですが、なぜ、五郎さんがそう考えたのか、それがどうして自殺に結びつくのかは、ぼくにも分かりません」

新聞記者が質問した。なぜ、画家はこれだけの大量の作品を、当時高校生であった、失礼だが一介の少年に残したのか。

「五郎さんは孤独癖があり、あまり友達がなかったのです。ですが、どうした因縁か、ぼくは幼いときから彼に好かれて、よく遊んでもらいました。この個展にも出されている『時田病院』は、ぼくの祖父の病院で、その増改築を彼は大工の棟梁として引き受けていました。ある日、彼は病院の屋上の自室にぼくを呼んで、ひそかに描き溜めていた絵を見せてくれました。彼の最初の個展は、この画廊で五年前に開かれましたが、そのとき、彼は、油絵のすべてを、ぼくんちの土蔵に預かってくれと言いだしたのです。そう彼が言いだした動機は不明です。ぼくが推理してるのは、ぼくんちの蔵が全作品を容れるほどに大きかったためだというのですが……」

「全作品をあなたは預かったので贈られたのではないんですね」と記者はしつこく質問してきた。と、桜子が発言した。

「小暮さんは、正確に言っていません。画家は全作品を小暮さんに贈ったのです」

「そうです」と悠太は言い直した。「この前の展覧会のとき、五郎さんは、売れ残った絵はすべてお前にやるから蔵に仕舞っておけと言ったのです。展覧会で売れたのは、時田病院を描いた二枚だけで、買ったのは野本桜子さんでした」

金髪の白人が手をあげて質問した。中年の体格のいい人である。アメリカ人の実業家で絵画のコレクターであると自己紹介し、彼の英語を付添いの日本人女性が通訳した。

「オウナーとしてのあなたに尋ねたいのだが、わたしは砂丘を描いた全作品を購入したい。値段が折り合えば、あなたはそれらを売る意思があるか」

「展示したこれらの絵画を売却する意思は小暮さんにはないと、招待状に明記しておきました」

と桜子が流暢な英語ではっきりと応答すると相手は引き下がった。

パーティーが終り、人々は散って行き、やがて画廊の人々と桜子と悠太が残った。

「悠太ちゃん、御苦労さま。どう、これから夕食を食べに行かない？　こんな立食じゃ、若者には腹の足しにはならないでしょう」

「そうだなあ」と応えて、急に空腹を覚えた。これは初めての経験だったが、つぎつぎに人に話しかけられ、ろくに料理に手を出す暇もなかったのだ。が、あした庄屋に返すべきノートをまだ半分も写していないし、菜々子の一件できのうはよく眠れず疲れていた。

「勉強ならいつでもできる。忙しいときは暇を作って休む。腹が減ったら御馳走を食べる。それとも、わたしと一緒じゃ嫌なの」

「そんなことはないけどさ」

「今度の展覧会は成功間違いなしよ。それも、悠太ちゃんがゴロちゃんの絵をそっくり保管しておいてくれたお蔭よ。わたし、お礼したいの。うんと御馳走してあげたいの」

「そうするか」

「そうしなさい」

タクシーに乗ったとき、桜子が帝国ホテルと命じたので悠太は驚いたが、それは行く先が一流ホテルだからではなく、歩いてすぐの近間に車で向かったからであった。

19

会員制のクラブは照明が暗く、二人のテーブルは闇に浮かぶ孤島のようだった。蝶ネクタイにチョッキのボーイが運んできたメニューはフランス語で、本式のフランス料理などついぞ食べたことのない悠太には珍紛漢、すべては招待者におまかせにした。まずはシャンパンで乾杯。そのとき悠太は、桜子の派手な衣裳がこのレストランの極度に照明を落とした空間に鮮やかに映えるのに気づいた。

「さっき、敬助さん、何の用だったの」

「この前の国会請願デモで捕まった東大生の父親が自由党の議員で敬助と同じ派閥の人なんだそうで、その学生、つまりぼくの友人について聴かれた。そいつが共産党員かどうかを問題にしていたけど、そんなこと、ぼくが知る訳ないし、警察のほうじゃとっくに調べがついてるとおもうんだけど」

「むろん調べはついてるわよ。敬助さんって国家公安委員なんだから、警察内部の情報は握ってるはず。つぎの総選挙じゃ、国家公安委員長、つまり大臣をねらってる人なんだから。あの人が悠太ちゃんに会ったのは陽動作戦よ」

「それどういう意味？」

「あの人が美術に関心を持つなんてありえないってこと。百合子によれば、絵画、音楽、文学のすべてに無関心で、この世の現実のみに好奇心が発動される人、そんな人が展覧会のオープニングに来るなんて、別な動機を嗅ぎ当てないと理解できないでしょ。あの人、透さんに会いに来たのよ」

「なぜ？」悠太は首をかしげた。

「脇代議士はね、今度の展覧会の企画が、透さんによって練られたんだから、パーティーに顔を出せば手っとり早く菊池弁護士に会えると踏んでやってきた。あなた、分かった」と桜子は悪戯っぽく片目をつむった。

「頭が悪いから分かんない」悠太は対抗してわざと目を剝いた。

「ご免ね、一つ回路をつなげるのを忘れていた。きのうの昼、風間の母が危篤になったんで、娘四人と連れ合いが全員落合に集まったの」桜子は沈んだ表情になった。

「大叔母さん、喘息だったっけね」と悠太は桜子を気づかうように言った。

「そう、お医者様の卵だから知ってるでしょうけど、重症の喘息の末期って〝嗚呼々々悲惨々の極〟ね。注射すると心臓が持たないし、横になると息がつまるので、体を起こしてひゅうひゅう笛吹いて、眠ることもできず弱っていく。ねばねばのあぶくを吐いてる乾いた口に、死に水を取ってやる。この三月の父の死後は、生きる張りを失って、余燼の火が消え、燃え差しの薄煙。主治医の見立てでは、あと二、三日だそうで、容体を見極めたうえで親戚に危篤電報を打つことにして、きのうは、せっかく集まったのだからと、昼飯を食べながら四方山話、そこで、透さんの協力でする今度の五郎展の宣伝をわたしがしたの。銀座の画廊の息子と透さんは大学の同級生で、前の個展がそのコネで開けたのを、今回も利用させていただいた裏話、今回のカタログの解説は全部、透さんの執筆だというニュース、そういうのをじっと敬助さんが聞いていたのよ。いつもそうだけど、あの人が気のなさそうな振りしてるときが曲者でね、心中であれこれ算段したんだ。だって母が死ねば、政治家が弁護士の力を借りる必要が生じる。これで回路がつながった?」

「遺産相続のこと?」悠太は自信なげにつぶやいた。

「ご明察」と桜子は話題とちぐはぐな浮き浮きした調子で笑った。「父の死後、透さんの協力でおおざっぱな遺産分割は決めたんだけど、母が死ぬとなると、分割協議書を全面的に作り直さねばならない。そこで、法律家の意見を拝聴する必要がある、そういう具合に回路がつながるの」

「遺産相続ってわずらわしいもんなんだろうね」と悠太は自分には縁遠い問題だと思いながら、ふと『戦争と平和』のベズーホフ伯爵の死後の醜い遺産争いを思い出し、多少の文学的な興味を覚えて質問した。「風間家の財産て莫大なんだろうな」

「それが大したことはない、当節最先端を行く斜陽族なんだから。父は戦前から株と債券の所有で、まあお大尽ではあったんだけど、戦後の株暴落と超インフレ、それに公職追放の信用失墜で、まったくのぱあになったから。残るのは不動産だけど、これも大したことはない。地価が安いもんね。将来値上がりでもすれば別だけど」

「落合なんて豪邸じゃない。どのくらいの広さあるの」

「二万坪」

「すごい。西大久保のぼくんちなんか百八十坪しかないもの」

「この二万坪をめぐって、百合子と松子と梅子が熾烈な闘争。戦後、民法が改正されて相続は直系卑属で分けられ、長子権は廃止されたでしょう。風間のばあい、長子なしだから長女権だったんだけど、それもない。すると、四人の姉妹が平等に財産を分ける訳なんだけど、それが簡単じゃない。なぜかというと、あの土地には、風間振一郎という、戦前・戦中・戦後に一貫して権勢を振るった政治家の閲歴が染み込んでいる。後継者の脇敬助議員も大河内秀雄議員も自分の政治拠点として、あの聖跡がほしいのよ。そして、速水正蔵は、あそこの要塞みたいな大地下室と戦後の洋風建築の設計者だから建築家としての業績の展示場としてほしがってる。わたしだけは圏外」

「どうして」

「野本武太郎は青山に邸宅を構えていて充足しているから落合に関心がない。そしてわたしは落合が嫌いなの。政治家の家って、権力と利権と庇護をあさりに来る人々でぷんぷん生臭いし、秘書やら書生やら党員やら支持者という取り巻きがわいわい出入りして、わたしがピアノを弾けるような雰囲気がまるで無かったでしょ。姉たちは違って、落合によい思い出があるし、それに彼女たちはひたすらに可愛い女なのね」

「可愛い女、チェーホフの？」

「それよ。わたしは違う。わたしは、武太郎の職業も趣味も受け入れないもの。わたし彼と結婚したんじゃない。彼の金と結婚しただけ」

「なんてことを……」

「だって本当だもの。わたし、結婚するときに三つの条件を彼に出した。一、洗濯・炊事・掃除などの家事は一切させないこと。二、好きなピアノを存分に弾かせること。三が悠太ちゃんには言いにくいけど、夫婦のいとなみはしないこと」

「一と二はまあいいけど、三は変だな。男としては認められないだろう」

「武太郎は三つとも認めたのよ。で、わたしは結婚した、二十八歳も年上の老人とね。あの人は忠実に三条件を守ってくれた。だから、悠太ちゃん、わたしはまだ処女なのよ」

桜子は平然と口走った。悠太は思わず左右を気にした。クラブ員たちが少し入っていて、その半数は外国人で遠くにいた。

桜子は、自分の告白を後悔したのか苦笑し、流れていた音楽の調性が変わったように、ふと眉根に深い立皺を刻む真顔になった。グラスをかざしてボーイから顔を隠し、身を乗り出す。すこし酔いの染みた角膜に繊細な静脈が青い網となって浮き出て、迫力のある目色だ。「悠太ちゃん、大切な話があるの。あなた、千束はあきらめたほうがいいわよ」

「なぜ」悠太は奇襲にたじろぎ、そうなった自分を憐れみつつ不快を面に現した。

「わたしの忠告」と桜子はぎりぎり捩じり込むように言った。「中年増の、切々たる、本気の忠告よ。まず確かめておきたいのだけど、彼女から何か言ってきた？」

「そんな個人の秘密を言う気はないな」と相手の無遠慮な介入に悠太は本気で怒った。

「そう」と桜子は蛙の面に水と続けた。「それじゃ、彼女からの返事がなかったことにして、あなたに報告しておく。千束の父親が西大久保の小暮家を見に行ったのよ」

「何のために」と悠太は小声になった。有名な音楽評論家富士新平氏の出現に気押されたのである。

「もちろん娘の結婚相手の生活水準の視察よ。そのあと、富士先生、わたしに電話してきて内々にお尋ねしたいことがあると南青山に出向いてきた。質問内容は、芸術評論家にあるまじき実利問題で、小暮家の財産と生活程度の値踏みだった。わたしは知らないと答えた。すると、富士先生、西大久保の家の小さくて貧相なのに失望したんですって。あんな、貧乏な家に娘をやるわけにはいかないと、はっきりご託宣。わたしは千束と同じ人種の金目当て女だから、すぐ分かった、千束が求めているのは金で、あなたではないと」

「父親が何と言おうと、何を考えようと、ぼくは千束を愛している。千束の意志がすべてだ」

「それは純粋で立派な心根だけど、父親と千束とは同じ考えよ。富士先生が帰って、三日ほどしたら今度は千束からの電話で、わたしが悠太ちゃんと親しいから、ぜひ、彼が深く傷つかないうちに、この話をお断りしてくれと言われたの。わたしは即座に言った、ご自分でなさいましとね。千束は、何だか腹立たしげにガチャンと受話器を置いた。これが事の顚末。わたし、あなたに、こんな不快な報告したくなかった。でもね、あなたと話しているうちに、急に何が何でも言ってしまおうと決心したの。なぜかしら。わたしは悪い女よ。自分が不幸だから、誰かを不幸にしたくなったみたい。ご免なさい」

桜子は泣きだした。そういう具合に取り乱した桜子を初めて見る悠太は、驚いてしまい、彼女が不幸の使者であることを許す気になった。

「桜子ちゃんが不幸だなんて変じゃないか。結婚の三条件を満たしていて幸福だと言ったばかりじゃないか」

「あんな三条件を出さなくちゃならないのが不幸なの。愛してもいない醜い年寄と一緒になって、どうして幸福でいられるもんですか。わたしは戦争が大嫌いだった。だからピアノに逃げ込んだの。そうするためにはあの爺さんが必要だった。あの人を利用した、わたしは不誠実な、可愛くない女。戦争中は非国民だと、あの敬助参謀に随分嫌味を言われた。わたしがした善いことは、ユダヤ系のドイツ人音楽家夫妻を援助したことと、オッコちゃんを留学させたことだけ。ただし、それも武太郎の金の力に頼ったんだけどね。そして、わたしは何を得たか。何も得ない。相も変らず不幸のまま」と桜子は泣きじゃくった。悠太は、胸に桜子の涙が染み込むような痛々しさを覚え、その顔を覗き込んだ。

「ねえ泣かないでよ。桜子ちゃんが、音楽一筋に生きてきたことは、ぼく知ってるし、よく分かるよ。そして、あなたは不幸じゃないよ。そしてね、ぼくもそんなに不幸じゃない。今も千束を愛しているし、望みは捨てていない」

「悠太ちゃん、強いのね」と桜子は涙をナプキンで拭った。

「いや、ぼくは元来、小心で臆病で意気地無しなんだ。だから、桜子ちゃんの話してくれた情報だけで、何もかもあきらめるほど意志が強くないだけだ」嘘を言っている。おれはもう立ち直れない。どんと突き落とされて崖っぷちの草を握って何とか這い上がろうとはしているが。

「今の話でね、納得がいかないのは、ぼくは別に結婚申込みをした訳じゃないのに、向こうは、結婚を前提として財産調べなんかして、あげくの果て、ぼくが深く傷つかないうちに、話を断ってくれだなんて言ってる。それがおかしいよ」

　桜子はコンパクトを出して手早くお繕いをし、それから頰笑んだ。

「たしかにおかしい。でも、それが富士家のやり方なんだと思う。確かなことは、富士夫妻と千束が目下、千束の結婚相手を物色している真っ最中だったということね。姉の朋奈は、この三月末に結婚した。相手は同じ東日本交響楽団のヴィオラ弾き。そこで妹の結婚が当面の課題として浮上し、あなたの愛の告白が、結婚申込みだと拡大解釈された」

「それが変だよ。むろん、ぼくは将来の妻として彼女を想ってはいる。しかし、今、すぐという訳じゃない。まだ学生だし、一人前の医師になるまでは無給で研修を積まねばならない。ピアニストとしての彼女に釣り合うだけの収入を得るように努力する。すべて将来の計画だ。それを現在の小暮家の持ち家が貧相だとか財産が不足だとかで、決定しようとしているのは、まるで御門違いだ」

「その通りよ。でもね、悠太ちゃん、千束という女はおっそろしく野心家で気早なのよ。今の悠太ちゃんの計画だと、それが実現するまでどのくらいかかる？　五年じゃ無理ね、まあ十年くらいかかるかしら。でも、そんな年月、辛抱強く待つことができる女じゃない。彼女が現在必要としてるのは、今すぐ自分の目論見に経済的援助と献身的な協力をしてくれる男よ。もう一度渡欧して、有名なコンクール、たとえばショパン・コンクールとか、ロン＝チボー・コンクールとか、ジュネーヴ国際音楽コンクールとか、で入賞して、独奏家として国際舞台で認められたがっている。こういうコンクールには十五歳から三十歳という年齢制限がある。彼女は今年二十三でしょ。チャレンジするには遅すぎるくらい。だから猛烈に焦っている」

「それなら結婚しなけりゃいい。男の力なんか借りず、自分ひとりの力で目標を達成すればいい」

「そうも、言える、かもね」と桜子は言葉を一つ一つ選び出して並べるように、考え深く言った。「でも、富士家には、娘を再度渡欧させ、コンクールを狙うだけの財力は、まあないでしょうね。新平の音楽評論と彰子の演奏活動だけじゃ大した実入りにはならない。音楽家を世に出すには大金がかかるの。金の生る木がほしいのよ、今すぐにね。だから悠太ちゃんを断ると意志表示をしたのは、正直な思いやりなのよ」

「正直に本性を現したか。千束が現在ぼくを必要とはしていない、むしろ邪魔だと思っていること、それから、千束の思い描く未来とぼくが目指す未来とは交叉しそうもないと知らせたのか」

絶望の吐息が心臓のあたりから立ちのぼってきた。必死で近くに引き寄せ得たと思っていた女は、今や強い引き潮に乗って遥かな彼方に去ってしまった。

「そうよ、その通り」と桜子は気の毒そうに言った。

「一つ、ピアニストとしての野本桜子に質問したい。富士千束には才能があるのだろうか。つまり国際舞台で活躍できる能力があるのだろうか」

「大だんびらを振り上げたわね。コンクールに入賞して国際舞台に立ったとして、そのあと成功するにはチャンスとか引きとかの複合要因が重なってくるから、今からは予測できない。でも端的に言って才能なら、彼女には大した才能がないね」とにべもなく桜子は言い放った。十分前に、そう言われたら悠太は怒ったであろう。が、今は、その発言を喜ぶ心情がどこかにあった。

「あの人はどんな曲でも弾きこなせるだけの技術は獲得している。洗練された感覚も音楽への熱意も持っている。しかし音楽は技術や熱意だけじゃない。作曲家の心、その悲しみ、その愉悦、その欲望という人間らしい側面をつかんで、演奏に表現しなくてはならない。それは技術を超えた魂と魂の響き合いなんだけど、そしてそれが出来るのが演奏家の才能なのだけど、あの人にはそれが足りない。あえて無いとは言わないけど、演奏を聴いていて物足りないの。あの人のばあい、先生がよければ、その影響で聴衆の喝采を浴びることができる。彼女の演奏を聴いてごらんなさい。誰かの演奏にそっくりよ。この前のリサイタルの、『前奏曲』なんか、リリー・シュタイナーのレコードにそっくり。彼女はリリーそっくりに演奏するだけの技術は持っているし、リリーの音楽を理解できる感性は備えている。でも、それから先が問題。この先、自分の音楽性を示していくとなると、いつかは行き詰まると思う」

「じゃ、野本桜子の才能はどの程度？」

「だんびらでわたしの首もちょん切る積もりね。いいわちょん切られてあげましょう。わたしは先生がないから、いつも楽譜から直接自分の演奏をつかみ出す。その点では千束よりオリジナリテはあるし、技術水準では彼女より上だと思う。こういう傲慢な告白は悠太ちゃんだからするのよ」

「そんならピアニストとして、国際舞台に立てばいいのに」

「いいえ、わたしはもう三十三だもの、コンクールに出るには年を取りすぎている。それに、千束のような野心がない。自分の家でピアノを弾いて楽しめば充分」

「要するに、こういうことか、野本桜子には才能はあるが野心がない。富士千束には才能はないが野心がある。もう一つはっきりしたのは、音楽家とは年齢との競争である」

「すべて当たり。大当たりと言ってあげるわ」とにっこりした桜子は、さっき泣いたときと似通った悲哀の表情になった。と、涙がつーと頬を滑り落ちた。「自分の家でピアノを弾いてるときが楽しいと言ったけど、はっきり言って、その楽しみはわたしのすべて、全人生なの。ある作曲家の限りもない悲しみがわたしの魂を震撼させる。それは魂から魂への伝達で、矛盾してるかも知れないけど、その悲しみが至福の時を贈ってくれる。そして、わたしの欠点は、自分の楽しみだけで満足してしまい、それを聴衆に伝えたいと思わないことね。伝えるには、無知な人々の称賛とか楽壇での虚名とか、そういう俗っぽい現象に満足する忍耐力と献身が必要。でも、わたしにはそういう心、つまり野心がない。あなたに告白するけど、五年前、オッコちゃんが渡仏したとき、わたしは二十八歳、ぎりぎりコンクールに間に合う年齢だった。あのとき、シュタイナー先生に一緒にパリに行こうと誘われた。あなたの技量ならコンクールに入賞できると保証もされた。わたしには、あのとき、才能もお金もあった。たった一つ欠けていたのが野心よ。わたしには、プロの演奏家として献身したいという野心よりも、私的な演奏で至福を得たいという利己心が強かった。そして罰として、愛してもいない爺さんと一緒になって暮らす不幸を選んだ」

　桜子は表情を隠すように面を料理に伏せて食べはじめた。悠太もそうした。デザートになるまで、二人は黙って食べていた。砂に吸い込まれたようににわかに話題が消えてしまい、食べるという行為だけが二人が一緒にいる理由になった。沈黙を破ったのは桜子だった。

「悠太ちゃん、わたし酔っちゃった。だから大胆に言うけど、今夜、このホテルに泊まっていかない？　不幸な女は不幸のままでいたくないし、まだ幸福をつかめない男は女に幸福をあたえることはできるのよ」

　桜子の赤いドレスの下で胸が大きく息づくと熱い息が悠太を襲った。頰から全身に欲情が燃えひろがった。

「ぼくも不幸なんだ。だから不幸のままでいたくないよ」自分の声とは思えない、決然とした声だった。

「じゃ、決まりね。待ってて、部屋を確保してくるから」

　悠太は、桜子を女として強く意識し、その去って行く後ろ姿を視線で愛撫した。ほっそりとしてはいるが成熟した女性だ。ma colombe の乳房と同質の柔らかそうな肩の線、くびれた腰の下では媚を売る黒い唇のような翳りが見え隠れする。あの子（ま、おれとしたことが、年上の女を、あの子だなんて）はほんとうに処女なのだろうか。酔っちゃったんだってさ。おれも酔ってるさ。二人とも、フランス産の赤葡萄酒の、肉の深部まで欲望で活性化させる危険な酔いに浸っている。ふつふつと噴き上がってくるわ、赤の極みの色彩、vermillon の炎が。

第二章　広場

1

午前七時ごろ

学生用の第二食堂二階にあるセツルメント部室では、われわれが協力してメーデー用のプラカード、張り幕、ビラ作りに励んでいた。〝われわれ〟というのは、亀有のセツラーのことで、川崎セツルは地元の労働者に合流して市の行進に参加するため、ここにはいなかった。われわれの亀有セツルのばあい、診療所や子供会の部屋が引揚者寮内にあるため、近所の労働者たちと一緒に出掛けるのがむつかしかった。寮の隣にある杉水製袋はまだストライキ中で会社側の再度のロックアウトに出会っていて工員たちはばらばらだったし、日影亀有や日影重機のような大工場は自分たちの組合だけでメーデーに繰り出すためセツルとは没交渉であった。亀有からは診療所の専従者がひっそりと出発し、会場の神宮外苑でわれわれと合流する手筈であった。

山折鍾馗は、明け方からかかってやっと作り上げた特大のプラカードに白エナメルを吹きつけていた。つい最近の国会デモで警官に警棒で殴られ負傷して逮捕された彼は、一晩留置場に勾留されただけで釈放されたあと、大学病院に入院して頭の裂傷を外科で縫わねばならず、そのため坊主頭になっていた。傷が癒えて退院した今は、目立たぬためと称して頭から肩に白布を巻いていて、弁慶そっくりの大入道姿となってかえって目立った。悠太は、敬助の伝言を彼に伝えるかどうかで迷っていたが、黙っていれば彼の知らぬ情報を握っている自分が優位に立つようで気が引け、率直にすべてを彼に伝えた。と、彼はすぐさま言明した。「おれの行為に親父が関与してくるのは許せん。もしも親父が裏工作などしたら議員の地位を利用して身内をかばおうとした卑怯な行為を、おれは暴露してやる」「しかし君、起訴されたらどうするんだ」「起訴できるもんか。おれは何もしとらんからな。警察は公務執行妨害だというが、腕組みして立っとっただけだから」

悠太は鉄筆で〃ガリ切り〃をした蠟紙を謄写版印刷機にセットし、黒インキを塗ったローラーを押しつけて印刷を始めた。亀有セツルハウス建設のカンパを集めるためのビラだった。そこに庄屋聖造が救急箱を二つ持って現れた。外科教室から借りてきたという小型の木箱で薬品や医療器具が要領よく詰め合わされている実用品であった。この二箱を、赤十字腕章を巻いた救護班員となった庄屋と悠太が交代で持ち運ぶことにした。

自作のプラカードを壁に立てかけた鍾馗が廊下に出て、角材や板切れを拾ってきた。

「もう大した材料はねえな」

このセツルメント部室のすぐ近くの自治会中央委員会部室で、二度に亘って学生と警官隊との衝突があり、学生六名が逮捕されるという事件が起こっていて、廊下には木格子の破片や釘などが散乱し、プラカード作製の恰好の材料になっていたのだ。

事情はこうだった。学生の中央委員会部室に全学連や都学連などの他大学学生が出入りしているという理由で大学当局が部室の使用禁止を要求していたところ、中委側が応じないために、きのうの早朝、大学側は突然大きな木格子（太い角材を組み合わせ五寸釘で打ちつけた頑丈極まるやつで、大学当局の強い排他的意志を象徴していた）を部室扉前に組んで「立入りを禁ずる」の立て札を立てて閉鎖を断行した。ところが昼過ぎになって学生たちが、ノコギリ、スパナー、カナヅチで格子を破壊し始めたので、厚生部長や学生課長らの職員が現場に来て止めようとして逆に学生たちのつるし上げにあって逃げ帰り、学生たちは部室を占領した。午後二時、大学当局の要請により本富士署から警官二十名、警視庁予備隊（この予備隊というのは、例の青ヘルメットに棍棒を持った勇猛な集団だ）の一個中隊七十名が出動して来たので、集まっていた学生二百人と対峙、警官隊は一時は引き揚げたものの、午後四時になってふたたび来襲、スパナー、カナヅチなどの証拠品を押収し、投石した学生たちを始め、数人を逮捕して引き揚げた。そう、セッラーたちがメーデー用に利用しているのは、この騒動のときの角材の破片や板切れやクギだ。

学内においてはこのところ、学生と警官との衝突が続けさまに起きていた。きのうの中委室事件から連想されるのは、この二月に起きた劇団ポポロ事件である。それは千束のリサイタルをやった例の二十五番教室で、その十日ほど前に起きた事件であった。

夕方、劇団ポポロの演劇発表会で大勢の学生観客に混じっていた私服警官が正体を学生たちに見破られた。「私服がもぐりこんでいる」の叫びに二十人ほどの学生が一人の男をとっつかまえて舞台上に引っ張り出し、「警察手帳を持ってるだろう」「手帳を出せ」「持ってない」「嘘言え」と押し問答のすえ、学生Fが強引に警察手帳を取り上げた。一人の同僚がつかまったのを尻目に逃げだした私服二人も学生たちが追いかけてとっつかまえ、こうして三人を舞台に並ばせてつるしあげ、あとの二人の警察手帳も取り上げて、やっと解放してやった。ところが、翌日午後、警察は大学当局への連絡もなしに私服十人で学内に入り、前の日に最初に警察手帳を奪った学生Fに飛び掛かり、棍棒で殴り革靴で蹴り、手錠と足錠をかけて引きずり、正門から連れ出そうとした。正門前には本富士署の百名の警官が待機し、さらに三十人ほどの警官が学内の私服を助けてFを外に連れだした。

悠太がこの事件を知ったのは、F逮捕の翌日午後、二十五番教室で開かれた真相報告・抗議の集会においてであった。学生二千人に総長・教授・職員も加わった大集会であった。私服が学内に潜入して職員や学生の活動を、張り込み、尾行、盗聴などによって内偵していた事実が暴露され、警察への憤懣と抗議の声で教室内は息苦しいほどの熱気に沸き立った。矢内原総長の大学の自治を守る決意を表明した演説には、さかんな拍手が起こった。四日後、警察手帳は総長の元に届けられて警視庁に返還された。

三月の国会では衆議院、参議院の法務委員会において劇団ポポロ事件が取り上げられ、矢内原総長も参考人として出席し、学問の自由と大学の自治について持論を展開した。しかし警察側は、必要と認められるときには警察が情報蒐集活動をするのは公安維持のためには完全に合法の捜査活動であると主張して、大学側の意見とまっこうから対立した。悠太は、どのように考えてみても警察側の言い分に正義はないと考え、あるとき、透叔父の意見を聞いたことがある。叔父は治安維持法違反で獄中に四年余も監禁されたことがあり、戦後の警察は戦争中の特高警察とそっくりだねと驚いていた。彼によれば、二十五番教室の抗議集会は、自分が法学部学生だったとき三十一番教室で行われた滝川事件への抗議集会を彷彿させるのだそうだ。「あれは昭和八年だから、もう二十年も前のことだ。この二十年間に日本という国は戦争、敗戦、占領、独立と二転三転の激変をこうむったが、警察だけは何の変化もなかったようだな」と叔父は言った。

とにかく警察への不信の念は、学生たちに強く、悠太も多くの学生が「ポリ公め」「ポリのやつ」と憎々しげに言う口元に見慣れていた。そして、つい最近の国会請願デモにおいて経験した警官隊の非情な暴行を思い浮かべ、棍棒によってめった打ちにされた鍾馗が、よくぞ頭蓋骨骨折の重傷を負わなかったものと感嘆するのだった。「お前の石頭には驚くよ」と誰かが言い、鍾馗のつるつる頭を撫ぜて笑う、そんな場面が何回か繰り返された。と同時に、きのうの中委室事件からのちは矢内原総長を筆頭にする大学当局への不信がわれわれの口にのぼった。学問の自由と大学の自治を学生とともに主張しながら、みずから警官隊を導入した行為は裏切りとわれわれには思えたのだ。

突如、阿古丞相が「アカハタ」の復刊第一号の束をかかえて現れたので、みんな「おお」と歓迎の声をあげて受け取り、一斉に読み出した。これまでの占領時代と違った、新しい日が到来したという思いで悠太も新聞を広げて見入った。この共産党の機関紙は朝鮮戦争勃発の翌日、マッカーサーの書簡による占領軍指令によって発行停止になっていたし、党関係の文書と見なされれば即時に発禁になり、それらの文書を配布したというだけで逮捕の理由になっていたので、その発禁文書がおおっぴらに配られたという事実は平和条約発効の結果として占領軍指令が無効になったことを示していた。

第一面に徳田球一の写真が掲げられ、「全民族は一つの旗の下に、徳田書記長、民族解放の大道を示す」という見出しと彼の著書『日本共産党の新綱領の基礎』、これはセッラーがよく読んでいる本だが、からの引用が載っていた。まず、現在の朝鮮戦争において侵略者は大韓民国を助けるアメリカ軍であり、正義の味方は朝鮮民主主義人民共和国を援助する中国人民義勇軍であるという断定だ。

さらに、アメリカ帝国主義者と吉田政権の支配を定着させたサンフランシスコ平和条約を否認し、いまや労働者・農民による暴力革命によってのみ民族の独立と全面講和が勝ち取れるという。

『日本共産党の当面の要求――新しい綱領』一九五一年二月二十七日北京放送

……新しい民族解放民主政府が、妨害なしに、平和的な方法で、自然に生れると考えたり、あるいは、反動的な吉田政府が、新しい民主政府にじぶんの地位を譲るために、抵抗しないで、みずから進んで政権を投げだすと考えるのは重大な誤りである。

徳田球一著『日本共産党の新綱領の基礎』一九五一年十二月二十日

……アメリカ空軍基地は東京近郊における大基地――立川――をはじめとして国内三十二ヵ所につくられている。……更に、海軍基地のためには、国内十四ヵ所の旧海軍基地、第一に横須賀、呉、佐世保がとりあげられ、神戸、横浜、その他のような重要な港や、便利な港湾がとりあげられた。

……地上軍用の基地に関しては、アメリカ人たちが独自に国内各所に基地を建設している。
……一九五〇年十月、中国人民義勇軍が朝鮮を援助にやってきたとき、共産党を先頭とする全民主的組織が、アメリカ帝国主義はハリ子の虎だと宣言して大たんにかれらとのたたかいにおもむいた……
……十月社会主義革命によってソ同盟ができてからの歴史の全過程は、平和の旗手であり、教師である、イ・ヴェ・スターリンによってとられてきた、ソ同盟の平和愛好政策を証明している。

悠太は思う――サンフランシスコ条約と安保条約が、日本を十年間（一応十年だが、どちらかの国が条約を終了させる意思を通告しない場合は無期限となる）、日本がアメリカとの軍事同盟国に組み込まれるという受動性を持っていることは、形のうえで独立国になった日本の主権を制限し、自由を奪う問題だ。この条約は、沖縄、奄美大島、小笠原の諸島においてアメリカ軍の占領を継続し、千島列島を放棄し、国内に二千八百ヵ所のアメリカ軍使用地と施設を残すという軍事条約である。おれはこの「アカハタ」の復刊第一号の内容にはおおむね賛成だ。ただし、おれのような弱虫の卑怯者には、暴力革命や武装闘争のような勇ましい働きはできそうにもない。陸軍幼年学校で実科、つまり軍事教練の劣等生だった。銃をとって敵と闘うなどまったくできそうにもない……。

「アカハタ」にざっと目を通した悠太は、また謄写版印刷にかかった。彦坂角平が印刷済みの藁半紙を整えては数え、五百枚ちょっとあると言った。蠟紙の一部分が破けてインキ漏れをきたし、印刷はもう限界だった。
彦坂　もう一枚原紙をガリっておけばよかったな。これだけじゃ、心もとねえやな。おい丞相、メーデーの出動人員はどのくらいかな。
阿古　五十万人。
彦坂　そんなに来るかなあ。と、すりゃ、このビラは大海の一滴だぜ。東京の人口がどのくれえか知らないけれど。
阿古　六百七十万だ。ざっと十人に一人以上がメーデーに参加する。
彦坂　終戦直後は焼野原で無人の荒野だったのにな。
阿古　カッペイよ、法律家は頭が粗雑で、話にならん。敗戦直後の東京都の人口は、三百四十九万だ。それが七年間に二倍近くになったというエヴィデンスぐらいは正確に把握しろ。ちなみに現在の東京都の人口は、やっと十五年前の人口に復帰したところだ。やがて最盛期の一九四〇年の七百三十五万を越えるのは確実だ。
彦坂　社会学者は数字で世界を固めやがるけど、無人の荒野という詩的表現でくるむことを知らぬ無粋な存在だ。
風沢基が、玉先悦子、一色美香などの女子医大生数人を引き連れて現れた。
彦坂　率然として陋屋に花開く風情なり。
阿古　陋屋にあらず、革命的根拠地なり。
彦坂　チェッ、詩心のない男だ。色男を囲むまぶい色女を表現しただけなのに。
玉先　カッペイさん、まぶい色女なんて、女性蔑視発言よ。撤回なさい。

彦坂　やれやれ色消し。色を見て灰汁《あく》をささないとやばい。
阿古　おい高済、鍾馗のこのプラカードに絵を描いてくれ。
久保　何を描こうか。
阿古　もちろん、われらの指導者、徳田書記長の顔だ。この「アカハタ」の写真を拡大すりゃ簡単だろう。
山折　わが苦心の傑作に徳球のまずい面？　やめてくれ、これには、「大学の自治を守れ」と「再軍備反対」と大書する。
阿古　そんなの大甘だ。日本は独立国になったのではなく米帝に売り渡され、世界プロレタリアートの友、ソ同盟、中国の敵になったのだ。そういう政府に反対し、われらは暴力革命で米帝を倒し、ソ同盟、中国に味方をすべきだ。
山折　丞相よ、いつからお前は戦争主義者になった。おれは認めんぞ。おれはガンディーの非暴力主義者だ。絶対平和主義者だ。
阿古　敵、米帝が狼のように牙を剝きだしている前に素手で、食べてくれというようなもんだ。
久保　じゃ、ガンディーの顔を描こうか。
阿古　冗談じゃねえ、低賃金反対の行進に断食男の肖像なんてミスマッチもいいとこだ。われらが徳球の顔が、ずばりアトラクティヴで、大衆の革命意識を指導する。
久保高済は筆を振るい、禿げ頭で鰓の張った、誰が見てもそれと分かる似顔絵を、あっけに取られるような速筆で描きあげた。
山折　ほう写真には似てる。しかし、この写真は大分若いときのだな。徳球は今いくつだ。

阿古　一八九四年生れ。五十八歳。
久保　じゃ、じじいにしよう。
　高済はいくつかの皺を描いて、たちまち六十歳ぐらいの男にしてしまった。
阿古　年輪を重ねた革命の闘士、指導者としての威厳が的確に表現された。これでばっちり。プロパガンダはぼくの書でいく。
　似顔絵の下に「民族解放の英雄　徳田球一万歳！」、横に「われわれはソ同盟、中国に銃を向けない！」と、墨黒々の達筆だが、清朝活字そっくりの面白みのない字だ。
山折　徳球が英雄かなあ。英雄とは褒め過ぎだ。
阿古　むろん英雄だとも。スターリン、毛沢東、徳田の三大指導者、鉄の一枚岩だ。
山折　おれはこんなのを絶対持たんぞ、おれの思想に反する。
阿古　カッペイが持て。
彦坂　こんなグロテスクな代物、わが趣味にあらず。断じて拒否する。第一、電車に持ち込めやしない。
山折　ボルトを抜けば分解できる実用的構造だ。心配いらん。
阿古　無類の小男が巨大なる宣伝板をかつぐ、そのアンバランスが、十字架を肩に負ってよろめき歩くキリストを彷彿させ、群衆の注目を浴びるのは必定。プロパガンダ効果満点である。
彦坂　丞相のやつ、おれに労役を課するときだけ、ちょっぴり詩的表現をとる。
風沢　カッペイ、心配無用。こいつは一人じゃ無理だ。おれがシモン役でかついでやるから心配するな。プラも絵もプロレタリア芸術の傑作だから、ぜひとも会場で披露すべきだ。

久保　徳球じゃ芸術的造形はできない。やっぱりガンディーにすべきであったかな。
山折　残念だったな。
庄屋　小暮とおれは救護班をやるからビラくばりは女子医大がやってくれないかな。
玉先　わたしたちも救護班手伝いますよ。
庄屋　こんな重いもん、女性には無理だと思うけどな。
一色　悦子、無理よ。これわたしたちには重すぎる。

女子医大生たちはビラを分担して運ぶことになった。悠太は救急箱を手に下げてみて、そのずっしり重いのにたじろいだが、肩からさげて歩けば何とかなるだろうと、踏ん切りをつけた。

グラウンドには出陣部隊のように学生が気勢をあげていた。赤旗、幟、横断幕が揺れ、プラカードが上下する。全学連、都学連、反戦学生同盟、各学部学科の自治会、あとは社会学研、ソ連文化研究会などさまざまなグループだ。そんな中に、セツルメントの面々が繰り出すと、ちょっとしたどよめきが起こった。赤旗を保持する大男の弁慶を先頭に、特大の徳球プラカードを掲げた角平と颪沢、派手な女子医大生をまじえた一隊が目立ったらしい。

国電で御茶ノ水から信濃町へ向かう。車窓に流れる堀端の並木は、すっかり葉桜を揃えていた。

同じく午前七時ごろ

小暮悠次は、昨日今日の新聞をあれこれ読みつつ、ときおり箸を動かした。

四月三十日朝刊

皇居前広場の使用可否
あす〝追われた〟メーデー
五隊に分かれデモ

メーデー実行委員会と政府の、皇居前広場をめぐる争いは裁判沙汰にまで発展、東京地裁では労組側の勝訴となったものの、政府は使用不許可の方針を変えず控訴するというので、判決の効力は一日のメーデーに間に合わず、今年の第二十三回メーデーも昨年に続いて皇居前広場を追われ、場所を神宮外苑に移して開催されることに決まった。
実行委員会は「吉田政府の労働者に対する挑戦だ」と声明、今年はとくに「戦うメーデー」の気勢を見せており、独立の一歩を踏み出したおりから、連合国最高司令官リッジウェーも支持した皇居前広場使用禁止が、今後どうなるかに、各方面の注目を集めている。

メーデー利用の恐れ
衆院行政監察委
破壊分子の警戒要望

本年一月二十一日の白鳥警部射殺事件、二月十九日の青梅線貨車暴走事件、三月二十九日の小河内村山村工作隊大量検挙事件の各事件は、いずれも〝球根栽培法〟(権力機関に対する抵抗戦術)、〝栄養分析法〟(火炎ビン等武器の製法)の実行を期したことは明らかで、日共地下組織体の指導に基くものと推定される。この場合、彼ら自身は第一線に立たず、常に学生、日雇労務者、朝鮮人等を煽動、または農民その他の生活上の不満を利用して官憲にいどませるという巧妙な手段に出ている。彼らが、講和発効後第一回の意義あるメーデーを利用しようと企てることは十分考えられる。衆院行政監察委員会は治安当局の善処を要望している。

五月一日朝刊
アカハタ復刊
治安立法の空白に乗ず
日本共産党は五月一日付けで同党中央機関紙「アカハタ」を復刊した。これで一昨年六月六日、マッカーサーの吉田首相宛書簡により発行禁止になっていた同紙は、独立により書簡効力の喪失とともに、武力抗争の紙の爆弾として大手を振って歩きだした。

悠次　「アカハタ」か。とんだ毒蛇が顔を出してきやがったな。日共は、徳田総司令官の指揮下に武装して日本転覆を画策してるが、だけど、国民は、戦争だ革命だってえ強制にこりごりしてるってえからな。国民は笛吹けども踊らずさ。おやまた、悠太がいねえ。またもやセツルに泊まりか。まさかメーデーに参加するつもりじゃねえだろうな。
研三　セツルの連中は、参加するんじゃないかな。ぼくら教養学部でも、社研やソ研じゃ外苑に行くつもりだ。
初江　神宮外苑かい。あそこでやるのか。あそこは広いからねえ。でも、あそこのどこらへんでやるのかしら。
悠次　全部使うんだ。絵画館前が正面になるんだろうな。

神宮外苑と言えば初江には懐かしい場所、子供たちが幼いときによく遊びに連れていった。絵画館前には空襲のときに避難した。のんびりした緑の多い広場だ。あんな所で物騒なメーデーなんかやるとは知らなかった。

悠次　研三、お前も参加するつもりか。

研三　ぼくはソ研だからな。集会には一応行く。だけど、行進なんてのは照れくさいから抜ける。

初江　一応だなんて、まあ冗談じゃないよ。メーデーは暴動化する恐れがあるって敬助さんが言ってたよ。

悠次　日曜日に落合に見舞いに行ったとき、敬助代議士がそう言ってた。警察は本腰を入れて徹底的に取り締まるつもりで準備してるとさ。新聞にもそう書いてある。研三、メーデーなんか危険なところに顔を出すもんじゃない。お前は政治運動なんかより化石だの昆虫だの好きなことがあるじゃないか。

研三　メーデーは政治運動じゃない。それにソ連てのは面白い国でね、シベリアには変わった化石がうんと出るんだ。

初江　それで、ロシア語をやってるのかい。てっきり共産主義に共鳴したのかと思ったよ。

駿次　おれ、四月から本郷のキャンパスに行ってるんだけど、駒場と違ってしょっちゅう警官といざこざがあるね。きのうも学生と警官隊の衝突があって、また何人か逮捕されたよ。おれは関係ねえけど、何だかぶっそうだよ。

初江　お前はまさか行かないだろうね。

駿次　行くもんか。今日は忙しいんだ。平和条約発効記念上映で、タイロン・パワーとセシル・

オーブリィ、それにオースン・ウェルズの『黒ばら』The Black Roseの封切りだからね。映研全員で観に行くんだが、研三も行かねえか。
研三　映画なんて絵空ごと、おれは興味がないよ。
縁側に朝日が射す。唐楓の花が黄金色に光り、若葉が日を透かして映えた。よい季節になったと初江は思う。もっとも息子たちが成人となり、武者人形を飾り鯉幟を立てて祝った昔は遥か遠くになった。二階にあがり部屋に外気を入れる。悠太の部屋の窓を開けたとき、まだこの家を新築する以前には、このあたりの庭の端に、五月幟《さつきのぼり》を立てたものと思い起こした。矢車がきらめき回転し、三匹の鯉が大空を泳ぐ。幼稚園児だった悠太が行方不明になる事件があったのも、たしか端午の節句のころだった。あの子は街をひとり歩きする癖があり、ときどき迷子になったもの。下に降りてみると、悠次はまだ新聞に読みふけっていたが、ふと目を上げた。
悠次　落合はどんな具合だろう。
初江　気になってさっき電話してみたら、百合子が出て、もう虫の息だそうです。昨夜は四姉妹が枕元でとうとう一晩明かしたんですって。
悠次　危ねえな。今夜が通夜かも知れねえ。会社にモーニング持っていくか。
初江　そのほうがいいでしょうね。用意しますわ。
悠次　あれ、駿次も研三もいつのまにか、出掛けやがったな。
初江　いけない。あの子たちにも、藤江さんの容体を教えておくのだった。通夜には出たほうがいいでしょう。
悠次　振一郎のときに三人息子が出てやったんだから、今回は欠席していいだろう。もっとも長男は代表で出るべきだが、悠太のやつ、肝心の時にいやしない。

午前八時過ぎ

太陽は日影亀有の屋根を越えて、西側一面に広がる田圃をうらうらと照らし、雲雀があがっていた。大山田の細民街からこの田園一望の道に出ると、解放された喜びに浸るのが常なのだが、今朝は悲しい。菜々子のせいだ。あの子の気持ちがさっぱりつかめない。浦沢明夫は、力一杯に息を吸い込んで、思い切り悲しみを吹き飛ばそうとし、まるで肺活量の検査のように乱暴に息を吐き出すと、手に持つ赤旗の端が息で少し揺らいだ。チェッ、おれの息くらいじゃハタハタとはためくはずもない。

振り向くと杉水製袋の同僚たちが追ってくる。おれを避けるように菜々子のやつ最後尾に下がって、それでもトコトコついて来やがる。先週末、ヒョッコリ旅から戻った。四月半ば、プイッと行き先も告げずに姿を消して、手紙一本もくれずに、二週間ぶりに涼しい顔で帰ってきた。おれの性分として、どこに行ってた、何をしていたとしゅうねく追及し、例によって彼女を怒らせたものの、返答は得られずじまいだった。おれは留守中のストライキ情報を伝えた。会社のロックアウトを守る男たち（暴力団員らしいが）と乱闘のすえ逆に工場を占拠したこと、そのあと、警官を交えた男たちが攻めこんで、また組合員は追い出されたこと、直後、会社は工員の三分の一を解雇し、おれもそのリストに入っていたこと。「わたしもか」「菜々ちゃんも入ってた。がっかりしたろう」「いいんだ。どうせ会社をやめるつもりだったから」「これから、どうする」「看護婦になる。もう、あんな会社いやだ」「そうだな、おれもやめたいな」その一瞬だけ、おれと菜々子の意見は一致して、あの工場の息の詰まるような空気をともに感じた。天井の低い暗い空間に異臭――糊、硫酸紙、麦粉、石油の混合し腐敗した臭いと騒音――モーター、叫び、怒声。おれたちは、ただもう資本家に搾取されるために肉体を時間を根気を消耗してきた。おれの古い袋の麦粉をはたき出して梱包する労働と、菜々子の紙裁断機の操作とは、ともに劣悪な条件下における単純労働ではあった。チョチョチョチョ、人類としてなりうるかぎりの愚鈍無知よ、あばよだ。

当初、おれはメーデーなんかに関心はなかったのに、菜々子がセツルの人たちと一緒に参加すると言いだしたんで、仲間を呼び集めて、こうしてやって来たのだ。おれたちの前に、日影亀有労組が出発したが、あちらは千人を越す大集団なのに、おれたちは二十人ばかししかいない。

明夫は立ち止まって菜々子を待った。が、話しかける切っ掛けを失って、やり過ごした。為藤先生と剣持看護婦と菊池夏江が来た。夏江にさもさも用事ありげに「ネエネエネエネエ」と近寄り、やけくそに思いついたことを口にした。「何か分かりましたか」

「何の話？」と夏江は明夫の勢いにのけぞった。

「おれの両親のことですよ。もすこし詳しい情報が入ったかと……」

「いいえ、残念ながらあれ以上のことは分からない。ただ、その当時、セツルの託児所の保姆さんが竹内、診療所の先生が柳川という人だったことは言い忘れていました。竹内さんの消息は不明だけど、柳川先生は健在で、川崎で民医連の診療所を開業している。ときどき、川崎の東大セツルメントにも顔を見せるんですって。柳川先生に聞けば、何か新事実が判明するかも知れない。先生はお母さんの常子さんの最期を看取った方よ」

「ありがてえ、テエテエテエ」と明夫は躍り上がった。

「竹内、柳川という名前で何か思い出しませんか」

「すみません。名前はみんな忘れっちまったね。覚えてるのは母親のツネコだけなんで。そうそう、保姆さんが、おれが腹を空かしていると、ほかの子が帰ったあとに、こっそり、卵パンなんかくれたのを覚えてます。お医者さんのほうは、さっぱり記憶がないですけど、学生が一人いた。おれにお握りくれた。チクショウメ、卑しん坊の極悪人の動物野郎！　おれが覚えてるのは餌のことばかしだ」

「その学生の名前は？」

「あ、思い出した、キクチさん」

「わたしの夫よ」

「アアアア」と明夫は、路辺を越えて乾田に入り大きな輪を描いては走ると戻ってきた。じゃらかしている子犬だ。

「じゃ、ご主人に聞けば、おれっちの両親、分かりますね」

「い、いえ」と夏江はひどく恐縮した態度になった。「夫は、当時、セツルのレジデントだったけど、法律相談部に属していて、託児所のことはよく知らないんです。ただ、たまたま常子さんの最期のとき、柳川先生と一緒にあなたんちに行ったんですって」

「じゃ、そのときかな。キクチさんからお握りもらったんだ。うまかったなあ」幼年時の薄明の画面に一人の学生（学生であることははっきりしている）の差し出した、滋養物をたっぷり含んだマナ、握り飯が白く輝いた。それとともに、餓鬼の自分を襲った不快（痛み、無力感、孤独、いや、そうではない、コンチクショウ、あれが飢えの感覚なのかな）が再現されて息苦しくなり、鼻から水を噴き上げる象のように思い切り息を噴き出した。寝たきりのツネコは日々に痩せて目が穴みたいになり、手を持ち上げる力もなく、餓鬼のおれは、ただもう腹を空かして喰い物に向かう本能だけの存在だった。餓鬼はごみ箱をあさって、腐ったリンゴやちぎれた豆腐を拾った。パン屋でアンパンを、駄菓子屋でアメを、セツルの台所でサトウを、盲目の乞食のじゃら銭を盗み、アアアア、盗みが常習だった。捨て犬を殺して喰った。猫も殺したが、なぜか喰えなかった。あるとき、ツネコが包丁（ものすごく錆びていたな）を持ってこさせ、自分の首の指さす部分を突いて殺せと命じた。ところが、犬や猫と違ってツネコは殺せなかった。そのあと、コップに水をくんでこいと言いつけ、白い粉薬を飲んだ。まるでサトウみたいにおいしそうに飲んだ。それから変になって死んだんだ。

　明夫は夏江に言った。

「あのときの学生さんに会いたいな」

「今は弁護士よ。もちろん、彼もあなたに会いたがってるわ」

「いいね、会いたいね」と明夫は言うと、走って菜々子の横に行き、「ネエネエネエ」と話しかけた。

「何か用かよ」と菜々子は口を尖らせた。

「チェチェ、愛想のない尼だ。おれの母親が死ぬときに看取ってくれたお医者が分かったんだ」

「あ、あんた、よかったじゃない」

「菜々ちゃん、今回、初めて笑顔を見せてくれたぜ。よかったよ、その先生、川崎で開業医をしていて、あっちのセツルにも顔を出すんだって」

「会ってくるといいね」

「会ってくるさ。オナミダチョウダイノコンコンチキの顚末を聞いてくるさ。カルモチン自殺などなぜしたんか、聞いてくるさ。ひょっとすると、先生、おれの父親を知ってるかもね」

「父親がなぜ早死にしたかも聞いてるといいね」

「そらな。そうだ。それも知りてえね。バッキャローの父親の死の真相を、聞いてくるさ。下町生れで先祖は木工だったとさ。江戸時代は番匠と言ったんだそうだ。どうせ、工場を首になった身だ。おれ、木工になる決心した」

「そりゃいいや。わたしも看護婦になる決心したんよ」

「二人とも愚鈍無知におさらばといこうぜ。あばよ製袋、あばよマニファクチャー」

亀有駅に着いてみると、日影亀有の工員たちがホームに溢れ、電車はすぐ満員になってつぎの電車を待たねばならなかった。

同じく午前八時過ぎ

玄関の呼び鈴が鳴った。竹垣の上に菊池透の角張った頭が見えた。火之子を連れてきたのだ。

「きょうは夏っちゃんじゃないのね」

「夏江はセツル診療所に泊まりこみです。保険請求の手伝いをするって言ってました。このごろセツルにはまっていましてね、きょうは診療所の専従者とメーデーに参加すると言ってました」

「ま、メーデーですって？　そんな危ない所へまた何で！」

「メーデーは危なくないですよ」と透は色黒な顔の中でなお黒い瞳をくるくると回し、義肢の右腕をわざとのように揺らした。彼特有のふざけだ。「脇議員が大げさに吹聴してるだけですよ。メーデーの本質は春のお祭りです。家族連れで参加する人も多く、子供も大勢います。夏江もこの子を連れていってくれれば、よかったんですがね」

　火之子は縁側に走っていき、突っ掛けで庭に出た模様だ。

「そうそう」と帰りかけた透は、「風呂敷の中に火之子の黒い洋服が入っています。落合の叔母さんがもしものときには、あちらに連れていってくれるようにと夏江が言ってました」

「夏っちゃん、よく気がつく」と感心し、「ところで透さん……」と、メーデーについてあれこれ質問しようとしたが、彼は先を急いでいるらしく、すでに格子戸の外に去っていた。

午前九時ごろ

　セツラーたちが絵画館前の広場に入ったのは午前九時ごろで、会場はまだ空いており、演壇下の前のほうに陣取ることができた。砥の粉色の絵画館を背景にする特設の高壇に赤旗がはためいた。「再軍備反対、民族の独立を闘いとれ」「低賃金を統一闘争でうち破れ」「戦争反対、平和憲法を守れ」「徴兵反対、青年よ再び銃をとるな」統一メーデー実行委員会の所属を記した赤旗、いたる所に赤旗。つぎつぎに人々が流れ込んできて、やがて広場は、びっしりと身を寄せ合う人々で狭く感じられるほどになった。

　壇上に誰かが登り、演説していた。

　上空を飛ぶ飛行機の爆音にさえぎられて演説の内容はよく聞き取れない。左派代議士、知識人代表の演説後、各労働組合代表の挨拶があったが、悠太は聞く努力を放棄して、広場が狭く思えるほどの大群衆に見とれていた。推定四十万という数だけが、主催者の声から聞き取れた。阿古麟吉の五十万というのも、あながち大げさな推定ではなかったのだ。かつて、このような大群衆を見たことのない彼は、すっかり数の持つ力に魅せられてしまった。

陽光は砂塵で黄ばみ、どよめきは風を掻き回し、人々の心は吐息となって熱く混ざり合った。そこに満ちていたのは、おびただしい人間の放出する物凄まじいエネルギーの感覚である。群衆のエネルギー、飢餓、苦痛、不満、憎しみ、連帯感、破壊欲、それらがある方向に結集し、発熱し溶鉱炉の炎となって噴出したときに、革命、暴動、戦争が起こる、その戦慄である。

自転車の荷台に新聞を積みあげた青年がメガホンで「アカハタの復刊第一号！」と叫び、その前に長い列ができた。木陰にリンゴ箱の屋台店が並び、パン、牛乳、ラムネなどを売っている。アイスキャンデーやアイス饅頭売りが歩き回る。アコーデオンの演奏に合わせて肩を組んで労働歌やロシア民謡を合唱するグループ。握り飯を頬張る一家。赤ん坊に乳を含ませている母親のそばでおむつを風呂敷に包む父親。大人たちの脚をすり抜けて鬼ごっこをする子供たち。おびただしい赤旗が外苑を囲む新緑によく映える。鯉のぼりをつけた子持ちの親の旗、春を祝う花神輿、農民の筵旗、単独講和により日本の自主性を失ったことを憂える黒枠の日の丸。

セツラーたちは手分けしてビラを配ることにした。が、亀有セツルハウス建設のための醵金を募るビラは、「アカハタ」のような政党の機関紙や、米軍基地撤廃・日本の完全独立・原爆細菌兵器の禁止などを訴える政治ビラに比べると、あまりにも些事の主張で、すっかり色褪せた紙塊に見えた。

風が強くなった頃合いを見計らって、見様見真似で覚えた、大空にビラを放りあげて乱舞させる方法で悠太が放り上げてみたら、ビラはどさっと近くに落ち、たちまち群衆の足元に散乱して踏まれてしまった。こうして悠太の労働の成果は四散してしまい、まこと大海の一滴に成り果てた。

東大生の一団の周囲に、さまざまな大学生が詰め掛けてきた。大きな集団は早稲田だ。さまざまな大学が赤旗やプラカードで見分けられる。慶応、外語、中大、日大、法政……。駒場の教養学部の学生が本郷の本科生の拍手に迎えられた。本郷にくらべると駒場はぐっと子供っぽい雰囲気だ。悠太は研三と目で合図をし合った。と、「人民広場を奪回せよ」とか「人民広場に行こう」というビラを撒いては、喚声をあげている都学連のグループが人垣をジグザグに擦り抜けていった。さっきから会場を走り回っていたらしく全員汗まみれで声を嗄らしている。

悠太　人民広場ってどこだ。

阿古　皇居前広場のことじゃないか。戦後最初の大メーデーにおいて会場となった歴史的広場だ。メーデーだけじゃなく、戦後の東京における労働者の大集会は、すべてあの広場で行われていた。したがってわれわれはあそこを人民広場と呼ぶ。

悠太　われわれ……。

阿古　そう、われわれ日本人民はあの広場を自由に使用しうる権利を有する。なぜならあの広場は人民の人民による人民のための場所だからだ。

そういうことかと悠太は納得したが、人民広場の奪還とは何をするのか、それが労働者の祭典にとってどのような意義を持つのかぴんと来なかった。

阿古　政府は人民広場を使用不許可にしたが、われわれはかかる理不尽を許容せず、断固として人民広場を占領する。
山折　占領とはおだやかでない。警察の警備を突破してということなら、おれは反対だ。メーデーは平和の行進である。
阿古　鍾馗の大甘が始まったな。これだけの大群衆、大人民が広場に向かえば、警察は手をこまぬいているだけさ。
風沢　丞相の観測のほうが甘いのではないかな。政府は、一部デモ隊が人民広場に突入することを予測して、警視総監の下知のもと予備隊を総動員しつつある。やつらが手をこまぬいているなどと思うのは甘い。
阿古　警察が力で向かってくればわれわれは力で反撃する。
風沢　どういう力で？　敵はヘルメットを被り、警棒、拳銃、ガス弾、機動車で重武装している。われわれは素手だ。せいぜい、プラカードの柄、旗竿ぐらいしかない。石？　あの広場の玉砂利は、小さすぎて投石には不向きだ。
阿古と風沢の対立に、みんなはおやと顔を見合わせた。風沢はいつも阿古と同じく先鋭な意見を吐くのを常としていたからだ。
阿古　そんな意見は日和見だぞ。
風沢　いや、丞相の意見こそ冒険主義だ。今、われわれ労働者・学生が警察権力の挑発に乗り、武闘によって騒乱を起こすのは得策ではない。乱闘の混乱になれば、喜ぶのは破防法を国会で通そうと目論んでいる自由党だけだ。きょうのメーデーを平和で和やかな示威行進と集会で終了すれば、困るのは党を危険な暴力集団と決めつけている権力の側だ。

阿古　それじゃ、本日のメーデーの歴史的意義を失うことになる。

風沢　広場を奪回するのは、広範な人民大衆の支持を得てから、いつでもできる。きょうである必要はない。

阿古　日和見主義だ。独立後最初のメーデー、歴史的転回点において何もせず、時をうしなうのは反革命的行為だ。

風沢　時期を待つのは日和見主義ではない。コミンフォルム批判を全面的に受入れ、党の自主性をそこない、冒険主義と事大主義に走ることこそ反人民的行為だ。

阿古と風沢は激しく対立した。阿古の早口の熱弁、風沢の冷静な論理的発言に周囲の人間は戸惑って沈黙した。

山折　おいおい、そういう難しい議論は向うへ行ってやってくれ。おれたちには理解できない。

鍾馗は二人をセツラーの輪から外に押し出して、二人だけで議論を続けさせるようにした。玉先悦子だけが二人を心配げに追っていった。

山折　あいつらの自分勝手で強引な弁証法は無意味なんだよ。人民広場と言ったところで、人工の広場に過ぎないだろう。海にくらべればゼロに等しい空間だ。そんな人工空間を取った取らないなんて、どうでもいいじゃないか。

彦坂　このごろ、あの二人、何かというといがみ合ってる。丞相は主流派、風沢は国際派と、党の分裂を地で行っていやがる。

悠太　あの二人は本当にそうなのか。

彦坂　党の分裂は本当だ。そして、あの二人の議論は絵に描いたように分裂してるじゃないか。

悠太　前衛の一枚岩を誇っていた党も分裂か……。

角平の推測した事柄ぐらいは悠太も思っていた。が、まず丞相と風沢が党員かどうかは推測の域を出なかったし、セツルにはほかにもマルクス・レーニン主義的言辞を振り回す人は大勢いた。角平だって、おれから見れば、党員に思えたし、ガンディー主義を奉じている鍾馗もゴーリキーを愛読し、毛沢東選集なんかも読んで勉強はしていた。ただ、学生のあいだに浸透していたマルクス・レーニン主義の正統派だと自認していた共産党が内部分裂を起こしているという事実が、丞相と風沢の論争のように、おれのような彼らのいう〃一般大衆〃の目前でひょいと暴露されるのは、珍しい出来事だったし、党への信頼を著しく損ねもした。

一同の白けた気分を鼓舞するように誰かが『青年よ団結せよ』を唱い出し、それにみんなが肩を組み合って加わった。「うたごえ運動」で好んで唱われている歌である。歌詞はどうしようもなく平凡だが曲がなかなかよかった。

友よ肩に肩を組みて
砕け敵を
我等こよなき自由を
守りたたかいぬかん
輝かしき栄光を
得るはやすからじ

幸にみちあふるる
我が春をもとめん

つぎは『インターナショナル』、『世界をつなげ花の輪に』と多くの学生たちが合唱に加わった。と、壇上から奏楽が始まった。ブラスバンドが並んで大音量で会場一帯に流す。学生たちは唱いやめた。ハンガリー狂詩曲の軽快な調べが春風に乗って頭上を通りすぎる。日が高くなると、暑くなった。炭坑節、秩父音頭と陽気なポップスが演奏され、浮かれて唱和し踊りだす者もいた。

午前九時半

丞相と風沢の議論が一段落したらしく、二人が何食わぬ顔で戻ってきたとき、亀有のセツラーと杉水製袋の工員が到着した。為藤医師、剣持看護婦、子供会のチューター、夏江叔母、明夫に菜々子。悠太は菜々子の視線が自分にぴたっと貼りついたのを感じて厄介だなと一瞥すると、彼女は先に立ってずんずん遠ざかっていき、思わず彼は後を追う羽目になった。演壇の脇、池のほとりに救護所があり、そのテントの蔭、つまりセツラーたちから見えぬ地点で彼女は足を停めた。至近の距離で耳を聾するブラスバンドの音を、さらに突き破るようにして菜々子は叫んだ。

「あ……返事はどう……です」

「え？　返事？」

「手術の結果を試すこと」と精一杯の大声で叫ぶと菜々子は駄々っ子のように地団駄踏んだ。一直線のあけすけな問いに悠太は即答できず黙っていた。音楽の喧騒に唇を圧迫されて口が開かない、そういう感じを相手に示そうとした。

〝聞こえない〟と悠太は耳を指さし、遠くの桜並木の方角に菜々子を誘った。並木道の先につづまやかな遊園地があり、大樹に囲まれた林間の空き地には滑り台、ブランコ、砂場の設備があるが、いずれも古びて半ば壊れ、砂場などごみ捨て場と化していた。風が土煙を巻き上げた。景色が霞み、新緑が泡立つなかに、懐かしい記憶が揺れ動いた。幼いとき、母が子供たちみんなを連れてきてここで遊ばせた遠い記憶である。春の突風に菜々子の乱れ髪が流れた。

「で、どうなんです」と女は獲物を狙う動物のように目を光らせた。

「あれ本気なの？」

「本気じゃないこと、わたしが言うわけないでしょう」と女はぐっと唇を締めると頰を膨らませた。

「ご免。でもね、ぼくにはできそうにもない。何だか、その……」

「わたしが嫌いだから？」長い睫毛が伏せられ目が陰った。

「そういうことではなくて……」

「わたしが好きなんですか」とたんに見開いた目全体が明るく輝いた。こちらが意志を決定する前に相手が結論を出す、こういう素早い明確な反応に悠太はどぎまぎした。ほっそりした首、華奢な肩、腰から太股へのなまめかしい柔らかな線。悠太の臍の下から欲望が一気に脳髄の芯まで上昇した。相手を抱きしめたくなった。が、意識の舞台前面に躍り出たのは桜子の裸体だった。

ことが終って、抱き合っているときに、桜子が言った。「びっくりした？」「何を」「わたしが処女じゃなかったから」「そんなこと気にしなかったよ」「処女を抱いたことがないのね。いいわ。

告白しちゃおう。わたしね、女学生時代に、ある男性に破瓜された」「どうしてそんな告白するの」「この秘密を悠太ちゃんだけに伝えたいからよ。わたしが愛してる、この世で、ただ一人のあなたと秘密を共有したいからよ」「その幸福な男って誰だったんだ」「今は言えない。言いたくない。たぶん、わたしが死ぬときには言ってあげる」「じゃ、その男ほどにはぼくを愛していないという訳だ」「そういうつもりじゃない。すこし言ってあげる。その男って悠太ちゃんが知っている人よ」欲情の波が高まり、もう一度桜子の中に入った。二人はひとつになって会話は消えた。

「ぼく、考えてる」

「何をですか」

「何から考えていいのか、考えてる」

「おかしな人」と　菜々子はくすっと吹き出した。けらけらと小鳥の囀りに似た笑い声だった。人が来た。メーデーの参加者で、各自赤い鉢巻きの家族だった。食事の場所を求めて来たのだ。二人は、遊園地を出た。菜々子はまだ笑っていた。

チョチョチョ、菜々ちゃん、医学生とアベックで消えやがった。コソコソヒソヒソナイショナイショで隠れるってのが、気に入らねえね。菜々ちゃんは小暮悠太君を愛している。「彼女が愛してるのはお前さんなんだからねえ」とわざわざあの医学生（チクショウメなかなかの男前でおれみてえなデキソコナイのコンコンチキたあ大違いだぜ）に教えてやるなんて、おれはなんてバカでマヌケでトンマなんだ。小暮のオッタンチン野郎、すっかり恋人気取りでウィンクなんかしやがって、どこへ消えやがった。

浦沢明夫は小暮と菜々子の跡をつけたが、すぐ見失ってしまった。何しろウヨウヨウヨウジャウジャ無数の人、人、人。クローバ原で四葉のクローバを見つけるより艱難辛苦だぜ。絵画館正面の高台からは、人波のずっと向う、絵画館と対称の位置にイチョウ並木があって青山大通りに向かって延びている。あそこらは高級住宅地ってわけだ。おれは柳島と亀有は詳しいが、ここらあたりの東京はほとんど知らねえ。デモ行進は高級住宅地から国会、日比谷公園へと向かう。いいね、ちょっとした東京見物だ。木場は写真でしか知らねえが、運河の貯木場だの木工場だのあるらしいや。今日は木曜日で、あのあたりの職人はまあずメーデーなどに参加しねえだろっから、工場内で働く様子を見学できるかも知れねえ。それにしても、紹介状もなしに訪れて、見せてもらえるだろか。しまった。自分で作った細密な傑作、引出しつきの木箱を見本に持ってくるべきだった。このマヌケ!

見つけ出せない。小暮と菜々子はどこに潜り込みやがったのか。明夫は、元の場所に引き返す途中、ふと、ライカを構えてしきりにシャッターを切っている不審なカメラマンに目を止めた。額の三日月形の傷痕とめりこんだ太い首、チョチョチョ、この男、どっかで見たぜ。おれは人間の顔ってのすぐ覚えちまうんだ。あいつだ、反共期成同盟の片割れだ、引揚者寮で、「セツルは赤だ」という貼り紙をしてた男だ。狙いどころはセツラーたちらしいぜ。何か、ためにしやがるな。明夫の気配に男は振り向くと、さっと身を翻して人込みに消えた。やっぱし怪しいね、アンチキショウ。

女子医大では意識しないけど、つまり女ばかりの環境に慣れてしまったのだけど、こう大勢の学生服の男の子を見ると、みんな若くて可愛い。巨漢鍾馗は白い頭巾なんか被って、子供が扮した弁慶みたい。お公家さん貴公子の高済、宮沢賢治の電信柱風のっぽの庄屋、ポンプでゴム風船を膨らましたような角平も、みんなすべすべした綺麗な肌をしている。美青年の風沢に寄り添っている美少女の玉先悦子、どう見てもこの二人は恋人同士ね。そう言えば悦子は、何かというと風沢さんがこう言ったああ言ったと話す。そもそもメーデーに参加するなんて初めての経験だから物珍しい。ところで労働者って、学生とは画然と違う人種ね。ロングスカート、制服、菜っ葉服。職場も工場も、交通、繊維、電気、油脂、炭鉱といろいろだけど、この人たちが物を作りだし、社会を支えているのね。でも、この匂い。これが労働者の匂いなのだろうか。薫風の季節なのに、それとはほど遠い、奇妙な臭いが、べったりと重い風に漂っている。汗の臭いなんだろうが、布に染みて乾いて一部腐って、なんとも不快な臭気になっている。鼻の奥にときおり出現する例の奇妙な臭いに近い。いやいや、これ、人の息の臭いなんだ。東京中の人が出てきて呼吸している。何十万人が酸素を吸い込んでしまい、酸素が希薄になった炭酸ガスの風だから重くって地べたを這う……いや、こんな理屈はないか。ともかく臭い風が埃を巻き上げる。あっちこっちで足踏みをし踊ったりしてるんだもの。もっとも学生だって労働者だってみんな神の被造物で、解剖すれば同じ筋肉、同じ骨格、同じ神経の肉体を持っている。不思議なことね。

きのうは、亀有診療所で月末の保険請求の事務を手伝った。カルテから処方薬、往診内容、処置の種類、診療開始日、転帰を抜き出して請求書を書く仕事だ。わたしがそうしているあいだ、剣持看護婦は未払いの患者の家を回っていた。夜、彼女は床に、わたしは診察用ベッドに寝た。

剣持さん、ドナルド・ダックのがあがあ声で、男まさりの乱暴な言葉遣いなんだけど、意外に繊細な神経の持ち主で、悩みもたんとある。寝物語に彼女が、カトリック教徒だと告白したので、うれしくてわたしもそうだというと、話が弾んだ。セツルには、党員とかシンパが多くて、何かにつけて、彼女は意識水準が低いとか、歴史的必然を理解できないとか、プロレタリア独裁の理想を持っていないとか批判されて腐っているという。そこで、わたしは自分の夫もキリスト者として戦前のセツルメントで働き、同じような批判中傷を散々に受けた話をした。「貧しい人々のための医療に献身する、それだけでわたしは満足なんだけど、それじゃ駄目だというんだ。さすがに為藤先生はそういう言い方しない大人《たいじん》だけど、学生たちは革命だとか一党独裁だとかに夢中になっていて、大山田地区でも、ルンプロの意識を高めて革命予備軍として組織すべきだなんていうんだ」「それも、革命を成就して、万人の自由と平等が実現された世界、人は能力に応じて働き、必要に応じてとるという結構なユートピアを作るためだというんだけど、そのユートピアを管理するのも不完全な人間なんだから、神の天国のようにはいかないわね」「学生たちにとってはソ同盟と中国が歴史的必然を達成した理想国家で、日本はアメリカ帝国主義の植民地になった憐れな国だというんだ」「議論はうんざり。キリスト者は黙ってこつこつ奉仕することに喜びを覚える、それだけでいいと思うわ」「こつこつ奉仕……それが喜びならいいんだけどねえ」と彼女は深い溜息をつき仕事の辛さを訴えた。

学生たちは自分たちの自由にできる時間だけ診療所に来て勝手な議論にふけっている。彼らは診療所に縛りつけられたわたしのような専従者の奴隷的状態と議論などする暇もない多忙を知らない。保険請求のため診療時間以外に煩雑な時間外労働をするのが、どんなに心身の疲労であるか。未払い患者はみんな貧乏のどん底でそういう人たちの家を訪問してお金を集めるのが、どんなに嫌な仕事か。診療所の赤字補塡のため自分の月給六千円（かつかつの生活だよ）を削るのが毎月のことである赤貧の生活がどんなものか。そういう不自由と繁忙と欠乏のさなかにあえぐ者に向かって、革命意識が低いとか、地道なオルグ活動が不足しているとか批判するのが、いかに見当違いであるか。学生の革命家なんか、白い手のいい気な坊ちゃんなんだ。

そうなんだわ。白い手の若い坊ちゃん学生たちが、ここにはどっさりいる。

浦沢明夫が〝背の高さより広い肩〟を怒らせて、何だか不機嫌な様子でもどってきた。

夏江　浦沢さん、どこへ行ってたの。

明夫　チョックラチョッピリ、偵察に出掛けていたんです。

夏江　何か珍しいものありました？

明夫　そこに、反共期成同盟の一味がいて写真を撮っていやがった。とっつかまえようとしたら、ずらかった。

夏江　何のために？

明夫　セツルはメーデーに参加するような赤の団体だという証拠写真を撮っていたんでしょうね。

剣持　わたし、赤じゃないからね。そうだろう？　丞相君。

阿古　きみはキリスト者である。

久保　ぼくは仏教信者。うちは日蓮宗の寺だからね。

山折　おれはガンディー主義者。

明夫　おれはアダム・スミスの愚鈍無知の単純労働者で風沢さんの規定によればルンペン・プロ

レタリアート。

風沢　おいおい、そんな規定をぼくはしていないですよ。あなたは立派な杉水製袋の組織労働者だ。

明夫　〝立派な〟という形容詞はどこにかかるんですかい。杉水製袋か組織労働者か。どっちも立派じゃないから。日頃の風沢さんの事実判断とは大違いで、単なるお世辞だな。

玉先　みんな黙ってください。開会宣言が始まったわ。

拡声器ががなり出した。が、人々のざわめきに消されて、さっぱり演説の意味内容が伝わって来ない。

ホラサノキタサノヤッコラサ、菜々ちゃんが帰ってきやがった。医学生も一緒だ。怪しいやな。おめえ、どこで何をしてやがったか。絶対に聞き出してやっからな。あの笑顔がくせものだて。おれの前じゃ、仏頂面で通しやがるくせに。許せねえ。

午前九時四十分

電話が鳴った。脇百合子からだった。母が亡くなった、九時五分に息を引き取った、通夜はきょう午後六時、葬儀はあす午後一時、ともに落合の風間邸でおこなうという。

初江は悠次の勤め先、安田生命に電話した。悠次は、会社にモーニングを持参したのは正解だった、会社で着替えて通夜に出ると言ったが、「しかしな、六時には間に合わねえから、お前が先に行って手伝っとけ。悠太に連絡つかないなら通夜はいいから、あすの葬儀は出るように連絡を取っておけ」と。

そう言ったって、悠太に伝えようがない。今夜、帰ってくるかどうかも分からない。困った子だよ。

また電話が鳴った。てっきり百合子からだと決めて「なあに」と気軽に言うと、男の声「脇敬助です」に、張手をくらったようにびっくりして、このたびはご愁傷さまですと悔みを述べた。

「菊池弁護士に聞いたのですが、夏江さんはセツルメントらしいですね。通夜のこと連絡したいんですがね」

「無理ですわ。セツルには電話がありませんもの」

「ひょっとして悠太君を介して言伝てを頼むの望めんでしょうかな。義母《はは》は姪のなかでとりわけ夏江さんと付き合いは長く、ぜひ知らせてあげたいのですが」

聖心で夏江は松子梅子と幼稚園からの同級生で、よく風間家へ遊びに行き、藤江叔母とも心安い間柄だった。

「悠太も出づっぱりでしてね、連絡とれませんの。あ、そうそう、夏っちゃん、神宮外苑にいるかも知れませんわ。メーデーに行くとか。でもすごい人出で見つかりそうもありませんね」そう言ってから、しまったと思う。敬助は公安何とか委員で警察とつうかあなのに、とんでもない情報を流してしまった。

電話が切れたあと不安で、初江はしばらく受話器を見つめていた。

「おばちゃん、大丈夫？」と足元で火之子が見上げていた。

「大丈夫よ。さ、絵でも描いてみる？」と幼い子の手を握って奥へ向かった。

午前十時ごろ

戦争中は防空壕であり、戦後は秘密の応接間となった風間邸の地下室には、風間振一郎の全身像が飾ってある。二メートルの余はある青銅の大きなもので、チョッキの両脇に両の親指を突っ込んで反り身になる故人特有のポーズを写してある。すこし禿げあがった秀でた額から頭頂にかけての線が、図太い行動力のある政治家の威勢を示す。五十歳のころ、衆議院議員で日本石炭鉱業連合会常務理事時代の、政治家として油が乗り切った姿である。制作者はさる有名な彫刻家ということだが、敬助はその名前を何度聞いても忘れてしまう。

ノックがあって三人の男たちが入ってきた。いずれも腹心の者どもである。小池は敬助が大本営参謀時代の部下で戦後は選挙参謀をしてもらい、今では脇代議士秘書の筆頭として使っている。工藤は野本家に古くからいる家扶で今でも同家の召使頭であるが、戦争中敬助の父脇礼助邸を野本家に貸したときからの付き合いで敬助に心服している。島津は、歩兵第三連隊の部下の軍曹で、二・二六以来敬助がずっと気脈を通じている人物である。三人とも薄汚れたジャンパーにジーパン姿で労務者のような風采である。軍隊時代の習慣がつい出るらしく、三人は敬助に軍隊式に上体を三十度曲げる礼をし、振一郎像にも軽く頭を下げ、腰を下ろしてかしこまった。

「なかなか巧妙な変装じゃないか」と敬助は三人の身支度を褒めた。

「問題は手でした」と小池が言った。「島津さんは千葉で百姓してますから問題ないが、工藤さんとわたくしめは、肉体労働者の荒れた肌を作るのが難しく、インクで爪を汚したり粘土を擦り込んだり、ちょっと苦心しました」

「はは、まあ、なかなかの出来だ。さて、計画の進捗状況はどうだ」

「当初学生や工場組合にもぐり込むことを考えましたが、彼らは友人同士顔見知りで無理で、結局日雇労務者に扮するのが得策と結論しました。日雇なら彼ら同士は偶然の寄り集まりでおたがいの顔も知らず、それに年齢もまちまちです。集めた百人ほどの男たちも年齢もまちまちですから丁度いい」

「で、うまく煽動できるかな」

「まず研究しました」と工藤が言った。「島津さんと二人で群衆を刺激するには、一人二人のリーダー格が叫んで周りの数人が反応する呼吸がいります。武器はプラカードの柄を三寸角材にしておくこと、幟の竹棹を竹槍に利用できるよう先を尖らせておくこと、ポケットにはパチンコ玉を潜ませます。人民広場に行こう、人民広場を奪回せよのビラも数千枚刷らせました」

「実際にはどうするんだね」

「さすがは元下士官の島津さんが、うまい手を考えました」と工藤は島津にどうぞ発言をという手つきをした。

「煽動者というのは第一線には立たないほうがいいです」と老人らしくゆっくりとした話し方で島津は始めた。「群衆を後ろからぐんぐん押すのがいい、先頭にいる連中が警官隊に接触して殴られ悲鳴をあげる。すると後方で憤怒の怒号をあげて群衆をさらに押す。混乱状態になったら今度は飛び出して警官隊に実力行使です。それを見た群衆も刺激されて、警官隊に反撃を開始する、こういう段取りです」

「島津さんの作戦に基づき演習をしました」と工藤が言った。「男たちを警官隊とデモ隊に分けて戦わせたんです。大丈夫です。この作戦により、華々しい騒擾状態を作りだせることが実証できました」

「それは大いに結構だ」と敬助が無表情に頷いた。

「荒川の河川敷で一日教練をしました」と工藤が、おのれの努力を認めてもらいたげに言葉を継いだ。この男は、空襲から野本邸を守るために、伝習生を集めて防火訓練をした実績がある。

「はは、よくやってくれた」と敬助は上機嫌に上体を揺すってみせた。「あくまでもデモ隊の暴力化という日共の作戦に乗る姿勢が大事だぞ。突出した行為であってはならぬ」

「心得ています」と小池は言った。「さっきの電話報告では、都学連の学生二百名ほどがもっとも過激で、神宮外苑をジグザグ行進をしつつ人民広場に行こうと叫びながらビラを撒いているようです。彼らの呼びかけに同調して、そうだ、人民広場奪回だと呼応するよう男たちに指令を出しました。また在日朝鮮民主統一戦線系の朝鮮人も、南に加担する日本政府に反撃を、と盛んにビラを撒いています。われわれもこの朝鮮人の周辺でビラを撒いて、デモ隊を煽ることにしています」

「日比谷公園を解散地とするのは中部コースと南部コースだ」と敬助は言った。「おれの予想では中部コースが先に日比谷公園に到着するから、そこに潜り込むのがいいだろう。何としても日比谷公園で解散させず、そのまま通過して、自然の流れで皇居前広場に向かわせたい。つまり皇居前広場に追い込むのだ」と言い聞かせると、敬助はハバナ葉巻の箱をあけて、一同にすすめた。島津は辞退したが、小池と工藤は押しいただき、吸い口を敬助の指導で切ると吸い出した。

「けっこうな葉巻でございますな」と小池はちょっと噎せながら煙を吐いた。

「ところで小池君」と敬助は相手をぐっと睨み、威厳を込めた声で言った。「前にも君に聞いた問題を、改めて確認しておきたいが、いいか」

ああ、それなら何なりと質問してくださいと言うように、自信ありげな瞬きがあった。小池は戦後、大学の法学部を卒業し、法律に精通した男として重用している。

「まず皇居前広場の使用禁止だが、これは合憲だったね」

「はい、合憲です」と小池はきびきびした調子で答えた。「集団行進および集団示威運動については、事前に公安委員会に届け出て、許可を受けるべしという都条例の規定は、憲法の基本的人権と公共の福祉に関する諸規定に違反しないという判例があります」

「騒擾罪成立の要件は……」

「公共の安全または平穏を害すること、多衆の協力による集合犯だということです」

「デモ隊と警官隊が衝突して騒擾罪が成立するには……」

「刑法では解散命令を三度出してもなお解散しないこと、都条例では警官隊が警告、制止、その他の措置をとることが要件です」

「要するに、警官隊は一応阻止の態度を取るが、多勢に無勢で後退してデモ隊を広場に入れる。するとデモ隊には禁止区域に入ったという負い目ができる。そこで退去命令、警告をおこなったうえで、追い出しにかかり、乱闘騒ぎになる」

「その通りであります」

「皇居前広場は、濠と石垣に囲まれた限定地域だ。そこにデモ隊を集中させ、こちらは合法的に警棒と催涙弾と拳銃で、やつらを痛めつけ、圧力を高めて彼らを非合法な爆発に導く。うまく騒擾罪を成立させるのが要件だ。そうなれば国会で破防法を通す口実ができる。はは、われら自由党にとっては最高で恰好の状況だ」

「一つだけ確かめておきたいのですが、われわれの男たちが逮捕されたばあいに釈放されること、怪我をしたばあいに治療費を負担することとの二点を、よろしく」

「彼らの住所氏名を報告してくれれば、安全と治療は保証する」と敬助は葉巻を深く吸い込んで、ゆっくりと吐き出した。

「きみたちもそろそろ現地に出掛けて指揮をとってくれ。しかし、指揮者はあくまで実際行動に走ってはならぬ。とくに小池君は慎重にしてくれ。君が逮捕でもされると差し障りがあるからな」

「その点は万々遺漏ありません」

「ところで、小池君、頼みがある。菊池夏江と小暮悠太の二人が東大セツルメントのグループに入って外苑にいるんだ。もし二人が皇居前広場に突入したら事だ。義母《はは》の死を伝えるとともに、それとなく連れだしてくれんか。親戚に騒擾罪の人物がいるとなるとこいつは差し障りだからな。もっとも大群衆に、まぎれた二人を捜し当てるのは至難のわざだろうけど」

「そういう捜索には慣れています。国会でも先生をすぐ見つけてさしあげるじゃないですか。しかし、夏江さまはともかく、悠太君は耳を貸さない可能性があります。だいぶん左がかっているみたいですから」

「まあ、その場合は仕方がないさ」

三人の男どもが室外に消えてから敬助は、夏江の姿を想っていた。風間振一郎の通夜と葬儀のとき、久し振りに会ったが、以前と変わらず、細身で若々しいのに驚いた。もう十七年も前になるが、おれは夏江に恋したことがある。ずいぶんと律儀に艶書を書き送ったものだ。初江を仲介役に頼んで縁談を持ちこんだが、はかばかしい返事がないまま、おれは百合子と結婚してしまった。しかし百合子は奢侈を好む金喰いのうえ、最近は太り肉《じし》が過ぎて、こちとらを魅する所が無くなった。現在、神田明神裏に羽織芸者あがりの子を囲っているのはそのせいだ。なかなかの美形だが品が無く、話が幼稚で体を合わせたあとは屈託してしまう。あの子にくらべれば、夏江は上品で教養があり、話題は豊富な好ましい女性である。

午前十一時過ぎ

私鉄、日教組、日通、海員、都労連などの代表が仮設壇上に登って祝辞を述べた。来賓の左翼系代議士、文化人代表の演説。拍手と旗とプラカードの波。もっとも鍾馗制作のプラカードは大きすぎて後ろの席から壇上が見えぬと抗議され、分解して地上に置くことになったが。

一連の演説が終了すると、ふたたびブラスバンドの演奏に移った。続いて職場音楽の合唱、うたごえ運動グループの合唱だ。肩を組んで唱和する者、スクエアダンスを始める者、食事を取る者、会話もはずんで笑い声がはじけた。弁当を開く人が多くなった。セツラーたちは菓子パンや牛乳などを買い集め、車座になって昼食をとった。女子医大生の誰かが持参したピザパイが好評だった。

悠太の肩を研三がたたいた。

「何だ、もう帰るのか」

「帰る。デモは恥ずかしいから」

「何で恥ずかしいんだ」

「ぼく生真面目な集団てのが苦手なんだ」

「なぜさ」と聞いたが、研三は答えを拒否するように手を振って歩み去った。

正午過ぎ

出し抜けに、おどろおどろしい大音量で、「実力を持って、人民広場に行こう」と拡声器ががなった。演壇に赤旗を手にした男たちがなだれ込み、マイクを奪い、主催者側の組合員たちともみ合っている。学生ではなく年輩の労働者の一群らしい。外苑全体が騒然としてきた。あちこちで叫んでいる。「人民広場の奪還」と「挑発に乗るな」、「断固人民広場を占拠せよ」と「共産党の階級的裏切りを阻止せよ」という声の合戦だ。そのうち整然とした、ブラスバンドと女声合唱が流れ出した。青い制服の工員たちが壇上に並んでいる。みなさん列を作ってくださいと係員が人々に声をかけた。学生たちは大学別に縦隊を作っていく。そのとき、悠太は痩せたジャンパーの男に「小暮悠太さんですね。小池です」と話し掛けられた。

いつも紺の三つ揃いで一流銀行員という身拵えだったので、ジャンパーの薄汚い男が敬助の秘書だと見分けるまでに数秒かかった。よく見知った顔である。高校生時代に敬助の選挙運動をアルバイトでしたときに知り合い、その後も敬助の近辺でよく見かける。しかし、こんな所で?

「風間藤江さまが亡くなられたので、お知らせに来たのです。本日、午前九時五分の御逝去です。お通夜はきょうの午後六時、葬儀はあしたの午後一時、落合の風間家でいたします」

「大叔母さんが亡くなった。そうでしたか。大分悪いとは聞いていたんですが。それはわざわざ、ありがとうございます。でも、ぼくは出られませんよ。セツルで会議があるんです」

小池は軽く点頭して、今度は夏江叔母の所にまっすぐに向かった。同じく訃報を伝えたのだろう、慇懃なお辞儀をすると素早く立ち去った。夏江が来て、「ちょっと悠太ちゃん、話がある」と列外に誘い出した。

「聞いたよ。大叔母さんが亡くなったんだってね」

「それだけじゃないの」と夏江は耳打ちした。「皇居前広場に行かないほうがいいって。デモを警察が徹底的に取り締まる方針で危険だって」

「だって、解散場所は日比谷公園と決められている。人民広場なんかに行くのは先鋭分子だけだよ」

「そうね、わたしもそう思う。大丈夫よねえ。敬助さんて心配性なんだから」と夏江は笑顔で遠ざかっていった。

行列が動き出した。

2

セツラーの面々は、中部コースのデモ隊に加わって行進した。何しろ何十万人の行列だから、なかなか進まない。立ち止まったり小走りになったり、列を出て歩道を行く人々もいて、デモというより集団散歩のおもむきがあった。新緑の銀杏並木を抜けて青山通りに出て、青山一丁目から赤坂見附のあたりで都学連の学生数百人が、「人民広場へ！」と叫びながら行進の列を押し分けて先へ先へと駆け抜け、赤坂見附の交差点では派手なジグザグデモを展開して気勢をあげた。平河町の坂道を登る右手に米軍宿舎があり、彼らが「ヤンキー、ゴーホーム」のシュプレヒコールを叫ぶと、学生の中から呼応する者が多く出た。国会前から日比谷公園に入ったのは午後二時を少し回ったころだった。デモの行列は解散地であったはずの日比谷公園をあっけなく素通りして、帝国ホテルに面した日比谷門を出て日比谷交差点に向かった。それが当然の行為であるような自然な歩きぶりで、別に気負った行列ではなかった。

デモ隊が日比谷交差点で警官隊と出会ったのは午後二時十分過ぎである。そこにいた三百名ほどは、祝田橋へ向かう道路を遮断するように並び、デモ隊を馬場先門へと誘導した。デモ隊の先頭部分は在日米軍司令部前に来て「ヤンキー、ゴーホーム」「アメ公帰れ」と叫び、濠端に駐車してあったアメリカ車の窓ガラスを破るなどした。

デモ隊の先頭が馬場先門交差点に着いて、警官隊に阻止されたのは午後二時二十二、三分ごろであった。予備隊四百五十名が阻止線を張っていたが、デモ隊の数が増して続々と人波の圧力が増してくるのを見て、阻止線を開いた。こうして午後二時三十分、四千人のデモ隊は馬場先門から二重橋前へとなだれ込んだ。最初は拍子抜けしたようなおずおずとした足並みで、それから歓喜の小走りで。

午後二時三十分

みんなが二重橋に向かって走り出したとき、悠太と庄屋は重い救急箱を下げていたため遅れてしまった。すでに二時間歩きづめの搬送でばて気味だったのだ。後ろからは人々が寄せてきて、速く行けという具合に押してくる。そこで、また気張って走った。ふと箱が軽くなったのは、浦沢明夫が手伝ってくれたからだ。「おれが持つ」と明夫は悠太の箱を奪った。庄屋の箱は鍾馗が持ってくれた。徳球のプラカードは角平には荷が重く、風沢や丞相や高済が手を添えて水平に倒して運んだ。

悠太は石橋の入口を遮る駒寄せ木柵を撫でた。二重橋も伏見櫓も昔のままだ。松の枝振りまでが昔のままに思える。戦争中何度か訪れたが、戦後は初めてである。いや、敗戦の夏、名古屋陸軍幼年学校から復員してきて、廃墟の東京駅に降りて、ふらふらとここまで歩いてきて、玉砂利に胡座をかき、おのれの長い影の上に朝日を受けた石垣や橋が輝くのを見つめたものだ。あのとき、十六年のおのれの人生を虚しく思ったのを、まざまざと思い出した。

阿古　風沢よ。難なく広場を奪回したではないか。

風沢　丞相よ。あまりにも簡単に広場に入れたのが曲者だぞ。見ろ。警官隊は完全武装だ。警棒、拳銃、あれはガス砲かな。しかも続々と数を増している。用心せよ。

阿古　これだけの民衆の結集に奴らは後退するばかりだ。ポリ公のやつら、てんで意気地がねえ。

（シガレットに火をつける。煙を吐きつつ、意気軒昂の体である。）

明夫　ヘヘン、ヘンヘン、これが二重橋かよ。おりゃ初めてだ。あんなかに天皇がいるんか。立派な家に住んでるんだろうな。おれっちの育った家とは段違いだよな。リッパリッパノパリパりだい。
夏江　悠太ちゃん、風間の通夜に行く？
悠太　行けないんだ。診療部の運営会議があるもんでね。
夏江　わたしは行く。これから若松町に帰って着替えするわ。変なこと思い出した。二・二六のときに母が死んだけど、わたしは柳島の帝大セツルの帰りに警察につかまって特高の取調べを受けていて、母の死に目に会えなかった。
悠太　おばあちゃまの死んだ日のこと、ぼく、ようく覚えてる。鶴丸に起こされて病室に行ったら、もう亡くなっていて、みんなが泣いていた。その場に叔母さん、いなかったの？　そいつは気がつかなかったな。でも、特高にやられるなんて、けっこうすごい体験をしてるんだねえ。
夏江　二・二六では朝鮮人や主義者の動きに治安当局が神経質になっていたのね。わたしもセツルに出入りしていたので疑われちゃった。
山折　このプラカードももう用済みだ。そろそろ徳球を分解するぞ。こいつは釘を使わず、ボルトだけで組み立ててあるから、分解は簡単だ。
明夫　ほんとだ。鍾馗さん、すげえ木工の腕があるな。手伝いますよ。
　そのとき、馬場先門の方角から青いヘルメットの警官隊が一列縦隊で進んできた。丞相が「通してやれ」と言ったので、みんなは、道をあけてやった。角平は、「どうぞ、どうぞ」と警官隊に笑い掛けた。陸続と警官隊が間を通り抜けて二重橋濠のほとりの芝生に集結し始めた。

午後二時四十分

喚声、悲鳴、怒号、罵声、変事の勃発だ。

さっき、デモ隊の中を通り抜けて二重橋側に回り込んだ警官隊が、突然、棍棒で人々に殴りかかったのだ。デモ隊は混乱し散り散りに逃げ出した。「挑発にのるな。スクラムを組め」と丞相が叫んでいたが、これは空しい叫びだった。不意を衝かれた人々は動転その極で体勢を建て直す余裕などない。警官隊は猛烈な勢いで人々を棍棒で打っては追いやった。人々は総崩れである。すると、一団の群衆が人々を押し返した。「逃げるな」「ポリ公の暴力を制圧せよ」「がんばれ」と殺気立った群衆に逃げかかった人々も足を止め、「こんちくしょう」「やっちまえ」とプラカードの柄や旗竿で警官隊に向かって行った。乱戦模様のさなか、悠太は人にぶつかり投石を浴びながら救急箱を持って必死に走った。と、帽子をかすめて光る弾が飛んだ。拳銃の弾だとひやっとしながら足元を見ると、パチンコ玉のようだ。誰かがパチンコ玉を持ち込んだなと感心していると、何かにけつまずいた。「この野郎！　出ていけ」というわめきとともに頭をがつんと打撃された。警官二人に挟まれた。肩に腰に背中に棒の土砂降りだ。少し気が遠くなったところを、怪力で引っ張りあげられた。明夫が救急箱を持ち腕を摑んでいた。菜々子が、「こっちだよ」と手を引いてくれた。走る。走る。みんな走る。喉が焼けつくように痛み、目も痛む。催涙ガスだと気づいた。近くに飛んできた白煙が催涙弾だ。一斉射撃音がした。「ピストルを撃ってるぞ。伏せろ」と誰かが叫ぶ。が、伏せる余裕などない。大分走った所で、「鍾馗がやられた」と庄屋が言った。振り向くと砂利に倒れている大男がいる。白頭巾の鍾馗だ。駆け寄った。ズボンの右が真っ赤である。

悠太と庄屋は、鍾馗のズボンを脱がせようとしたがべっとりとした血糊で貼りついていた。鋏でズボンを切り開く。大腿上部外側の出血で、脱脂綿で血を拭き取ると丸い傷穴から血が噴き出していた。銃創だ。小動脈が損傷を受けたらしい血の勢いだった。太股の裏にも傷がある。貫通銃創と診断した。悠太は、大腿の外側の貫通でよかったと思う。大腿の内側には重要な神経や血管が多く、そこの損傷だったら極度に危険だった。ヨードチンキで消毒しガーゼを厚く重ねて、悠太と庄屋は明夫の助けを借りて力一杯に患部を押しつけ、圧迫包帯をほどこした。この結果、かなり出血を抑制できるはずだ。が包帯にはじわじわと血が染みてきた。早く病院に運ばねば出血多量で危いと気が焦る。警官が数人取り巻いていたが、重傷者と気がつくと、責任のがれか一斉に逃げ去った。

ショックで麻痺していた神経が働きだして、傷の痛みに鍾馗はうめいた。到底歩けそうもない。担架がほしい。「おれ、抱いていきます」と明夫が大男を軽々と両腕に抱き上げて歩き出した。悠太、庄屋、風沢、菜々子が周りを守るが、催涙ガスでみんな目を赤くしながらの難行苦行だ。祝田橋には警官が阻止線を張り、その後ろには黒山の野次馬。が、警官隊は出血多量の怪我人を見て通してくれた。風沢がタクシーを止めた。明夫はそっと鍾馗を車内に入れた。風沢が、「まだ大勢怪我人が出たらしいから君たちは診てやれ」と言い、車に同乗して鍾馗を大学病院に運ぶことにした。悠太たちは、また警官の列を通って、デモ隊がたむろしている楠公銅像のあたりに戻って行った。

祝田橋から歩いてくる悠太たちを夏江が出迎えた。鍾馗を運ぶ明夫の姿を遠目に見て後を付けていたのだ。彼女は三人をセツラーたちが身を寄せている芝生に導いた。

夏江　鍾馗さんの具合はどう？

悠太　重傷だ。右大腿の貫通銃創だ。風沢が付き添って大学病院に連れていった。
剣持　警察はすごい暴力ね、凶暴。
阿古　あそこまでやるとは予想しなかった。警察のやつ、メンツにかけて人民広場より人民を排除しようとしている。
剣持　子供の喧嘩みたいだな。あんな場所に人がいようがいまいが、どうでもいいじゃないか。
阿古　二重橋前の、あの芝生によって十字形に限られている砂利広場は、歴史の象徴となる場所だ。権力にとっては紀元二千六百年の祝典、新憲法発布記念大会、労働者にとっては戦後初の第十七回大メーデーを始め、すべて人民の力を示す大集会はあそこで行われた。だから、両者にとって象徴は血と死で守らねばならない。
剣持　何だか、莫迦らしい。警察も人民も、子供っぽいよ。
菜々子　大変だよ。小暮さんの頭、血だらけだよ。
　悠太が後頭部に手をやるとべっとりと血がついた。夏江が救急箱を開いて怪我の手当てをしてくれた。三センチほどの裂傷だという。しかし、鍾馗のために包帯を使い切っていてもう予備がない。髪を切って絆創膏を張る手当てを受けながら、帽子をどこかに飛ばしてきたと悠太は気づいた。
　救急箱を見て怪我人が集まってきた。棍棒の打撃傷と突き傷がほとんどだ。血のなまぐさい匂いがあたりに漂った。為藤医師と剣持看護婦が中心になって治療が開始された。縫合を必要とする裂傷もあったが、消毒用のアルコールが切れていて不完全な手当てしかできない。ガーゼも赤チンもヨーチンもすぐ底をついてしまった。庄屋が薬局で包帯、薬を買ってくると帽子にカンパを集め、かなりの金額となり、彼は走り去った。

明夫　チョチョチョ、ポリポリ、ポリ公、残虐だよな。鍾馗さんみたいな無暴力主義者をピストルで撃つんだからな。

菜々子　大きいし頭巾が目立つし、射撃の標的になったんだよ。

彦坂　警察が解散、退去の命令伝達なしに、いきなりの暴力による排除をおこなったのは完全な違法行為だ。

阿古　今ごろ、やっとやってるぜ。

警視庁の宣伝車が、何やら放送しだした。

「……してください」と繰り返しているが意味不明である。

そのとき、祝田橋から中部コースの残りと南部コースのデモ隊が入ってきた。群衆が陸続として迫ってきて警官隊はあわてて後退し、われわれみんなは歓声をあげて拍手をした。さきほど発射された催涙ガスも南風に乗って散ってしまい、目と喉の痛みも大分おさまってきた。歓声と拍手はますます大きくなった。

午後三時過ぎ

祝田橋から来たデモ隊に楠公銅像周辺にいたデモ隊が合流する形となって二重橋を望む濠から馬場先門から来る道路上に掛けて集まり、警官隊はデモ隊と対峙するように並んでいた。両者の間には約十メートルの隔たりがあった。

彦坂　これから何があるんだ。

阿古　われわれは人民広場を奪還した。警官隊を証人として二重橋前の占拠という歴史的偉業を成就した。これより大集会を開き、解散するんだ。おれ警官隊の隊長に集会の開催を黙認するように交渉に行く。
夏江　悠太ちゃん、わたしは風間の通夜に行くわ。じゃ、またね。
悠太　ぼくは行けない。あしたの葬儀のほうも、小児科のT教授のポリクリで行けそうもない。ともかくはみなさんによろしくね。
夏江は去った。周囲の人垣は厚くなってきた。悠太のいる芝生からは濠のそばで警官と向き合っている人々が遠くに見えた。合唱が起こった。

くおんにとどろくヴォルガの流れ
目にこそ映えゆく
ステンカ・ラージンの舟

どこかで『インターナショナル』を唱っていた。これには唱和する人が増え、肩を組んでの大合唱となった。

起て飢えたる者よ　今ぞ日は近し
覚めよわが同胞《はらから》　暁は来ぬ
暴虐の鎖断つ日　旗は血に燃えて

海をへだてつ我等　腕結《かいな》びゆく
いざ戦わんいざ　奮い立ていざ
ああインターナショナル　我等がもの
いざ戦わんいざ　奮い立ていざ
ああインターナショナル　我等がもの

この歌は午前中のお祭り気分のときは暗すぎて、その場にそぐわない向きがあったが、今、警官隊の兇暴な暴力を経験したあとは、悲壮味を実感し気持ちを高揚させる効果があった。世界各国語で唱われている、弾圧によって流された血の呪いの歌だ。悠太は最近暗記したフランス語の原歌詞を心で思い出した。

Debout, les damnés de la terre,
Debout, les forçats de la faim,
La raison tonne en son cratère,
C'est l'éruption de la fin……
……L'internationale
　Sera le genre humain.

全世界の労働者が連帯する。働くものの赤い血で世界は花の輪で結ばれる。この歌は全世界で唱われている！　セツラーたちも唱いだした。が、その脇には我関せず焉と芝生に寝ころび空を見詰める男女のカップルがいる。そういうのんびりした人々を目当てにアイスクリーム売りが回ってきて、売れ行き好調である。そこへ庄屋が大きな紙袋を抱えて汗塗れになって帰ってきた。「このあたりには普通の薬局はなくて、アメリカン・ファーマシーしかない。えらく高いんだが仕方がない。ほら、包帯と薬だ」と紙袋を拡げた。

悠太の頭に玉先悦子が包帯を巻いてくれた。為藤と剣持の仮包帯所が再開され、人々は列を作った。

午後三時二十五分

ふたたび暴力沙汰となった。警官隊が一斉に喊声をあげ棍棒を振り上げて、合流し増大したデモ隊に襲いかかったのである。白煙がつぎつぎに左手の濠端、つまり南風の風上にあがった。催涙ガスだ。デモ隊は棍棒とガスに追われて総崩れになった。背後から棍棒で叩く。転んだ人を蹴飛ばす。怒ったデモ隊の反撃も始まった。日雇いのおっさんたちがことにも勇猛に警官隊に立ち向かい、それに勢いを得た男たちも警官隊に襲いかかる。

アワワワ　鬼　悪魔　突っ込め！　ぶっ殺せ！　赤旗の棹　スクラムを組め　ポリ公に敗けるな　犬　おまわり　負けるな　ワッショイワッショイ　プラカード　投石　格闘　乱闘　この野郎　**アワワワワ**　出ていけ馬鹿もん　痛えよ　なにしやがる　それでもおめえ人間か　ガス　血　土　煙　石　血　ガス　ワッショイワッショイ　**アワワワ**　ポリ公ぶちのめせ　やられた　助けてく

れ救急隊　パパン　ガス　チクショウ拳銃を撃ちやがった　あいつら人間じゃねえ　鬼　悪魔
突っ込め！　全員広場より追い出せ！　かまわんぶちのめせ　救護所の移動だ　楠公銅像の裏側
がいいぞ

悠太と庄屋、為藤と剣持は協力して、治療道具や薬品を箱に詰めた。この作業のためデモ隊はどんどん先に逃げてしまい、じかに警官隊が迫ってきた。夢中で走る。途中で明夫が救急箱二つをかかえて走った。女子医大生と剣持が警官隊に追いつかれて棍棒の乱打を浴びだした。悲鳴があがる。この野郎！　女だてらに畜生め！　やっつけろ！　菜々子が助けに引き返した。その顔を警棒が突き上げて倒れる。顔から血を噴き出した菜々子が逃げる。その頭を棍棒が打った。菜々子は倒れた。明夫は箱を放り出すと救出に向かった。菜々子を抱き起こす、その頭と肩に二人の警官の乱打が加えられた。明夫は警棒を奪うと一人の警官に打ち返し、もう一人は胸ぐらを持って投げ飛ばした。数人の警官が明夫を取り囲んだ。明夫が奮戦するあいだに、悠太と剣持は菜々子の両脇を抱えて逃げた。為藤や女子医大生が救急箱を拾いあげた。ともかく楠公銅像の裏側まで来たときに、明夫の姿は見えなかった。手錠をかけられて逮捕されたと誰かが言った。

菜々子の右目のすぐ横から出血していた。額も割られて、血がどくどく流れだしている。呼んでも応えない。すでに意識がなかった。額の傷を指で押さえた悠太はぞっとした。頭蓋骨の陥没骨折がある。すぐ大病院に運ぶ必要がある。為藤と剣持とが仮包帯をした。包帯は血で染まった。竹竿二本を並べ、上着四着の袖を通して即製の担架を作ったのは為藤だった。戦場での経験だという。

怪我人が多いので為藤と剣持が診療に当たることにし、悠太と庄屋とで菜々子を運んだ。祝田橋のほうが近いのだが、多数の警官隊が集結しているのであきらめ、馬場先門へと向かった。さいわい額の出血は止まったが、右目の辺りの出血は動脈を切ったらしく止まらない。もう一度圧迫包帯をし直した。馬場先門に来た。警官隊が固めている。

悠太　重傷者です。病院に運びます。通してください。
警官A　あんたの住所氏名大学名を言え。
悠太　一刻を争うのですよ。脳挫傷で意識不明です。
警官B　そちらの男も住所氏名を言え。
野次馬　おい、お巡りさんよ、人を殺す気か。重傷らしいぜ。ぐずぐずしてら、死んじまったら責任とるのかよ。
警官A　公務執行妨害をする気か。
警官B　この女の住所名前を言え。
悠太　知りませんよ。倒れていたんです。
警官A　この広場にいた者は逮捕する。
悠太　意識がない。人命救助が第一です。
野次馬　そうだ、そうだ。人命救助が第一だ！　警察はおかしいぞ。

野次馬たちが警官を押し退けて道を空けてくれた。悠太と庄屋は大通りにでて、タクシーに手をあげた。しかしかかわりを恐れたのか運転手は首を振って走り去った。二台目も同じだった。そして三台目も……。

悠太　救急車を呼ぶか。
庄屋　電話を掛け、到着を待つまで時間がかかる。
　三輪トラックが脇に停まった。
運転手　病院まで運んでやるよ。
　トレパン姿の青年だ。運送会社の配送係という感じで、そのさっぱりした気色が頼もしく思えた。
悠太　お願いします。助かります。
運転手　どこの病院だ。
庄屋　本郷の東大病院です。
運転手　あ、そんな遠くのほうがいい。この近所の病院はポリ公だらけで、負傷者はいちいちチェックされてるから危険だ。ついさっきも慈恵医大に一人運んだが、あそこもポリ公の巣だったよ。
　三輪トラックは全身で思いっきり咳をすると、どんと発車した。埃っぽい荷台の上で菜々子は小刻みに震動していた。脳出血にこの震動は悪影響を与えると思い、悠太と庄屋は二人の上着をまるめて枕を作った。が、すぐずれてしまう。悠太は胡座をかいて菜々子の頭を膝の間に抱え、庄屋は菜々子の下半身を同じようにして脚の上に乗せた。依然として彼女の意識は戻ってこないが、脈は強く規則正しく搏っていた。

午後三時四十分

小池　もしもし小池であります。今、丸の内署の二階におります。皇居前広場において警備隊とデモ隊との二回にわたる衝突が終ったので、状況を報告いたします。
敬助　警視庁からも一報が入った。デモ隊は罠にはまって、大暴れをしてくれたようだな。
小池　はい。激闘になりまして、双方に相当数の損害が出ました。警官数名が濠に投げ落とされ、負傷者も相当数です。敵も千人を越す重軽傷者を出した模様であります。わたくし、ずっと夏江さまに注目しておりまして、皇居前広場に入られたので心配しておりましたが、二度目の衝突の直前に現場を離脱されました。
敬助　やれやれ、女だてらに危険区域に突入するとは、無鉄砲だな。しかし、無事でよかった。
小池　悠太君のほうはちょっと分かりません。赤十字の腕章をつけて救護隊員をしていましたから、まだ怪我人の治療にあたっているとも考えられます。
敬助　まあ、そっちはほっとけ。
小池　お、今、デモ隊が日比谷交差点近くの路上に駐車してあったアメリカ車を、つぎつぎにひっくり返しております。お、火をつけました。猛烈な炎をあげています。七、いや九、十……十台が燃えています。
敬助　いい具合に敵は相当に凶暴になってくれたな。
小池　はい、すっかり凶暴にいたしました。ご命令に反しましたが、中部コースの指揮を工藤に、南部コースの指揮を島津に執らせました。と申しますのも、南部には北朝鮮人一万五千人がいて、朝鮮語の得意な島津には与しやすかったためであります。
敬助　死者は？

小池　今のところ出ておりませんが、重傷者はかなり出ております。ただいま、警視庁警備第二部長よりの連絡があり、特別捜査部長馬場検事が今回の事件に騒擾罪を適用し捜査し、検挙班を編成することになりました。わたくし、工藤と島津に伝令を出して、検挙が始まる前になるべく退避するようにいたします。

敬助　ま、不自然でないようにうまくやれ。詳しい報告はいずれな。特別捜査部長を騒擾罪適用の決心にまで追い込んだのは大成功だ。よくやったぞ。では、男どもはうまくこっそりと引き揚げさせろ。

午後四時半

小池　その後の経過報告をいたします。午後四時に、第三回目の実力行使があると知り、わたくし自身が、楠公銅像付近に集結していたデモ隊に急行し、さいわい工藤と島津に連絡して、われわれ隊員を現場より立ち去らせるようにしました。騒擾罪成立によってわれわれの任務の終了せることを納得させたのであります。なお、この時点で悠太君は広場には見当たりませんでした。混乱のさなかで見落としがあるかも知れませんが、発見できませんでした。午後四時、三度目の総攻撃開始。警棒で打ちのめし、拳銃の威嚇発射で追い散らして、日比谷濠土手に追い詰め、さんざん威嚇して、抵抗する者を片っ端から検挙し、一名を射殺し、一部の者を濠に突き落とし、完全に皇居前広場を制圧いたしました。警察の完全勝利であります。

敬助　男どもに検挙者は出なかったか。

小池　今のところ出ていないと信じます。

敬助　怪我人は？
小池　さすが軽傷者は十数人出ましたが、病院搬送の要ある、重傷者はいません。
敬助　ご苦労であった。また新事実があったら報告してくれ。

午後五時半ごろ

風間邸の坂道で、脇を追い抜いていく車に気を取られているうちに、尻をいきなり引っ叩かれた。夏江と透が痛いと叫ぶと火之子だった。すると、もう一度、思いっきり引っ叩かれた。はるか下の方に初江がふうふう息を切らして追ってくる。

「ピッちゃん持ってきた」と火之子は縫いぐるみを振って見せた。剝げちょろの見るも無残な態である。

「まあ」と夏江は溜息をついた。何かと人目の多い風間の法事には、まるで場違いな玩具である。

そう思っている親をからかうように幼い子は言った。

「ピッちゃんもオソーシキするの。いちばーんまえで、おじぎするの」

「一番前？」

「だっていちばーんまえでないと見えないもん。このまえ、見えなかったもん。ねえ、おばちゃん」とやっと追いついた初江の同意を求めた。

「そうね、待って……」と初江は、しばらく呼吸を整えてから、やっと口を開いた。「この前の叔父さまのお通夜じゃ後ろにいて、お坊さんが見えなかったから、今夜は、何が何でも、最前列の席に着くんですって」

「まあいいわ」と夏江は言った。「ただし、火之子、独りで行くのよ」

「いいよ」と子供は平気で言い、「いちばーんまえはさあ、おかあさん、はずかしいんでしょう」と目をくりくりさせた。この子には嘘は言えない。最前列に空席が多いのを、ちゃんと知っているし、その理由も理解している。

初江は夏江に会ったらまず聞いてみたいと思っていた質問をした。

「夏っちゃん、メーデー、どうだった。ラジオのニュースじゃ、暴動みたいになったそうだけど」

「暴動じゃないわよ。警官隊の暴力に対する反発で多少の抵抗はあったけど、最初に殴り込みを掛けたのは警官隊よ。わたしはこの目で見たんだから、確かよ。それはものすごい暴力だった。棍棒で打つ。催涙弾を発射する。ピストルを撃つ。学生の一人、セツルのレジデントをしていた人が足を撃ち抜かれて大怪我をして、悠太ちゃんなんかが看護に当たって大変だった」

「じゃ、夏っちゃんも悠太も皇居前広場に行ったのね。まあ危ないことを。で、悠太は無事だった?」

夏江が顔を曇らせたので初江はたちまち不安で胸を暗くした。

「わたしは途中から帰ったので、悠太ちゃんがどうなったかは知らない。わたしがいなくなったあとも、警官隊の攻撃があったらしいわね。ともかく、彼ら、獰猛で冷血で残酷ね。広場にいたというだけで、暴力を振るう。人間とは思えない行為よ。口で言って広場から立ち去らせればいいものを、いきなりの実力行使でしょう」

「悠太はどうしたんだろう。まだ戻らないのよ」

「心配ね」と言いながら、夏江は風間の玄関口が近づいたので口を閉じた。例によって、玄関前に一隊の黒服の男たちがずらりと衛兵のように並んで弔問客を迎えた。中に小池秘書がいる。夏江を認めると、なにくわぬ顔で慇懃に低頭した。

午後六時過ぎ

大広間正面の祭壇前では、通夜の読経が始まる直前であった。遺影の風間藤江は享年六十三だが、ずっと前の写真らしく四十代に見える。喪主は脇百合子で、あと大河内松子、速水梅子、野本桜子が横に坐り、四人ともハンカチを握りしめている。この四姉妹の後ろに四人の夫たちが坐った。敬助は、菊池透と夏江夫妻が定刻前に到着したのを見かけていた。夏江の喪服姿が白い肌を際立たせていた。もう三十半ばを過ぎたのに、小さな肩やほっそりした肢体が、今でも二十代の娘のようだ。しかし、つぎつぎに到来する参列者に挨拶するのに忙しく、彼女をじっくり観察する暇はなかった。おや、小さい黒影が走っていく。犬でも入り込んだかと思って驚いて見ると女の子だ。一番前の席に行き、椅子が高すぎるので、一度こちらを向いてよじ登り、ちょこんと腰掛けた。あの子は、たしか夏江の娘、火之子だ。母親と違って大きな二重瞼だ。これもなかなかの美形だ。将来、美人になるだろう。おやおや、縫いぐるみの熊を抱いている。なんだって、あんな席に一人で坐ったのだろう。と、小池が忍び足で百合子の横に行き、「導師をお入れしていいでしょうか」とささやき、百合子はそっと広間を見渡してから、頷いた。小池は去りぎわにおれにそっとメモを渡した。

①警視庁撮影班の現場写真の中に、負傷した学生を学生たちが介抱するシーンがあり、負傷者の顔貌をしかるべき筋に照会したところ、山折代議士の子息、山折剛太郎、東大文学部社会学科学生と判明した。
②介抱現場に医学部小暮悠太記名の東大制帽が遺留されてあり、山折剛太郎の救護にあたった証拠物件として押収した。
③右二件は丸の内署よりの電話によるものですが、この二件の取扱いにつき、警察当局は国家公安委員の意向を聞いてきております。いかが取り計らいましょうか。

やれやれ、また厄介な出来事が起こったと思う。山折代議士からは、前回破防法反対国会デモにおける逮捕以来、息子に有利に事を処するよう懇ろに頼まれている。が、彼の負傷は騒擾事件現場にいた証拠となる。

悠太は医学部の学生だから救護隊員として活躍したのだろうが、救護隊員として参加していること自体が、騒擾の勢いを助長すべきものと認定される大審院判決がある以上、不利な立場だ。ふと、敬助は、悠太が小学生のとき、戸山ヶ原の陸軍射撃場のそばで古材木に放火して火災を起こして問題になった事件を連想した。あのときは、子供のいたずら、しかも悪童のしり馬に乗った件として、不問に付すように警察を説得してやった。当時、おれは陸軍大尉で陸大の学生だったので、軍から警察に圧力をかけることができた。今度はどうか。国家公安委員ならびに衆議院行政監察委員として警察に圧力をかけるのは簡単だが、こういう権力は、小出しにして長く活用するのが得策だ。

山折代議士には、息子の捜索中止の貸しを作っておき、将来、国家公安委員長、すなわち国務大臣に推挙の動きがあったときに努力してもらう。悠太の件は、党員でもない者が、単に集団行進について救護を行うとの認識のもとに参加したに過ぎないとして、附和随行者と認定するようにする。ま、こちらは、親戚に騒擾事件関係者がいないという、おれの保身のために必要な処置だ。そう心を決めると敬助は、すっかり安心した。決心の実行は小池にやらせればいいので、何も面倒なことはない。

また小池が来てメモを渡した。

夕刊に本日の乱闘事件が載っています。なおこの記事につきコメントをいただきたいと記者が四人来ています。

導師が入場してきて、みんなは起立して迎えた。坊さんは五人だ。振一郎のときは十人にしたが、藤江のばあいは五人にしろと、百合子に指示した。別に根拠はない。藤江は、政治家との付き合いをあまり好まないので公式の会合には顔を出さず、振一郎は事あるごとに、すなわち選挙とか宴会とか決起大会のときは、敬助の母、昔の大物政治家、脇礼助未亡人の脇美津をむしろ伴侶のようにして押し出してきた。母には電報を打った。金沢を寝台車で発つと返事が来た。導師が着座して読経の呼吸を整える一瞬の静寂のなか、敬助は立って、すっすと後ろの出口から大広間を出た。打磬《だけい》とともに読経が始まった。敬助が応接間に入ると、待っていた小池秘書が夕刊を差し出した。

皇居前に雪崩れ込むメーデー　デモ隊、警官と大乱闘

さっと目を通す。警官隊のスクラムを突破した無届けデモの中部コース一万名が二重橋前広場に突入し、付近の停めてあった米軍乗用車二十台のガラスを破り、転覆させ、放火した。さらに南部コースの五千名が加わるにいたって、デモ隊は暴徒と化し、警官隊に襲いかかった。午後、警視庁に入った情報によると、以下の約五百名余の「凶器保持者」がいた。都学連三百名は野球バット、実行隊七十名は竹ヤリ、三寸角材、北朝鮮人の一部はカラシ、パチンコ玉、腕章をつけた祖国防衛隊百五十名はコンボウの凶器で暴れまわり警官隊にも数多くの負傷者を出した。

記者たちが呼び込まれた。きょうのメーデー暴動についての衆議院行政監察委員としての見解を聞きたいという。敬助は故振一郎の真似で、しばし瞑目したあと、クワッと目を開いて相手を威圧する方法で、おのれの意見を開陳した。

「政府見解や自由党としての意見は別に出るでしょうから、監察委員個人としての私見を申します。今回の暴動は、偶発的な出来事ではなく、きわめて計画的なものであり、かかる凄惨な暴力による社会秩序の紊乱は民主主義の破壊であり、断じて許すことはできない。騒擾罪を適用して捜査すると決まった現在、首魁、指揮者、率先助勢者のすべてを徹底的に検挙し断罪することは当然である。しかし、自分たちの参加したデモが暴動に発展するという認識がなかった附和随行者である大部分のデモ参加者については、事を穏便に処すべきである。また、今後、今回のよう

な暴動を阻止し鎮圧するためには、わが自由党が現在国会に提出している破防法の可決成立こそ緊急の課題である」

　敬助は一気に言い切ると、我ながら委曲をつくした発言に満足した。で、記者の一人がなおも質問しようとして手をあげたのを不快げに睨みつけた。

「今回の暴動の背後には、共産党と北朝鮮系分子の策動があるという人もいるのですが、先生のご見解はいかがですか」

「それについては、確固たる証拠がありませんから何も申しあげられない。ただし、あなたたちマスコミの報道によれば、都学連と朝鮮人が凶器を準備していたそうだから、背後にそういう策動があったことは、ほぼ確実でしょうね」と敬助はにっこりしてみせた。あなた方新聞はもっと勇敢に断定的に記事を書きなさいよという励ましの微笑であった。

　記者たちが退出すると敬助は、しばらく考え込んだ。山折代議士の息子と悠太の件について、あまり早急に手を打つのは、権力の有効な行使法ではないと思い返したのだ。マスコミは、今度の事件を騒擾事件として大々的に取り扱うだろう。そういう渦中で、事件関係者として警察に捜査させ、不安のさなかに検挙させる。そうすれば山折のやつ大あわてでおれに泣きついてくるだろう。そこで検事に圧力をかけて起訴猶予に持っていってやれば、山折には大きな恩を売ることになるではないか。悠太が事件関係者となれば、小暮家では大騒ぎになる。初江は、当然、夏江と透に相談し、そこからおれの力を当てにせざるをえない。夏江がおれに頼む。おれが夏江のために何かしてやる。夏江と近付くいい機会だ。透弁護士には、風間の遺産相続でいろいろ働いてもらわねばならないが、彼におれに対する負い目のあるほうが使いやすい。悠太はよい手札代りになる。敬助は、そばでじっと主人の顔色をうかがっていた小池に、重要な命令を伝えるときの、文節を小さく区切った口調で言った。

「山折の息子と、悠太の件は、しばらく、捜査当局の、捜査にまかせろ。逮捕とか、取調べとか、現実的段階が、しゅったいしたばあいにのみ、おれに報告しろ。それから、慎重に、善処することにする」

小池は、心得ましたという忠僕の顔付きとなり、かちっと音がするような正確な一礼で応えた。

同じく午後六時過ぎ

明夫は頑として黙っていた。手錠ははずされたが腰縄をつけられた囚人の風体のままだ。警棒で殴られた後頭部がずきずき痛む。手をやってみると血がまだ流れ出ている。治療もしてくれず放置されたままだ。

「痛いか。痛いだろうな。名前を言えば、手当てをしてやる。名無しの権兵衛には、公費を使うわけにいかんからな」と左横に坐って腕組みしている中年の警部が、気のなさそうなだみ声で言った。

「いつまでも黙っていると、いつまでもそのままだぞ」と後ろに立った若い巡査が、負傷した左肩の傷をわざと小突き、ぴりぴり激痛が走り、うめくまいと気張った明夫の口から獣のような唸り声が漏れた。

「ほら、もう一度、見せてやる」と巡査部長が写真を明夫の目の前にかざした。ヘルメットの警官と渡り合っている姿だ。明夫の拳が警官の頰に食い込んでいる瞬間が写されている。もっとも別な警官の棍棒がこちらの頭を割っている瞬間でもあるが。

「公務執行妨害、暴行の証拠は明々白々。どうだ。名前を言って楽にならんか」と警部のだみ声だ。この声、抑揚を欠いていて感情が伝わってこない。

取調官たちは沈黙した。明夫も頑張って黙っている。ヘン、ポリポリヤロウめ、喋ってやるもんか、ダンマリコンノコンコンチキだ。広場では、手錠を掛けられてからも棍棒で叩かれた。頭を肩を胸をぶっ叩かれた。叩かれながら悪態をついてやった。何を言ったかはよく覚えていない。とにかく不当逮捕だと抗議した。だっておれは悪いことをしたわけじゃねえ。無防備でひ弱な、女の子を助けようとしただけだ。罪のない女の子に完全武装のポリ公が暴行するのが、どうして公務執行なんだ。その不当な暴行を阻止しようとしたのが、どうして公務執行妨害なんだ。イッタイゼンテーミライエイゴー論理が通らねえじゃねえか。極貧愚鈍無知に追いやられたおれだって、そのくらいの理屈はピンピンツウカア分からあね。同時に逮捕された者たち十人ほどが数珠繋ぎになって、この署（どこの署か分からねえ）の細い廊下を引っ張り廻され刑事部刑事管理課とか何とかの受付から薄暗い階段を穴の底に引きずりこまれる感じで、途中、取り調べの警官の怒鳴り声なんかが響く部屋をいくつか通って、ココハジゴクノナンチョウメ、どん詰まりのこの部屋の中に突き飛ばされた。

つまり、警察ってえ、網の目みたいにこんがらがった組織の中に、ムリムタイガンジガラメにからみ取られた感じさ。

また巡査部長が写真を見せた。おや、今度は別な一枚だ。倒れた菜々子を学生たちが抱えて走っている姿だ。小暮悠太、庄屋聖造、久保高済の後姿が見分けられる。菜々子の顔は見えないが、どうやら気を失っている様子だ。数人の警官が棍棒をかざして追っているが、学生たちの逃げ足が早く、引き離されているかに見える。

「これは東大の学生たちだ」とだみ声が解説した。「この倒れている女はお前の知人らしいな。お前は、この女のために公務執行妨害をしたんだからな。お前と東大生とはどういう関係だ」

「黙っていてもすぐ判明するぞ」と巡査部長があざ笑いつつ、手品師のような手つきで数枚の写真をパッパと見せた。小暮悠太と庄屋聖造の赤十字腕章と救急箱の運搬。明夫が救急箱を持って走っている。その横を菜々子が走る。その他、明夫と学生たちの関係を示す映像。

「さあ、氏名所属を言え」と背後の警官がまた傷口を小突いた。激痛が走る。言わねえよ。ミライエイゴー、ダンマリコンノコンコンチキだ。が、菜々ちゃん、どうなったんだ。生きてるんだろうな。死んだら承知しねえからな。おれなんか、どうなってもいいんだ。失業中のアダム・スミスにゃ、失うものは何もねえ。が、おめえは違う。おれにとって、チクショウコノアマ、乱暴で強情だが、熱烈に愛してる女性なんだからな。

午後七時過ぎ

棚には広口瓶に入れられた脳の標本が並んでいる。流しにはシャーレ、ビーカー、フラスコ、ピペットなどのガラス器具が雑然と置かれ、机上には一基の顕微鏡がぽつんと取り残されてあり、開いたノートが主が検鏡を途中で止めたことを示している。悠太は腕時計を見た。手術が始まってからこれで二時間半も経っている。

壁にこびりついた黒は闇なのか汚れなのか、それとも不安の投影なのか、心滅入る視線をふわふわ漂わしながら、悠太は待っていた。手術の経過も首尾も不明であって、なおさらに不安がつのる。これくらいなら立ち会えばよかったと思う。見学するかと医師に言われたとき、とっさにいいえと答えたのは、いろいろ連絡する事項があると考えたためもあるが、菜々子の頭皮が剝がれて頭蓋骨がのこぎりで切断されるのを見るに忍びなかったからである。診断は頭蓋骨陥没骨折と硬膜下血腫。血腫はかなり大きくかつ深部にあり手術の必要あり。こういう難手術は外傷のときしかなく、めったに見られないものだから勉強になるよとも言われたが。

病院についてすぐS外科（もう一つのK外科は胸部腹部内臓外科を得意とし、S外科は脳神経外科を得意としていたので）に行き、さいわい時々セツル診療所にも来てくれる音有《おとあり》医師の診察を受けることができた。神経学的検査、レントゲン撮影と手早くしてくれ、すぐ開頭手術に入ってくれた。一時間ほどして、風沢が来て、鍾馗の病状を伝えた。右大腿上部の貫通銃創で、さいわい重要な血管・神経・骨には損傷がなく、すでに縫合手術が終って、S外科関連の医療機関、池之端の医院に移した。というのはメーデーに騒擾罪が適用されて、本郷の本院には本富士署の私服が大勢入り込んでいるので危険だからだという。風沢は、悠太の頭の包帯も、メーデー参加の証拠になるから用心しろとも言った。そこで、手術室前の待合室を避けて、音有医師の研究室に入れてもらい、待つことにした。しばらくして、庄屋は菜々子の負傷と診察結果を大山田のセツル診療所と弟の千太郎に伝えるべく姿を消し、あと悠太が独り残っている。

メーデー関係のニュースを知ろうと売店に行ってみたところ、もう閉まっていた。研究室にもどろうとしたら、私服らしい二人の男につけられているのに気づいた。悠太は、小走りに廊下を行き、ロッカーや機材を積み上げた廊下の死角を利用して相手をまき、大回りしたすえ研究室に戻った。

風沢の言ったように学内、とくに付属病院内は警察の重点監視地区になっていると思う。これから先どうしたらいいか。ともかく、頭の包帯は目立つので、せいぜい絆創膏にして帽子を被ればいい——しまった、学帽は広場に落としてきた。あれには、医学部小暮悠太の標記があるから、おれが現場にいた確実な証拠物件になってしまう。おれは逮捕されるだろうか。

悠太は、現行犯逮捕された浦沢明夫を思った。明夫の奮戦のおかげで菜々子を運び出すことができた。彼が逮捕されたのは、菜々子を守るために警官どもと渡り合ったせいだが、それでも罪になるのだろうか。明夫は現在どこに留置されているのだろう。菜々子の傷をもっとも心配しているのは彼だ。ああ、彼は菜々子を熱烈に愛している。愛するという言葉が彼の口から飛び出したときの真実味をおれは疑わない。日本語があれほどの確固とした表現力を持ちうる事実をおれは認める。日常頻繁に使用される英語の **I love you.** とは意味内容が違う。

「小暮君」と呼ばれた。手術着姿の音有医師だった。すらりと背が高い、精悍な顔立ちの人で、セツル診療所でも主婦や娘の評判がいい。もっとも菜々子を診療するのは初めてであったが。

「手術は無事終了したよ。血腫は綺麗に除去した。大丈夫、脳の損傷はほとんどないでしょう。麻酔が覚めれば、意識は回復するでしょう」

「よかった！　どうもありがとうございます」と悠太は踊るようにして頭をさげた。

「ところで」と音有は半開きのドアをきちんと閉めてから言った。「患者をどうするかの問題が起きたんです。手術室前に不審な男が二人、うろついています。おそらく私服でしょう。そこで、問題は患者をどこに入院させるかです。この東大病院は、本富士署の目と鼻にあって危険です。

そこで、雑司ヶ谷の東大分院に移すのがいいと思う。外科部長のU助教授は元セツラーで、事情を話したら、学用患者として引き受けると言ってくれました。こういう頭蓋骨陥没骨折と脳内血腫の複雑な合併症は、ふつうの交通事故なんかでは生じにくく、外科学研究の症例報告に値するそうだ。ところで、母親が入院中で、小学生の弟しかいないとなると、セツルが身元引受人になるより仕方がありませんな。じゃ、君、手伝ってください。救急車なんかで運ぶと目立つので、ぼくの車で運ぶ。裏門からこっそり脱出するんです」

「承知しました」

若い医師と二人の看護婦が患者を見守っていた。菜々子は頭全体が包帯巻きの痛ましい姿でストレッチャーに載せられている。包帯に開けられた穴の中の両目は閉じられていた。まだ麻酔が効いて眠っているのだ。音有は説明した。「受傷してから短時間内に手術できたのは君たちのおかげです。もっと硬膜下血腫が大きくなっていたら、脳の後遺症が起こったかも知れません。まあ、これなら脳には障害が残らないでしょう。問題は右の目のそばの裂傷です。五針必要なほど大きなもので、化膿さえしなければ完治しますが、傷痕は残るでしょう。女性ですから、この点がとくに問題です」

「その傷が心配だったんです」と悠太が言った。「出血がどうしても止まらなかったもんですから」

「あと一センチで眼球を突かれたところでしたね。警官がわざと危険な場所を狙ったとしか思えません」

「あの樫の一本棒で顔を突き上げるんです。やつら、物凄く残酷です」

「ところで、君の包帯は目立ちすぎますね。替えてあげましょう」音有は若い医師と協力して悠太の傷を診察してくれた。三センチほどの裂傷で骨には異状はないが、二針は縫ったほうがいいという。音有は、傷の周辺を綺麗に剃り、丁寧に消毒したあと、局部麻酔をして手早く縫い、化膿予防のペニシリンを一筒打ち、黒い絆創膏の上に髪を垂らすと目立たなくなった。

病院内の裏道に詳しい若い医師が誘導して私服の追尾をかわすことにした。なんとかして、こっそりと病院の裏手にまわり、音有の自動車に乗せるというのだ。

「先生、車をお持ちなんですか」

「ええ、まあぜいたくしています。親父の車ですがね」と音有は照れた様子で頭を搔いた。父は浦和の開業医で、彼は車で本郷まで通っているのだという。

看護婦二人がストレッチャーにつき、若い医師と悠太が手伝う形で手術室から廊下に出ると、案の定、私服が後をつける気配を見せて立ち上がった。エレベータで上の階の病室へ向かい、そこで降りると見せかけて地下に降りた。鉄扉を鍵で開け、水道・ガス・電気などの管が錯綜する迷路を通り、病院の裏側に出た。洗濯場、石炭置場、高圧ガス貯蔵所、ゴミ捨て場と、人気はまるでない場所に音有が車を回してきて待っていた。意識のない菜々子を後部座席に横たえるのに手間取ったが、何とか無事に乗せることができた。音有の運転で悠太が付添い、車は大学の裏門、池之端門を滑り出た。

午後七時半

仏事が終り通夜振舞いとなってすぐ、敬助が夏江に近づいてきて挨拶した。振一郎の通夜や葬儀のときは、何だか冷やかでつんと澄ましていたので、この愛想のよさは気味が悪い。気味が悪いといえば、きょう、メーデー会場に小池を寄越して、わざわざ藤江叔母の死と通夜の時刻を知らせたうえ、皇居前の惨劇を予告してくれたのもお節介がすぎていた。敬助が急にわたしに興味を抱いたのには裏があって、振一郎の死と藤江の重病でにわかに現実味を帯びてきた風間家の遺産相続について透にいろいろと骨折ってもらいたいのが本音らしい。すでに、四谷の法律事務所に敬助は何度も足を運んで来ている。要するにこの落合の二万坪の土地と建物を百合子のものにして、松子には敬助の逗子の土地建物を代替として提供し、梅子には軽井沢の別荘を、桜子には葉山の別荘をという配分を、四姉妹に納得させる役目を、透に頼みたいのだ。こういう配分だと、落合を取得する百合子が有利だから、妹たちを納得させるのに不足分の追加支払いをせねばならず、その複雑な遺産分割協議書の作成には、法律経理に詳しい透の案内が必要という訳だ。妹三人のうち、いちはやく決着がついたのは桜子で、野本造船は油壺に工場を持つから、葉山は使用価値があると言って協議書に判をつくと言っているが、松子と梅子はなお相続分に不満があり、百合子の差配にあれこれ難癖を付けているらしい。

「長い間のお患いで叔母さま、お苦しみで大変でしたね」と夏江は悔みを言った。

「まあ寿命ですな」と敬助はさっぱりした口調で微笑した。「やっと苦しみが去ってくれ、義母《はは》も安心したことでしょう」

「きょうは小池さんによるご伝言をありがとうございました」

「暴動を起こす、極左勢力の策謀を察知してたもんですから心配になって」

「ご配慮恐れ入ります」

「はは、ぼくにとっては簡単なことでしてね、立場上、いろいろと情報が入るものだから。ところで悠太君はどうしました」

「途中で別れたので、その後は知りませんの。悠太ちゃんは救急係で、大忙しでした。ところで、今回の衝突を騒擾罪で捜査逮捕をすると聞いていますが、広場に行った人はみんな捜査の対象になるんでしょうか」

「騒擾罪には段階がありましてね、首魁、指揮者、率先助勢、附和随行者を各別に処罰することになっているんです」

「悠太ちゃんは救急係ですから暴力沙汰とは関係ありませんわ」

「ところが、救護隊として参加していること自体が騒擾の勢いを助長するという認定もありうるんです」

「そんなの、ひどいですわ。わたしの知る限り、セツルメントの学生には、暴行暴動の動きなんか見られませんでした」

「しかし、共産党員が大勢いるでしょう。彼らとの間に、秘密の謀議があった可能性もある」

「悠太ちゃんには、そんなこと絶対ありません」

「何か証拠がありますか」

「……」夏江は答えられず目を落とし、敬助の出っ張った腹が不気味な深海魚のように動いているのを眺めた。デモ行進に参加していた自分はいつのまにか、自然の流れで皇居前広場に行ってしまったが、悠太も同じだと信じている。大勢の怪我人が出ると想定して救急箱を用意したのなら、もっと大量の包帯や薬を用意したはずだと思う。包帯も薬品もすぐ足りなくなってしまったではないか。

「はは、まあいいです。夏江さんのばあいはもちろん、騒擾罪とは無関係です」

「つまり附和随行者というわけですの？」

「法律的にはそうなります」

「何か証拠がありますか」

「だって夏江さんはカトリックで、共産党とは関係ないとぼくが知ってますから。しかし、悠太君のほうはかなり左がかっているという情報もあって、捜査の進展を見ないことには現時点では、結論は言えません」

「まあ、おそろしいこと」と夏江は敬助を睨んで、一歩踏み込んだ強い口調で言った。「わたしは悠太ちゃんが暴動と無関係だと証言します。それでも、悠太ちゃんをお疑いになるつもり？」

「いえ、あなたがはっきり証言なさるのなら、ぼくだって考えなおしますよ」と敬助は苦笑いをすると逃げるように遠ざかった。


親たちに言われていたらしく、当初子供たちはおとなしくしていたが、やがて大広間から逃げ出し、廊下で遊び始めた。その喧騒をよそに風間の四姉妹と初江が片隅でひっそりと話し込んでいた。みんな泣き腫らした目をしている。「ああ、夏っちゃん」と松子と梅子が両側から親密な身振りで肩を寄せてきた。二人は聖心の同級生で、子供のときからの遊び友達であった。

「今ね」と松子が言った。「震災のときの思い出を話しているの。葉山の別荘で、みんなでお昼を食べているとき、ゴオーって地鳴りがして、大揺れになった」

「覚えてる」と夏江が言った。「母が縁側からころころと庭に落ちて、西瓜を切ろうとしていた藤江叔母さまの手から西瓜が転がり、庭石に落ちて真っ赤に飛び散った。そしたら叔母さま、ねえさんが大怪我をしたと勘違いしてキャアーとお叫びになった」

「あら、よく覚えてる。わたしたち何も思い出せないの」と双子は同時に同じ言葉を言った。

「何だか山の上に逃げたんじゃなかった」と百合子が言った。

「そうよ」と初江が解説した。「しばらくして津波が押し寄せてきて、庭があっという間に海になって、それから今度は水が引いたとき、夏っちゃんと桜子ちゃんが流された」

「わたし覚えてる」と夏江。

「わたし、全然覚えていない」と桜子。

「桜子は無理よ」と百合子が言った。「まだ三つだったもの」

初江は続けた。

「また津波が来ると大変だというので、書生に蒲団を持たせて、みんなで山の上に逃げた。そこで夜を明かしたの。あのとき藤江叔母さま、書生にあれこれ命令されたり、炊き出しを指揮なさったり大活躍だった」

「あれから」と百合子が言った。「二十九年経った」

「ほんと、すると叔母さまは、あのとき……」と夏江。

「三十四、五」と双子が声を合わせ、そして「若かった」と付け加えた。

初江の目配せで夏江は四姉妹から離れた。二人は祭壇脇で立ち止まった。

「敬助と何を話してたの」

「悠太ちゃんのこと。敬助さんはねえ、わたしと悠太ちゃんがメーデーに行ったと知ってたわ」

「あ、それわたしのせいだ。けさ、敬助からの電話で、叔母さまの訃報を夏江さんに知らせたいがセツルに連絡取れないかと言うから、セツルの人たちはメーデーに参加するので外苑に行ったかも知れないって言っちゃった。いえねえ、セツラーはメーデーに参加するはずと研三が言うもんでね、つい……」

「あの人、恐ろしいことを言う。今度の二重橋前に行った人間は一応、騒擾罪の捜査の対象になるんですって」

「悠太もってこと？」

「悠太ちゃんもわたしもよ。でも、そういう目茶苦茶な話ってないでしょう。うんと睨みつけてやったわ。でも何だか腹黒い人になったわね、あの人」

「ほんとね。あの人、威張りくさって、自信満々だけど、変に細かくて、あちこち気配りして、本当の腹の中は見当もつかず、薄気味悪い人ね」

　姉妹は頷き合った。当の敬助は、ずっと遠くで、政治家のグループらしい集団と顔を寄せ合い、しかし周囲を警戒しつつ、何やら秘密めかして話をしていた。

　そこに桜子が近づいてきた。「初っちゃん」と声を掛ける。夏江がその場をはずそうとすると、桜子は、「いいのよ。別に秘密の用事じゃないから、夏っちゃんも聞いて」と、にわかに明るいソプラノで言った。桜子のそういう声と晴々とした気色は、何か新しい情報をプレゼントするときの喜びを示すことが多いと夏江は知っていて、待ちかまえる気になった。

「いいことがあるのよ。母の不幸で頭がいっぱいで伝えるのを忘れていたけど、今、初っちゃんを見ていて、急に思い出した。当ててごらんなさい」

「五郎展の入りがいいってこと？」と初江が言った。

「あれは好調だけど予想通り。もっと意外なこと」

「今、メーデー・ショックでいいことなんか、ありそうにもない。悠太が、どうやら皇居前広場のデモ隊のなかにいたらしいの」

「おや」と桜子の顔色が変わった。晴々したところが消し飛んで、見るも痛々しい様子になった。

「で、どうなの」

「わたしも現場にいたの」と夏江が話を引き取った。「このごろ、わたし、セツルメントに行ってるでしょう。で、セツラーみんなとメーデーに行ったの。春のお祭りでね、ほんとに和やかな集まりと行進だった。日比谷公園で解散するつもりが、何となく、自然な流れで皇居前広場に向かったの。そこで解散するつもりだったのが、デモに向かって警官隊が殴り込みを掛けた。それで大混乱。悠太ちゃんは救急係で活躍していた。ピストルで撃たれた学生の看護をしていた」

「ピストルなんて危険ね。悠太ちゃん、大丈夫かしら」桜子は眉をひそめた。

「大丈夫よ。いくら警官だって赤十字の腕章をつけた人を撃つわけないでしょう。多分、いまごろ、負傷者をどこかの病院に連れていってるんだと思う」

「それならいいけど」桜子は彼女には珍しく暗く曇った顔付きで、ずり落ちたような低声で言った。桜子と言えば、いつも笑顔で朗らかなソプラノと決まっていたので、夏江は意外に思った。

「それはいいんだけど、悠太が逮捕されないかと心配なのよ」と初江が言った。

「実はねえ」と夏江は、さっき初江に黙っていたことを桜子に漏らして見て、その反応を見たくなった。「敬助さんが、その恐れがあると言うの。悠太ちゃんは左がかった所があるから、捜査の進展具合によっては逮捕もありうるというのよ。わたしは、悠太ちゃんと一緒にいたんだし、わたしが証言したら、そんなことできないはず、と言ったら、何だか曖昧にして逃げて行ったの」

「まあ、そんなこと！」と初江が叫ぶのと「許さない！」と桜子が鋭く叫ぶのと同時だった。二人の声が大広間全体に響くようだったので、人々は驚き振り返った。敬助まで不思議そうにこちらを見ていた。

「わたしはね、悠太ちゃんの後援者よ」と桜子は、きんきん軋る高調子になってなおも叫んだ。「富士千束の音楽会を開いたり、間島五郎展を開いたり、みんなセツルハウスの資金集めをするという悠太ちゃんを後援するためだったんだから。その悠太ちゃんを敬助が逮捕するなんて断じて許さない。なぜって、わたしは敬助の政治資金を出しているんだから。百合子に頼まれて、あの人が最初に当選したときから、ずっとお金を出してきたんだから、わたしが後援する悠太ちゃんに何かするなんて許せないの。わたし、絶対止めてみせる。夏っちゃんの証言なんて、まったく必要ない。証言だの弁解なんて、相手が疑ってるときにするもんでしょう。わたし、敬助にこれぽっちも疑わせない。大丈夫、この問題から撤退させる」

「でもねえ……」と初江が心配げに口をはさもうとしたが、桜子の剣幕に中途で黙ってしまった。

「でも敬助さんは権力を持ってるし」と夏江も言った。

「権力なんか、何よ」と桜子は、なおも熱い噴火を続けた。「権力なんて、お金でどうにでもなるへなへなな力なんだ。大丈夫、夏っちゃんも悠太ちゃんも、敬助なんかに指一本触れさせないから」

「ちょっと」と夏江は桜子の興奮を鎮める鍵を急に思い出した。「さっき、あなた初っちゃんに〝なにかいいこと〟があると言ったでしょう、あれなあに」

「そうよ、それよ」と初江もあわてて言った。「あなた、何かわたしに言いたかったんでしょう」

「そうだった」と桜子は、声調を低めに落として、こぼれるような微笑になった。「あのね、この秋、オッコちゃんが来日するのよ。先週手紙が来た。シュタイナー先生夫妻がアメリカに演奏旅行をなさるのについていくんですって。そのあと、シュタイナー先生が来日なさる。で、オッコちゃんも来日なの。素晴らしいでしょう」

「わたしには何も言って来ない」と初江は不満げに鼻を鳴らした。

「いや」と桜子は初江の不満をなだめるように説明した。「その前に、シュタイナー先生から、日本での演奏会の可能性について打診があったので、わたしが動いて、あれこれお膳立てしてきた、その延長線上で、オッコちゃんの同行が決まったの。そのうち、はっきりしたスケジュールが決まれば、おかあさんにも手紙して来るわよ。そうそう、今年の秋は日本のクラシック・ファンにとって、画期的になるわ。コルトーも来日するのよ」

「コルトー？」と初江がつぶやいた。

「そう、アルフレッド・コルトー、世界の巨匠ピアニスト。去年のメニューインに続いて、今年のシュタイナーとコルトーという巨匠の来日で、戦後占領下で逼塞していた日本の音楽界にもやっと世界の風が吹くってわけ。そういう機会にオッコちゃんが日本に滞在するというのは大変な幸運なのよ」

「あなた、来日とか滞在とかいうけど、オッコは帰国するんでしょう」

「でも、そのあと、またパリに行く。だってまだまだ勉強中だもの。日本じゃ勉強できないでしょう」

「そんな大事なこと、親のわたしと相談して決めるべきだわ」と初江は声を荒らげた。「もし、あなたがオッコの留学費を出しているんだから、オッコを自由にできると考えているのなら、許せない」

「そういうつもりじゃない。わたしはオッコちゃんの才能開花によかれと考えて、そうしたらどうかと……」

「だから、まず親に相談するのが道筋でしょう。自分で勝手にあの子の将来を決めないでよ」

「勝手に決めてるわけじゃないわ」と桜子は満面を朱に染めて初江を睨み付けた。「オッコちゃんはパリでデビューした。だけど、そう次のステップとして、ヨーロッパの有名な国際コンクール、ロン=チボーとかヴィエニャフスキーとかいうコンクールに入賞しなければ国際社会では演奏家として通用しない。それが音楽界の常識なの。そのためにはシュタイナー先生のもとで、演奏家としての研鑽をもっともっと積む必要があるの。そして、わたしは、それまではオッコちゃんを援助するつもり。これって勝手なことかしら」

「音楽界のことは知らないわよ」と初江は目をつり上げて桜子を睨んだ。「そういうことも含めて、まず親のわたしに相談してほしいの。オッコはわたしの子なんだから」

「まあまあ」と夏江は仲裁に入った。「二人とも気を鎮めてよ。オッコちゃんが帰ってくるという嬉しいニュースなんだから、喜んであげるのがほんとでしょうに」

「そりゃ、嬉しいよ。だけど……」と初江は大きく息をついて、目を伏せた。

桜子は、「わたしが悪かったわよ。じゃ、あとで」と言うと立ち去り、ちょうど政治家のグループとの話が一段落して敬助が群を離れた機会をのがさず、近づいていった。

「桜子を怒らせちゃったわよ」と夏江が言った。

「最近、すこし勝手すぎるから、一度は言ってやろうと思っていた。オッコのデビューのお祝いだって、こっちに相談なしに決めたし、五郎展のときだって、いきなり運送屋を寄越して蔵の絵を全部運び出させようとした。オッコはわたしの子、五郎の絵をあずかってるのはわたしの主人なんだから、人の家庭に断りもなしに土足であがり込んでくるのは失礼だってことを、あの人に注意しているんだからね」

「桜子は悪気じゃないのよ。あれで最大限人に親切にしてると思っているのよ」

「跳ねっかえりよ。そして、戦後はとくに、お金で何でも片づくと思って、傲慢になってきた」

「それは言い過ぎだと思う。やっぱり桜子流に親切なんじゃないのかしら。現に、悠太ちゃんの捜査を敬助にやめさせると言明してたのなんか、本気で気遣いし、本気で敬助を動かそうとしてると思う。別に、そう傲慢な発言ではなくてよ」

「そうかも知れないけどね……」初江は顔を曇らせた。「悠太も厄介な事件に巻き込まれたもんね。学生の本分を忘れて、妙な運動にかかわるから困る」初江は夏江もセツル運動をしているのを思い出したらしく、ふと口をつぐんだ。

午後十時過ぎ

明夫は、廊下を引いていかれ、鉄扉の向う側に引き渡された。どんと叩き込まれた感じだ。ここが留置場だなとすぐ分かった。

手錠と腰縄をはずしてくれたので、ほっとしたら、いきなり「裸になれ」と命令された。取調官とは職種の違う看守警官だ。

命令に応ぜず、突っ立っていると左右から看守が来て乱暴に上着をむしり取り、ベルトを抜いたもんだから、ズボンが下がっちまった。ケンペイズクノブレイモノ、わがはいだって人権のある人間だ。なら、見せてやらあ。アットイウマノハヤワザデゴザイ、ほらこいつがわがはいの裸だ。ホウってえ感嘆の声があがるのは工場の健康診断のときと同じじゃねえか。よっく見ろよ。わがはいはキンコツリュウリュウの小暮悠太のいうヘラクレスなんだからな。もっともヘラクレスがどういう人物なんだかは知らねえけれどよ。

身長、体重、皮膚の特徴を記録される。傷を調査し、これも治療よりも記録が重点だ。こいつは看守の仕事だね。仕事、つまり自分の意志でやってんじゃねえんだ。だから協力してやらあ。見たかい、後頭部、肩、顔、方々傷だらけだろう。こいつはおめえたちがやったんだ、間違いなく記録しとけよ。擦り傷の一つだって忘れるな。ほら、この引っ掻き傷も書けよ。記録が終ると、ようやく傷の手当てをしてくれたが、ドシロウトの不衛生で、傷を洗いもせず土まみれの上にいきなりヨーチンをつけやがった。イテテテ、ギャオーと吠えたかったが、そこはそれ、完全黙秘の続行で、口をむすんでナンギョークギョウで耐えた。

「おい名無しの権兵衛」と看守長らしい中年者が言った。「お前の名前は十三号だぞ」

「返事ぐらいしたらどうだ。まったく一言も喋らねえな。ほんとうの唖かな」と若いほうの看守が首を傾げた。

「ふん、今に吐かしてやるさ」と看守長が歯ぎしりし、「もっとたっぷり、官費で消毒してやれ」と命じた。

イテテテ、激痛だ。脳味噌の錐もみだ。ヘッヘッヘ、負けるもんかい。アーイイコンコロモチだ。

明け方

簡易ベッドに寝ていた悠太が気配に上半身を起こして見ると、ベッドで菜々子が身動きし、包帯に開けられた穴の中で二つの目が開いていた。

「ここはどこ」とか細い声だ。

「気がついたんだね、よかった。病院だよ。あ、あんまり動かないほうがいい」

「あんた、明夫？」

「え、ま、そうだ。菜々子ちゃん、ずっと気を失っていたんだ。頭に傷があってね、手術をした。でも意識が戻ればもう安心。気分はどう」

「眠い。すこし頭が痛い」

「あまり痛ければ、痛み止めを打ってもらうけど、がまんできる？」

菜々子は頷いた。

「じゃ、眠りなさい。おれがずっとついてるからね」

菜々子は安心した様子で目をつむり、しばらくして軽い寝息を立て始めた。毛布の位置を直してやり、悠太は女の包帯を見守った。白い布の穴の底の長い睫毛が、ばさっと閉じた扇のように見え、目頭のあたりを染める雀斑《そばかす》が虫の頭のようにぴくぴくと動いて、腹をぱっと開いて蛹でも飛び出させる変化の予兆を見せていた。そして、右の目尻の端にあるガーゼが血で赤く染みているのが、音有医師の言った顔の傷痕を連想させ、それがどのようなものか、傷口を知っている悠太にも大体想像はできた。無残なことだ。なぜか、この子は無残な目に遭う。ソ連兵に強姦され、祖国の警察官に顔を傷つけられ、権力の手先の攻撃を一身に受けている。おれなんかの傷は、傷とも言えない程度だ。おれを明夫と間違えている。この子は、ひょっとすると明夫を愛している。それなら、それでよいのだが、その明夫は逮捕されている。そして、このおれは菜々子とどういう関係になるのか……ああ、それ以上は何も考えられぬ。おれの意識は灰色に濁った川となり、暗黒の滝壺に向かって落ちていく。際限もない深みに沈んでいく。

午前七時ごろ

悠次は、畳の上に横並べにした有力新聞四紙を見比べして、「全部第一面の写真入りだぜ。こりゃ、やっぱり大事件になるな」とつぶやいた。

五月二日朝刊
　デモ隊一部暴動化す
警官隊五千と乱闘

皇居前広場に乱入
米軍自動車を焼打
　重傷百、軽傷四百、検挙百三十

一日、明治神宮外苑で行われた中央メーデーは午後零時二十分、五地区に分かれてデモ行進に移ったが、このうち「実力をもって皇居前広場へ入ろう」と叫ぶ都学連を主力とする二千名が本隊から離れ、同二時二十分、日比谷交差点で警官隊と衝突したのち、ついに馬場先門から皇居前広場になだれこんだ。このデモ隊は、あとから来た旧朝連系朝鮮人や日雇労務者らの極左分子を迎えて五、六千名にふくれ、二重橋前で警戒中の約三千と応援の二千、計五千の警官隊と正面衝突、大乱闘となり、皇居前は血なまぐさい暴動の様相を呈した。

デモ隊がタイコを打ち鳴らし、投石、棍棒、プラカード、はては先を尖らせた竹槍で警官隊に殺到し、一時はひるんで後退した警官隊も、無届けデモと暴力に隠忍自重の緒も切れて、催涙ガスを使用、ピストルを発射して応戦して、ついに未曾有の暴動鎮圧の戦いになった。警視総監は、東京では最初の騒擾罪を適用して計画者、煽動者など、目撃者の証言と現場写真の証拠により徹底的に追及するつもりらしい。研三は、外苑に行っただけだからいいが、悠太はどうやら二重橋前まで行ったらしい。危険は最初から予想されていたのに、愚かなやつだ。

各党の意見を読むと、自由党と改進党は、警察の治安能力の拡充を主張し共産党の陰謀を非難し、左派社会党と共産党だけが、皇居前広場の使用を許可しなかった政府の責任を問うていた。

各党意見のそばに、コラム風に囲まれた衆院行政監察委員を代表する脇敬助代議士の談話が紹介されてあった。今回の暴動は計画的なものであり、かかる凄惨な暴力による社会秩序の破壊は、民主主義への挑戦であって断じて許さず、騒擾事件として計画者と参加者を逮捕し断罪することは当然である、という強い調子であった。このメーデーが暴動になると見抜いて、警告を発していた敬助には、先見の明があった。政治家としての敬助は、ちょっと鼻っ柱が強すぎて好きになれないが、今回のメーデーについては正しい判断をしていたと、悠次は感心して論説を読んだ。

有力新聞の社説は、一致して暴動を起こしたデモ隊の非を難じて、騒擾罪として参加者の逮捕の手配をしている当局の措置を是として称賛している。代表的なのは朝日かな。さすが、なかなかに格調の高い論評である。

朝日新聞社説

遺憾極まる暴力行動

独立後初のメーデーは、ついにせいさんな乱闘に血ぬられた。遺憾この上もないことである。……この日の暴動が、単純な偶発的事件であるにしては、その規模が余りにも大きく、事件の全経過を顧るとき、そこに予め計画されたものが実行に移されたことを感知せしめる。……警視総監は、今回の集団的暴行事件に対し、東京では初めての騒擾罪を適用して検挙する方針をとっている。取締当局の立場としては、けだし当然であろう。……この点については、法の命ずるところを忠実に実施するに当たって、ちゅうちょすべきことは少しもない。……

「悠太からは何の連絡もねえか」と悠次は初江に尋ねた。

「ありません」

「きのう、お前が夏江から聞いたように、悠太が二重橋前まで行ったとなると、騒擾罪暴徒の一味とみなされて捜査の対象になるな。もし、警察が来て、何か聞いても、息子の行動については何も知らないということにして、余計なことを喋るんじゃないぞ。そうだ、あいつ赤の本をいっぱい持ってるんじゃねえか」

「赤の本?」

「こんところ大流行の赤本さ。スターリンとか毛沢東とか、日共と共謀して、世界をひっくり返す危険思想の疫病神さ」と悠次は嫌いな蛇でも思うような不快を眉根に寄せて、肩をすぼめた。「警察が来る前に、どっかに、みんな隠しちまえよ」

「いまどきの学生って、そんな本、誰でも持ってますよ。研三だって持ってます。それに、悠太は、自分の本が人に触られるのをすごく嫌がるんです。第一、わたしにゃ、どれが赤本か見分けがつかない。あなた見てくださいますか」

「面倒くさいな。まあいい」と悠次はひるんで、照れ隠しに大欠伸をした。

「ところで、きのう、通夜に出席した以上、おれはもう風間への義理ははたした。お前はどうする」

「ちょっと顔を出しておきます。藤江叔母さまには、子供んときから、ずいぶんとお世話になってますから」

「そりゃ、お前のほうが付き合いは長えんだからな。おれは風間の頭の高えのが苦手だ。きのうはすっかり、肩が凝った。全体、敬助がすっかり振一郎の後継者ぶって他人行儀だ。叔父のおれを一介の無名な勤め人あつかいしやがる。子供のときはよく遊んでやったのにな。ああ、そうそう、今夜、おれは鵠沼に行くことにする」と悠次は、まるで今思い付いたように言った。鵠沼と言えば佐々竜一の家での徹夜麻雀を意味する。

「すると、三日間もですか」とちょっと批判めいた言い方になって、悠次はたちまち青筋を立てた。

「いいじゃねえか。連休はな、会社の重役と、よしみを深める絶好の機会なんだ」

「もちろん、よろしいですわ」と初江は、夫を鎮める微笑で言った。あすは憲法記念日あさってては日曜日、しあさってはこどもの日で三連休なのだ。この微笑は、悠次が鵠沼より出勤するつもりで、きのう背広やネクタイを鞄に詰めて用意していたのを、そっと盗み見していた薄笑いであり、また三日間夫と離れて自由になれる、ほくそ笑みである。

悠次が出掛けてから初江は新聞を手にしてみたが、警官と乱闘するデモ隊の写真がおどろおどろしくて目を背け、むろん記事を読む気もせずに脇にどけ、卓袱台に頰杖ついて子供たちを思いやった。

子供たちって、ひとりひとり、こうも違うものなのか。趣味嗜好もそれぞれで、悠太は読書、駿次はスポーツと映画、研三は昆虫やら化石の蒐集、央子はヴァイオリンに熱中している。とくに悠太の本好きは突出していて、応接間の飾り物として悠次が買い揃えた、昭和初期の円本の文学全集やら戯曲全集を、長男の特権として自室で一人占めし、それらを読み尽くしただけでなく、故晋助の蔵書全部と透叔父から個人全集や文学書をもらってきては自室にこもって本びたりの毎日、医学生になってもその習慣は変わらずと予想していたら、セツルメント運動になど精を出して、自室から飛び出したまま、まあよく家を留守にすること。その矢先、夏江から悠太がメーデーに参加したこと、また国家公安委員の敬助が悠太の動静を知っているらしいので、すっかり脅えてしまった。けさの悪夢。暗いじめじめした地下牢で鎖を足につけられ一生閉じ込められている哀れな囚人があり、顔を見るとわが子だった。どうも、昔読んだ、外国の小説の場面に似ているのだが、どの作品か思い当たらない。ともかく、不快な脂汗にまみれて目覚めた。

さらに気が晴れないのは、桜子と言い争いをしたせいだ。央子の留学費を出しているのは桜子の夫で、それは恩に着る。悠次は、一時借りているので、いつかは返すつもりだと言い張っている。が、戦後株や債券の全部を失って、四人もの子供を養う月給取りには、それは不可能と分かっていて、この金は桜子から恵んでもらったようなもの、それが不愉快の元、いや、五年前にそうなる結末を見越していたのに、桜子の提案を受け入れた自分が不甲斐ない。そして、癪にさわることに、わたしの心を桜子が読んでいて、央子をまるで自分の子供みたいに自由にする、オッコの未来まで自分勝手にしていいと思い、それを母親への慈善だと思っていること……これは思い過ごしだろうか。きょう、風間の葬式のときに桜子には謝るより仕方がない。オッコにとっては、桜子のいう通りの将来設計こそ望ましいとわたしも考えているのだから。いや、わたしじゃない。わたしには音楽のことは皆目不案内だもの……ああ、あの人、〝小説のように愛して、一緒に罪に堕ちた〟男、晋助がそう望んでいる。あの人はフランス文学の愛好家で、彼の国の天才の作品について語ると時を忘れていた。ヴァイオリンが上手で、自分がもし幼年期からの習練ができていればヴァイオリン奏者になりたかったとも言っていた。海を見れば遥かな国、フランスにあこがれていた。オッコがフランスに向けて出航した横浜埠頭で、もし晋助が生きていれば、どんな思いを持ったろうかと考えた。と、まったく忘れていた事柄が、家具を移動したとき、長いこと捜していたが見つからず、そのうち忘れてしまった大事な物がひょっくり出てきたように、突然思い出されてきた――晋助の遺稿。あの遺稿には文学的価値があるのではなかろうか。誰かに読んでもらって、もし価値のあるものならば世に出せないだろうか。読んでもらう人は透なら信頼できるが、あまり近すぎて、気恥ずかしい……。

午後八時

玄関の戸を開くなり、悠太はそこに初江が待っていたので驚いた。

「足音がしたんですっ飛んできたんだよ。無事だったんだね」と母親は喜びに声を弾ませた。

「無事さあ」と悠太は安心させるように、両手で胸をたたいた。「ただし、いろいろと多事多難でね、疲れた」

「そうだろうねえ。何だか物騒だからねえ。騒擾事件になって大騒ぎだね。夏江から少し話を聞いたよ。そうそう、風間の藤江大叔母さんが亡くなったんだよ。きのうがお通夜、きょうが葬儀」

「知ってる。夏江叔母さんが知らせてくれたんだけど、講義を休めなかった」

「お前、大学に出ているのかい」

「あたりまえだ。医学生てのは、毎日びっしりカリキュラムが組まれていて、聴講の手抜きはできない。きょうのポリクリだって、ちゃんと出てきたんだ」

「きのうのお通夜も大勢の人だったけど、きょうはもっと盛大だったよ。やっぱり敬助さんの威勢だねえ。ところで……」と初江は、今にも泣きだしそうな表情で息子を眺めた。「どうやら敬助さんは、つまり警察のほうは、お前が二重橋前にいたと知ってるらしいんだよ」

「敬助がそう言ったの？」

「いいえ、夏江が敬助さんから聞いたと教えてくれた。お前、逮捕なんかされるんじゃないだろうね」

「違法なことは何もしていない。救護班だから、傷の手当てをしていただけだ。怪我人がごまんと出たんだ。友達が一人、ピストルで足に大怪我をしたし、亀有の地元の女の人は頭を割られ意識不明の重態になったし、もう一人の男の人なんか、警官に囲まれて逮捕されちまった」

「お前は大丈夫だったのかい」

「まあ大したことはない」

「あら！」と初江は大声を立てた。「頭に怪我しているね」

「警棒でちょっと打たれただけだ」

「でも、そうとう大きな傷だねえ」

「いや、絆創膏を貼るため、髪の毛を広く剃ったためで、傷は小さいんだ」

「お風呂を沸かしてあるんだけど、入らないほうがいいね。傷に湯でも飛んで黴菌がついたら大変だ」

「風呂か。入りたいなあ。なあに用心して湯を使うから平気だよ」

二階にあがると、研三が机に向かっていた。横文字の本を読んでいる。

「やあ」と声を掛けると、振り向いて、「あ、にいちゃん、無事だった」と言った。

「無事だったさあ」と悠太は拳を振った。

「でも、研は人民広場に行かなくてよかったよ。おれはちょっと厄介な立場になっちまった。とにかく乱闘現場にいたことは確かなんだから」

「怪我はなかったの」

「頭を少しやられた」と絆創膏を見せた。「かすり傷だ」と、研三の本を覗き込む。

「ロシア語だな。何を読んでいるんだ」

「パヴロフの条件反射の論文だ。なかなか精密な論理の組み立て方だけど、文章はくどいね。連休明けにソ研で輪読会があるんだ」

「研は勉強家だな。おれは、こんところフランス語にお留守だ」週二日「アテネ・フランセ」に通っていたのが、この半月、休んでいる。

　自室に入り、机に向かうと、急に体中の血管に老廃物質が流れて筋肉の動きが鈍くなった。何とかこの疲労の蓄積を排泄しないと体が保たない。ああとにかく、風呂に入ろうと下におりた。着ているものを脱ぎながら母に尋ねた。

「おとうさんは？」

「鵠沼だよ」

「駿は？」

「映画を見ると言っていた。『巴里のアメリカ人』とかいう天然色だって。あの子は、こんところ毎晩映画館通いだねえ。でも自分のバイトで稼いだお金で行くんだから文句も言えないよ。あ、言い忘れていたけど、オッコがこの秋帰ってくるんだよ。でもね、まだ修業中の身だから、またパリに戻るんだよ」

「オッコから手紙があったの？」

「あの子のことだから、簡単な絵葉書だけどね。詳しい話は桜子から聞いた。シュタイナー先生のお供で来日するんだって。自分の子が来日なんて変な感じだけど、パリの大劇場で演奏して、ちょっと注目されたぐらいじゃ駄目なんで、どこそこのコンクールの一等賞を取れないと認められないんだってさ」

　風呂桶の木の香りが心地よい。それまでの五右衛門風呂は薪で焚くのだったが、ちょうど一年前に、母が昼間火之子を預かることになって、すぐ事故がおきた。火之子が母の真似をして焚き口に新聞紙を押し込んで火をつけたものだから、炎が羽目板を焦がして、危うく火事になるところだった。そこで、最新式のガス風呂に替えたのだ。母は、手間がはぶけていいと喜び、毎日風呂を沸かすようになった。

　ぬるめの湯に疲労が染みだしていく。肌の毛穴に水が入り込み、この数日の埃や労苦や喧騒や修羅場や消毒薬の匂いを誘い出す。老廃物質が染みだしただけ体が軽い。ふわふわと藻となってそよぎ、官能を温める。そう、熱い湯の嫌いなおれのために、こういうぬるめの湯にしてくれたのはお袋の心遣いだが、これは人肌の感触となってあそこを刺激し、立たせ、女を抱く気持ちにさせる。桜子の、ふっくらとした乳房を撫ぜる。香り高き花芯に顔を埋める。菜々子の嫉妬、裏切りへの復讐の念、怒りの口疾《くちど》な噴出、とにかく一直線の刃物のような子である。桜子のようにほんわかと包み込んでくれるのではなく、さっと一刀斬りにされてしまう。

　石鹼の泡を立てて垢をこすり落としているうちに、空腹と睡気が襲ってきた。台所で母が肉を焼いている。一刻も早く、二階のベッドに倒れ込みたい。睡気が空腹を押しやり、空腹が睡気を覚ます。悠太は手桶に水を満たすと頭からかぶった。しまった、怪我をしていたのだっけ。

3

六月中旬の土曜日の昼である。

悠太は付属病院から出て安田講堂前の銀杏並木に向かっていた。梅雨時を思わせるどんよりした雲のもとで、風はいやに蒸し暑く、じとじと汗を吹き出させ、体のエネルギーを吸い出すような感じで、気が滅入り、つい歩度が落ちた。ついさっき小児科のポリクリでT教授から叱責されたばかりである。太った五歳の男の子の診断を小児糖尿病と誤診してしまった。

「君は若年性糖尿病者が大人と違って痩せているというぼくの講義を聴いていないのですか」

「すみません。そのとき、休んでいましたもので……」

「あらゆる学問は基礎が大切です。では、小児科で基本的な知識について訊ねる。新生児の尿は酸性かアルカリ性か」

「アルカリ性だと……思います」

「思う？　そんな曖昧模糊は医学ではない。母乳児は酸性、人工栄養児はアルカリ性です。では、普通の赤ん坊が歩き始め、話しはじめ、子供としてはっきりしてくる年齢は？」

「歩き始めが一歳、話し始めが二歳、はっきりするのが三歳です」これは弟や妹の発育を見てきたので、しっかり答えられた。

「よろしい。では大泉門の閉じるのはいつごろのことですか」

「知りません」

「何を知らないのかね。大泉門か」

「それは知っています。ヒヨメキです」

「よろしい。ではそれが閉じるのは」

「忘れました」

「忘れたんじゃなく、もともと知らないのでしょう」と教授の眼光と語気は急に鋭くなった。

「君、医師になるには、基礎知識が必須だ。基礎知識のない医師の診察は、患者に対して詐欺を犯しているに等しい。若年性糖尿病は先週のぼくの講義で、懇切丁寧に教えた病気だ、君はなぜ欠席したんだ」

「用事があったものですから」

「医学生にとって講義を聴く以外に、どんな用事がありますか。君は学生集会なんかじゃ、先鋭な意見を言うそうじゃないか。しかし、学生の本分である勉強もせずに、政治運動なんかに首を突っ込むのは患者への裏切り行為だ。何ですか、君はあのメーデー暴動にも参加したのか」

「……」

「どうしたのか、答えはないのかね」

「私的な問題については答える義務はないと思います」

T教授は、こちらを睨み付けていた目を、そらして、つぎの学生の行った診断についての講評を始めた。その学生の小児ネフローゼの診断が的確であったので、大いに褒め、ほかの学生にも質問を飛ばし、満足すべき回答を得て機嫌よく笑った。しかし、ポリクリ授業が終るまで悠太は一顧だにされず、まったく無視された。

先週、医学部長のN教授に呼び出されて、メーデー事件に参加したかどうか、どんな行動を取ったかについて尋問された。机上にはおれの学帽が置かれてあり、警察よりの通報があったのは歴然としていた。「まあ、本学の学生として、慎重に行動したまえ」と説諭されて、帽子は返された。その折り、この件は学部長と一学生の間の秘密であって、今のところ表沙汰にする気はないから安心するようにと付言された。しかし、N教授はさっそくT教授に耳打ちしたに違いない。でなければ、T教授がおれにメーデー参加について質問するはずがない。

学友たちの前で受けた屈辱の苦い後味……先週の講義ノートは、庄屋から借りていたのだが、まだ写す暇がなかったのだ。

おれは医師になりたい。そのための勉強を怠る気はないが、このところ、とにかくセツルで忙しかった。診療所の寮内移転、未払い患者の増大と患者減少による経営不振、保育園の経営不振、それを補い新しい診療所を建設するための、カンパ、借金、音楽会や展覧会の開催、まあテンテコマイの毎日だったところに、巨大台風来襲のようなメーデー事件とその後始末だ。山折鍾馗と菜々子の負傷、明夫の逮捕、それにおれの逮捕の恐れもあって落ち着かないところに、大山田の町で、反共期成同盟のセツルへの中傷がひどくなった。悠太たちセツラーは、寮内の、とくに診療所や子供会の建物にべたべた貼られたポスターを剥がす仕事に追われた。しかし、剥がしても剝がしても、新しいポスターが貼られてしまうのだった。

悠太は思う――大山田で自分のしているこういう努力は、医師となる勉強と無関係だろうか、と。また思う――日本の医療の底辺を知ることは、この国で医師となる基礎的知識であり、大学ではそれを教えてくれない以上、自分で学び取るより仕方がないではないか。そうT教授に反論したい気もするのだが、おのれの不勉強の言い訳にはならない。

安田講堂のあたりにくると、アコーデオンの伴奏による合唱が聞こえてきた。法学部教室のアーケードに三十人ほどの学生が集まっている。アコーデオンを演奏しているのは久保高済で、合唱の指揮は彦坂角平だ。この二人、〝アーケード合唱〟の指導者なのである。悠太も学生たちの後ろから合唱に加わった。ネクラーソフの詩に曲をつけた、学生に人気のある『行商人』である。

かついだ荷物の中は　キャラコと錦
肩にめりこみそうだ　とてもたまらぬ
肩にめりこみそうだ　とてもたまらぬ
ハイダ　ハイダ　ハイダ
ハイダハイダ　ハイダハイダッタ
ハイダハイダ　ハイダッタ
おお野道は長い

角平が重い荷物を担ぐ動作を巧みに真似て、丸っこい体を風船人形のように揺らし、高済のアコーデオンの装飾音の描写が加わると、歌詞の内容がにわかに現実味を帯びてきて、ロシアの汗臭い行商人の心が一同に染み渡り、合唱にめりはりが出てきた。

最近、関鑑子《あきこ》の〝うたごえ運動〟がさかんになってきた。学生のあいだにも彼女の編集した『青年歌集』をテキストにして唱う風潮がひろがっている。

合唱が終ってから高済と角平と地下の学生食堂に行った。定食の烏賊天丼二十円。飯だけは大盛りだ。

「川崎が大変らしい」と角平が言った。「下田先生が卒倒して、緊急入院したんだ」

「それは大変だ」と悠太は言った。下田医師は去年十一月に川崎古市場のセツル診療所が開所以来、ずっと専従医師をしていた人だ。熱心な献身的な診療と学生に人気のある人柄で、ずっと川崎セツルを支えてきた。

「丞相が向こうに駆けつけて、代わりに近くの民医連診療所の柳川先生を頼んだらしいが、先生も老齢で、そうそう無理は利かないし、みんな困っている」

「亀有も大変ですよ」と高済が言った。「為藤先生も過労気味だから」

「モッソリもガアちゃんも、もう限界だ」と角平が言った。ガアちゃんとはドナルド・ダックのようなかすれ声の看護婦に彼がつけた綽名である。「学生と違って、嫌なら休むという自由が彼ら専従者にはないからなあ」

「学生にもそれは分かっているが、こっちも限界だな」と悠太が言った。そう言ってみると、何だか打ち倒されるような気になった。欧米の映画にあるように、女が不意に気絶する、そんな具合にどんと後ろに倒れたら楽だと思う。が、口をついて出たのは、「今が正念場だ。われわれは何としても新しい診療所は建てねばならない。頑張ろうよ」という、そらぞらしく力んだ発言だった。

「鍾馗がレジデントに復帰したぞ」と角平が言った。「おととい、卒然と幽霊のごとく姿を現した。頭の傷は完治したそうだが、脚の負傷は後遺症を残した。なにせあの体重が入院中に増大せし事実忘るべからず。おのれの肉体の負荷に股関節が耐ええず、すなわち跛行す。しかるに、鍾馗は鍾馗たり、テーブルをどんと強打して曰く。〝われ権力の暴力を身に受けて、かえって暴力の非を悟る。ガンディー万歳〞と」

「鍾馗のやつ、どこに潜伏してたんだろう」と悠太は不思議がった。池之端の病院に三度見舞いに行った。四度目に行ったときは退院していた。誰も居場所を知らないという。大学にも姿を見せずにいて、ひょっこりと亀有に出現したのだ。

「北海道を放浪していたそうだ。大雪山の奥を歩いて、熊に邂逅せしが、熊のほうで仰天して逃げていったとぞ。髪はまだ生育不十分だが、ひげはかなりの繁茂で、熊も驚く容貌ではあるがな」

悠太は高済、角平と三人で亀有に行くことにした。悠太は鍾馗に会ったのち菜々子を見舞うため、高済と角平は、鍾馗と明日の日曜日の子供会の出し物の打合せをするためである。

4

日影亀有工場沿いの道を通り過ぎて大山田の街に入るや、見苦しくも、人の目につくところ、電柱、塀、壁とやたらにポスターが貼られて、まるで宣伝合戦の様相、雨に剝がれ、黴びて、破られ、二枚三枚と重ね貼り、まことに汚らしい。読む気にもならないが、最初期の一枚を見つけ出した。


東大セツルメントの正体をあばく！

騒擾事件に参加したアカの暴力団体！

みなさん　この写真がなによりの証拠です　ひとめ見てあきらかなようにセツルメントの学生たちが警官隊に暴力を振るっています　彼らは日共の手先で危険な暴力革命分子で　この平和な大山田に恐怖政治を導入しようとしています　診療所も保育園も子供会も　革命の拠点なのです　かかる危険きわまる団体が　公共施設であるわたしたちの引揚者寮に居すわっているのは断じて許せません
セツルメントは寮から出ていけ！

アカの暴力学生を追い出せ！

反共期成同盟

セツルメントに味方する者はアカだ！

これはメーデーの直後に貼られたものだ。黒白に焼き付けられた写真は、玄人はだしの鮮明なものだったが、いまや雨風にすっかり黴びて意味不明の群像となっている。ところで、この反共期成同盟のポスターが貼られた二、三日後に、これと正反対の趣旨のポスターが民主青年団なる団体名で登場し、反共期成同盟のポスターを剝がしたり、その上に、その横に、大量に貼られたのだ。どこかに残っているだろう。あった、これだ。

反共期成同盟は寮のダニだ！
セツルメントこそ人民の味方の革命的な団体だ！
診療所と保育園と子供会を守れ！

セツルメントの診療所も保育園も子供会も、政府の福祉政策の遅れと無策に反対し、大山田のみなさんの健康と生活と教育を守る進歩的革命的な活動をしています。

大山田には、結核患者が多いのに医療施設はなにもありません。下水道の整備がなく、汚水は道に空き地に捨てられて病原菌の巣となっています。引揚者寮をはじめ町には水道はなく、生活用水として使われている井戸水は大腸菌に汚染されています。とも働きの家庭では、子供をあずける保育園が必要なのに、行政はなに一つそういう施設を作ろうとしていません。貧しい家庭では、子供たちの面倒を見、学習の手助けをする余裕はありません。

みなさんの健康を守り診療をしているのはセツルメントです。この大山田に医療施設はなく、セツル診療所がみなさんの診療をおこなう唯一の医療設備です。働く人々のために幼い子供をあずかる保育園を開いているのはセツルメントです。子供たちのために勉強会をしたり、芝居やダンスや合唱指導をしている子供会の活動をしているのはセツルメントです。

セツルメントこそは、真に人民のための革命的集団なのです。反共期成同盟こそ暴力団とつながりのあるいかがわしい右翼団体で、反革命の反動分子であり、引揚者寮のダニどもなのです。

みなさん、セツルメントと協力してこれらダニどもを寮から町から追い出しましょう。みなさん、診療所と保育園と子供会を守るために、日本の革命を達成するために、たちあがりましょう！

民主青年団

この新しく出現した民主青年団がどういう団体なのかを、セツラーの誰も知らなかった。ただし、民主青年団という共産党の下部組織めいた名称でセツルメントを支持したために、また、セツルメントを進歩的革命的集団と規定したために、反共期成同盟は、えたりおうとばかり、〝アカの手先セツルメント〟〝民青と結託している危険な暴力集団〟というキャンペーンをますます大々的に行うようになってしまった。こうして、セツラーたちとは面識のない、正体不明の二つの団体が宣伝合戦を繰り広げることになった。

そう、正体不明なのである。反共期成同盟が第四寮の委員世古口の入っている右翼団体で、亀有駅南口の特飲街の店主たちと関係があること、診療所に殴り込みをかけて為藤医師を殴った男たちや中川べりの花見の宴で酔って騒いだ男たちに関係があるとは、ある程度推測できたが、その組織の全容はつかめていなかったし、民主青年団に至っては、ビラ貼りをしている人間を目撃したという情報すらなく、共産党とどういう関係にあるのか、または逆に党を誹謗するための分派の集まりなのか、まったく手掛かりがなかった。

悠太と高済と角平は、引揚者寮に入り、診療所を覗いたが、廊下に患者が溢れていたのと、為藤医師と剣持看護婦が、診療に忙殺されていたので、剣持に目顔で挨拶したのみで、風呂場の子供会室に行った。折から山折鍾馗が昼寝中で、ごうごうと轟く鼾が風呂場から立ちのぼっていた。

パンツ一枚の裸で床タイルに仰向けになっていて、盛り上がった腹は水面に浮く河馬の頭のよう、太い脚の貫通銃創跡が猿の口のよう、全体として海岸に打ち上げられた鯨を連想させる。が、ぴたりと鼾を止めて、むっくと上半身を起こしたのは、この男が俊敏な知覚を持っている証拠である。髪とひげとがほぼ等分に伸びた丸顔には愛嬌がある。

「おどかすな。なんだ、君たちか」

「何をびくびくしてるんだ」と角平が笑った。「案外臆病だね」

「反共期成同盟が殴り込みを掛けるという情報により、待機してたんだ」

「素っ裸でか」と角平があきれて言った。

「無抵抗主義の見本を見せるためさ。裸で徹底的に打ちのめされて、血だらけになって、暴力の空しさを示してやるんだ。いよいよ来たなという気配を感じて、覚悟して目を覚ましたら、君たちだった」

「殴り込みの情報はどこから得た？」

「おれ自身から得た。きのう、為藤先生と亀有駅前の文房具店に藁半紙を買いに行ったところ、数人の男どもに囲まれた。手に手に抜き身のナイフを持っていて、すごみやがる。セツルは寮から出ていけ。でなけりゃ、今度は診療所と子供会室を襲って、全員を叩きのめしてやるとの脅迫だ。しかし、男どもは、おれが恐いのか近寄ってきやがらん。そのうち、あす、殴り込むぞ、本気だからな、覚悟せい、と捨てぜりふで、やるからなと叫んで逃げた。警官二人がパトロールに来たためだった」

「本当に襲ってくるかな」と角平が首をひねった。「奇襲が功を奏するんで、予告して襲うというのは、単なる脅しじゃないか」

「まあ、それならそれでいいさ」と鍾馗は両腕で伸びをした。

「傷の具合はどうなんだ」と悠太が尋ねた。

「銃でやられた所は治ったんだが、膝の近くだったもんで、関節がうまく曲がらなくなりやがった。負傷のあとは、君ら医学生の世話になった。風沢が病院まで付き添ってくれて助かった」

「膝が悪いのに山歩きしてたのか」

「そうだ。歩行訓練をした訳だ。最初は、松葉杖で、それから杖を捨てて二本脚で。おかげで、大分曲がるようになったが、まだ完全ではない。それに体重が増えて負荷がかかるのが困る」

「無理するなよ」

「無理はせん。しかしな、これでもラグビーの選手だからな。ラグビーができなくなるのが辛い」

「ところで、あすの子供会の件ですがね」と高済が、破れた網目からするりと潜り込むように言った。「ショーキさんの出現を待っていたんですよ。君の御箱の人形劇やってよ。ぼくが、オルガン伴奏を受け持つから、賢治の童話か、君の創作劇かをやってよ」

「それはやりてえんだが、駄目になったんだな。おれ、太って、人形が手にはまらなくなっちまった。見ろ」鍾馗は棚から人形をつまみ出して手を入れようとしたんだが、入らない。

「何か存在感が変わったと思ったら、ショーキよ、お前、総体にえらく膨張したな。ショーキ的固太りではなく、ふわふわのアンコ型に変身しやがった」と角平は大男のまわりを、わざと毬のようにして飛び跳ねた。

鍾馗は布袋腹をぴちゃぴちゃと叩いた。

「入院中に二十キロ増え、北海道旅行中にさらに二十キロ増えた。現在、さらに増大しつつある。猛烈な食欲だからな」

「ショーキさん戻る、と聞いて、助かったと喜んでいたのに、弱った」と高済は濃い眉をひくひくさせた。「メーデー以来、子供会の学生の出席率が悪くてね、出し物が種切れで困ってる。仕方がない。森泉さんに紙芝居を頼もうか」

「それがいい。あの人はくろうとの芸人だから」と鍾馗が言った。

「森泉って、大原菜々子さんの下宿の大家？」と悠太が言った。山羊ひげのにこやかな爺さんで、悠太は画家だと思って付き合ってきた。「あの人は解剖図譜などを描く細密画家だ。最近改版された、F教授の『人体解剖学』にも、森泉精一の名前が載っている」

「それが元々は紙芝居屋で、長い間、下町の神社で自作を巡回上演していて、〝ひげ爺さん〟として子供たちに親しまれていた人だ。解剖図譜用の写生は、画才を生かして晩年に始めた副業らしいよ」と高済が言った。

「人は分からんもんだねえ、ウーン」と悠太はしきりに唸った。森泉の爺さんと、紙芝居の話などしたことがなかったのだ。

菜々子を見舞う予定にしていた悠太は、ついでに紙芝居の件を森泉精一に頼む役目も引き受けた。大山田の北の町はずれ、河川敷を利用した牧場の西側には、一面の田圃が開けている。火の見櫓を中心に身を寄せ合う小集落の一軒が森泉家だった。田植えが終った田から命の自由讃歌のように沸き上がる蛙の合唱が柔らかい幼な稲を震わせ、若苗色のしなやかな波が幾重にも渡っていく。ここは田園風景一色で、薄汚れた大山田の貧民街の近くにこんな田舎風景があったかと感心させられる。

家の前の畑で鍬を振るっていた菅笠がひげ爺さん、草むしりから顔をあげた姉さん被りが細君のみどり婆さんだった。二人とも泥だらけで日焼けしていて百姓の風体だ。悠太に会釈すると、菜々子はいるから、どうぞと爺さんが言った。

土間に入ったとき、二階から階段を軽やかに降りてきたのが菜々子だ。手振りで二階にどうぞと伝えて、自身は先に上がってしまった。

狭い部屋に散らばっていた千太郎の教科書や玩具を、菜々子は片付けていたが、途中であきらめてこちらを向いた。

菜々子の顔を正視するのが辛くて目をそらしたくなるのを相手に悟られては気の毒と、かえって見守ってしまった。

手術のため剃ってしまった髪の毛は、やっと二センチほどに伸びただけで、いが栗頭の少年のような感じ、そして問題は顔だ。右の瞼から目尻にかけて、五センチほどの赤黒い傷痕が走っている。目のそばに大きな閉じた瞼があるように見え、そう見てしまえば、まるで化け物だ。音有医師によれば、傷痕は段々に色が褪せるだろうということだが、ともかく今は気の毒なほど目立つ。悠太の心に突飛な衝動が走った——その傷にキスしたい、女を抱きしめたい。ほとんど衝動が行動に転化しかけたときに菜々子が、男を突き除けるように意外なことを言った。

「明夫から手紙が来たんで、お願いがあるんです」

「え？　彼はどこにいるんです」

「丸の内署の豚箱。でもちかぢか小菅に移送されるんだって。彼、黙秘をやめて住所氏名を明かしたんです。そしたら、起訴される情勢になったので、弁護士を頼みたい、国選なら費用は安くすむけど、この際、徹底的に無実を証明するためには、私選を頼みたい、そのためには、信頼のおける人に頼みたい、菊池夏江さんの旦那さんて弁護士だと聞いたから、その人に頼みたいんですって」

「つまり、ぼくの叔父だ」

「そうなるんですよねえ」と菜々子は関係を考えるように目を瞑った。すると、整った穏やかな顔付きになった。

「ぼく、喜んで仲介するよ」

「よかった！」と菜々子は嬉しげな笑顔になったが、すぐに顔を曇らせた。「ただし、明夫にはお金がない。弁護士への礼金って高いんでしょう」

「それについては、ぼくは何も知らない。叔父に聞いてみる。ただし、叔父はかつて戦前に、セツラーとして活動していて、戦争中、反戦運動家として監獄に四年間、ぶちこまれた人だ。だから、セツル関係の訴訟なら喜んでやってくれると思うけど」

「とにかく、よろしくお願いします」

「ところで、あなた、体の具合はどう？」

「大分いい。傷口が痒くて困るのと、まだ頭の毛がこんななんで、外出のときは帽子を被るのが厄介だけど」

「毎日、何をしているの」と悠太は、リンゴ箱の机の上を見た。本とノートが開かれてあった。

「看護婦学校の受験勉強。これ、小暮さんが買ってきてくれた人体生理学、わたしには基礎知識がないから、ひどく難しい。でも、必死で読んでるよ……そうそう、森泉の小父さんから聞いたんだけど、あの民主青年団ての、降矢という人がやってるらしいってさ。小父さんは、下町の伝統芸能についての小新聞の編集をして、イラストを描いているんで、この前、千住の印刷屋に行ったら、そこで、民主青年団のポスターを印刷していた。そこで誰に注文されたのか尋ねたら、降矢の名前が出てきたんだってさ」

「降矢って、この春からセツルに出入りしている地元の人で、たしか日影亀有の職員だとか言っていたが……」悠太は耳の大きいミッキーマウスに似た〝鼠男〟の風貌を思い出していた。セツル運動に協力的な住民として、集団検診や子供会の催しものの手伝いをしてくれている人だ。地区細胞の責任者だという噂もある。

「そう、あの人。わたしも顔は知ってるけど、ちょっと気味悪い人。小父さん、あの人を戦時中からよく知ってるんだってさ。何でも、防空班長なんかやって、戦意高揚に熱心な軍国青年だったのが、戦後は共産党員になって、革命だって叫んでるんだってさ」

「あっといけない。森泉の小父さんに頼みごとがあった。あしたの子供会で紙芝居をやってもらいたいんだ」

悠太がそう言ったとき、外から子供の澄みきった笑い声が伝わってきた。窓から見ると、土手の斜面で千太郎と森泉の娘、ことりが遊んでいた。ことりは十三、四で中学生、色白の可愛い子で、折から日が射した顔が輝いて見える。対照的に千太郎は、菜々子の系統で色が黒く、それがさらに日焼けして黒人のようだ。千太郎が草を分けて走り登るのを、ことりが追いかけている。

「小暮さん」と耳の甲に菜々子の声と熱い息が触れた。女の真剣な顔付きが、目のそばの傷を窓の光に曝しながら迫っていた。

「わたし、小暮さんに、お礼言いたい。庄屋さんと二人で、わたしの命を助けてくれたこと、一生忘れません」

「いいんだよ、そんなこと、ぼくらも咄嗟に夢中でしたことだ」

「一度、お礼を言おうと思って言い出す勇気がなくて」

「勇気?」

「そう、感情をこめると下心があるみたいに取られるから」

「下心?　やれやれ」と微笑でいなしたものの、しなやかな女体が、すぐ手を伸ばせば取れる甘い木の実のように近く息づいているのに感応して、下腹から興奮がぐいぐい立ち上ってきた。まずは女の傷あとを舐めたい。それから女の小さな口にキスして抱きしめたい。が、そういう衝動が頂点に達して危険になったとき、菜々子が悠太を、こちらの視線を弾き返すような目付きで見た。

「小暮さん、いつかお願いした実験、もういいの」

「実験？　ああ、あのことね」

「はい。もう抱いてくださらなくてもいいの。手術の結果を疑うなんて、先生にも小暮さんにも失礼だと気がついたんです」

「失礼なことはないよ」と言いながら、悠太は女を抱く機会が逃げ去ったのを残念に思った。同時に菜々子に傾斜していた欲望が萎えてきて、平らかな安定した心で彼女に相対することができる喜びも覚えた。

「ともかく、浦沢さんの件は承知した。叔父は、菊池透弁護士は、西大久保のぼくんちのそばに住んでいるんでね、今日、さっそく頼んでみる」

　悠太と菜々子は下に降りた。ひげ爺さんは、井戸端で鍬を洗っていた。泥を流された鉄の表面を節くれだった指が撫ぜている。その指から、解剖学図譜のような細密画が紡ぎだされるとは信じられないほど、労働に荒びた太い指だった。用件を言うと、半白の頰ひげの上の細い目が笑った。その目は、もじゃもじゃした顔の中に暖かい灯火が点ったようだった。

「ま、昔とった杵柄、おやすい御用ですな。ぼくの紙芝居でよければ、いつでも喜んで。ただし、沢山レパートリーがあるんで、どれにしたらいいか」

「あとで久保君を相談にうかがわせます」と悠太は言った。

「ああ久保高済君だろう。よく知ってるよ。ことりの家庭教師をしてもらってるんでね。彼は絵がうまくてね、あれで大学で心理学の研究なんかするのは惜しいくらいだ」

「絵の家庭教師ですか」

「いやいや、英語と国語を見てもらっている。ことりは来年高校受験だからね」

「ピアノも見てもらってるんでしょう」と菜々子が言った。

「それは契約外のレッスンでね、ことりが勝手に頼んだのだ。でも、まあ、彼のピアノはすごい腕前だね」

「いろいろ才能があるんだ」と菜々子が唱うように抑揚をつけて言った。「がーか、おーんがくか、おぼーさん、そしてさ、とーだいせい。小暮さん、ずーとまえからさあ、高済さんのともだちなーんだあ」

「彼は七年制高校の尋常科出身だからね。戦争中、暇と機会がうんとあった。ぼくみたいに軍隊の学校にいき軍国主義教育を叩きこまれたのとは、大違いさ」と悠太は幾分くやしげに言い、

「ともかく、明日の子供会の相談を久保君としてください」と頭を下げて、家を出た。

土手に登る小径をたどっていると、菜々子が追ってきた。麦藁の鍔が風に捩じれて光った。その後ろから千太郎とことりも走ってきた。四人は土手の上に並んだ。牛たちは、何事にも無関心な様子で草を食んでいた。風音は弦の擦過音、水音は通奏低音、そして蛙のコーラス。物音はあたり一面から空に昇っていき、巨大な貝殻のように光る雲に吸い込まれていった。悠太と菜々子は期せずして、息を大きく吸い込んだ。そこに千太郎とことりのせわしげな息づかいが混じった。

「ねえ、めぐみって死ぬんだね」と千太郎がぽつりと言った。

「え？　どういうこと」と悠太は聞き間違えだったかと、聞き返した。

「そうなんです」と菜々子が言った。「めぐみが死にそうなんです。肝臓が悪い、カンコーヘンだそうです。この前の日曜日、千太郎と見舞いに行ったら、お医者さんからそう言われた」

大原めぐみをアルコール中毒の診断で入院させ、そのことで一件が片づいたと思い、すっかり失念していた悠太は、菜々子と千太郎が義母を見舞いに行ったと聞いて気が咎めた。自分の物事への関わり方は通り一遍の事務的なものに過ぎなかった。

雲の形が黒々とした内臓のように変り、あたりは暗くなった。雲の影は川の大半と牧場のすべてを覆い、向こう岸の田圃だけが遠くに光っていた。雨が降ってきた。たちまち雨足は白く景色を塗りつぶした。

「濡れちゃう。家にもどろうよ」と菜々子が言った。ことりと千太郎は坂道を転げるように駆けた。

「いい、ぼく、濡れてもいいんだ。とにかくセツルに行って、報告しなくちゃ」

早足になった悠太に菜々子はついてきた。「めぐみが死んだら、お墓はどこにしようかと迷っているんです。父の連れ合いだから、やっぱり、父の墓に入れてやるのがいいでしょうか」

「さあ、そうなんだろうね」と自信なげに悠太は答えた。

悠太は子供会室にもどると、すぐ高済を森泉宅に向かわせた。雨は嘘のようにやんでしまい、西日が窓から熱した腕を差し込んで、洗い場はサウナ風呂のように蒸れていた。鍾馗と角平は、二人ともパンツ一枚の裸で喘いでいた。悠太は濡れた学生服を脱ぎ、ズボンを脱ぎ、結局、パンツ一枚になったが、そのパンツが汚れていたので、素裸になって急いで洗濯すると、濡れたまま穿いた。

「ここに水を満たして入りたいよ」と一人が言った。浴槽は子供たちの絵の展示場になっていて、水を入れる訳にはいかないのだ。

「ああ、扇風機がほしい」ともう一人が言った。「仕方がないさ。ここは前近代だからな」ともう一人が言った。

そこに、診療を終えた為藤医師と剣持看護婦が来た。男三人は大あわてでズボンを穿いてシャツを着た。

「そのままでいいのに」と剣持が言った。「わたしは平気だよ」

「こっちは平気じゃないさ」「レイディに失礼だからな」「これでも、おれたちはジェントルマンなんだからな」三人はこもごも言った。

為藤と剣持は、緊急で深刻な話題を持ってきたのだった。いつ果てるとも知れぬ、反共期成同盟と民主青年団のポスター貼り合戦に挟まれたセツルの苦衷である。

「この二つの団体の主張は正反対だけど」と剣持が言った。「要するに、セツルは危険な暴力革命を目指している日共の下部組織であるという断定では一致してる。つまり住民にわたしたちの活動を誤解させ、寮から追い出させるように仕向ける煽動・挑発である点は、同じ穴のむじなだよ。わたしみたいなクリスチャンにとっては迷惑もいいとこだよ」

「分かってるよ」と角平がうるさそうに口を尖らした。「ただし、セツラーのなかに党員がいること、風沢や丞相のような先鋭分子がいることも事実だがな」

「カッペイよ」と鍾馗が言った。「そういうことは問題にならん。党員もいる。クリスチャンもいる。無抵抗主義者もいる。ノンポリもいる。それがセツルだ。つまりマヨネーズだ。酢も卵黄もサラダ油も塩も砂糖も混合して成立している。それを酢だけで作られていると断言して、食べるなというのが奴らの主張だ」

「ショーキよ」と角平が言った。「だから、どうしたらいい。それが問題なんだ」

「これは森泉のひげ爺さんから聞いたんだが」と悠太が言った。「ひげ爺さんは下町文化の新聞の編集に関係していて、千住の印刷所に出入りしているんだが、たまたまその印刷所で、例の民主青年団のポスターを印刷していたので、不審に思って調べたら、注文したのは降矢だと突き止めたんだって」

「降矢か！」と異口同音の声が出た。

「あいつセツルの味方づらで出入りしているけど、いわばスパイ行為をしてるんじゃないかな」と角平が言った。「親切で、気さくで、物知りで、反共期成同盟のメンバーの名前なんか探り出してきて、重宝な男なんだが、ひょっとすると向う側にセツルの情報を流している二重スパイかも知れない」

「セツルの情報だと言っても、われわれに秘密なんかないがな」と鍾馗。「おれなんか、正真正銘の情報公開主義者で、何でも喋り、何でも教えてしまう透明な男だからな」

「いや、ショーキほど分厚い存在だと、存在それ自体が不透明になる」と角平が言った。「自分は、どうなんだ、え、カッペイ。そっちも結構分厚いぜ」と鍾馗が言い返した。

「真面目に話そうよ」と剣持が言った。「今の小暮情報は重大だし、わたしには思いあたることがある。あいつ、阿古さんや風沢さんが党員かどうか、しつっこく尋ねてきたんだ。為藤先生だって、党員かどうか、質問されたでしょう」

「そうだ……」為藤は小声で答えたが、その声は濁っていて、半分眠っているようだ。

「もちろん、答えなかったよねえ、先生」

「何と答えたか、忘れた……」

「先生、休みなさいよ」と剣持が言い、横にならせた。為藤はすぐ寝息を立てた。

「先生、疲れてるんだ」と鍾馗が言った。「きのうは下田先生が倒れた川崎に応援に行き、夜帰ってくると往診の依頼がつぎつぎにあって、朝からは患者が詰め掛けてくる。そしてひっきりなしの診察だからな」

「おい診療部」と角平が悠太に言った。「もっと気合を入れて活動しろ。医師を探してこい。この分じゃ、為藤先生も倒れちまうぞ。そしたらセツルは終りだ」

「分かってる。努力する」と言ったものの、悠太は内心困惑しきっていた。騒擾事件としての捜査が開始されてから、逮捕を恐れて、医学生セツラーが姿を現さなくなった。女子医大のお嬢さんたちは、しばらく様子を見ると言って欠席しているし、風沢は、噂では地下に潜り、庄屋は病気ということでセツルのみならず大学も休んでいる。どだい、鍾馗が突然行方不明になったのも、潜行したとも言えるのだ。いきおい、顔を出すセツラーに過度の仕事が負わされる結果となり、おれも、もう限界なのだ。

「みんな疲れているときに、緊急事態を報告しなくちゃならない」と剣持が言った。「一昨日、寮委員会が開かれてね、現在、寮長事務室を借りている診療所と風呂場を借りている子供会と保育園は即時退去しろと全員一致で決議したんだ。セツルがいまだに寮内に止まるのは約束違反だから、これ以上寮内を占拠するかぎり、強制執行の中立ても辞さないというんだ」

「たしかに」と角平が言った。「二月末の寮委員会では三ヵ月以内に、つまり五月末までに退去すべしという決議があった。しかし、寮長の裁量で多少の延期はできるという話だったけど」

「その寮長裁量が寮委員会で問題となり、寮長不信任決議となって、都の民生局に通告されたものだから、きのう、寮長解任という決定を民生局がおこなった、ま、こういう情勢なんだ」

「やれやれ」と悠太は言った。「事態は急展開だ」

「しかし、診療所も子供会も寮内に居住している以上、居住権があり、無理に追い出すことはできないだろうよ」と角平が言った。「それに、寮委員会が告発して、裁判所が強制執行の命令を下すまでは時間がかかる。新診療所の完成まで、今のまま居すわっていればいい」

「診療所は新築中だけど、保育園の場所を寮外に作るのはむつかしいな」と悠太はふっと溜息をついた。「今、保育園は赤字。園児は三十五人、これが四十五人になればどうにか経営できる目処が立つんだけど、そんな場所は大山田中捜してみてもなかった。保育園のほうは、閉鎖もやむをえないか」と悠太はしきりに嘆息した。

「寮委員会の決定を、あまり重要視する必要はないよ」と剣持が言った。「おかあさん、とくに日雇いで働いているおかあさんたちが、保育園と子供会はぜひ存続してほしいという声をあげている。彼女たちは寮委員が、住民の切実な要望を無視して、その場の空気に流されて勝手な発言や決議をしている現状に我慢がならないんだ。聞いたところじゃ、あしたの子供会のあとに、おかあさんたちが集まってこの問題を協議するそうだよ」

「おかあさんたちが結束してくれれば、地元の人々とセツルが結びつく好機だな」と悠太は言った。

「そうだよ」と剣持。「その大事なときに、学生がさっぱり顔を見せない。わたしら専従者だけじゃ、もう保たないよ」

「それは分かるが」と悠太は言ったが、おのれの声に力が無かった。


悠太が若松町の透叔父を訪ねたのは夜の八時ごろだった。亀有からの帰途、明夫の弁護を頼もうと寄ったのだが、驚いたことに母の初江が来ていた。

「おかあさん、どうしたんだ」

「おや、お前こそどうしたんだね、こんな時分に」

「透叔父さんに用事があるんだ。そっちは何の用」

「わたしだっていろいろあるさ」

透叔父の目配せで悠太が上がると、眠っている火之子を叔父と叔母が隣室に運んだ。

「まず用件をうかがおうかな」と透が悠太の隣に胡座をかいた。

「叔父さんも知ってるし、叔母さんが亀有で会った浦沢明夫君が、メーデーのとき警察に逮捕されて、起訴されそうなので、弁護士を頼みたいんだって。逮捕されるのを目撃したんだが、彼は無実だよ。ぼくも、多くのセツラーも証言するだろうよ。叔父さん、引き受けてくれる？」

「明夫君か。あの人のお母さんの最期に立ち会った因縁がある。いいよ、ぼくでよければ引き受けるよ」

「ただし、金がないらしいんだけど」

「かまわん。引き受けた以上、ちゃんとやるさ」

「よかった。明夫君も安心だし、ぼくも嬉しいし、彼女も喜ぶよ」

「彼女って誰のことだい」

「大原菜々子さん、明夫の……友達。明夫君は彼女を救い出そうとして、逮捕されたんだ。で、彼のことをえらく心配してるんだ」

「菜々子さんの大怪我、もういいの？」と夏江叔母が尋ねた。

「脳出血のほうは回復したが、顔に傷の跡が残ってる。今は可哀相なほど目立つけど、いずれ薄くなるんだそうだ」

「そのアキオって人が起訴されるって、何をしたの」と初江が言った。

「菜々子さんに警官が乱暴をするのを、阻止しようとしただけだ。正当防衛で無実さ」

「悠太、お前は大丈夫なのかい。起訴なんかされやしないだろうね」

「人々の怪我の手当てをしただけだ。それが犯罪だというならば、起訴すりゃいいさ」

「冗談じゃないよ。起訴されたら退学になってしまうよ」

「叔父さん」と悠太が改まって透に向いた。「一週間ぐらい前だけど、医学部長に呼び出されて、メーデーに参加したことを注意された」「ま、大変、どうしよう」と初江が叫ぶのをよそに、悠太は言った。「その際、警察から送って来た、広場に落としてきた大学の制帽を返してくれた。叔父さん、こういう状況、どう解釈する」「ま、大変、大変」と初江は騒ぎ続けた。

「警察と学部長の間に話し合いが持たれたと見るべきだろうね。騒擾罪の被疑者リストから、悠太ちゃんは除外された。だから帽子が返ってきた。もし起訴するならば、重要な物的証拠を返却するはずがない」「よかった、よかった」と初江。

悠太は浦沢明夫が現在丸の内署に留置されていることを告げた。透叔父はすぐに訪れてみると言った。

「悠太」と初江が言った。「今日の午後、桜子から電話があったよ。何でも至急会って相談したいことができたんだって」

「何の用かなあ。五郎展の決算ができたのかなあ。とにかく電話してみよう」

「家には電話がないの」と夏江が気の毒そうに言った。悠太は帰宅してから桜子に電話することに決めた。四月末の帝国ホテル以来、これでひと月半会っていない。急に会ってみたくなった。すぐ帰宅して電話しよう。そこで、一緒に帰ろうという初江を振り切って、さっさと菊池家を去った。

5

灰色垂れ幕の雲、濃緑トルコ石の松林、黒曜石の皺を延ばす海。足元に寄ってくる波を避けながら、悠太は砂浜を歩いていた。バスを降りてから海岸に出て、見覚えのある岬の形を頼りに歩いた。御用邸の高塀に来てから幼年時代の記憶がよみがえる喜びを覚えた。御用邸沿いの小川に真っ赤な小さな蟹が群れていて晋助が獲ってくれた。サンダルの小石に触れるからころという音。神社で写生をしていたら巡査に要塞地帯を写生してはいかんと叱られてスケッチ帳を没収された……そうだ、この海には軍艦がよく通ったので喜んで写生したんだ。軽巡洋艦だった。名前は？思い出せない。小学生のときは、日本海軍の軍艦なら全部覚えていたのに。海岸に並ぶ家々は、よそよそしくて、さっぱり記憶を触発してくれない。迷いそうだ。おや、あれかな。あの石の形に懐かしさがある。これだ、風間邸の裏門に違いない。ここの砂地は変っていない。よくみんなで花火をした場所だ。晋助や夏江叔母が、はしゃいでおれたち子供たちの世話をやいてくれたものだ。草深い道を家に近づいていくとピアノの音が聞こえてきた。ドビュッシーだ。期待していたDes pas sur la neigeではなく、あ、これはLa cathédrale engloutieだ。海の底の大寺院で葬式が行われている。風間振一郎、藤江、菊江、晋助、利平、五郎。海は墓場、鳥は死者の霊、見事な演奏だ。千束よりも、才能豊かで、千束を弾き飛ばすような演奏だ。つまりは、わざと千束のリサイタルと同じ曲目をえらび、聴かせて比較させている、このおれに。ピアノに向かっている桜子の背中が見える。白い肩と背中を輝かせている大胆なドレス、これもおれに見せるためか。

そっと砂を踏んで近寄り、ヴェランダに登ったとき、La danse de Puckの戯けた旋律がやみ、桜子が立ち上がり、すたすたとドアに歩み寄り、ドアを開いた。

「いらっしゃい。朝から待っていた。何だか曇ってきて、雨でも降りゃしないかと心配でね、じりじり待っていたの。もう午後一時だものね、すっかりお腹空いたでしょう。でもね、ちゃんと御馳走を作って船に運んであるから、海の上で食べましょう。コーヒー一杯だけ飲んでいかない。

待って、入れてくるから」切れ目なしのクレッシェンドで喋りまくると、不意の沈黙で桜子は奥に消えた。ちらと見た後ろ姿の中で、むっちりとした首筋の白が残像となって漂った。

悠太はグランド・ピアノの前にいった。スタインウェイ。楽譜をめくった。鍵に触ると、いい香りがした。鍵の上に桜子の指の形をした空虚があって、そこに残香が漂っているのだ。ソファの窪みに、桜子の空虚の中に腰を下ろした。すると、心が休まり、何も考えず、何も悩まなくなった。この世には、何というどぎつい喧騒と鋭い苦痛とざらざらした雑駁が満ちていて、襲いかかり、おのれの平安を引き裂くことだろう。そういう風塵がここにはない。

この広間はよく覚えている。風間の四姉妹を中心に、敬助・晋助兄弟、夏江叔母などにわれら小暮の子供たちが集まったものだ。みんな若かった。ダンスをしたのだ。あ、あった。時田式電動蓄音機だ。祖父の時田利平は、三田の開業医であったが、発明狂でレントゲン撮影機、簡便茶漉器、皮膚病薬、汚水濾過装置など、さまざまな発明をして特許を取っては売り出して儲けていた。この電動蓄音機も一時は大評判になったのだが、回転むらがあって返品続出で、大失敗したそうだ。しかし一部の品は、完璧な出来ばえで、今では骨董品市場で高値で売買されているという。ここに、その一つが残っているとは珍しい。

「さあさあ、コーヒー」と桜子が盆を運んできた。香りの高い濃いエスプレッソは、イタリア半島のどこかの都市を思わせた。

「ぼく、この部屋覚えている。昔、ダンスなんかやった部屋だね」

「昔ね。そう大昔」と桜子が見回した。「ずっと使わないでいたから、床は落ち、カーテンは腐ってしまい、これでも大分修理したのよ」

「ところで、あの電蓄、時田式だろう」

「そう。あなたのおじいさまの発明品」

「こんな骨董品がまだ残ってるんだな、動く？」

「飾りに置いてあるだけだから、動かしたことない。ためしにスイッチ入れてみようかしら」

桜子がスイッチをひねったとたん、轟音に仰天した二人は飛びのき、顔を見合わせた。

「すっかり壊れてるのね。どっかがショートしている」

「時田利平の雷だ。時田式レントゲンの轟音を思い出すな」

「ほんと、伯父さまって、がんがんする音がお好きだった。時田病院っていえば、院長の雷をはじめ、診察室もレントゲンも工場も、いつもがんがん音がしていて、活気があった。懐かしいわ。悠太ちゃん、約束するよ。あの『時田病院』、もう絶対に手放さないよ。例のアメリカ人のコレクター、本当は砂丘の絵ではなくて、病院の大作二枚を欲しがったんだけど、むろん断った」

金髪の巨大腹の白人、肉とチーズとソーセージを詰め込んだ脂肪腹、開腹手術のときに面倒を起こす分厚い腹なのだ。その男が、五郎の絵を欲しがったのはなぜだろう。

「ね、ゴロちゃんの絵にあの外人、なぜ興味を持ったんだろう」

「それは分からないけど、あの人、ニューヨークに大きな個人美術館を持っていて、現代美術のコレクションでは有名な人なの。戦争中の日本に天才的な画家がいたという発見に夢中になっていた。全作品を購入したいと言っていたでしょう。売れば、あなたもわたしも大金持ち。でもね、断った」

「そうだとも、断って当然だ」

「そうそう、五郎展の決算ができた。十万円は確実ね」

「助かるよ。セツルも財政逼迫だから。また寮から追い出しが掛かって、新診療所を早急に完成させる必要があるんだ」

「ところで、悠太ちゃんは大丈夫なの？　メーデーに行った人たちが続々逮捕されてるじゃない」

「大丈夫らしいんだ。広場に忘れてきた学帽が、警察から送り返されてきた。つまりぼくは事件と無関係だと認定したらしいんだ」

「あの帽子返ってきたのね。よかった」

「帽子のこと誰から聞いた。透叔父？」

「透さんじゃない、敬助から聞いた。公安委員が知っていた以上、あなた要注意人物だったのよ。それで、わたし、敬助に圧力かけた。あの人、わたしにはどうにでもなるの。わたしが政治資金の金蔓なんだからね。ま、わたしったら、べらべら自慢話みたいに喋ってるけど、これ、自慢でも、あなたを傷つけるためでもないのよ。ただ、あなたに秘密を持ちたくないため。全部告白しちゃった。ああ、せいせいした」桜子は赤い舌をちらと出した。正直な血の色、温かい vermill-on の蠱惑。憎めない人だ。そして巧みな媚態を作る人だ。

「裏取引は好かないけど……でも、桜子ちゃんだと怒る気にもなれないな。ありがとうと言うべきか」

「そんなつもりで喋ったんじゃない。あなたは無実なんでしょう。それなら、わたしの裏取引のせいじゃなく、あなたの無実の力の結果よ。わたしが敬助に圧力かけたせいじゃないわよ」

「ともかく、セツルは財政難のうえ、風雲急なんだ。ぼくもこんな所で遊んではいられない身だ」

「〝こんな所〟は御挨拶ね。でも、今日は一日、ゆっくりできるんでしょう」と桜子は、子供が親に何かをねだるときのような、へりくだった物腰で言った。大山田では、午後から子供会の紙芝居をやる。そろそろその時刻だ。そのあと、地元のおかあさんたちとの懇談会が予定されている。剣持は〝セツルメント友の会〟という支援組織が地元にできればと期待していた。おれはそれを思うと落ちついてはいられない気になる。が、桜子と一緒にいたい気持ちのほうが強い。きのう、帰宅してすぐ電話して、「今ね、葉山に一人でいるのよ。いらっしゃいよ」と言われて、二つ返事で決心してしまった。

「いいよ。ゆっくりしていくよ」

「よかった」と桜子は腰をしゃんと伸ばし、満面に笑みを輝かした。

海に行く用意にかかった。悠太は桜子が用意してくれた水着をつけた。サルビアブルーのパンツだ。その上にタオルケットを着て麦藁帽子をかぶる。桜子は別室に行って、悠太を長い時間待たせたすえ、花柄の水着、薔薇色のタオルケット、赤い麦藁、サングラスで現れた。一応、悠太が青で桜子が赤で統一されていた。

「えれえ目立って恥ずかしいやなあ」

「誰も見てやしないわよ。とくに沖に出れば、二人だけの世界よ」

砂浜に出た。和船が数艘引き上げてあるが人影はない。波打ち際で足を濡らすと水はまだ冷たくて、泳げる季節ではないと知れた。左手に長者ヶ崎の緑が延びて、海を囲っている。幼いとき、岬の磯では小魚や蟹を追って遊んだものだ。崖から真水が滴り落ちていたが、あの泉は今でもあるだろうか。引き潮のため、海中から頭を出した岩の群が黒々と連なり、その一つ、エビ島と呼ばれていた岩が、見覚えのある形で波にもまれている。あのあたりの海底は魚の巣で、おれも潜ってヤスで魚を突いたものだった。そういう漁の指導者は漁師の子で、あの子の名前を忘れてしまったが、赤銅色という形容がぴったりの少年だった。このあたりに、風間家のテントが建てられてあった。紅白のピエロ縞で、いくつもの部屋に仕切られ、更衣室、シャワー室、食堂などを備えた御大層なものだった。今は流木と海草の散らばる砂浜だ。

鉛色の雲の合間に青空が透けているが、日は陰っている。暗く曖昧な水平線には、江ノ島が蜃気楼のように浮いていた。磯の端に、コンクリートで固めた波止場があった。桜子が右手を高くあげると、沖に停泊していた小型船が、遠隔操作されたように動き出し、見る見る近づいてきた。かなり大きなモーター・ボートだ。巧みに接岸する。船室から出てきたのは、マドロス姿の無表情な男、ずいぶん年をとって顔付きが変ってしまったが見覚えがある。ずっと昔、焼ける前の野本邸で玄関番をしていた男だ。たしか筒袖によれよれ袴の書生だったはず。

「あの人、西大久保で玄関番していた人だろう」

「覚えてた？　そう、工藤っての。元々は船員でね、野本造船の社員。そうか。悠太ちゃん、戦争中、名古屋幼年学校にいたんだっけ。空襲のときは西大久保の防空伝習所で青年学校の子供たちに防空訓練をしていた。今はうちの執事をしている。口が固いから、わたしもこういう密事には使っているの」

「密事？」

「そうでしょう」と桜子はウィンクした。「こういうの、二人以外は誰も知らないでしょう。それに操舵室は密閉されているから、大丈夫、二人の話が聞かれる恐れはない」

工藤は桜子に手を貸して船に乗せた。悠太は自分で飛び乗った。工藤は操舵室に引きこもった。波止場はたちまち縮小し、鼻を海に突き出した岬がぐっと迫り出した。崖に穿たれた二つの洞窟が二つの目、磯に砕ける波が歯で、岬全体が海に向かって哄笑している。スピードがあがり、甲板の椅子に二人は腰掛けた。桜子はテーブルに頰杖をついて悠太を見、悠太はその視線を受けながら水脈を見た。

船首が切り裂いた波が扇状の壁となって開いていき、それにスクリューの放射波がからみついて、巨人が両手を振るような形で白波が踊っていた。悠太の意識は白波となった。どこまでも、どこまでも白い巨人の踊りが繰り返され、それだけだった。海よ、海よ、いつまでも繰り返し La mer, la mer, toujours recommencée！　エンジンの振動に心臓が同調し、海風に洗われた新鮮血を脳に押し出し、脳細胞は活性化される。意識は自動性を失い、まったき受動性に身をまかしていた。それは女と抱き合っているときの快感に似ていた。悠太は桜子をちらと見た。その柔らかな裸体の全体がまざまざと感じられた。

「どこへ行くの？」

「どこへ行きたいの？」

「どこでもいい。まかせるよ」

「どこでも行けるけど、この半島、東側は横浜から横須賀まで港、発電所、工場、米軍基地で殺風景、西側は自然が残っていて風光明媚。だからまず鎌倉、江ノ島に行き、そこから南下して油壺。それから剣崎の、うちの会社の造船所に行く」

「それでいいよ」

「あなた、何でも、いいいいっていうのね。自分の意見はないの」

「意見がないのが幸福なんだ。このごろ、自分の意見を言う機会が多くて、意見にはうんざりしているからね」

森林のさなかに寺やら鳥居やらが見え隠れし、斜面にはめ込まれた街が横に滑っていく。絵葉書におあつらえ向きの白砂青松の浜が伸び、その奥に大小の家々が並ぶ。桜子は立ち上がると両足を踏ん張って、双眼鏡で海岸を眺め始めた。女主人の意を体した操舵者はエンジン出力を下げ、船はたゆたいながら、ゆっくりと進む。

「何を見てるの」

「千束の家がこの辺りにあるのよ。あなたも見たいでしょう」

「別に見たくはないさ」

「嘘おっしゃい。千束と聞いたとたん、あなたの顔色、尋常じゃなくなったわ。おやまあ、あれは千束だ。窓からこちらを見ている。じっと見ている」

「ええ？　どれどれ」悠太は思わず双眼鏡を奪った。何軒かの家の門をかすめたすえ、それらしいのを見つけたと思ったが自信はない。海岸の富士家を、一度訪れたことがあるのだが、あれは小学生のとき、もう十年以上も前のことで、記憶は定かではない。「どうだった？」と桜子が顔を寄せてきた。悠太は首を横に振った。

「赤い屋根の西洋館よ。すぐ見分けられる」

悠太はもう一度試みた。これだろうか。赤い屋根で蔦に覆われた壁。窓から漏れてくるピアノの音、異国の風趣、古い記憶、そう、それは幼いときに西大久保で見た千束の家で、それがここに移築されたとは信じられない。いや、西大久保で千束の家を探して発見できなかったのは、そのせいだったかも知れない。と、画面がずれて、何度、その方向に双眼鏡を向けてもその家は視野の中に再現しなかった。さっき、はっきり見えた家は幻影だったのか。悠太は、双眼鏡を返して、また首を横に振った。

「あなた斥候がへたね」

「むろんへたさ。ぼくは幼年学校の劣等生だったからね。射撃、教練、体操、柔道、剣道、すべて不合格点」

「劣等生のわりには必死で、千束の家を探してたわね」

「もういいよ。もう見たくない」

「御免ね。わざとここに来て、あなたを試したのよ」と桜子は、双眼鏡をテーブルに乱暴に叩きつけ、力が脱けた肉塊のように坐った。「あなた、まだまだ千束を愛している。当然ね」

悠太は応えず、桜子から顔をそむけた。桜子の心の苛立ちに操舵者は敏感に感応して、船はスピードを増した。速回しの映画のように海岸が切れ切れになり、目の前に江ノ島が大写しになった。あそこの弁財天のお守りを央子はヴァイオリンの神様として大事にしていて、フランスにも持っていったはずだ。あの島の海で、史郎叔父と泳いでいるときに、不意に千束を見かけたのだ。それから彼女の家に行ったのだ。何と昔のことだろう。何と子供であったことだろう。その彼女も今は手のとどかぬ遠くに去った。鎌倉は、江ノ島は霞んでいき、消えた。

沖に向かって定規を引くように船は進む。エンジンはフル回転で、船首は躍り上がって波しぶきを散らす。漁船には迷惑な横波を送り、鷗の群を切り裂き、青空と雲とをかき回して飛んでいく。

「ぼくを、わざわざ千束の家の前に連れていったんだな」

「御免なさいって謝ってるでしょう。わたし、自分の位置を知りたかったの。千束はあなたのamoureuse、わたしはcopine、それを確かめたかった。あなたが夢中になって彼女の家を探してるのを見て、わたしすべてを悟った。あなたは千束をまだ愛している」

「人の心の中を勝手に決めないでよ」

「決めてるんじゃない。推測しているの。推測はこちらの自由でしょう」

「でも迷惑だ。そっちの推測で、ぼくの自由は幾分か束縛される訳だから」

「そのくらいの恩恵はわたしにも頂戴よ」桜子は悲しげな上目遣いをした。

「ほんとうに千束が窓からこっちを見ていたの」悠太はちょっと話題をずらした。

「それは嘘よ」と桜子はにっこりすると、悪戯っぽく言った。「ただ、そんな気がしただけ。いや、そうであればいいと願っただけ。あれから、彼女、悠太ちゃんに何か言ってきた？」

「何も」

「ところが、わたしには何回か電話があった。この秋、シュタイナー先生が来日するでしょう」

「それ、お袋から聞いた。オッコもお供で帰ってくるんだってね」

「その機会にシュタイナーに取り入ろうと千束は夢中なの。そしたら、コルトーも来日するという情報が、駐日フランス大使館から洩れた。千束はコルトーの愛弟子だというのを売り物にしているでしょう。それでわたしから何か聞き出そうと、さらに低姿勢で電話してくる。ところが、わたしはシュタイナーは知ってるけど、コルトーは知らない。そこで、話がややこしくなるの」

「まったくややこしいね」と悠太は笑った。音楽界のややこしい網に絡められてもがいている千束の姿が見えるようだ。

「ややこしいついでに付け加えるけど、前に、千束が目指しているのは、渡欧して有名なコンクールに入賞して国際舞台で活躍することで、そのための経済的援助と献身的努力をしてくれる男を必要としていると、わたし言ったでしょう」

「ようく覚えているよ。ぼくにとっては絶望的情報だからね」

「その前半は正しいけど、後半は間違いだった」

「……」

「つまり、富士家は素封家で娘を留学させるのに、別に経済力のある男の援助を必要とはしないということなの。新平先生が小暮家の財産とか生活水準を教えろと要求するから、逆に、わたし、富士家の経済状態を調査してやった。そしたら、富士家てのは、佐賀県の大地主で江戸時代より続く造酒屋だと判明した。娘一人を外国で生活させるなんて、易々たることなのよねえ」

「つまり、ぼくの経済能力が問題ではなくて家柄が問題だって訳か。ぼくにとっては、さらに決定的に絶望的な情報だね」

「対富士家では絶望的だけど、対千束では有利かも知れない」

「どういうこと？」

「悠太ちゃんと千束の結婚に反対しているのは、父親で、娘は一応それに従いながらも、悠太ちゃんは嫌いではないということよ」

「そんなこと信じられない。莫迦げている！」と火炎瓶を投げたように怒りの火が燃え上がった。

「ぼくは手紙を書いた。口頭でも言った。それについて、彼女からは何の返事もなかった。失礼極まる」

「その点に注目しなさいよ」と桜子も声を張り上げた。「わたしに電話してきたりして、すべて間接に意を伝えるのは、千束が自分で悠太ちゃんにはっきり拒絶を言えないからよ。そこに彼女の迷いがあるからよ。これは、女の勘だけど、今度のシュタイナー・コルトー事件で、彼女わたしに急接近してきたけど、そうしながらも、それとなくあなたの近況を聞き出そうとする。すごく気にしている証拠」と桜子は悠太を睨みつけると、ちらと操舵室の工藤を見た。こちらを見たときには笑顔になっていた。おだやかな口調で話を続ける。

「ともかく、この秋、日本に二人の巨匠が来る。それが大問題なの。去年、メニューインが来たとき、まるで天地がひっくり返るような大騒ぎだったもんね」

悠太も笑顔で面白そうに言った。

「世紀の巨匠来るというんで、ぼくも、大枚千円の入場券を長い列に並んで買って、日比谷に出掛けた野次馬だったからね、ぎっしりの聴衆、熱狂的な拍手、ほんとに手が痛くなったよ」

「コルトーもシュタイナーも絶対そうなるわよ。極東の僻地、忘れられた東京の住人は、世界の中心、欧米が認める世紀の巨匠に卑屈に拝跪する。しかし、コルトーとシュタイナーが同時に来日したら、熱狂が二分しちゃうでしょう。そこで、両巨匠が鉢合わせしないよう、来日の日時を調整する必要がある。ところが、そういう調整を日本側の関係者はできない。何しろ巨匠が来てくれるだけで随喜の涙なんだから、日時の調整なんかを巨匠さまに交渉する勇気なんか、かけらもないのよ。それを誰かがやらなきゃいけない。でね、わたしみたいなシロウトがパリに行って調整役をしようと思ってるの」

「パリに行くの？」

「そうよ、まずはシュタイナー先生に会って相談する。それからコルトー」と桜子は顔を紅潮させ、きらきらと目を輝かした。有能な芸能プロデューサーらしい、獲物を狙う猛禽の目付き、あの目付きに貫かれて、おれも餌食にされた。と、眼光が目尻に流れて柔和な微笑に変わった。接吻で固く吸いついてくるかと思うと、後ろに倒れて柔かくなる。女の誘惑法だ。「ほんとはね、オッコちゃんに会いに行くのよ。これからの音楽人生をどうするか、あの子の本音をじっくり聞いておきたいの。オッコちゃんの将来について、わたし、あなたのおかあさんと喧嘩した。わたしが、オッコちゃんはずっとパリで勉強したほうがいいと言ったもので、わが子の将来を他人が勝手に決めてしまうと、母親としてはお冠なの。それはわたしが悪かった。オッコちゃんを自分の子のように思って、その才能の開花だけを願ってきて、母親の気持ちも意見も考えなかった。でもね、母親がどう思おうと、わたしがどう考えようと、自分の運命を決めるのは本人の意志でしょう」

「桜子ちゃんがパリに行く件、おかあさんに話した？」

「まだよ。話しにくいもん。オッコちゃんに入れ智慧しに行くと邪推されるもん」

「オッコがヴァイオリンで身を立てるのを、一番望んでいるのはおかあさんだから、桜子ちゃんのパリ行き、おかあさん、結局は喜んでくれるよ」

「そうかしら」

「そうさ」と悠太は自信をもって言った。母の本心は、央子の国際的な成功で、自分の子がそうなるまでは、桜子の忠告にしたがうだろうと思う。母は、こと央子のヴァイオリンのお稽古については、ひたむきで一途であったし、これからもそうだ。

「悠太ちゃん、わたしを助けてね」

「いいともさ」と言いながら悠太は、央子も、千束も、音楽の世界で生きていくうえの大変な競争と気苦労を背負っていると思った。医学研究の単純な優勝劣敗とはまるで違う、年齢・縁故・運・チャンスの錯綜した世渡りの世界らしい。

ぽつりぽつりと雨が降ってきた。さっきまで雲間に散在していた青空の穴は閉じられ、灰色一色の空となっていた。左側に半島が霞んで見えてきた。どの辺りを航行しているのか見当もつかない。

「中に入る?」

「ここでいいよ。濡れてもいい」

「あなた、お腹空いたでしょう。食糧は豊富なのよ」桜子は足元のバスケットを開いて食器と料理を、楽しげに誇らしげにテーブルに並べた。サンドイッチ、ピザ、サラダ、フランス産の葡萄酒。

たちまち、悠太は食欲に支配された。面白いように食べられる。桜子は自分の皿に少し料理を載せたが、それには手をつけずに悠太の食べっぷりを、舞台上の名優の演技を鑑賞するように眺めていた。

「若い人の食べる姿って、ほんとに気持ちがいい」

「食べないの？」

「いいの。あなたを眺めているのが御馳走なの。それでお腹が一杯になるの」

アルコールの酔いが昇ってきた。甘い香り、フランシスコ・ザビエル、波また波を越えて進むガレオン船、遠い異国、晋助、マルセイエーズ号、央子。央子の白い顔が赤い液に浮いている。

「音楽界に生きていくのは大変だね」と悠太はしみじみと言った。

「大変だという事実が、少し分かったらしいわね。わたしが、演奏家として打って出る気をなくした気持ち、分かるでしょう」

「ああ酔った。この赤葡萄酒、おいしいね。何というの」

「シャトー・マルゴー。一九四五年のヴィクトワール。フランス人にとっては勝利の豊年作」ファンファーレのように桜子は笑った。そして、自分も一杯をぐっと飲み干した。

船足が遅くなった。右側に岩の上に灯台を構えた小島がある。狭い水道をゆっくりと進む。城ヶ島だ。高校生の夏、油壺の東大臨海実験所に宿泊して生物実習をし、このあたりで泳いだり磯歩きをしたので、よく知っている場所だ。

島へ渡るぽんぽん蒸気が前を横切っていく。すし詰めの観光客だ。その視線を避けようとしていると、操舵者はうまく舳先を渡しの方向に向けて二人を隠してくれた。

「このあたりの海は魚の宝庫なんだ。海底の岩が入り組んでいてね、藻が繁茂しているんで、魚が集まるんだ」

「あらそう。どんな魚がいるの」と桜子は気のなさそうに言った。

「砂に潜っているでっかいメガネウオ、ひげの生えたナマズみたいなゴンズイ、それからメクラウナギがうようよいる」

「気味が悪いわねえ」

「そうでもないよ。綺麗だよ。コロダイの群なんてすっきりしてるし、夜光虫の波なんて幻想的だ」

「そうかしら。わたし、海岸でぽちゃぽちゃしてるのはいいけど、海の底だの夜の海なんか大嫌いよ。得体が知れなくて危険で、想像しただけで、ぞっとする」

「そう言われれば海蛇のようなカマス、こいつは凶暴でぼくも嚙まれたことがある。この小指の先は食いちぎられたんだ」悠太は右手の小指の曲がった爪を見せた。

「おお怖い」と桜子は顔をそむけた。

城ヶ島は去った。雨がやんで、日が照った。急に暑くなった。工藤が外に出てきて日除けを取り付けてくれた。複雑に入り組んだ入江では漁船が漁をしている。岩山の端にドックと起重機が見えてきた。桜子が野本造船の工場だと指差した。船は工場からずんずん遠ざかり、灯台の周辺にごつごつした岩場を見渡す沖に錨を下ろした。剣崎の灯台だと桜子がいう。

「あそこの磯からの、大島や伊豆半島の眺望が絶佳なんだけど、今日は見えない。ここで時間を過ごしましょう」

ゆらゆら揺られているうちに眠くなった。桜子に欲望を覚えたが、工藤の前で抱きつくわけにもいかないと思っていると、桜子が椅子の背を倒してくれた。安楽椅子になっていたのだ。そのまま眠ってしまい、目覚めたときには、日除けが風にはためき鋭い音をたてていた。長者ヶ崎のはなをかすめて、船は全速力で走っていた。

夕食を終えても桜子は電灯をつけようとせず、その表情は読めない。闇が濃くなり、波が、怪奇なフーガとなって演奏を繰り返し、風が、死刑場のドラムのように松林を吹き抜ける。周囲に灯火の影は見えない。強風が暗黒とともにこの家を包み、隔離していた。

「ここには一人でいるの？」

「愚問。もちろんよ。武太郎は米国出張中。召使たちは、南青山」

「こんな寂しいとこにさあ、一人でいて、恐くないの？」と悠太は尋ねた。当然否定の答えを予想している。

「ぜんぜん」と桜子は予想通りに否定し、それから、「うーそよ、本当を言うと、あなたがこわーいの。わたし一人でいるのは平気なの。でも二人でいるとこわーいよ」と屈託もない笑いを交えて言った。人の笑いには何かの企みを含むのが常だから、その屈託のない笑いが嬉しかった。

闇のなかで桜子はピアノを弾き始めた。聴いたことがある。以前から彼女がよく弾く曲だ。ショパン。la virtuose だ。素早いパセージを香り高い指が巧みに弾きわけている。ピアノは陶酔して彼女の愛撫に身を震わせ、唱いだす。何と豊かな声量。何と広やかな声域。つぎつぎに曲が変っていく。この女性はピアニストになれるだけのしたたかな技量を持っている。闇が音楽で照らし出される。船で揺られている恋人同士。青い宝石のようにきらめく波。海底の藻のぬめらかな揺らめき。岩間に逃げていく可愛い蟹の群。大波に浮き沈みする溺死人が首を振りつつ下りていく。un noyé pensif descend. 風と海とが話をして、波という楽譜を繰って音楽を奏でている。

Dialogue du vent et de la mer. 海の中に母がいる。音楽の母、桜子……終った。まったくの闇にもどった。と、電灯が点った。何と平凡な部屋だ。

桜子は棚からレコード・アルバムを抜き出した。その一枚を、時田式ではなく、最新のアメリカ製の電蓄にかけた。そう、アメリカ製だろう。父悠次がアメリカ土産に買ってきたラジオのデザインによく似ている。

今のと同じ曲だ。ショパンの前奏曲？　当たった。悠太はアルバムの表紙を見た。

CHOPIN PRELUDES OP. 28 ALFRED CORTOT

桜子は、レコードの裏を返した。威厳のある手つきで、まるで自分がピアノを演奏してるみたいに、曲想につれて体を揺らす。豊かな乳房を揺らす。細い腰を揺らす。二枚目をアルバムから引き抜くと電蓄にセットした。シュウシュウと針の音がして聴きづらいけれども、見事で圧倒的で文句なしの名演奏だと思う。これこそまことの le virtuose だ。

終った。部屋の中のすべてが平凡になった。桜子も平凡になった。女が微笑した。

「ね、これがコルトー。わたしなんかと全然格が違うでしょう」

納得の印に悠太は頷いたが、もちろん頷くのが悪いような気がした。でも桜子は気持ちのいい微笑を絶やさずに、その唇に赤の極みの色彩、vermillon の炎を燃やした。悠太はその炎を自分の胸に吸い込むように女を抱きしめた。

電話が鳴っていた。遠くで鳴っていたのが段々に近くなって耳障りで仕方なしに手さぐりで受話器を探す。出てみると武太郎だった。心臓を突き通された感じで、総身の力が抜けていく。あわてて、桜子を起こそうとすると、隣にいない。悠太は決心してそっと受話器を元に置いて、切った。「誰だったの」と桜子が尋ねた。「間違い電話だった」と悠太は言った。言ってから、なぜ電話に出たのかと間抜けな自分を責めた。責める気持ちを眠りの繭が包んでしまい、すとんと黒い穴に落とされていく。すると、また電話が執拗に鳴った。面倒で手を伸ばさないでいると、受話器を取ったのは桜子で、「あなたによ」と電話を渡される。変に受話器が重くて手が痛かった。すると、千束の声が鼓膜を打ったので、悠太は驚愕し、答えようがなくて重い受話器を元にもどそうとするが、どうしてもできない。で、今度は本当に目覚めてしまった。

不協和音の波のフーガが単調に繰り返されていた。真珠色の光が窓にあった。夜明けになっていた。桜子は乱れ髪をせせらぎのように頬に流して眠っていた。電話機など、どこにもなく、レースのカーテンはその向うで女の裸体が滑っていくように、肉感をそそりながら揺れていた。波音をじっと聴いていると、女が寝返りをうってこちらを向いた。男は、女の細い肩の上から腕を伸ばして女を抱いた。肩甲骨が波に磨滅した貝殻のように動いた。もう欲望は鎮静していて、二人は双子の胎児のように安定した形で水中を漂っていた。きのう、女の中心に入ったとき、菜々子を想い、快感がほとばしった。が今は、菜々子を想起すると、安定が崩れて水底にずんずん引きずり込まれて、息苦しい。脳神経の接続が狂って思考が混乱している。耳を澄ますとまた電話のベルが鳴っていた。そらみみだよ、そらみみにきまっているよ……。

6

ミサのあと、透はジョー・ウィリアムズ神父を司祭室に訪ねた。広い額、とぼけたような笑みを浮かべる顔は、これにカンカン帽をかぶせれば、『我が道を往く』のビング・クロスビーに成りかわってピアノを弾きながら歌を唱いだす、という風情だ。

「コンチワ、トール、元気そうだ」とジョーは日本語で言った。

「コンチワ、ジョー、元気だ」と透は会釈した。「今日は神父様にお願いがあってきた。ぼくの女房の姉が、受洗の志を持っているので、霊的指導をお願いにきた」

「それはうれしい。あなたの妻の姉？　名前は何という」

「小暮初江。君の知っている小暮悠太の母だ」

「その人、知ってるね。会ったことがある。それはどこかと言えば神田教会ね。夏江さんと同じ学校、聖心の卒業だよね」

「聖心女子学院の生徒のとき、catechism の勉強をして、一度は baptism を受ける決心をしたが、父親の反対に会って諦めたそうだ。だから、Bible も、まあある程度だが、読んでいる」

昨夜、珍しく夜おそくに来訪した初江は、いきなり受洗の志を述べて神父への橋渡しを頼んできた。もっとも、来訪の第一の目的は、故脇晋助の遺稿を読んでほしい、もし価値があるのならば出版したいのだが、という依頼であったが。

「ＯＫ。その初江さんに、まず会って話を聞こう」とジョーは気さくに、日用品の買いものでも引き受けるように言った。と、人差指を立てて、独楽のように回して、英語で言った。

「透、アメリカに行かないかね」

「アメリカだって？」と、目を白黒した透は、英語を使って答えねばならぬ気にさせられ、言葉に詰まった。〝藪から棒〟という英語が出てこない。

「bolt from the blue」とすかさずジョーが言って、頷いた。かつて彼に英会話を習っていたときに見せた教師の優越を示す仕種である。

「サンキュー、思い出したよ、ジョー。このごろ英語を話す機会がないので、単語を忘れた」と透もわざと生徒らしい、ゆっくりとした英語で応じた。

「当然だ。だから、もう一度、勉強するためにアメリカに行かないかと誘っている」

神父は説明口調になった。アメリカのカトリック系基金が、外国人の米国留学生を募っている、日本人の枠は年に数人で、その人選を任されているといい、パンフレットも見せた。アメリカの大学で、一定のテーマについて研究し、二年後に小論文を一つ仕上げればよろしい、生活費は保証するし、妻子同伴も可能だという条件だ。

「大学？　ぼくはもう四十だよ。なぜぼくみたいなロートルを選ぶのか」

「まだ四十だ。東洋流に不惑という年ではない。それに、君の精神はいつも若々しく、しかもすべての活動について sincerely and earnestly である。それにそれに、現に君が駆使している言語に通じている。それだけの能力があれば、すぐ渡米して研究を開始できる」

「君はいつもそうだが、何かの用を他人に命令するときは強引だね」と失笑しつつ、透は尋ねた。

「いったい何を研究しろと言うのかね」

ジョーはにこりともせず、信徒に向かってラテン語の祈りを捧げるときのような荘重な声音で言った。

「近代日本のファシズム史だ」

「なぜ、そういう主題に、しかもアメリカで、取り組まねばならないのかね」

「透」とジョーは、ちょっと肩をすくめたが、生真面目な態度をくずさなかった。「ぼくが敵国人として強制送還されたあと、君は監獄に四年も監禁されていた。その四年間、君は日本の軍国主義と天皇崇拝の関係について思索し、戦後出獄してからは、日本近代史について、深く研究し考察した。そして、その成果をぼくに逐一話してくれた。それは、日本を多少知っているぼくのようなアメリカ人にとっても新鮮な発見と驚きに満ちていた。とくにぼくが注目したのは、君が、日本における天皇崇拝と神道や仏教やキリスト教との関係を解析してみせた点だ。天皇主義は思想ではなく、宗教に近い心の様態だという君の指摘は重要だ。theory of the divine right が日本においては無効であると洞察したマッカーサーをなかなかの人物と認めた知識人は君が初めてだ。今、日本に〝ハマノマサゴのように〟(この表現だけ日本語で言った)いる進歩的文化人は、日本における宗教と支配の構造を見誤っている。君の研究をアメリカで完成させたら素晴らしいと、ぼくは思うのだ」

「なぜアメリカにおいて、それを行わなくてはならないのか。そういう研究なら日本にいたほうが資料蒐集に便利ではないか」

「いや、日本でできないことが、沢山ある。まず、天皇の批判的研究とその発表は、日本の現状では種々の制約を受ける。戦争中の支配者層の資料、とくに特高警察関係の資料は、終戦時に日本側で大部分を焼却してしまい、アメリカ軍が抑えた一部の資料は向うに渡っていて、そういう資料の閲覧なら、むしろアメリカに行ったほうが便利だ」

「なるほど」と透は、ジョー神父の、威厳を帯びた顔を見た。年輪の皺が頬にも額にも深い。映画のクロスビーより、よほど年を取っている。この人との付き合いは長い。最初に出会ったのは、戦前、学生時代だから、もう二十年も昔だ。あのころのジョーは、まったく映画俳優のようだった。ジョギングで軽やかに走り、生籬を飛び越えたり、机に腰掛けて、そういう習慣のない日本人を驚かせた。戦争中は従軍司祭として戦場で働き、戦後また日本に来た。おれが府中の予防拘禁所に監禁されていたら、米軍の軍服で現れたのでびっくりした。アメリカ人らしく原爆の使用を正当化するので、おれと物別れしたこともあったが、今では大の親友だ。その親友が一所懸命に勧めている。その善意は認める。が、その善意には、アメリカ人の傲慢が含まれている気もする。アメリカに留学するのが、日本人にとってよいことで、それは民主主義の正義を貫いた豊かな戦勝国が、軍国主義的軍人・政治家に支配され騙された、哀れな貧乏な敗戦国人に対する人道的援助だと思っているふしがある。

「興味のある話だが、今すぐはだめだ。弁護士として訴訟をいくつか抱えているし、妻は医大生で、卒業まであと二年はかかる。娘の学校のことも考えねばならない」

「今すぐでなくてもいい。毎年募集が行われるから、君の心が動いたときに声をかけてくれ」とジョーは言った。

「そうだね、ちょっと考えさせてくれ」と透は言った。沈黙が続く。ジョーとの会話では、よくある沈黙だ。もっとも沈黙するのはいつも透で、考えを纏めるとき、英語の文章をひねり出すとき、気まぐれでただ黙っていたいとき、といろいろなケースがある。そういう場合、この切れ目なしの雄弁を得意とするお喋りなアメリカ人は、寛大な微笑を浮かべたまま、じっと目をそらして待ってくれる。それはこのアメリカ人が、東洋人特有のマナーを発見し、それを許容することを誇るような、得意げなポーズなのだ。

広い部屋だ。二つの壁を書架が占領している。テーブルの上には、描きかけの水彩画、印刻の道具や彫った印鑑が所せましと散らばっている。水彩画と印刻は、彼の趣味なのだ。そして、空いた壁には大きな磔刑像。

透は、ジョーに質問したくなった、「この前のメーデーのトラブルを、君はどう考えるか」と。が、喉まで出てきた質問を彼は飲み込んだ。ジョーが、アメリカ人一般の公式的な意見、あれは、狂信的共産主義者に煽動された学生と労働者の反米デモだ、敗戦国日本の民主主義的立国と飢えや貧困への人道的援助に熱心に取り組んできたわれわれアメリカ人に対する忘恩行為だ、と言うのを恐れたからである。そういう公式的意見を口にするジョーを見たくない。おれは原子爆弾をめぐる、彼のアメリカ人的意見、あの爆弾は日本を降伏させ何万のアメリカ人の命を救うために必要な人道的（人道的という言葉をアメリカ人は気軽に何度でも繰り返す）な行為であったという意見を撤回させるのに、数年もかかった、それもおれの力ではなく、悠太が去年の五月祭で行った原爆症展にジョーが偶然来たおかげだ。アメリカ人は日本人に戦争放棄と武力行使を永遠に放棄する憲法を押しつけ納得させておきながら、朝鮮戦争が勃発すると在日米占領軍が出撃して空白となった日本の防衛をさせるために警察予備隊の創設を命じた。日本に数多くの基地を設定した安全保障条約は、戦争し武力を行使するアメリカ軍の同盟国に日本を無理やりに仕立てた条約だが、戦争放棄と警察予備隊の創設とは、論理が一貫しない、そういうことをおれが言えば、またぞろジョーと意見が対立して、せっかくの友情関係にひびが入る。それは嫌だ……。

ジョーは子歳生れで、おれより一回り年上だ。今、五十二歳、出会ったのが昭和八年だから、あのときは三十三歳だったのか。若かった、まさに我が道を往く神父だった。あれは昭和十年のことだが、奄美大島でカトリック排撃運動が起きたのを心配したジョーは島に渡ろうとして、折からの台風で要塞地帯に流れ着いたものだからスパイとして逮捕され、そのあおりでおれも特高に逮捕されて、スパイの一味と疑われて、拷問された。結局、ジョーもおれも疑いは晴れて釈放されたけれども、この一件で当局のブラック・リストに載ってしまい、開戦のときジョーはまたもや要注意人物として逮捕され、おれも非国民として捕まってしまった。二人は、長い間の深い因縁で結ばれている。

おれはこの島国に生まれて、まだ外国を知らない。アメリカという国には興味があり、一度は行ってみたい気はする。そう思うと、前途にちょっと明るい光が射したような気がした。『雁』の主人公の岡田の洋行の気持ちだな。この小さな貧乏な敗戦国の民が、大きな富裕な戦勝国の現状を見るのも何か意義のある行為かも知れない。

「ジョー」と透は親しみをこめて言った。「君の申し出に感謝するよ。君はぼくという人間をよく知っている。確かに君の示唆した研究テーマにぼくは興味がある。そこで、アメリカには行ってみたいが、今すぐはぼくも仕事の関係、女房は大学の関係で行けない」

「つまり」とジョーは重い石を結びつけられたように顎を重々しく沈めた。「ぼくの申し出を大部分聞き入れてくれたわけだ」

二人は握手すると外に出た。広場には大勢の人々がいた。つぎの英語ミサを待つ、アメリカ人が多い。色の黒い人たちはフィリピン人で、屋台店を開き、故郷の果物、缶詰、焼き肉や煮込み料理を売っていた。ジョーはたちまち、数人の信者に取り囲まれて、笑いの渦の中心に立った。人込みを縫って歩くうち、山茶花の植え込みのかげから火之子が走り出てきて、「おとうさん」と叫びつつ透の腹に飛び込んできた。こういうとき、両腕でわが子を抱き上げる父親風の対応ができない透は、左腕をわが子に巻き付けて、一回転した。地面に落ちた縫いぐるみのピッちゃんを夏江がすばやく拾いあげた。

「早く行こうよう」と透の右手の義手に触って引っ張る。そうしてはいけないと言われていることをする子だ。家の中では、義手をわざと脱落させてふざけるのだが、外ではそうもいかない。

「行くぞ」と四谷駅に向かってさっさと大股になった。

「待ってよ」と夏江は小走りに付いてきた。

「ずいぶん時間がかかったのね。おねえさんの件はいいの」

「おねえさん？　ああ、もちろん承諾してくれたさ。ところで、君、アメリカに行きたいか」

「なによ、藪から棒に」

透は、自分と同じ言葉を妻が言ったので苦笑し、留学の誘いについて話した。夏江は黙って考え込み、返事をしたのは上野駅で常磐線の電車を待っているときだった。

「わたしね、医師の資格を取ったあとなら、アメリカに行ってもいい」

「実は、君が今言ったとおりのことを条件にしてジョーの了解を得ている。君の女子医大卒業は、再来年の三月だろう。その年に渡米できるように今から準備しておこうよ」

電車が動き始め、自分の体にかかる加速度を感じたとき、透は八丈島まで船で行かねばならぬことを思い出した。きのうの昼、妹の勝子から来た電報で、父の勇が危篤だと知らされた。勝子の家には電話がないので、事情は分からない。すぐにでも八丈島に渡りたかったのだが、きのうの土曜日には船便がなかったし、今日は教会でジョー神父と会う約束があった。あしたは、もし、浦沢明夫の弁護を引き受けるとなると一応、依頼人と会って弁護の方針を立てておく必要がある。で、あす夕方の船を予約した。勝子には、「カヨウビヒルツクトオル」と電報を打った。

父と別れたのは一年前だ。勝子に預けてあった火之子を連れに故郷に戻ったとき、父は元気そのものだった。漁船に船外機なるモーターをつけるのが流行になり、それを島で一手販売して利益をあげていた。その野本造船の製品を、おれが仲介してやったことを、父は恩に着て、金にならない弁護士などやめて、家業の漁具漁網店を継げと言い、もっとも、「おれは、まだまだ現役だから、十年先の話だがな」と冗談めかして笑ってはいた。父は、まだ六十六か七で、突然のキトクはどういう事情か。ひょっとすると事故で大怪我でもしたのかも知れない。

ジョーが八丈島に遊びに来たことがある。父とは初対面だった。父はジョーを嫌った。いや、そう断定するのは言い過ぎだ。一応、息子の友人として歓待し、島特産の芋焼酎を飲みながら談笑はしてはくれたのだが、ジョーという白人（アメリカ人という感覚よりも白人という異人種への感覚が強かった）への不潔感が強烈で、彼が入ったあとの風呂桶を石灰を撒いて念入りに洗ったし、〝西洋出来のバタ臭い、家風に合わない宗教〟に息子を引きずり込んだ〝耶蘇坊主〟を恨んではいたのだ。

人が死ぬ。今年になって振一郎、藤江の夫妻が死に、これで父が死にでもしたら、葬式が重なる。おれも四十、人生は半ばを過ぎた。そして、アメリカ行き！　父の死が一つの区切りになるかも知れない。故郷の家と店を勝子とその夫に譲る。さいわい、おれは貧乏な弁護士で、家も財産もない身軽な身分だから外国に行くのも簡単だ。そう、貧乏なうちにこそアメリカに行ってみたい。ジョーの示した研究こそ、おのれにもっとも相応しい仕事かも知れない。最近、弁護士の業余のすさびとして、アメリカの現代小説の翻訳を雑誌に載せたり、美術評論などを書いて、ちょっと芸術畑で名前が知られてきたが、美術や文学は、どうもおれの資質に合わない。おれには詩人の感性がなく、生来理屈っぽい文章になってしまう。歴史という事実を解釈していく分野こそ、おれには適している気がする。脇晋助なんかの芸術家的天稟は、おれにはない。

きのう、初江が来て、晋助の遺稿を読んでくれ、もし文学的価値があるものなら出版できないかと持ちかけてきた。「あれなら、実は夏江に言われて読んだことがあるが、なかなかの文章家だと思います。もう一度じっくり読んでみますが、適当な出版元がみつかりさえすれば、世に出したいですね」と答えた。去年の秋、夏江と東京で同居したとき、夏江から「こんなものがあるんだけど、どうかしら。ただし、これおねえさんから秘密に預かってるんだから、黙ってて」と渡され、どうせシロウトの青臭い文章だろうと見くびって読み始めたところ、その文章の明晰で陰影に富む、独特の文体に魅せられて引き込まれ、ついには感嘆しつつ全部を読んでしまった。晋助という人をおれはよく知らない。歩三の兵士として満州に駐屯していたときの中隊長脇敬助の弟であり、出征して病気になり、戦後復員してすぐ病死したとしか知らない。発狂して精神病院で死んだのだと夏江は言うが彼女も真偽のほどは知らないのだ。

鉄橋を渡る騒音。火之子は縫いぐるみのピッちゃんを抱いて窓に向かって膝を立てて、テッキョ、テッキョとはしゃいでいる。不意に、「あれ、なあに」と透に尋ねた。コンクリートで固めた城砦、東京拘置所だ。

「あれはねえ、牢屋。人を入れとく所」

「いれとくって、ワルイヒト?」

「そうだね」と透は夏江と顔を見合わせた。予防拘禁所に移送される前に、ここにぶち込まれていた。火之子に答えようがなくていると、夏江が言った。

「悪い人もいる。そうじゃない人もいる」

「わかった。コワイヒトを入れとくんだ」と火之子は納得顔で、縫いぐるみのピッちゃんと話し始めた。ほらねピッちゃん、テッキョは終り、もうコワイヒトいません、あれはエントツ、あれはハタケ、あれはヤネ、はやいねえ、シュシュシュポッポ。エキです。ドアが開きます。

おれは、かつて厳重な監視のもとに獄に放りこまれた捕らわれ人だった。小さな窓一つのコンクリートの厚い壁の箱に放りこまれ、規律、衣服、食事のすべてにおいて自由を奪われていた。囚人の状況とはまったき自由の剝奪だが、囚人であったのはおれだけではない。晋助の文章から立ちのぼってくるのは、自由を剝奪された人間の呪いであり憧れである。彼は、非国民への異端審問、軍服というお仕着せ、飢え(おそらくビルマ戦線の飢えの描写だ)によって自由を奪われた囚人だったので、残された思考という自由を使って文章を書いた。その表現は魯迅のように韜晦し、カフカのように象徴的で、ロートレアモンのように怪奇だが、まぎれもなく脇晋助個人の天才的独創の域に達している。そして、その文章の、牢獄の囚人が必死で固い壁に刻みつけたような鋭敏で強固な文体は、現代文学の異色な作家として注目されるだけの価値がある。

そう言えば、間島五郎も自由を奪われた人間であった。あの男の素性は知れない。父親が朝鮮人の安在彦《アンジエオン》か時田利平かが不明だ。ともかく彼は自分を朝鮮人の息子と信じ、幼いときに砂丘の小屋に閉じ込められて佝僂病《くるびよう》に罹り、背中の曲がった不具者であったため、戦争中は兵隊にもなれない非国民として極度に蔑まれ、要求過多の院長の大工としてこき使われ、残されたわずかな自由で絵を描いた。あれこそ囚人の絵画である。砂丘の向うに幻想の美しい町を透視し、おのれの醜さを誇張して奇想天外な自画像を描き、夏江を理想の女として美化し、しかし全体に不気味な怨念を、復讐の思いを塗り上げている。あのシュールリアリズムはダリとまるで違う。ダリの遊びが五郎にはない。強いて言えば、グリューネヴァルトか、初期のゴッホか。いやいや、やはり五郎そのものだとしか言表できない。ところで、火之子は、五郎の子だと夏江は言い、おれは自分の子だと信じて——信じている——それが信じられなくなったら……。

止まります。ドアがひらきます。「あなた、亀有よ」透は、びっくりして立った。駅を出ると、夏江の案内するまま、中川の堤防に出た。

7

「なるほど、満々と水をたたえて、ゆったりと流れる川だな」と透は言った。

「この川、水量はいつも豊かなの。だから船の行き来が多いみたい」と夏江は火之子に川を指さした。「ほらお船よ」


ピッちゃん、フネだよ、フネだよ、と火之子は飛びあがるように喜び、走り出した。八丈島には大きな川はないし、東京ではこんな郊外に連れてきてやる機会もなかった。生い茂った桜並木は、花時にはさぞ見事であろう。火之子が、オッキなフネと叫んだ。ぽんぽん蒸気が煙突から蒸気を吹き出して、胸を張って川を逆上っていく。三つ、四つ、手漕ぎの和船がのんびりと滑っていく。


このところ、梅雨に入った気配で、降ったり止んだりの天気だ。水量が多く、濁っているのは、そのせいもあるだろう。雲間から日が射して、水面が一時にきらめいた。光は向こう岸の田圃へと移っていき、川は暗くなった。風は湿っていて、一雨来そうな予感がする。

「ねえ」と夏江が言った。「この川の臭い、どぶの臭いがしない？」

「そうかな」と透は小鼻を動かしながら空気を吸い込んでみた。「水の匂いはするね。しかし、どぶみたいな嫌なのじゃなくて、さわやかな自然の匂いに思えるが」

「わたしね、このごろ、嗅覚がおかしいの。ずっと前のどこかで嗅いだ臭いが、何かの拍子に鼻の奥によみがえってくるんだけど、それがいつ、どこでのものだったか見当もつかない。その異臭が今漂ってきたの」

「ぼくには、別に、変な臭いはしないけど……」

「不安なのよ、わたし。自分がどうにかなったようで怖いの」

「君はいつもの君だよ。別に変わったところはないけどね」

透は妻の顔をじっと見つめて、〝何か変わったところ〟を捜し当てたと思ったが、なぜそう思うのか理解できず、まるで奇妙な物音を聞いて自室に戻って見回したところ何も発見できず、怪しい気配のみ漂っているような、宙ぶらりんの気持ちになった。ただ、なぜか、彼女と結婚して初めて抱き合ったときのことが、複雑な藻の茂みをくぐり抜けてきた泡のように意識の表面に浮かびあがった。あのとき、夏江は二十四、五歳ですでに一回結婚に失敗していて、男は知っていたのに、処女のように性交を恐がり、童貞だったおれを驚かしたものだった。あれから十年余、女はまだまだ若さを保っている。透けてみえる静脈は、張りのある皮膚の表面を装飾して、いかにも若やかで魅力がある。そう言えば、このところずっと妻を抱いていないのは、なぜだろう。

ねえ、ねえ、ねえ、へーんなフネ、フネだよ、フネ、フネと火之子が叫んだ。渡し舟だ。ワイヤーを軍手で握るという原始的な方法で向こう岸へと移動している。客は三人ばかり、あれでは商売になるまい。火之子が面白がって、船頭の真似をして両手を上にあげて歩いた。

堤防の上から大山田の街を見渡すと、戦前、帝大セツルのあった柳島の街並みにどこか似ているのに透は気づいた。西部劇の町のような安建築の飲食店、今にも崩れ落ちるように古びた家々、人の住む所と思えぬような荒廃したアパート。街に降りると、未舗装の道はでこぼこで雨水の池があちらこちらに出来ている。黒ずんだ倉庫のような引揚者寮の敷地に入るや、目につくところを覆いつくした、おびただしいポスター、ビラ、古いの新しいの、汚れたの、破かれたの、流れ出した糊、これ以上の醜悪さはできないと思われるほどの惨状だ。火之子が、半分剝がれたポスターをびりびりと破いたので夏江はぎくりとした。それを貼った人が見ていたらどうするのだ。

「だめよ」

「だって、汚いもん」と火之子は別な一枚を破いた。その下から、また別なポスターが現れたので、際限もないと気づいた幼い子は、あきらめた。

高い煙突の、銭湯かと思われたのがセツルの子供会室であった。が、中は無人。裏側で人だかりがしている。子供たちが二十人ほど集まり、その後ろには大人たちが立っていた。みな、開いた窓の中の紙芝居を見物している。〝武者人形〟の鍾馗と〝風船〟の角平はすぐ見分けられた。あの色白の青年が〝貴公子〟の高済か。あとは地元のおかあさんたち。おや、悠太がいない。きのうは、たしかセツルで会おうと約束したのに。台詞回しは大黒頭巾を被った白髪の爺さんだ。あの人が、〝もじゃもじゃのひげの中に目がちょっとあるひげ爺さん〟だろう。自作の紙芝居を自転車に載せて神社を回り、下町の子供たちには顔を知られた人だそうだ。

「ここじゃ見えないー」と火之子は子供たちを搔き分けて一番前に出た。その瞬間、透は家を出るときの夏江の気遣い、できるだけ粗末な普段着姿にしたのが正解だったと気づいた。薄汚れた子供たちの間に、火之子は無理なく溶け込んでいた。

「あのう」と声を掛けられた。顔の傷痕で大原菜々子だと知れた。「菊池さんの旦那さんの弁護士さん？」

「そうです」と透は答えた。

「引き受けてくれるのかね」

二人の会話に付近の人たちが振り返った。夏江の目配せで三人はその場を離れた。

「大原菜々子です」と改まった挨拶に「菊池透です」とこちらも一礼して、名刺を渡した。菜々子は緊張した顔付きで名刺を持つ手を震わせた。どうも弁護士をいかめしい職業人だと思っているらしい。透は打ち付けに言った。

「弁護料のことは心配しなくてもいいです。大体の話は小暮悠太から聞いていますが、なお詳しい話を聞かせてもらおうと、今日は来ました」

「はい」と菜々子は頷いた。

「あなた」と夏江が言った。「わたし、火之子を見ていますから、じっくりとお話をうかがってちょうだい」と言って、二人から離れた。

「こっちに来てください」と菜々子は逃げるように先に立った。どんどん遠ざかっていくので透はあわて気味に追いかけた。が、若い女の体力には及ばず、息を切らせた。女はときどき心配げに立ち止まり、待っててくれる。横町、裏道、露地、何という迷路だろう。堤防の急斜面下の、心持ち傾いた木賃宿風の寮にきた。ささくれ立った廊下に「田中一郎」という平凡な名前が蒲鉾板の表札に記されてあった。ノックすると青年がドアを開き、中に招じ入れた。菜々子が、「こちら浦沢明夫の親友の田中さん」と紹介した。しゃちこばってお辞儀をしたのは、がっしりとした体格の青年で、額と頰に刀傷のような傷痕があった。この動作は元兵隊か、それにしては若いなと透は思った。

狭い部屋、住まいというより戸棚に近いラスコーリニコフ風の空間だ。勧められたのは粗末な木製ベッドで、青年が腰を下ろしたのは何かの空き箱であった。

田中は、あらかじめ菜々子と打ち合わせてあったらしく、要領よく自己紹介した。杉水製袋の工員で、メーデーのとき浦沢明夫のすぐそばにいたので、その逮捕前後の状況を逐一目撃し、裁判となったらいつでも証人として出る用意があると言った。

「浦沢明夫さんとは長いお付き合いですか」と透は質問した。

「ほんの二年ぐれえかね。でも仲よかったです」

「親友でしたよ」と菜々子が補足した。「それに、一郎さんは明夫さんと同じ職場でした。袋の梱包係です」

「梱包係ってのはなあ、こうやるんだあ」と田中は立つと、重ねた袋の大束をウンウンと唸りながら運び、ついで袋束を崩れぬように揃えつつロープで梱包する所作を、パントマイム役者のように見事にやってみせた。単調な重労働だと察知できた。「おりゃ、こいつを二年やったが、明夫は戦後すぐだから、五、六年はやってんじゃねえかな。あいつのほうが体力あらあね。なにせ、人間機械の仕事だからねえ。明夫は何とかうめえこと言ってら。マルクスの馬鹿野郎とか……」

「アダム・スミスの愚鈍無知」と菜々子が言った。

「それよ。だがよ、明夫は無知じゃねえ。勉強家だあ。『資本論』を全部読んだそうだからね。そいつでは、おれっちとそっくりの下積み労働者が、うんうん一生働いて、馬鹿になって、おっちぬんだそうだ」この調子で田中はいくらでも喋り続ける様子だったので、透は口を挟んだ。

「五月一日の、あなたがたの行動について、いろいろと細部をお聞きしたいのです」

「いいですよ」と田中は言い、今度は天井に向かって聞き耳を立てる仕種をした。「それと関係あんだけどさ、昨日の朝、ミシミシゴトンと変な音が上でしてね、おやっと、おれこうやって聞いていた。明夫んとこ、この真上の部屋なもんで、物音が筒抜けでね。泥棒《ノビ》かと思ったが、すぐ明夫んとこにゃ、盗むものなんかなーもねえ、と気づいたね。去年だったか明夫んとこの窓ガラスを破って、間抜けなノビがへえりやがったんだが、綺麗さっぱりなーもねえと気づいて逃げていきやがった。足跡だけはちゃーんと土産に置いてったがね」

「そのミシミシゴトンはどうなったのさ」と菜々子が催促した。

「つまりノビじゃねえ、こりゃガサだと気づいて、こんな具合にベッドに登ってよ、天井近くで聞き耳をたて、ピタッと息を殺して待ってたと思いなよ。ミシミシゴトンと、アッチャコッチャがさつきやがって、三十分がた経って出てきたのが制服のポリと目つきの悪いデカよ。ワッサカ盗んだものを詰め込んだボール箱を、こんだあ、ヌキャーシサシャーシシノービャーシ運んでいきやがった」と田中は警官たちの所作を真似て見せた。

「やつらの車の音が消えてから、明夫の部屋に行ってみた。鍵を開けて入ったんだが、そいつは不思議はねえんで、明夫んとこと、おれんとことは鍵が同じだから。この寮にゃ五種類の鍵しかなくて共通の鍵が多いってわけ。ところが、開けてびっくり」田中は、狭い部屋の中を散乱する物品をよけて歩くパントマイムを演じた。「ま、ひでえ散らかしようで、何か証拠の品を探ったらしいと分かったよ。でも間抜けなポリ泥だあね、明夫の秘密金庫は発見できなかったんで、銀行の預金通帳と判子は無事だった。ほれ」と田中は、手品師のように、どこからか通帳と判子を出すと、透に渡した。

「さ、弁護士さん、これ預かってくださいよ。明夫が速達で言ってきたなあ、これだけは、弁護士さんに渡してくれって、この預金から弁護費用は出してくれって」

「わたしには、何も言ってこなかったよ」と菜々子は不審顔だ。

「おめえは明夫の金庫知らねえからよ」と田中は得意げに、キングコングのように両胸をたたいた。

透は預金通帳を開いてみて、意外に多額の預金を認め、当座の弁護活動費用には充分な額だと思った。

「弁護料の心配はいらないです。それに、こんな大金は、預かれないな。これは親友の田中さんが保管しておいてください」と透が通帳と判子を返そうとすると、田中は両手で遮り、予想外の反応として、血相を変えてすごんだ。

「おめえ、依頼人の頼みを無視しやがってよう、それでも明夫の弁護士か。おれみてえな貧乏人が、銀行通帳なんかをよう、責任もって保管できるわけねえだろうが」

「秘密金庫なら安全でしょう――」

田中は、鍋底でも引っかくような、耳障りな嘲笑になった。

「勘違いもいいとこだ。おれんとこの秘密金庫を見せてやらあ。ちょっくらどいてくれ」と田中はベッドを横にずらすと、火掻棒で床板を器用にこじあけた。黒い穴が開いた。穴に腕を差し入れて、奥のほうから布製の財布を引き出す。

「見てくれ、これが金庫で、これがおれさまの全財産だぜ」と田中はまた、耳障りに笑った。

「明夫のとこは天井裏の羽目をずらすと出てくらあ。要するに、鼠様がお作りになった洞窟よ。この寮は自慢じゃねえが鼠様の天国で、蟻の巣みてえに穴だらけでよ、そいつにちょっと細工すりゃ金庫になるってえ寸法さ。穴は無数にあるから、よそもんにゃ絶対探し出せねえ天然自然の秘密金庫になるんだよ。だけど、絶対安全はねえな、ノビ野郎にゃ海千山千がいるからな」

「いい加減にしろ。イチロー！」と菜々子が嚙みついた。「弁護士さんに失礼だね。何だあ、その口のききようは。この方は、偉い弁護士さんで、明夫の弁護を引き受けてくださるため、わざわざ、見えてるんだ」

「そうだった、すみません」と田中は、ぴんと直立不動の姿勢になると、板を倒すように上体を折り曲げた。「なあにノビがあぶねえってえんじゃねえです。ミヤマノサクラじゃねえけどよ、おれってえ人間があぶねえんで。おれは性悪だから、こんな通帳預かると、ほいほい遣い込むにきまってるで。おりゃ、ムショの前歴もある累犯だし、ヤーさんにも出入りした三下なんで。へッ、これ見てくだせえ」田中は左手を開いてかざして見せた。小指はすっぽり消えていて、薬指も先が欠けていた。「指をつめてるだろう。この指のひとふしで人間の命を四人、救ってるんだ。もちろん、そんなかにゃ、おれって人間もへえってるけどよ。なあ」と田中は額と頰の刀傷痕をみせびらかした。切った張ったの喧嘩の証拠として迫力がある。

「分かりました」と透は言った。「これはぼくが預かりますよ。もっとも、明日、ぼくは浦沢明夫さんに接見して、彼の意思を確認しますけど」透は通帳と判子を背広の内ポケットに仕舞った。

透は浦沢明夫が逮捕されたときの状況について、二人から聞き出そうと、大型の手帳を開いてベッドに置き、鉛筆を構えた。弁護士業務に必要な技術だと認め、速記術を習得したのである。

まず明夫が逮捕されたときの状況。

「ポリ公に追いかけられて、みんな逃げたんだが、菜々子がとっつかまったんで、明夫が助けようとしたんだ」と田中が言うと、「ちがうよ。わたしゃ足が速いからね。とっとと逃げて、ひょっと振り向くと、剣持さんが警官に囲まれていた。それで引っ返して救い出そうとしたら、警官大勢の餌食になっちまった」と菜々子が訂正した。

「こうだったんだよな」と田中は、自分が明夫になったつもりで、警官との立ち回りを再現して見せた。「明夫は、大きな救急箱をこんな具合に持ってシンガリを走ってたんだ。すると、菜々子がやられてる。コンチキショーてんで救急箱をポリのマラに投げつけたんだ。どんと見事にキンツブシでよ、野郎はぶっ倒れた。ザマアミヤガレ、このフグリナシ野郎って菜々子を抱き起こす。ポリが五人きやがって、こんだあ、明夫を袋叩きだ。だけど明夫は、こんな風によう、姿三四郎だ。ひょいとかわして、ぽんと投げる。そのすきに、学生たちが菜々子を抱いて逃げたんだ。けんど、さすがの三四郎も、多勢に無勢よ。だからおれは、逃げろって言ったんだ。ところが、明夫にゃ聞こえない。とうとうぶっ倒されて、手錠をかけられて、ひったてられていっちまった」

「そこんとこ、わたし、ぜんぜん覚えてないよ」

「おめえは気を失ってたからなあ。おめえを運んでってくれたのは、庄屋さんと小暮さんだ。三輪トラックで病院に運んでくれたんだ。さすが、医学生だあ」

「どうなんです」と菜々子が透に尋ねた。

「明夫に罪がありますか？」

「今度の事件で検察は騒擾罪で逮捕令状を執行していますが、これには大いに問題があるとぼくは考えています。騒擾罪の立件には〝公共の安全または平穏が破壊され〟たことが必要条件ですが、これが実現したかどうかは疑わしい。皇居前広場という市民の生活の場とは隔絶された場所での騒ぎが、公共の安全や平穏を破壊したと言うのは強引すぎる言掛りでしょう。さらに騒擾罪は、〝多衆聚合して暴行又は脅迫〟をすることが立件の要件だが、デモ隊というのはその日偶然に集まった人々で、あらかじめ皇居前広場で警官隊と乱闘するために〝多衆聚合〟したのではないから、そういう弁難にも無理がある。あの日、明治神宮外苑に集合したとき、デモ隊が皇居前広場に行くこと、警官隊を襲うことを示し合わせたようなことは……ないでしょう」

「そんなの全然ないですよ」と菜々子が言った。「みんな弁当持ちのピクニック気分でした。解散場所は日比谷公園と言われていて、のんびり歩いていたんです。まさか皇居前広場に行くなんて、考えもしませんでした。ただ全学連の学生たちが、〝人民広場に行こう〟とジグザグデモをしていましたが、あの人たちはいつも過激だから、わたしらと関係ないと思っていました」

「おれっちなんかポリ公様とは性が合わねえから、あいつらを襲うなんて、とんでもねえ」と田中が言った。

「おそらく、騒擾罪の立件に検察は必死になるでしょうが、これを証明するのは長い年月かかるし、おそらく彼らは成功しないでしょう。そこで、個々の事例が問題になるが、明夫さんの場合、菜々子さんを助けようとしたとすれば、正当防衛となります。明夫さんがかばわなければ、菜々子さんはもっと危険だった、つまり〝急迫不正の侵害〟を受ける恐れがあったと立証すればいいのです」

「それ、立証するよ。明夫が何もしなければ、菜々子は殺されていたもの。おれ、そのポリの顔を覚えてる。二十歳ぐれえの若造で、出っ歯だ」

「イチロー」と菜々子が尋ねた。「出っ歯まで覚えてるんか」

「おお、もち」田中は、歯を剝き出して警棒を槍のように構えて菜々子の目をめがけて突き上げる手つきをし、菜々子はのけぞってベッドに倒れた。その目に向かって、田中はなおも突き入った。ついに、菜々子は悲鳴をあげた。「やめて！　降参！」

「菜々子さんは危なかったんですよ」と透が言った。「小暮悠太によれば、警棒の打撃による頭蓋骨陥没と脳出血があったし、もう一センチで眼球を潰されるところでした」

「そおさ」と田中は叫んだ。「あの出っ歯野郎は殺人鬼だあ。明夫はそいつから菜々子を救おうとして、とっ捕まったんだあ」

菜々子は泣きだした。肩を震わして泣いている。大粒の涙が床に血のような染みを作った。田中は、菜々子を引き起こし、その背中を撫ぜた。

「菜々子、泣くな。明夫のために頑張るって、誓ったばかりだろう」

透は考えた。騒擾罪を立件するために、検察は警官の証人を立てて、デモ隊が計画的に暴発したと立証しようとするだろう。こちらはデモ隊の証人で争うことになるが、入り乱れて乱闘のさなかでは証拠を示すことができず、双方の言い分にまみれて事件の輪郭がぼやけてしまう。しかし、明夫の場合は、菜々子の負傷が有力な証拠だ。これは明白な警察側の暴行傷害であり、殺人未遂だとも言え、明夫の正当防衛は立証できるのではないか。とすれば、騒擾罪を否定するために、統一公判を組もうと運動している、メーデー事件弁護団とは別に、個別公判で押していったほうが彼には有利なのだが、こういうとき、かならず出てくるのが、統一を乱す裏切り者という悪罵である。明夫だけなら、弁護士としてのおれは勝訴に持っていける自信はある。しかし、統一公判で騒擾罪を否定することから始めると、横の連絡や申合せに時間がかかり、勝訴するとしても、日本の裁判の通弊として長い時間が、おそらく十年も二十年もかかるだろう。この際、大切なのは明夫の意思である。

8

三人が外へ出ると雨が降り始めており、引揚者寮に来たときは、本降りになっていた。大勢の人々が雨傘をぶつけあいながら走り、何やら険悪な空気である。

入口から、路地から、人々がぞろぞろ出てくる。男、主婦、老人、子供たちが、競うようにある方向に群れていく。

「何事ですか」と透が中年男に聞くと、「さあ、何だろうかね。みんなが大変だとわいわい出ていくから、おれも出てきただけでよ」という答え。

「セツルにヤーさんが押し掛けたらしいね」と老婆が教えてくれたので、三人は急ぎ足になった。黒山の人だかりだ。田中が人垣を押し分けて道をつけ、透と菜々子は前に出ることができた。風呂場の奥で黒っぽい男たちが喚きながら荒れ狂っていた。つぎつぎに物品を窓から放り落としている。地面には紙芝居の道具一式はもちろん、木馬や積み木などの玩具、洗い桶や腰掛けなどが散乱していた。と、男たちは大きな黒いものを、掛け声とともに窓から放り出した。泥水を盛大に撥ね上げて横たわったのはオルガンだった。

透は火之子と夏江を探した。二人はセツルの学生たちと一緒に固まって軒下で雨宿りしていた。「怪我はなかったか。やれやれ、えらい騒ぎだね」と夏江に話し掛けると、「おとうさん、だっこしてよ、見えないんだもん」と火之子が擦り寄ってきた。透はわが子を抱き上げてやった。「反共期成同盟よ」と夏江が言った。「紙芝居が終りにちかづいたとき、いきなり子供たちを押し退けて、〝セツルは赤だ〟〝赤は寮より出ていけ〟〝騒擾事件はおまえらがやったんだ〟と叫びながら、窓から闖入してきた。セツラーは逃げて無事だったんだけど、紙芝居をしていた森泉さんとオルガン演奏中の久保さんが、放り投げられた。森泉さん、足を捻挫して、学生たちが診療所へ連れていったとこ」

「お爺さんは心配だ。わたしも行ってみる」と菜々子が韋駄天走りで走り去った。

「山折鍾馗さんが、男たちに暴力の無意味さを説いてやるとわざわざ中にはいっていったんだけど、そのまま出てこない。どうなったか心配」

男たちは外に放り出す物がなくなったと見え、今度は窓枠をはずして外に投げ始めた。ガラスがはじけ飛ぶ。すると、見物人が騒ぎ出した。

「あらら、寮の物品をこわしだしたよ」「風呂場はまだ使えるのにさ」「こりゃひでえや」「誰か警察呼んでこい」人々の視線の先に若い警官は二人いたのだが、臆病者らしく、群衆に混じって、ひっそり立っているだけだった。

「鍾馗はどうなったかな」と学生たちが話していた。「みんなで救出に行くか」「やめといたがいいな。あいつら鉄棒やナイフで武装してるからな」結局、しりごみして誰も行こうとはしない。「ぼくが行きましょう」と透が進み出た。火之子を下ろす。夏江が、「あなた、危ない。やめてちょうだい」と言ったが、強いて反対はしなかった。夫が一度決心したら反対しても無駄だとよく知っているのだ。

「おれっちも行く。とにかくあいつら、おっぽり出さねえとオサマリつかねえ」と田中が数人の青年たちとともに躍り出た。杉水製袋の工員たちだ。腕に覚えがあるのか、勇み立っている気配だ。

「いや、いけません」と透は言った。「暴力に暴力で歯向かえば、かならず血が出ます。ぼく独りでいってきます」

「だめだよ、先生」と田中が筋骨隆々とした腕をさすった。「喧嘩なら、おりゃ、さんざ場数を踏んでるクロウトだぜ。あいつら見ろよ。とんだトウシローの集まりだ。あんなヘッピリ腰で喧嘩はできねえ。こちとらが一枚も二枚も上だぜ。ちょっくら片づけてやらあ。こりゃ、正当防衛ってんだよな、先生」

勇み立つ田中をなんとか抑えた透は、ただ独り、雨に打たれながら風呂場に近づいていった。男たちは、煙突をねじ曲げてストーブを引き倒した所だった。コークスの燃え殻が散って灰煙が立っている。一同、黒眼鏡にマスクで顔を隠し、この暑いのに革ジャンパーを着込んでいる。ところが、彼らの指揮者は、坊主頭に捩じり鉢巻き、上半身は裸で、背中の倶利迦羅紋紋を黒光りさせている四十がらみの男だった。こいつは博徒だろう。歩三の兵隊に同じ図柄の刺青をした浅草の博徒がいた。平素は小心者で規律正しい兵隊だったのが、ちょっとした切っ掛けで爆発して荒れ狂い、ベテランの下士官でも抑えられないので、誰も付き合おうとしなかった。しかし、おれが特高に捕まり豚箱の経験があると知ると、彼のほうから親しげに話しかけてき、仲のよい戦友となった。倶利迦羅紋紋なんて、おそるるに足りん。

透は、わざと男たちの視線を浴びるように窓の近くを通って玄関に回った。敏感に反応したのは倶利迦羅紋紋で、玄関口に走り出てきて、「何だてめえは」とすごんできた。

「弁護士です」と透は背広の襟の金バッジを光らせるように胸を張り、右手の義手を見せびらかすように大げさに振ってみせた。この義手は長いうえに固い金棒のように振れるので、相手を威圧する効果はある。

「弁護士がなんでえ」と男はちょっとひるんだ。透は、「森泉先生の代理人です」

「モリイズミ？　何だそれは」

「紙芝居をしていた方ですよ。大怪我をしたんです」

「関係ねえ」

「あなたがたがやったんですよ。暴行傷害、ひょっとすると殺人未遂」

「関係ねえと言ってるだろう。とっとと失せろ」

「さっきは紙芝居をしていましたが、実は、森泉先生は有名な画家で、日本中に名前が知られています。その人が重傷だというんで、警察が動いた。で、わたくしめが弁護士に選定されたわけです」

「警察？」と倶利迦羅紋紋は外をうかがった。ちょうどうまい具合に視線の先に警官二名が立っていた。

「おい、野郎ども、引き上げだ」と男の下知で男たちは動作をやめた。「ずらかれ、手が回った」と男が叫ぶそばから、男たちが逃げだした。泥水を撥ねて泥だらけになりながら逃げていく。刺青の大将が、もっともすばしこく彼らの先頭に飛んだ。透は数を数えた。二十四人だった。若いのもいたが、腹の出た中年男も多かった。やくざの集団ではなく、田中一郎の言うようにトウシローの寄せ集めと見通せた。

鍾馗は洗い場に、手枕で横になっていた。パンツ一枚の裸姿は、白熊が寝そべっているようだ。

「大丈夫ですか」

「このとおり大丈夫ですよ」

「乱暴されませんでしたか」

「ちょっとは小突かれたけど、こっちが無暴力だから彼らも拍子抜けで、ひどい暴力は振るいませんでした」

野次馬が窓に鈴生りになった。学生と杉水製袋の工員たちが中に入ってきた。「ひでえことしやがった」「子供たちの制作が台無しだ」「あらら、ストーブを引っこ抜きやがったな」「おい鍾馗、無事だったのか。心配したぜ」

「鍾馗さん」と田中が言った。「おりゃ、てっきり殺されたと思ったぜ。あいつらドスを持ってるからなあ」

「どういう魔法を使ったんだ」と一人が尋ねた。背の高い青年で、夏江が庄屋という医学生で悠太の同級生だと教えてくれた。

「合掌してお祈りを唱えたのさ。まあ聞け、こうだ」と鍾馗は起き上がってあぐらをかくと、両腕をひろげ、ついで合掌した。「おお偉大なる主、マハトマ・ガンディーよ。助けたまえ、護りたまえ。無暴力は暴力よりも優れておるぞ。寛容は報復よりも偉大であるぞ。ああ。アヒンサー、おれは暴力を否定する。すべて生きとし生けるものに暴力をふるうなかれ。暴力は常に暴力を呼び、暴力は悪であるぞよ。無暴力こそ正義であるぞよ。サティヤ、アヒンサー、ブラフマチャリヤ」

「へえ、まるでお念仏だあな」と田中が言って、「サチヤーンサー」と素っ頓狂な声をあげた。

「でもよう、やつら聞いちゃいねえだろうよなあ」

「むろん馬の耳に念仏だ」と鍾馗は、にやりとした。「でもな、奔馬も念仏で鎮まるってことがある。彼らは、おれに暴力を振るわなくなった。功徳はあったんだ。ああ腹が減った」

「ショーキよ。朝飯を五杯食ったあと、風呂場で何もせず、横になってただけじゃないか」と角平が言った。

「わが胃腸の消化能力はきみら一般人の想像を絶する高度なものだぞや」

「それで、ガンディー主義者とはあきれ返るね」

「ガンディー主義は精神だ。が、精神を同じくするが、肉体は違う。マハトマは小柄な男で、痩せて、大きな耳をして、僅かな睡眠で足り、素足であった。肉体のすべての条件がおれとは正反対であった。サティヤ、アヒンサー、ブラフマチャリヤ」

「その呪文はどういう意味だ」と庄屋が尋ねた。この医学生、あくまでも正攻法の質問だ。

「呪文ではない。真理、博愛、純潔。偉大なる宗教者で人類の導きの星、ガンディーの三つの中心思想だ。この武力による報復と殺人の世界に、暴力を完全に否定し、命あるすべてのものに悪意を持たない。悪に対抗して結局それを拡大させるだけの効果しか持たぬ暴力よりも、無暴力は悪人を愛し、その暴力を縮小させる絶大なる効果を備えている。そういう真理と博愛を実現するためには、修練が必要だ。純潔の固い決意が不可欠だ」

「その理想は高邁だが」と庄屋は首をかしげた。「結局、無暴力は暴力にかなわないのではないか。人民広場、反共期成同盟」

「一時はそう見える。しかし、最後に勝利するのは無暴力だ。真理を説いたほうが勝ちだ。インドは独立した。独立戦争なしにだ。そこが、戦争によって独立したアメリカとの差だ」

「おれは戦争には反対だ」と庄屋が言った。「だから平和憲法には賛成だが再軍備には反対だ。ところが、戦後民主主義を日本に伝えたアメリカは、平和憲法を日本で成立させながら、他方では再軍備をうながしている。日本政府はアメリカの尻馬に乗って再軍備路線をつっ走っている。その例が、メーデーだ。ショーキはその暴力によって負傷したではないか」

「警察はおれを暴力によって傷つけても、何一つ得るところがなかった。暴力の無効性の証明こそ最重要課題だ」

「ところでショーキ、パンツ一枚は、みっともねえぞ」と角平が言った。

「きたねえ、パンツだあ」と田中が言った。忍び笑いが起こって大笑いになった。

鍾馗は立ちあがり、アリアを唱う歌手のような気取った手つきで、Tシャツと半ズボンを着けた。両方とも、踏みしだかれ、見るも哀れな汚れ物になっていたが、この丸々と肥満した青年の身に付くと、ぴったりとした威厳のある形になっていった。

「とにかく腹が減った」と鍾馗は太鼓腹を叩いた。「無暴力とは無為ではないぞ。限りなく体力を消耗する行為であるぞよ」

「じゃ、ラーメン食いにいこう」「それから後片付けか。だけど大仕事だぞ、こりゃ」「なあに、この際、徹底的に大掃除をする、よい機会だと頭を切り換えろ」「仕方がない。やるっきゃねえか」「やろう」とみなが口々に言った。

雨が止んで午後の日差しがくわっと照りつけてきた。学生や工員たちが食事に去ったあと、夏江は透と火之子と千太郎を日陰の古材置場に誘って、持参したにぎり飯を食べることにした。菜々子が帰ってこないので、ぽつねんと立っていた千太郎を、おいでよと連れてきたのは、もうすっかり仲良しになった火之子であった。

食後、透は明日の明夫との接見の準備のため、菜々子と田中一郎の供述を整理しなくてはならないと言って去った。透が消えてから、夏江は、義父の勇が危篤で、あさってに一家で八丈島へ行くことをふと思い出した。自分たちも早く帰宅して旅の準備をしなくてはと思う。

「夏江先生。遊ぼうよ」と子供たちが寄ってきた。お回しの縄の輪に夏江に入ってもらいたいのだ。夏江は、縄跳びの名手として女の子たちの人気の的になっている。食後すぐだったが、夏江は「ようし、入るよう」と走り出て、子供の回す縄の輪のなかに、ひょいと跳んで入ってやった。一、二、三……子供たちが声をそろえて数え始めた。二十三、二十四、二十五……それが限界で足を縄に引っかけた。子供たちが拍手した。つぎに火之子が跳んだ。これは四回で失敗で、悔しがってもう一度跳ぼうとした。「だめよ、順番なんだから」と夏江は制した。子供たちと遊んでいるあいだ夏江はすべてを忘れた。水たまりの撥ねで泥にまみれたが、着替えを用意してきたので平気だった。

お回しに疲れると鬼ごっこだった。これには男の子も加わった。火之子の足が速くて、たちまち千太郎を鬼にした。ところが、火之子は素早く逃げてしまい千太郎の餌食にならない。痩せた少年が血相を変えて太りぎみの女の子を追いかけて及ばない様子がおかしかった。

学生と工員が戻ってきた。ともかく荒らされた風呂場を片付けようと衆議一決したらしく、彼らが中に入ったので、夏江も後を追った。

狼藉は極まっていて、手の付けようもない感じだった。砕け散った窓ガラス、ひん曲がった煙突、燃え殻を口から吐き出して転がっているストーブ、砕かれた粘土細工や引き裂かれたクレヨン画、潰れたアコーデオン。一同がまず、脱衣所や洗い場をざっと掃除して外の放りなげられた窓枠やオルガンを運び入れたとき、誰が頼んでくれたのか、診療所建築にかかわっていた大工や寮居住者のガラス屋が助太刀に現れた。彼らは窓枠を修復しガラスを入れる専門の作業をしてくれた。窓は復元されたうえ、滑車も付け直されて開閉がなめらかになった。

意外な発見もあった。それまで洗い桶が積み重ねられてあった所に鼠の穴が発見されたのだ。大工が要領よく穴をふさいでくれた。ついでに大工は屋根に登り、雨漏りの箇所の修理もしてくれた。

菜々子が戻ってきて、森泉のひげ爺さんは千住の整形外科医に入院したと報告した。左脚の骨折で全治四ヵ月、みどり婆さんが付き添っているという。

「罪のない爺さんを傷めつけ、子供たちの作品をだいなしにした反共期成同盟とは、どういう連中だろうかね」と田中は言った。「おれも、この大山田には長いが、見たこともない連中だったですね」

「隊長はやくざっぽい男だったから、暴力団と繋がりがありそうだな」と庄屋。

「いや、あの顔は、花見のとき、大騒ぎをしていた人たちの中にいましたよ」と高済が言った。

「覚えてないな」と学生たちは顔をみあわせて、それから首をかしげた。

と、高済は画用紙にクレヨンでほとんど一筆書きに似顔絵を描いた。入れ墨をした男の顔が見事に再現されていた。

「こいつだ」「よく覚えてるな」「画才のある人物は形態の記憶にすぐれてるんだな」

高済は今度はオルガンの修理を始めた。彼によれば、「壊れたのは側板《がわいた》で、鍵盤や風箱は無事だったから、なんとか修理できる」というのだが、これは時間のかかる仕事になりそうだった。

一同は、汚れたタイルに水を流して拭い出した。すると、まるで新築のように、しゃんとした立派な風呂場に変っていく。

「子供会室として使うのはもったいないくらいになったな」と鍾馗が言った。

「風呂場としてはもう使えないというので、ぼくらが借りたんだが、こう綺麗になってみると、また使えそうだな。しかし、これが風呂場として使えるようになると子供会の居場所がなくなる。ジレンマだよな」と角平が短い腕を毬のように組んだ。

西日が陰って、夕方の涼しい風が通うころ、大体の掃除と修復が終ったので、夏江は外で遊んでいた火之子を呼び、泥まみれの服を着替えさせた。自分も着替え、みんなに別れを告げようとしたとき、制服の郵便局員が突然姿を現し、「大原菜々子さん、いますか」とみなを見回した。

「わたしですけど」と菜々子が不審顔で言うと、局員は「電報です」と紙切れを渡し、「寮内に届けたら、引っ越したという。困ってたら、ここにいるかも知れないということで、わざわざ探してきたんです」とちょっと恩きせがましく言った。

「めぐみが死んだ」と電報を読んだ菜々子は俯いて涙ぐんだ。「あの人も可哀相な人だ。しょうもない飲んだくれだったけど、根は優しい人だった」と涙を拭いつつ、電報を庄屋に渡した。

「この前の日曜日に見舞いに行ったとき、もう駄目だとお医者さんに言われたんです」

庄屋は電報を読むと、夏江に向かって言った。

「小暮は今日どうして来ないんでしょう。大原めぐみさんは、菜々子さんの義理のおかあさんで、松戸の病院に入院中だったんです。この入院の世話をしたのは小暮ですから、めぐみさん死亡の後始末のために松戸の病院にも行ってもらいたい。それに、子供会の紙芝居を森泉さんに頼んでくれたのも彼だから、ひげ爺さんの負傷にも関係があります。彼、何か急用でもできたんでしょうか」

「きのうの夜、浦沢明夫さんの弁護をうちの主人に頼みにきて、すぐ自宅に戻ったはずですけど……家に帰ったら悠太に連絡を取ってみます」と夏江は庄屋に答えた。

9

「きのうも悠太は帰ってこなかったのか」と悠次は新聞から顔をむしり取って、老眼鏡の上から初江を睨んだ。まるで息子のことは母親の責任だという三角目だ。と、駿次が母に助け船を出す手つきで茶碗を突き出し「お代わり」と言った。これで三杯目、この子の食欲はずば抜けている。自分の皿のハンバーグを平らげると、悠太のために取っておいた分を台所から持ってきて、半分を研三にやろうとしたが断られ、結局、自分一人で食べてしまった。その研三は終始黙《だんま》りをきめこみ、内部を見詰める無関心な目付きで箸を置くと、さっさと二階に上がってしまった。

「あいつ、どこをほっつき歩いていやがんだろう」と悠次はなおも三角目だ。「騒擾事件じゃ、続々逮捕者が出ている。あいつも危ねえやな」

「帽子は返してもらいましたから、大丈夫ですよ」と初江は言い、土曜日の夜に悠太から聞いたこの話をまだ夫にしていなかったと気づいた。悠次は土曜の午後からずっと鵠沼で麻雀で、月曜は直接会社に出勤し、さっき帰宅したばかりなのだ。そこで説明を始めた、皇居前広場に大学の制帽を落とし、それが医学部長から返された、つまり警察は、悠太を危険人物とみなさなかったと。

「帽子の件は、おれも知ってるさ」と、悠次は、去っていく次男の後ろ姿を、視線が引っ張られるような感じで見送った。「先々週だったかな、会社に敬助から電話があり、悠太の帽子を警視庁が押収してあるが、一応返却するよう命令しておいたというのだ。なお、あの場に夏江もいたことが分っているが、大目に見て、見逃すつもりだと」

「はやく、おっしゃってくれればいいのに」と初江は尖り口をした。「悠太は、帽子のことをずっと心配してたんですよ」

「お前も悠太も、帽子の一件を、おれに言わなかったじゃねえか」と悠次は、たちまち青筋を立てた。「おれは敬助から初めて聞いて、赤恥をかいたんだ」

「でもよかった」と初江は夫の機嫌を直すために最大限の笑顔を向けてみた。「敬助さんがいれば悠太は安全ですわね」

「甘いな」と夫はむずかしい表情を崩さない。「一応と敬助は言ったんだ。ともかく重大事件だから、広場にいただけで犯人にされる可能性がある。あの子も危ない。とにかく警察に名前は察知されちまったんだから」

「怖いこと」と言ったとたん初江は心配になってきた。おととい、悠太は、地元の誰かの弁護を透に頼んでいた。親戚に、騒擾事件被告の弁護人がいるなんて人聞きがわるいこと……。気が重いのは、もう一つの心配事を夫と相談しなくてはならないからだ。思い切って言ってしまおう。

「秋にオッコが帰ってきますね。部屋をどうしたらいいでしょう」

「そうだな」と悠次は新聞を置いて、やっと妻の顔を正面から見た。「二階は兄たちで占領してるし、どうするかな」

「下の応接間に寝かせますか。応接セットを土蔵に運んでしまえば、蒲団を敷けます」

「応接間は麻雀用に必要だ。どうせ、オッコの日本滞在はひと月かそこらだろう。それに、シュタイナー先生一行は日本国内をあちこち演奏旅行するだろうから、ホテル住まいのほうが便利だと思うがな」

「いやですよ」と初江はかぶりを振った。「あの子はうちの子なんです。五年ぶりでうちに帰るというのに自分の部屋がないなんて可哀相です。残酷です」と言うと涙が溢れ出た。涙の勢いで口の滑りがよくなって、もう押さえがきかず、夫を叱り飛ばすような口調になった。「このさい、増築してオッコの部屋を造りましょう。それが、親の義務ですわよ」

「増築？　無理言うなよ。わが家の家計の逼迫は、お前だってよく知ってるじゃないか。息子たちの学費だって、育英資金をもらい、アルバイトをさせてやっと帳尻を合わせている始末だ」

「五郎の絵を売ればいいんです。展覧会以後、間島五郎はすっかり有名になって外国の画商が、もうこれで三人も絵を見せてくれ、売ってくれと言ってきています」

「だけど、あの絵は、悠太のやつが自分のものだと決めているし、桜子も四散させないほうが資産価値があると言うし」

「桜子なんて、関係ないわ。悠太の所有物なんだから、悠太が売るのは自由です。あなた、あの子を説得してくださいな」

「でもさ」と悠次は妻の興奮を鎮めようと理屈を並べ出した。「あの絵が有名になったのは、桜子が展覧会を開いてくれたおかげだし、元はと言えば、五郎の才能を見いだしたのも桜子だし、悠太と桜子は仲がいいし……」

「仲がいいってどういう意味です」

「趣味が合うというのかな、悠太は音楽が好きだし、美術も好きだし……」
「悠太を説得しないんですか」
「無理言うなよ」と悠次は、ごろりと横になるとラジオをつけた。ちょうどニュースをやっていた。

初江は台所で食器を洗いだした。水音からふっと横浜の埠頭が浮かび出た。あれは、昭和二十二年の梅雨時だった。オッコは、まだ胸が平らで脚が棒のように細い、ほんの子供だった。あれから五年経って、写真ではすっかり女らしくなっている。わが子に会うのが嬉しいけれども気がひける。あっちは妙齢の女性、こっちは四十過ぎのお婆さん。あの子が母を見たら、さぞやがっかりするだろう。それに、家のなかに自分の居場所が無くなったと知れば、どんなにか失望し、そのあげく母を見限るのは必定。あの子の寝室だけは、何としても確保しなくてはならないが、こういう物入りごとに、悠次はまるで頼りにならない……というより、わたしが夫に頼りたくないんだわ。オッコの乗った船が遠ざかったときに不意に思い出した——晋助の遺稿が桐簞笥の引出しの底に隠してあるのを。その隠し物を夏江に預けようと、また不意に決心したのだった。

青年に抱かれたときの甘美な感覚が体中を温めていき、手の筋肉が緩んで茶碗が落ちて割れた。この歳になってどうかしてる。でも、自分の心はいつわれない。わたしは晋助を愛している。愛していた。こういうことを、洗礼を受けるときに神に告白しなくてはならないのだろうか。そういう問題をウィリアムズ神父に相談しなくてはならないのかしら。ああ、余計なことを透に頼んでしまったみたい……。

悠太は新宿駅の地下通路を歩いていた。地下といっても左右の天井近くに明かり窓があって夕暮れの光が差し込んでくる。ラッシュアワーの雑踏だ。と、誰かに突き除けられた。乱暴なやつめと振り返ると米兵三人が、横に並んで日本人に体当たりしつつ大股に追い越していく。脚の長い巨漢の白人三人だ。揃いの駱駝色のキャップ下にブロンド、ブルネット、ブラウンの刈り上げた髪が光る。日本人の一律な黒髪を嗤うように光る。米軍は進駐軍から駐留軍と名前を変えた。日本は独立国になった。しかし、米軍兵士の挙措は相変わらず傲慢で、その変わらないところが、やけに目につく。米兵三人は、もう改札口に達して、広場の日本人を突き分けてまっすぐに進んでいく。

駅から家に向かうとき、ことさらに裏道を選ぶのが悠太の習慣だ。ムーランルージュ劇場の赤い風車と武蔵野映画館の絵看板の並ぶ道を通り、貧相な店屋が立ち並ぶのを、パン屋や小間物屋で客待ち顔の店員たちや、洋食屋のウエイトレスの真剣な表情のひそひそ話を、眺めつつ楽しみながら歩く。戦争直後、このあたりを占領していた闇市は消えてしまったが、その名残とも言える猥雑な活気が街にあるのが好ましい。方々に空き地があって草が生え、吸殻や屑物が、色あせた人形やマネキンの腕なんかが、散乱している。悠太は足を止めてじっと人形を見つめながらその持ち主の悲しい心を想像する。とある小間物屋の綺麗所出らしい女店主の人生の襞を思いやる。裏町には、人々の生活が滲み出ている。それに胸が傷み、それが胸を打つ。伊勢丹の前に来たとき、占領中に栄えたＰＸが廃止されたのを、そこの入口の横文字や日本人従業員の身体検査をするＭＰの姿が石鹼水で拭われたように消えたのを、時代のめざましい変化として見て取った。単独講和には反対で、まだソ連、チェコ、ポーランドとは戦争状態が継続しているのを不満に思い、それゆえにメーデーに参加したくせに、occupied Japanから、一本立ちのJapanになったのを喜びながら、伊勢丹から明治通りの坂を、鳥になって下る幼児の気持ちで小走りにいく。それにしても花園神社前から先になると、俄然米兵の数が増えるのは、独立国にあるまじき治外法権地域、西大久保一丁目というわが故郷の町が、逆さくらげの連れ込み宿の町になったために、膨らんだ欲望を放出する欲求は、まさしく時代などに関係なく継続するぞとばかり米兵が集まってくる。商売繁盛、誰かが歓楽のホテルを建てると、それが水に投げた色素となって付近一帯が染まっていく。

小学校の同級生たちの家は、この時代の刻印に耐えられず、一軒一軒と引っ越していき、あるとき、心覚えの友人宅をまわってみたら、わが家の近くの、旧友香取栄太郎の家しか残っていなかった。

突然、さっきの三人組の米兵が横町から出現した。彼らが欲望に駆られて日本人どけどけと突進してきたと知る。米兵の後ろ姿は、みんな似ていて、筋肉の固まりの脚が尻をぐっと上方に突き出し、飢餓にあえぎ疲労しきった日本兵には、そして戦後の窮乏生活の日本人にはこういう体型は見られない。それは、われらとは異質の、格段と豊かな国の人間の体型なのだ。

三人組は、原色のイルミネーションの輝く方向に溶けてしまった。暗い歩道をわが家に向かう。石段をあがろうとして、悠太は顔を顰めた。小便に石段が濡れていたのだ。まだ生臭いアルコールが鼻を突く。これも最近とみに繰り返される被害だ。ときには門の内側まで入って排泄をするやつがいる。焼け跡だった大通りの向う側は新開地となって、歓楽街の客目当ての飲み屋と安レストランが並んだ。あれらの店には便所が不備なのか、広い道路を渡ってきて、こちら側の焼け残りの住宅街で用を足す。

玄関のタバコの臭いで父がいると分かった。母は台所だ。階段に弟たちの話声が漏れている。二階の自室の窓を開くと目の前に迫っている唐楓の枝葉の湿気が流れ入ってきた。新宿のビルを見る。百貨店の屋上に赤い警告灯が寂しい鼓動のように明滅している。隣のホテルで女の嬌声と早口の英語が、風呂場のくぐもった反響で伝わってくる。戦場で戦ってきた殺伐とした心を、あの米兵は性欲で慰めようとして英語で女を刺戟する。女は金銭欲まるだしの嬌声で応じている。二人のあいだに心は通い合わぬ、寂しいいとなみだ。単調な繰り返し、あの赤の点滅のように。

忙しい一日だった。午前中、内科のポリクリに出た。診断がつかずにいると、助教授はAussatzと診断し、このドイツ語の意味を解した優等生のみが手を洗い出した。不勉強なおれは、あとで辞書を引いて、それがLepraを意味すると気づいた始末だった。昼休み、庄屋から、反共期成同盟の殴り込み、ひげ爺さんの負傷、めぐみの死を知らされた。きのうは何をしていたかと問われて、とっさに、急に孤独になりたくなって浦安の海を見て歩き、とある漁師宿に泊まったと答えた。おたがいに青春の感傷を理解しあえる仲とあって、それ以上の質問はなかった。午後の講義を振って亀有に行った。森泉家で菜々子に会い、茶毘の相談をした。葬式なしの火葬でいいという。せめてお経をと思って、高済に電話したが不在だった。松戸の病院から遺体を川岸の焼き場まで車で運んで、茶毘に付した。おれと菜々子と千太郎だけの寂しい（ああ何度も何度も寂しいと思う）火葬だった。骨壺を抱いた菜々子と電車で亀有に帰ってきた。彼女の部屋の机の上に骨壺を置いた。ことりが仏壇から燭台と香炉を持ってきたので、蠟燭を灯し焼香をした。菜々子が泣いた顔におれは欲望を覚えた。きのう桜子と過ごしたのを思い返したら、欲望は徐々に萎えていった。千太郎が外に遊びに出たとき、菜々子は、問わず語りに満州の逃避行について話した。ソ連兵に襲われたとき、めぐみは自分が裸になって菜々子をかばったのだが、結局二人とも犯されてしまった。そのあと、めぐみは赤ん坊の加根子を中国人に渡して、身軽になって逃げた。千吉は病気で体力がなく、菜々子は傷で衰弱し、千太郎は幼いので、めぐみが一人頑張って、一家を先導して、ソ連軍から逃げきった。ところが、内地に着くや、めぐみは菜々子を責めだした——お前は赤ん坊の犠牲で命が助かったのだ、お前がいなければ赤ん坊は助かったのだと酔ってくどくど責めたと、大体そんな話だった。

菜々子の話しぶりは、前後が入れ違い、辻褄もうまく合わず、結局のところ、おれが話を組み立てたので、真実とは違っているのかも知れない。聞いているうちに、おれには彼女の苦痛への想像力がないと思った。満州の風土の感覚、ソ連兵の体臭が、そして飢えて必死に歩く肉体の苦痛が、おれには、十全には追体験できなかった。ただ、とぎれとぎれに、涙ながらに話す菜々子に欲望を覚えたりした自分を、寂しい男だと思った。そう、あの赤い光の点滅のように……。

「悠太、帰ったのかい」と母が呼んだ。

「入っていいかい」

「いいよ」

母の質問は決まっている。きのうは何をしていたか。どこに泊まったのか。お腹は空いていないか。悠太は早手回しに言う。

「きのうはセツルに泊まった。地元の女の人が精神病院で亡くなったんで、今日はその人の火葬をしたんだ。そのあと精進落としで食べたから、腹は空いてないよ」

「ところで悠太、折入って相談があるんだよ」と初江は、本の山をよけながら、やっとスツールに腰を下ろした。赤く腫れた目付きで母が泣いていたこと、台所で一人泣きしていたことが察しられる。

「なあに？」

「オッコの部屋がないのだよ。あの子が帰ってきても部屋なしじゃ可哀相だろう。そう考えたら、泣けて泣けて仕方がないのだよ」

「たしかに、この家にはスペースがないね。この数年、ぼくたちが大学生になって、勉強部屋が必要になったからね」何しろ富士新平が偵察にきて、小さくて貧相なのに失望したというわが家だ。

「どうしたらいいだろう」

「オッコはヴァイオリニストだから、毎日、練習するだろう。そういうばあい、わが家は役に立たない」

「だからね、音楽室を増築したらいい。裏の旧家の焼け跡にでも建てればいいとおもうんだけどね。でも、おとうさんは、家にはそんな金はないと言うんだ。お前、五郎の展覧会で大分お金が入ったそうじゃないか。少し出してくれないかね」

「あれ、わずかな金にしかならなかった。いまどき、あれくらいの金額じゃ、防音設備つきで反響のいい大きな音楽室など、できやしない。セツルの小さな診療所だってもっと多額の建築費が要ったんだよ」

「そうかねえ」

「そりゃ、無理して借金でもすれば音楽室は建てられるだろうけど、オッコはそこで練習する暇はないんじゃないかな。シュタイナー先生について来るんだから、先生と離れているわけにいかないだろうし……」

「すると、あの子は、シュタイナー先生と一緒にホテル住まいか、それとも野本邸か……いやだ。いやだ、あの子を家に泊めてやりたいんだよ。ヴァイオリン練習は無理にしても、せめて寝る場所だけでも家に確保してやりたいよ。今のままじゃ、寝る部屋もないんだからね」

「オッコが来ているあいだ、ぼくがどこかに下宿して、この部屋に泊めたらいい」

「下宿するって、どこに？」

「本郷あたりにゃ学生向けの安下宿が一杯あるさ。それに、来年一月からは卒業試験が始まる。十一科目全部を試験するという大試験だ。今度の夏休は、セツルはなるべく欠席して、勉強に専念するつもりだ。昼間は大学の図書館、夜は大学近くの下宿と、この両拠点を往復して勉強に専念するつもりだ。言っておくけど、五郎展の収入の一部をセツルに寄付しても、自分の下宿代くらいは充分残るよ」

「この部屋を明けるといって、この本の山はどうするんだい」

「医学書だけ手元にあればいい。あとは、順不同で土蔵に運んじゃう。なに半日もあれば運べる」

「そうだねえ、お前がそうしてくれれば、それがいいねえ」と初江は、胸のつかえが取れたのか、晴々とした表情になった。

10

八月下旬の午後

乾いてひび割れた道が陽炎でくねくねと踊って見えた。日影亀有の工場の屋根もトタン塀も炎熱に溶けたように波うち、ゴミ捨て場となった空き地に蠅が渦を巻いていた。しかし、左側に広がる田圃は、これは青々とした稲の穂をそよがせた別天地だ。自然と人工の美醜が極端に対照して、めまいを起こさせる。悠太はしきりに汗を拭いながら、自分の感想を言おうと隣の庄屋を見た。しかし、麦藁帽子の下の顔は、まっすぐ前を見て無表情だった。この男、歩くのは目的地に行くためだけの行為だと決めていて、きょろきょろ景色を観賞する悠太とは大違いだ。

大山田の街に入ると、寺の茂みで蟬の声が繁くなり、家々の前に並べられた鉢植えにはサルスベリやムクゲの花が咲いていた。縁側でステテコの男が団扇を使っている。幼い子が井戸端で水遊びをしている。涼をもとめる人の姿があちこちに見えた。

雑貨屋の向うを西に曲がり、狭い道の奥に十メートルも行くと、右手に新しい診療所が建っていた。道をはさんだ向かいに薄汚れた木賃アパートが迫って陰気な場所だが、三角屋根に赤い円灯が映え、白い看板兼掲示板の「東京大学セツルメント亀有診療所」の黒字が新鮮だ。窓に簾が垂れて、内部の新しい畳が涼しげである。悠太と庄屋は診療所の裏に回ってみた。かつて悪臭を発するゴミの山だった沼は埋め立てられて整地され、その向こうに続いていた野菜市場はブロック塀で仕切られていて通り抜けできないようになっている。これならば、奥まった場所にある閑静な診療所と言えた。寮長事務室の仮診療所とは雲泥の差である。

入口すぐが待合室で、ベンチも新品だった。為藤医師が診察中で、介添えは剣持看護婦、患者は伊藤の小母さんだった。引揚者寮の住人で、日雇いで働きながら小学生の息子を養っている人である。

木の香が快く、簾を漉してくる風は汗に快い。悠太と庄屋が、レジデント室と表示のある小部屋に入ると、剣持が顔を出した。

「みんな子供会室に集まってるよ」

「診察が終るまで、ここで待ってる」と庄屋が言った。

「診察じゃないよ。相談だよ。伊藤さんは〝セツル友の会〟の会長として来ているんだ。つまり祝賀会の進め方をどうするかってえ議題だよ」

悠太と庄屋は診察室に行った。

「まず診療所長、為藤先生の挨拶だね」と伊藤の小母さんが言った。

「口べただから――おれは遠慮するよ」と為藤がぽつんと言った。

「だって所長なんだもの。新診療所の代表として皮切りするのが当然よ」と剣持が悠太たちに目配せした。

「そうですよ、先生」と二人は医師を励ました。

「つぎが阿古委員長の挨拶」

「あれ、丞相、とうとう出てきたの」と悠太が言った。騒擾事件の首魁として逮捕されるのを恐れて地下に潜っていると噂されていたのだ。

「そのつぎは、無論、伊藤さんだね」と剣持が言った。「とにかく、地元の反対勢力を押さえて、どしどし友の会会員の数を増やし、建築費の寄附金を増やした第一の功労者なんだから」

風がよく通る。この建物が角地に建っているせいだろう。

相談がまとまって、為藤医師を先頭に、剣持と伊藤、悠太と庄屋が並んで寮内に向かった。ひところ、到るところの羽目や壁を覆っていたポスターは全部剝がされ跡は洗われて、かえって丹念に掃除されたように綺麗だった。そう言えば、例の襲撃事件以後、反共期成同盟はすっかり鳴りをひそめてしまい、ポスターやビラも消えてしまった。その理由は定かではないが、セツル友の会を結成した住民が、暴力反対を叫んで街頭で署名運動をしたり、セツルに協力的だというので寮委員会から忌避されて失職した寮長が、呼びもどされて復職したり、これは鍾馗の説だが、反共期成同盟の黒幕だと見られていた世古口が、引揚者寮の真ん前、ずっと以前にセツル診療所が追い出された建物で赤提灯を開業して店主におさまって、その地位が安定したせいもあるらしかった。

人々の拍手で為藤医師と伊藤会長が迎えられた。子供たちが立って合唱だ。指揮は角平、オルガンは高済。

風呂場は人いきれでむんむんしていた。地元の人々では女たちが圧倒的な数を占めていた。日雇いの人々、主婦の群れ、子供会のおかあさんたち。ギプス包帯のひげ爺さんにみどり婆さんとことりが付き添い、その後ろに菜々子と千太郎が控えていた。鍾馗の巨体が視野の中心を占めると、そこにセツラーたちの面々がまとまって見えてきた。セツル委員長の丞相、亀有地区委員長の風沢。風沢がいれば……いたいた、玉先悦子がいて、一色美香など女子医大のお嬢さんたち（お嬢さんと形容すると彼女たちはひどく反発するけど）が顔をそろえていた。杉水製袋の田中一郎をはじめ地元の青年たちも、セツル親衛隊という面構えで最後列に居並んでいた。

午後の陽光が射し込むようになって暑さは堪えがたくなった。伊藤の小母さんが「こりゃ本当の蒸し風呂だ。外に出ようよ」と叫んだので、一同に笑いが走り、立ち上がり始めた。結局、広場に出て日陰にたむろし、祝賀会を続行することにした。

一通りの挨拶が終ると、高済がアコーデオンでロシア民謡の演奏を始めた。子供たちとセツラーが合同で合唱する。

鍾馗が音頭を取って踊りだした。学生と工員たちが合流して、スクエアダンスになった。こういうときに、巧みな指揮をとるのは角平の特技だ。

ダンスを見ながら人々は手拍子をした。そのうち見様見真似で踊りに加わる人が増えてきて、勝手気儘な乱舞になった。伊藤の小母さんが、「むつかしい曲ばっかだね、『炭坑節』やってくれよ」というリクエストに高済が応えて、アコーデオン演奏を始めると、これは受けて、地元の人々が並んで踊りだし、盆踊りの要領で輪となって流れ出した。

「われわれのプチブル根性を大衆の要求に従って浄化せねばならんな」と聞えよがしに言ったのは、阿古丞相だった。サングラスを掛けシガレットをふかしている。

「おい」と悠太は相手の肩をぽんとたたいた。「どこに消えてた。紫外線不足で顔色がエドモン・ダンテスばりに青いぞ」

「まあ、いろいろ事情があってな」

「亀有の風雲急なのに、委員長が行方不明だったんで、大いに困惑したぞ」と悠太は、議論の臭いを嗅ぎつけて寄ってきた風沢を横目に、わざと非難めいた売り言葉を吐いた。「セツル危急存亡のときに、責任者が不在というのは前衛としていかがなものか」

「その通りだ」と風沢が縁無眼鏡を光らせた。「結局、われわれは警察の挑発に乗って暴発してしまった。その責任は、武装闘争路線を強引に突っ走るよう指導した執行部の極左冒険主義にある」

「冗談じゃない」と丞相はシガレットを落とし足で火を消すと、小柄な体を身構えた。「メーデー事件の革命的意義を、君は否定するつもりか」

「否定はしない。しかし、あの事件はなかったほうが、広範な大衆の支持をえられたと思う。その点の自己批判なしに、潜行して、相変らず先鋭なスターリン路線を主張している党執行部の態度が問題なんだ」

「莫迦、こんな所で党の名前を持ち出すな」と丞相は地団駄を踏んだ。それから踊っている人々をちらと見ると、「これはどうなんだ。大衆はセツルを支持しているではないか。この革命的成果を認めようとしない君こそ日和見だぞ」

「いや、党とセツルでは次元が違う。問題をはぐらかすな」と風沢は、視線を動かさず、冷たい目を剝いた。

「君たちの議論を聞いても、ぼくにはぴんとこない」と悠太が言った。「一昨年のコミンフォルム批判以来、パルタイの路線が武闘と民主主義革命とに割れていることは、ぼくだって知っている。しかし、風沢の言うようにセツルはパルタイではない。セツルは、われわれセツラーと地元の人たちとで成り立っている独立の運動体だ。パルタイという別組織の運動方針を持ちこむな」

「議論はやめましょう。踊りましょう」と鍾馗が手振り足振り近づいてきた。五センチほどに伸びた髪は大きなタワシさながら、これも伸ばし放題のひげは海草のように垂れて、荒法師の弁慶だ。悠太は、苦笑いして踊りの輪に入ろうとして、ふと、目顔で誘っている菜々子に気づいて尋ねた。

「明夫君に会えた？」

「まだ会えない。接見禁止だと追い返されたんです。合同面会なら会えると菊池先生に言われたんだけど、大勢で会いに行くなんて、意味がないからやめました」

「ほんとだね」透叔父に事情を聞くと、裁判官側が今度の事件を八つの法廷に分けて審議するという方針を示したのに、明夫を含む被告たちが一つの法廷での〝統一公判〟を要求してハンストをしたという。叔父は「統一公判だと裁判が長引くから、あなたは個別公判でいったほうが有利だ。つまり大原菜々子さんへの警官の暴行傷害への正当防衛だったと主張するほうが証拠調べが簡単で、裁判も短くてすむと説得したんだが、本人は聞き入れないんだ」と苦笑していた。

「あくまで統一公判を望んでいるんだね」

「そう手紙には書いてきます。裁判所を批判してます。秋になって裁判が始まったら出廷拒否をするつもりだって。分離裁判を受ける決心をすれば保釈で出られるのに、ほかの被告たちと別行動はとれない、おれは裏切者にはなりたくない、と突っ張って、もう三ヵ月も獄中にいつづけてる。あの人、しつっこくて莫迦正直なんです」

「元気なんだろうな」悠太は一度、獄中の彼に手紙を出したのだが返事がなかった。菜々子とは頻繁に文通しているらしいが。

「元気なんだけど、ちょっと変です」と言うと菜々子は、目を細めてミミズのような傷痕の赤を濃くした。「お前は、おれを愛するな。お前は自由だ。お前の好きなひとを自由に愛せ、なんて変でしょう」

「そうね」と悠太は口ごもった。「彼女が愛してるのは小暮さんなんです」と明夫はたしかに明言した。しかし、菜々子自身からは何も聞いていない。わたしを抱いてくださいなと、この人は言った。が、あとで、もう抱いてくださらなくてもいいの、ときっぱり断ってきた。菜々子の本音が何なのか、おれには見当もつかない。この子は嘘はつかない。思ったことをずばずば言い、鋭い速球を投げつけられるようだが、その球の方向や質が見分けられずに、こっちは戸惑うばかりだ。

「わたし、来年二月の看護学校の入試のため勉強をしています。明夫も頑張れと書いてきますし」と取ってつけたように菜々子が言った。

「そう、ぼくも来年一月から卒業試験があるんで、家を出て本郷の下宿にこもってるんだ」と悠太は言った。これも何だか、取ってつけたような発言だった。

アコーデオンの演奏は急調子になり、人々も軽快に飛び跳ねた。リズムについていけない、女たちが笑い声とともに輪から抜け出した。と、田中一郎が走ってきて菜々子の手を握り、踊りの群れに引き入れた。菜々子はたちまち群衆に溶け込んでしまった。しかし、悠太の視線は、人々のさなかに彼女の形のいい胸や腰の動きを求めてさまよった。そうしているうち、悠太は本郷の下宿の窓から見下ろす夜の街の、人っこ一人いない暗く静まり返った坂道を思い起こした。桜子がフランスに出掛けたのは七月上旬だった。が、パリ到着時にノートル・ダム寺院の絵葉書を一通くれただけで、その後はおとさたなしだ。

同じく八月下旬の午後

海は金色に毛羽立っている。まるで気取った鳥の大群さながらの波、それが叫びながら飛んでくる、つぎつぎに飽きもせず遠い国より飛んでくる。長い旅の記憶は身を寄せ合って怪獣に変身するや岩を嚙もうとして、そこで力尽きて散って、無数の記憶の破片を飛ばす。傷つきもだえる鳥たちが走り、入江に泡となって消える……。

この広大な磯は、昔、山より溶岩が海に流れ入ったもの、奇岩怪石は地底の憎悪が固まったもの。それを〝千畳敷〟と俗な名前で島人は呼ぶ。

傾いた日を受けて透は岩に腰を下ろしていた。子供のときから見慣れた場所である。潮の満干、四季おりおりの景色を知っている。岩海苔の採取場、釣り場に適した岩、小魚の群れる入江と見分けることができる。おれが教えてやった磯遊びに恰好な窪で、水着姿の夏江が火之子を遊ばせていた。幼い子がつかまえたコエビやイソガニやヤドカリをバケツに保管してやっている。夏江が小鼻をひくひくさせて、「磯の香ってこうばしいわね」と言った。が、おれは何の香りも感じない。この海風に香りがあるだろうか。塩を含んだ湿気は覚えるにしても、おれには無臭としか感じられぬが。

この海で溺れたことがある。十年以上も前のこと、戦争中だった。おれはノモンハンで戦傷を受けた直後で極度に衰弱していた。肝臓は半分ほどはもぎ取られ、痩せ細ってまるで体力がないうえに、片腕で泳ぐ経験がなくて、この磯の近辺特有の複雑な海流に押し流されてしまった。さいわい勝子と夏江に救いあげられたが、岩の上に立とうとして脚に力が入らず倒れてしまい、父が大八車で家まで運んでくれた。

あのとき、父は元気一杯だった。いや、去年、勝子に預けていた火之子を引き取りにきたときも、六十代半ばの老人としては矍鑠としていて、家業の漁具漁網の店は、勝子の夫の浅沼洋吉にまかせて、日がな一日釣りを楽しみ、夜は好物の芋焼酎を飲んでは酔っぱらい、くだを巻いていた。年をとってくどくなったのが酔えば頂点に達して、同じ内容の繰り返し、菊池家の先祖は武士の流人で宇喜多秀家と同時代に島に来た、海軍で下士官となり日本海海戦に参加して奮戦したと。この六月中旬のある夜、酔って散歩していたが深夜になっても帰ってこないので、心配した妹夫婦が探すとこの千畳敷の大岩の上で頭から血を流して倒れていた。酔えば海岸に散歩に出るのが好きな人だったが、雨がそぼ降る暗い夜に、つるつるの岩に登って転ぶとは酔狂が過ぎた。勝子は「おかあの霊が呼んだだかね」と言った。母の亀子は、冬、この磯に岩海苔を採りにいって行方不明になったのだ。

安静にして脳の出血の吸収を待つのがいいと言う医者に従い、父を自宅で寝かしておいたが、この二ヵ月間意識はついに戻らず、十日ほど前に息を引き取った。おととい、海辺の墓に埋葬したばかりだ。

母は海に呑み込まれ、父は磯に砕かれた。流人の末であった先祖は、おそらくこういう具合に島の風土の犠牲になっていったのだろう。海辺の墓地にある大小二十柱の墓石は表が荒れて刻字も読めぬ。おれも、この絶海の孤島に生まれたのを運命だと受け入れ、そこで一生を終えるべく父から漁師の技をたたき込まれた。まったく暴力によって……突き飛ばされ、殴られ、額に瘤をつくり鼻血を出して、それでもおれは漁師が嫌で島を出た。東京の中学、高等学校、大学と、島以外の広い自由な世界に出たつもりが、受難の連続となった。キリスト教徒となったため、セツルメントのマルクス主義者からは裏切り者よスパイよとさげすまれ、平和を唱えたために教会では、教会を潰す危険人物よと嫌われ、治安維持法により平和主義者として予防拘禁所に拘禁されてからは、異国の神を崇拝する非国民として軽蔑され、戦後に教会に帰れば、原子爆弾を正義の鉄槌だと誇るアメリカ人神父と対立して、とうとう島に逃げ帰った。そのとき、妻とも別れる羽目になった。あのとき孤絶したおれを慰めてくれたのは父だった。島の者は島で死ぬんだ、くよくよするな。

夏江が晴れやかに笑い、火之子が手をたたいて飛び上がった。小魚でもつかまえたのか、火之子は縫いぐるみのピッちゃんを抱いてきてバケツの底を見せている。仲むつまじい母と子だ。

ああしかし、火之子の出生についてはややこしい事情がある。夏江の告白では五郎との間にできた子だという。しかも、五郎は安在彦《アンジエオン》という韓国人の子で、火之子には韓国人の血が流れているともいう。おれは反対した、五郎は、夏江の父、時田利平の子であることは、当時、利平もその子の初江も史郎も認めていた事実であり、夏江がそう言っても信じられないこと、さらに火之子が五郎の子である何の証拠もないこと、さらに火之子がもしも五郎の子であるとすれば、夏江と五郎とは異母姉弟の間柄だから、近親相姦の子となりドイツでは禁止された犯罪の結果、日本では悪因悪果、そういう罪の子にわが子をおとしめることなど認められぬと、これがおれの反対理由であった。夏江の言い分の論拠は五郎の遺書であり、おれの主張の論拠は、夏江がおれの意見よりも五郎の遺書を信じたことへの反発であった。つまり夫のおれよりも五郎という他人を信じた妻への、今となっては、はっきり言えるが、嫉妬であった。この言い争いのあと、おれは火之子を連れて故郷の実家に去り、火之子は勝子の手で養育された。その後、おれは司法試験に合格して上京するが、二人は別れたままであった。二人が別居を解消して、火之子を手元に引き取って、一家三人で暮らすことに同意したのは、ほんの去年の春のことにすぎず、勝子の結婚という外的事情が切っ掛けだった。が、二人の意見の差は、そのまま持ち越された。二人は、そのことに触れぬようにして、つまり火之子が、二人の間の子のようにして暮らしてきた。

今、磯遊びをしている夏江と火之子を見ると、昔の疑惑・争論・仲違いがおれの胸に迫ってきて、苦しい。水着にぴったり張りついた夏江の腰から尻への丸みがなまめかしい。が、この哀れな夫は、同居以来、ほとんど妻を抱いていないのだ。

大波だ。巨人の腕の力こぶしのように盛り上がってくる。透はつと立って波に飛び込んだ。しまったと後悔したのは水が意外にも冷たかったためだ。真夏は去り、そろそろ秋口で、この時期の水温は低いに決まっていた。浮かびあがるととげとげの男波が襲ってくる。こういう棘波《スパイク》は目を直撃してくるので用心せねばならぬ。片腕で水を思い切り掻くとともに両足をひねって、力強く進む。この隻手のクロール泳法をあみだしたのは、夏江と別れて島に滞在していた間だ。夏江はこういうおれの英姿を初めて見てびっくりしているだろう。うねりが来た。頂上で黄金の沸騰する水平線を眺めた。てもいい気持ち！　と、魚に脇腹を突かれた。かなりの大魚、や、火之子じゃないか。髪の毛を顔に張りつけて笑っている。

透を恐怖が襲った――この冷たい荒海の中に幼児とともにいる。かなり沖に出てしまった。磯は波また波の彼方でしぶきに煙っていて、夏江の姿もよくは見えない。

「火之子、帰ろう」と透はゆっくりと平泳ぎで進みつつ、横目で幼い子を見守る。片腕の身ではゆっくりと泳ぐのが難儀である。しかし、それでも子供はずんずん遅れてしまうので、取って返して励ます。と、急に火之子は見事なクロールで先へ先へと追い越していき、透は、相手がふざけていると知って舌打ちして追う。まあいろんな泳法を覚えている。勝子が教えたのだろう、幼い子とは思えぬ巧みな泳ぎっぷりだ。透は安心した。

父と子の泳ぎを母は目を細めて見ていた。父は真っ黒に日焼けしてすっかり逞しくなり、戦争中の痩せ細った衰弱が嘘のようだ。戸山町の陸軍病院に見舞いに行ったときの透の姿と病室の光景が、幻灯を映すようにまざまざと見えてきた。戦場で重傷を負い、右腕と内臓をごっそりと失った瀕死の人を見舞いにいった。何度も何度も見舞いにいった……夏江ははっとした、あの出所不明の奇妙な臭いは、あの病室にこもっていたのか。いや違う。陸軍病院は病院である以上、生れ育った実家の時田病院に似て、クレゾール石鹼水やら薬品やらシーツの糊やらが混じった〝病院臭〟に決まっている。時折、鼻の奥に蘇るあの不審な異臭は、何か、透に関係のある思い出に結びついているという気がして過去の記憶をあれこれ探ってはみたものの、おのれの嗅覚の源泉がどうしても発見できず、いささか不気味になってきた。あれは、帝大セツルメントの法律相談室の臭いでも、府中監獄の接見室の臭いでもない……。

波間にもまれながら透と火之子が大分近づいてきた。幼い子の高音《たかね》が潮騒をすぱっと切って真っ直ぐに耳に届く。あの子ったらまるでイルカだ。さっき、火之子が飛び込んだときに危ないと思ったが、すぐ見事な泳ぎっぷりに見ほれているうちに遠くに行ってしまった。よし、わたしも泳ごう。

　夏江は渚に立った。藻が揺らぎ、魚の群れが行き交い、岩肌を光の縞が飾っている。と、大きなクラゲが透明な傘を青白く光らせて浮いてきた。千手観音の手がこちらにおいでと招いている。夏江は後しざりして、ぬるぬるした斜面に滑って坐りこんだ。そのとき潮風が鼻の底に刺さって、強い北風の日の情景とともに、五郎に押し倒されたとき、男の発した汗の臭いが、よみがえった。そうだった、あの奇妙な臭いは五郎の体臭だった。そう思ったとたんに不安になった。そんなことはないと、自分の確信を打ち消そうとする。おや、透が叫んでいた。鮫に襲われたような絶叫だった。ヒノコガイナイイ、ヒノコ、ヒノコオオオ。夏江は飛び石伝いに声の所に駆けつけた。外海から押し寄せてきた波が集積し、急流になって岩間を走るところで透がもまれていた。目が飛び出し必死の形相だ。
「突然いなくなった。波にさらわれたらしい」と透は声を荒らげ、銛を打ち込まれた魚のように苦しげに反転すると岩の下のほうに潜って行った。

　夏江は全身に電撃を受けたようになった。火之子が死んだらどうしよう。あの子が、たった一つのわたしの生き甲斐なのだ。胸を締めつけられて苦しい。心臓は苦しみを全身に伝えて、立っているのがやっとだ。探さねばならない。が、この岩と海流の迷路のどこを探せばいいのか。岩は波を隠し、波は岩を隠し、悪魔の仕掛けた罠のように意地悪く危険な所だ。火之子はかなり泳げるにしても、何と言ってもまだ五つの幼児だ。ぐずぐずしていると、この悪魔の罠にかかってしまう。

透の潜ったあたりの岩から岩を飛び歩いて水底を見る。ついには水に飛び込んで岩の下に潜ってみる。小洞窟やらトンネルやらの続く曲がりくねった海底は藻の林に閉ざされて視界が狭い。息苦しくなって浮上し、また潜る。そのうち自分がどこにいるのか見当もつかなくなった。何度目かに浮かびあがると、目の前の岩に透が立っていた。

「いたか?」「いないわよ」「大変だ」「ああ、どうしましょう」「とにかくあがれ」

二人は波を被ってはしぶきをあげる磯の端に立った。

「ぼくが悪かった。気をつけて帰ってきたんだが、ちょっと目を放したら、いなくなっていた」

「わたしが悪いのよ。火之子が飛び込んだとき、すぐ後を追っていけばよかった」

「水に沈んだとすれば、もうこれだけ時間が経ってしまえば、助からないな」

夏江は透に抱きついて泣いた。透がその背中を大きな左手で撫でてくれる。生暖かいものが肩に流れた。透も泣いている。風が音が光が通り抜けていき、二人は実体のない幽霊のようになって泣いていた。火之子はおれの子だ、そうよ火之子はあなたの子よ、と夏江は夫と言い交わしている気がした。

衣服を脱ぎ捨てた場所にもどったとき、夏江は火之子の小さなシャツの上から縫いぐるみのピッちゃんを取り上げて、頰ずりした。そのときふと、夏江は魂の奥に何か不可思議な霊の通信を感じた。どこかに小さな目の光がある。どこかで火之子が見ている。

「あなた、火之子は隠れているのよ。あの子のよくやるいたずらよ」

「隠れている?」と透は急に顔をほころばして周囲を見回した。「そいつはありうるな。あの子らしいもんな。ここにはちっちゃな子が隠れる所などいくらでもあるからな」

「二人でここに寝ころんで、目をつぶっていましょうよ。そうすれば出てくるわ」と言ってみると、言葉は明るい確信になった。

夫婦は横になって目をつぶった。斜陽が心地よく体を温め、海風が陽気にどよめいていた。心配は去っていかないが、ゲームでもしている気持ちがあって、夏江は、いいわ、もしあの子が出てこないのなら、このまま死んでしまえばいいと思い、じっとして一刻、待望の声がした。

「おとうさん、おかあさん、ナ・ニ・シテルノ」

また同じく八月下旬の午後

悠太が本、机、本箱などの一切を部屋から土蔵に移してしまったあとは、初江が狭いと極め付けていた部屋が意外に広く見えた。その反面、汚れと傷みがきわやかになって、長男が自室を酷使していた跡が歴然としてきた。床板のワニスは剝げて板はひび割れ、まるでふるぼけた納屋だ。

このままではオッコに可哀相だから、床板を削り直し、床と柱と天井を塗り直し、窓や雨戸の立て付けを調整する必要があると言いだしたのは駿次、隣室でヴァイオリンを弾かれたのでは筒抜けで勉強できないから、壁を繊維板で防音にすべきだと言いだしたのは研三である。これには悠太も賛成して、板を磨く紙ヤスリ、塗料、繊維板などを、どこからか調達してきて、きょうは朝から三人で共同して補修作業をすると予定していたのに、セツルメントの新診療所竣工式があるからと、出し抜けに日にちの変更を求めたので弟二人は一旦は作業中止だと気色ばんだものの、久しぶりに帰国する妹のために何とかしてやらねばならぬと気を取り直し、けさから二人で作業を始めたため、初江も手伝うことにしたのだ。

まずは、天井から始めて石鹼とタワシでごしごし擦り洗いをしたあと、扇風機で乾かして、板の凸凹を鉋で削りに掛かった。こういうときに働きぶりの目ざましいのは長身で体力もあり手先も器用な駿次だ。研三のほうは防音用の繊維板を壁に合わせて裁断したり、緩んだガラスを窓枠にきっちりはめ込み直すなど、彼の言いぐさでは〝精密作業〟に従事していた。駿次が何かと母親に話しかけて、あれこれ手伝わせるのに、研三はむっつり黙って、ちょっと初江が手を出そうものなら、「いいよ、狂っちゃうから」と断ってきた。ともかく、午後四時ごろには、室内の整備があらかた終って、見違えるようになった。困るのは、ワニスがまだ乾かないため、窓を開け放してあることで、西側の同伴ホテルがまる見えになることだ。ほとんどが白人や黒人の客が女たちと、あからさまな交情にふけっている。カーテンを閉じているのもあるのだが、こちらから丸見えと知っていてわざとのように行為を続ける鉄面皮には驚きあきれるばかりだ。ずっと東側の部屋にいた駿次と研三は、初めてあられもない情景を見たので、当初は睨みつけるなどしていたが、そのうち慣れてしまい、ついには駿次が「他人のセックスって退屈なもんだな」と、研三は「生殖目的以外の性交は無意味で醜い反復にすぎない」と言い、二人とも見向きもしなくなった。ただ、オッコには目の毒だと気を遣い、駿次はガラスの隙間をなくし、研三は西側の雨戸に防音板を打ちつけた。

「これで床に絨毯を敷き、ベッドを入れてやれば完成だな。兄貴にはさぼった罰だ。五郎展で一儲けしてるから、絨毯とベッドは買わせよう」と駿次が言った。

「カーテンは洗ってみたら綺麗でね。まだ使えるよ」と初江は言った。

「あんな陰気なやつは女の子には向かないよ。花柄のしゃれたのでなくちゃ」

「オッコは長いことうちにいなかったからね、あの子の趣味が分らなくなったんだよ」と初江は悲しげに言った。

「オッコは、お袋の遺伝を受けた女性なんだから、お袋の趣味で選ぶのが正解さ」と研三が断定した。

「でもあの子、こんな所に泊まってくれるかねえ」

「こんな所はひどいじゃねえか」と駿次が怒った。「せっかくおれたちが綺麗にしてやったのにさ」

「オッコは、こんな狭い部屋に寝泊まりなんかするもんか。フランスの天井の高いでっかい部屋に慣れちまってらあ」と研三が挑発した。

「そんなことはないさ。なんてったって自分の育った家なんだから、懐旧の情ってものが起きてくるに決まってるよ」と駿次が穏やかに弟をたしなめた。

「オッコはいつ来るのかねえ」と言いながら初江は懐から二通の封書を抜き出した。「けさ、パリの桜子から悠太宛に航空便が来たんだよ。航空便の封筒て、床屋の看板みたいに派手な縁取りだね。はやく内容を知りたいんだけど、開いて見る訳にもいかないしね」

「今晩、本郷の鮨屋でサッカー部のコンパがあるから、ついでにおれが兄貴に届けてやらあ」と駿次が言った。「もう一通は浦沢明夫てえ人か。知らねえな。友達だろうな。兄貴ときたら小学校、中学校、幼年学校、高校、大学と全部学校が違うんで友達がやたらに多いからなあ」

11

八月十五日ウィーン　桜子より悠太へ

御無沙汰してごめんなさい。七月の半ばにパリに着いたときに、すぐ絵葉書だしたきりだったわね。オッコちゃんの東京公演の日取りを決めてからお便りしようと思っていたのに、それがなかなか決まらなかったので出しそびれているうちに、私たち旅に出て、この手紙旅先で書いているの。

最大の誤算は、les grandes vacances を勘定に入れなかったこと。まあ、パリに着いたそうそう、革命記念日のお祭りにまきこまれちゃった。ルネ・クレールの『巴里祭』さながら、路上の仮設舞台で音楽を演奏して、市民が踊る様子が見られ、シャンゼリゼでは軍隊の行進があって大変な人出、武太郎が踊れないものだから、私がちょっと行きずりの人と組んでみたら、これが好評でつぎからつぎへと申し込まれて、もうへとへとになるまで踊ってしまった。ほんとはね、悠太ちゃんと踊りたかった。あなたに抱きしめられてパリの街をくるくる回してやるなんて素敵でしょうにね。

le Quatorze Juillet のお祭りに出会ったのは、私みたいな極東のお上りさんには珍しくて、すっかり夢中になっているうちに、まったく予想外の民族の大移動が始まってしまった。パリ中の人が家財道具を車に積んで、屋根の上まで一杯に積んで、都の脱出にかかった。日本人で車を持っている人はまだ少ないから、あなたには想像もつかないでしょうけど、フランス人は一軒に一台車を所有している国民なのよ。ついでに言えば、日本にはラジオしかないけれども、こちらの各家庭にはテレヴィジョンをちゃんと備えつけている。東京には地下鉄が浅草と渋谷の間に一本しかないけれど、パリには縦横に数えきれないほどの地下鉄がある。こちらに来て、日本は文明に遅れた貧乏国だとつくづくと教えられたの。

私たちがオルリー空港に着いたとき、オッコちゃんが迎えにきてくれた。どこのお嬢さんかしらと思ったわよ、五年ぶりで見違えちゃった。はっきり言っておくけど、あなたの妹さんは美人よ。写真ではわからなかったおめめの輝きと笑ったときのえくぼと唇のわきのほくろがすてきよ。テュイルリー近くの Hôtel Ritz に荷物を置いて、カルチエ・ラタンの彼女のアパルトマンに、うちの旦那が来ると恥ずかしいというので私だけ行った。階段をぐるぐる回って、どん詰まりの部屋、あれ六階かしらねえ、息が切れた、年寄りには無理な部屋だった。でもね、家主さんの心意気で、狭い部屋だけどピアノも備付けでヴァイオリンの音なんてへいっちゃらなの。でもね、ほんとにつましい暮らしぶりよ、彼女。額は言わないけれど、私たちの学費補助なんて僅かなもので、このくらいの生活しかできないのだと反省もしたけど、いい子ね彼女、満足してるんですって、今の学生生活に。私は、夜は旦那をほったらかしで、オッコちゃんと夕食をした。大したレストランじゃなかったのに、彼女、こんなおいしいフランス料理食べたことがないと大喜び、学生食堂のは決まりきったメニューで飽きていたんですって。

オッコちゃんは日本に帰りたがっていた。これはおかあさんにはっきり言っておいてほしいんだけど、両親にもあなたがたにいさんたちにも会いたいんですって。でも、これが問題なのだけど、シュタイナー先生は、帰国はまだ早すぎる、権威あるコンクールに入賞してからだ、したがってこの秋の演奏旅行には連れていかないとおっしゃってるんですって。これって、私宛のこの春のお手紙では連れていくと書いておられたんで、その後、心変りなさったわけらしい。ところが、私たちがぐずぐずしているうちに、肝心のシュタイナー先生が夫人同道で les vacances の演奏旅行にお出掛けになっちゃった。イタリアからウィーンにまわって、ザルツブルク音楽祭に出演して、パリへのお帰りは八月末というの。

オッコちゃんも友達とスペイン旅行を計画していて、帰ってくるのがやっぱり八月末。一応、旅立つ彼女と別れて、私たちもパリを離れて旅をすることにしたの。だってパリジャンがいない空っぽのパリってつまらないもの。旅といっても、私たちのはシュタイナー先生を追いかけながら、ついでにあちこち見物しようという一石二鳥の計画。イタリアでは追いつけなかった。ウィーンでやっとリサイタルに間に合い、楽屋で先生に会った。もちろんとくと相談した。結果を言いますわね。今年の秋にはシュタイナー先生は来日しません。したがって、どっちみち、オッコちゃんは帰国しません。シュタイナー先生は私の意見を全面的に取り入れてくださった。日本という敗戦国で世界の巨匠として注目されるには、一シーズン一人の来日が効果がある。この秋にはコルトー、来年春にはシゲティ、秋にはレヴィとなると当分出番はない。時期を待ったほうがいい。その間にオッコ（シュタイナー先生夫妻もこのごろオッコと呼ぶのよ）はコンクール入賞を果たせばいい。まあ、こういうわけ。

旅から旅への連続で、あなたに手紙を出す暇がなかった。せめて、オッコちゃんがこの秋には帰国しないというニュースだけでもあなたに知らせたくて、ホテルでこの手紙書いたの。これから、初江おかあさまに手紙を書きます。わが子に会えないと知ったらがっかりなさるでしょうね、あの情熱おかあさま。

あなたへの手紙が厚くって先に着いたりすると、おかあさま、お妬きになるでしょうから、なるべく沢山、オッコちゃんの生活環境なんか描写して、一緒に投函するつもりよ。

何しろ旦那が同じ部屋だから、あんまり自由に書けやしない。あ、安心。もう鼾をかいてるわ。

この封筒の糊付けは私が舐めたのよ。蓋の真ん中の〆の所にキスしておくわ。熱い熱いキスよ。

八月二十三日　明夫より悠太へ

拝啓　暑いねえ　ただし無学でこの時期を残暑きびしきおりというのかどうか知らねえ　まだ夏というべきなのかな　三階のおれの房は天井から熱気がおりてくるし風がぜんぜん通らないしじっと亀みたいに動かないのに汗が吹き出してたたみにぽたぽた水たまりをつくるんだあ　家族との面会は合同面会しか許されねえんで菊池先生いがいにはだれにも菜々子にも会ってねえ　なんどか小暮さんもきてくれたのに会えなくてすみません
おれ元気だよ　どうせ会社はくびになってるんだから三度三度の飯がでてくる拘置所にいて日に三十分の運動をして鉄筋コンクリートのぜいたくな個室にただで住んでいる現在のありようは天国だぐれえに思ってるんでね
おれアダムスミスのグドンムチで理論だの主義などなんにも知らねえ　でもこんどの事件の被告たちには理論者だの主義者だのがいてまあそういう者が特別にたいほされてるってこともあ

るらしいんでいろんな人間と運動のとき会っていろいろと教育されたけどでもほんとはそういうのよくわからねえ　杉水製袋なんてえ時代おくれの手づくり工場じゃ理論だの主義だのは育たないってつくづく思うね　ただね杉水製袋にぴったりの工員の生活をえがいてるすごい本がひとつだけあるんでそれをおれは愛読しただけだあ　資本論てえんだけど小暮さんみたいな大学生はとっくに読んでるんだろうけどおれが夢中になったたった一つの本なんです
おれなんか最下層のオリ（こういう漢字かな沈滓）でまずは孤児で貧児で小工場にやとわれたが組織されないルンペンプロレタリアートてんで機械の付属物になりさがり部分的人間として不具にされた肩と腰の筋肉人間てわけだあ　体のはったつが小暮さんみたいな大学生とおおちがいなの見りゃわかるよな　だからよ頭の発達なんかこれっぱかしもないってわけで大学の講義が聞けてスポーツなんかできる全体的人間ではないというわけなんです
おれはべつにひがんでるんじゃなくて事実を言ってるんだあ　そんな人間が理論だの主義だのえらそうなことをいう人たちを理解することはできねえ　でもねこの監獄はおれにとって大学なんでおれ生まれてはじめて学生の気分だね　本は読めるしいろんなダチ公ができたしね　おれの房のりょうどなりはノビ(盗み)だのタタキ(おしこみ強盗)だの贓物牙保（これ知ってるかね盗品の売り買いをしゅうせんすることなんです）なんかの一般囚人でおれのような特殊囚人をとなりどうしに入れて通声(しゃべってとなりの房と連絡をとること)なんかやられないようにしてやがるんだね　それでも理論者や主義者はえらいもんでシキテン窓(看守がのぞく小窓)から廊下一杯にひびく大声で「同志しょくんいまからつぎの事項を伝達する」なんて叫ぶ　そうするとあっちこっちから「わかった」「がんばるぞ」と応答がある　先生（看守のことをこう呼

ぶんです）はなんとか制止しようと廊下をかけまわるんだがいっぺん出た声はもとにはもどらないで立派な通声ができるってえ寸法だあ　こうして七月の二十日ごろだったか特殊囚人の断食が始まった　おれは自分はどうしようかって考えたね　べつにかれらに同調しなくてもいいんで菊池先生のいうとおり菜々子を助けるための正当防衛で証人もいるからかれらのいうようなみんないっしょの統一公判ではなく個別の裁判のほうがいいとは考えたけどもっとよく考えるとこの事件はそもそもあちらが挑発したんでこちとらは仕方なしに防戦したんで菜々子の一件がまさにそれだと思うとまず全体としての無罪を裁判でかちとることも大事だと考えたねおれのばあいたとえ正当防衛が認められても広場にいった罪は残るわけでそっちのほうは統一公判で無罪をかちとるよりしかたがないそう考えたからおれは断食をはじめたんですあったんだな断食の効果がてきめんにあった　房内筆記が許されて大学ノートと鉛筆が使えるようになった　電球が二十ワットとなって夜でも筆記できるようになった　二十分だった運動時間が三十分になった　板のうえに薄いたたみがはいった　これはおれみたいなグドンムチもちょっと驚いた集団の力ってのがあるとわかった　で決心したんでかれらのいう統一公判にするって菊池先生にいったんです　先生も依頼人がそういうならって承知してくれたぶっちゃけていうとひとつだけ心配ごとがありこれ思い切って書いてしまうよ　菜々子が気になるんだあ　熱心に三日に一通のわりで手紙をくれるんだけどあんまり度がすぎてなんか無理しているようでおれはこそばゆいんだね　まえみたいにおれをぶんなぐるようないきおいのほうが菜々子らしいよ今のお前は気味わるいやなと書いてやるんだが度がすぎた調子はなおらねえね　小暮さんにお願いだけどいっぺん菜々子の本心をきいてみてくだせえよ　　　　　　　　　敬具

初出誌　「新潮」二〇〇〇年一月号〜二〇〇二年五月号

雲《くも》の都《みやこ》 第一部 広場《ひろば》

発行 二〇〇二年一〇月二五日

著者 加賀乙彦《かがおとひこ》

発行者 佐藤隆信

発行所 株式会社 新潮社

東京都新宿区矢来町七一 〒一六二-八七一一

電話 〇三-三二六六-五四一一（編集部）

〇三-三二六六-五一一一（読者係）

印刷所 大日本印刷株式会社

製本所 大口製本印刷株式会社

乱丁・落丁本は、ご面倒ですが小社読者係宛お送り下さい。送料小社負担にてお取替えいたします。

価格はカバーに表示してあります。

ISBN4-10-330810-9 C0093

加賀乙彦の本

永遠の都(全七巻)

新潮文庫

昭和初期から敗戦を経て22年まで、永遠の都東京に生きる時田利平一族の戦争と平和。昭和史の真実を浮彫りにする自伝的長編。芸術選奨文部大臣賞受賞。

1夏の海辺　2岐路　3小暗い森　4涙の谷　5迷宮　6炎都　7異郷・雨の冥府

定価：本体平均五九〇円(税別)

加賀乙彦の本

フランドルの冬

新潮文庫

無期懲役的な現実からの脱出を願う異国人。フランドル地方の精神病院に勤務する日本人医師の体験を通して現代の狂気を描く長編。芸術選奨新人賞受賞。
定価：本体七〇五円（税別）

加賀乙彦の本

宣告（上・下）

新潮文庫

殺人を犯し、十六年の獄中生活をへて刑の執行を宣告される。独房の中で苦悩する死刑囚の魂を救済する愛は何だったのか？　日本文学大賞受賞。

定価：本体平均八〇〇円（税別）